阅读浪漫小说

女性，父权制和通俗文学

[美国] 珍妮斯 · A. 拉德威 著
胡淑陈 译

译林出版社

图书在版编目（CIP）数据

阅读浪漫小说：女性，父权制和通俗文学／（美）
珍妮斯·A. 拉德威（Janice A. Radway）著；胡淑陈译.
—南京：译林出版社，2020.7（2024.11重印）
（艺术与社会译丛／刘东主编）
书名原文：Reading the Romance: Women, Patriarchy and Popular Literature
ISBN 978-7-5447-8197-8

Ⅰ.①阅…　Ⅱ.①珍…　②胡…　Ⅲ.①浪漫主义－小
说研究－世界　Ⅳ.①I106.4

中国国家版本馆 CIP 数据核字（2020）第 056067 号

著作权合同登记号　图字：10-2013-300 号

阅读浪漫小说：女性，父权制和通俗文学　［美国］珍妮斯·A. 拉德威／著　胡淑陈／译

丛书统筹　卢文超
责任编辑　张海波
特约编辑　施梓云
装帧设计　周伟伟
校　　对　王　敏
责任印制　董　虎

原文出版　University of North Carolina Press，1984
出版发行　译林出版社
地　　址　南京市湖南路 1 号 A 楼
邮　　箱　yilin@yilin.com
网　　址　www.yilin.com
市场热线　025-86633278
排　　版　南京展望文化发展有限公司
印　　刷　江苏凤凰通达印刷有限公司
开　　本　652 毫米 ×960 毫米　1/16
印　　张　21.75
插　　页　4
版　　次　2020 年 7 月第 1 版
印　　次　2024 年 11 月第 10 次印刷
书　　号　ISBN 978-7-5447-8197-8
定　　价　69.00 元

主编序

在我看来，就大大失衡的学术现状而言，如想更深一步地理解“美学”，最吃紧的关键词应当是“文化”，而如想更深一步地理解“艺术”，最吃紧的关键词则应是“社会”。不过，对于前一个问题，我上学期已在清华讲过一遍，而且我的《文化与美学》一书，也快要杀青交稿了。所以，在这篇简短的序文中，就只对后一个问题略作说明。

回顾起来，从率先“援西入中”而成为美学开山的早期清华国学院导师王国维先生，到长期向青年人普及美学常识且不懈地移译相关经典的朱光潜先生，到早岁因美学讨论而卓然成家的我的学术业师李泽厚先生，他们为了更深地理解“艺术”问题，都曾把目光盯紧西方“美的哲学”，并为此前后接力地下了很多功夫，所以绝对是功不可没的。

不宁唯是，李老师还曾在一篇文章中，将视线越出“美的哲学”的樊笼，提出了由于各种学术方法的并进，已无法再对“美学”给出“种加属差”的定义，故而只能姑且对这个学科给出一个“描述性的”定义，即包含了下述三个领域——美的哲学、审美心理学、艺术社会学。平心而论，这种学术视野在当时应是最为开阔的。

然则，由于长期闭锁导致的资料匮乏，却使当时无人真能去顾名思义：既然这种研究方法名曰“艺术社会学”，那么“艺术”对它就只是个形容性的“定语”，所以这种学问的基本知识形态，就不再表现为以往熟知的、一般意义上的艺术理论、艺术批评或艺术历史——那些还可以被归到“艺术学”名下——而毋宁是严格意义上的、把“艺术”作为一种“社会现象”来研究的“社会学”。

实际上，人们彼时对此也没怎么在意，这大概是因为，在长期“上纲上线”的批判之余，人们当年一提到“社会学”这个词，就习惯性地要冠以“庸俗”二字；也就是说，人们当时会经常使用“庸俗社会学”这个术语，来抵制一度盛行过的、已是臭名昭著的阶级分析方法，它往往被用来针对艺术作品、艺术流派和艺术家，去进行简单粗暴的、归谬式的高下分类。

不过照今天看来，这种基于误解的对于“艺术社会学”的漠视，也使得国内学界同西方的对话，越来越表现为某种偏离性的折射。其具体表现是，在缺乏足够国际互动的前提下，这种不断“自我发明”的“美的哲学”，在国内这种信息不足的贫弱语境中，与其表现为一门舶来的、跟国外同步的“西学”，毋宁更表现为自说自话的、中国特有的“西方学”。而其流风所被，竟使中国本土拥有的美学从业者，其人数大概超过了世界所有其他地区的总和。

就算已然如此，补偏救弊的工作仍未提上日程。我们越来越看到，一方面是“美学”这块领地的畸形繁荣，其滥造程度早已使出版社“谈美色变”；而另一方面，则是“艺术社会学”的继续不为人知，哪怕原有的思辨教条越来越失去了对于“艺术”现象的解释力。可悲的是，在当今的知识生产场域中，只要什么东西尚未被列入上峰的“学科代码”，那么，人们就宁可或只好对它视而不见。

也不是说，那些有关“美的本质”的思辨玄谈，已经是全不重要和毫无意义的了。但无论如何，既然有了那么多“艺术哲学”的从业者，他们总该保有对于“艺术”现象的起码敏感，和对于“艺术”事业的起码责任心吧？他们总不该永远不厌其烦地，仅仅满足于把迟至十八世纪才在西方发明出来的一个词汇，牵强附会地编派到所有的中国祖先头上，甚至认为连古老的《周易》都包含了时髦的“美学”思想吧？

也不是说，学术界仍然对“艺术社会学”一无所知，我们偶尔在坊间，也能看到一两本教科书式的学科概论，或者是高头讲章式的批判理论。不过即使如此，恐怕在人们的认识深处，仍然需要一种根本的观念改变，它的关键还是在于“社会学”这几个字。也就是说，必须幡然醒悟地认识到，这门学科能为我们带来的，已不再是对于“艺术”的思辨游戏，而是对这种“社会现象”的实证考察，它不再满足于高蹈于上的、无从证伪的主观猜想，而是要求脚踏实地的、持之有故的客观知识。

实际上，这早已是自己念兹在兹的心病了。只不过长期以来，还有些更加火急火燎的内容，需要全力以赴地推荐给读者，以便为“中国文化的现代形态”，先立其大地竖起基本的框架。所以直到现在，看到自己主持的那两套大书，已经积攒起了相当的规模，并且在“中国研究”和“社会思想”方面，唤起了作为阅读习惯的新的传统，这才腾出手来搔搔久有的痒处。

围绕着“艺术与社会”的这个轴心，这里收入了西方，特别是英语学界的相关作品，其中又主要是艺术社会学的名作，间或也包含少许艺术人类学、艺术经济学、艺术史乃至民族音乐学方面的名作，不过即使是后边这些，也不会脱离“社会”这根主轴。应当特别注意的是，不同于以往那些概论或理论，这些学术著作的基本特点在于，尽管也脱离不了宏观架构或历史脉络，但它们作为经典案例的主要魅力所在，却是一些让我们会心而笑的细节，以及让我们恍如亲临的现场感。

具体说来，它们要么就别出心裁地选取了一个角度，去披露某个过去未曾意识到的、我们自身同"艺术"的特定关系;要么就利用了民族志的书写手法,去讲述某类"艺术"在某种生活习性中的特定作用;要么就采取还原历史语境的方法,去重新建构某一位艺术"天才"的成长历程;要么就对于艺术家的"群体"进行考察,以寻找作为一种合作关系的共同规则;要么就去分析"国家"与艺术间的特定关系,并将此视作解释艺术特征的方便门径;要么就去分析艺术家与赞助人或代理人间的特定关系,并由此解析艺术因素与经济因素的复杂缠绕;要么就把焦点对准高雅或先锋艺术,却又把这种艺术带入了"人间烟火"之中;要么就把焦点对准日常生活与通俗艺术,却又从中看出了不为人知的严肃意义;要么就去专心研究边缘战斗的阅读或演唱,暗中把艺术当作一种抗议或反叛的运动;要么就去专门研究掌管的机构或认可的机制,从而把赏心悦目的艺术当成了建构社会的要素……

凡此种种,当然已经算是打开了一片新的天地,也已经足够让我们兴奋一阵的了。不过我还是要说,跟自己以往的工作习惯一样,译介一个崭新的知识领域,还只应是这个程序的第一步。就像在那套"中国研究"丛书之后,又开展了同汉学家的对话一样,就像在那套"社会思想"丛书之后,也开展了对于中国社会的反思一样,等到这方面的翻译告一段落,我们也照样要进入"艺术社会学"的经验研究,直到创建起中国独有的学术流派来。

正由于这种紧随其后的规划,对于当今限于困顿的美学界而言,这次新的知识引进才会具有革命的意义。无论如何都不要忘记,"美学"的词根乃是"感性学",而"感性"对于我们的生命体而言,又是须臾不可稍离的本能反应。所以,随便环顾一下我们的周遭,就会发现"美学"所企图把捉的"感性",实在是簇拥在生存环境的方方面面,而且具有和焕发着巨大的社会能量,只可惜我们尚且缺乏相应的装备,去按部就班地追踪它,去有章有法地描摹它,也去别具匠心地解释它。

当然，再来回顾一下前述的“描述性定义”，读者们自可明鉴，我们在这里提倡的学科拓展，并不是要去覆盖“美的哲学”，而只是希望通过新的努力，来让原有的学识更趋平衡与完整。由此，在一方面，确实应当突出地强调，如果不能紧抓住“社会”这个关键词，那么，对于作为一种“社会现象”的“艺术”，就很难从它所由发出的复杂语境中，去体会其千丝万缕的纵横关系；而在另一方面，恰正因为值此之际，清代大画家石涛的那句名言——“不立一法，不舍一法”，就更应帮我们从一开始就把住平衡，以免日后又要来克服“矫枉过正”。

刘　东

2013 年 4 月 24 日于清华园立斋

献给斯科特

目　录

意大利版引言

莎拉·S. G. 弗朗茨（Sarah S. G. Frantz）

对于珍妮斯·拉德威的里程碑式研究《阅读浪漫小说》的影响力，无论怎样赞誉都不为过。它是最早以一部专著的篇幅对现代通俗浪漫小说进行了最为重要且最为广泛的学术研究的作品，而且在此之后也再没有人的通俗浪漫小说研究能有它那样的勃勃野心或结构深度。它不只深入研究了为通俗浪漫小说批量生产铺平道路的出版技术和实际操作的历史，而且也是第一项与浪漫小说的读者进行面对面的接触，以认真考察这类读者的消费实践的研究。这种人种志的考察方式为这项凿凿有据的结构主义分析研究提供了翔实的资料：它分析了这个文类最成功和最失败的例证。最终，它从女权主义心理分析理论的角度，对阅读浪漫小说可获得的愉悦和满足感以及潜在的弊端进行了具有启发性的解读。虽然《阅读浪漫小说》并非完书一部——拉德威自己也在1991年第二版的引言中指出了其中的一些不足之处，但是自它面世以来的近三十年里，它在通俗浪漫小说的学术研究发展进程中一直占据着无可争议的主导地位。

拉德威的研究因其革新性、突破性的人种志调研方式而获得了名实相符的声名。不论是对于浪漫小说读者的消费实践，还是关于浪漫叙事对其读者产生的意识形态影响，拉德威都一反众多前辈学者的做法：她并非发表没有证据支持的空洞论文，而是与“史密斯顿”的一个浪漫小说读者群直接打交道，并在后者所给予的回馈信息的指导下，甄选了需要分析的小说，对小说本身进行了剖析，并构建了一套她自己的理论，阐释了读者为何会毫无自制地消费浪漫小说。作为这项研究的核心，这种方法论实践和理论立场不只影响了通俗浪漫小说这一特定的学术领域，而且波及了更加广泛的领域——文类理论、读者反应理论和女权主义文学批评。

在1991年版的引言中，拉德威分析了《阅读浪漫小说》出版的历史时期，谈及了她自己在批评理论中的知识求索以及文化研究和读者反应理论的演变。但她并没有论及与浪漫小说这一文类的演变相关的出版史，这或许是因为她自己从始至终都不是通俗浪漫小说的读者。因此，有人可能就不会意识到，《阅读浪漫小说》的重要意义也在于它对一个亚文类进行了深入的探究，而这个亚文类对于通俗浪漫小说的演变至关重要。此外，它的意义还在于，它是在通俗浪漫小说整体历史中的关键过渡期进行研究并出版研究成果的。

在“史密斯顿”女性的阅读实践和偏好的指导下，《阅读浪漫小说》特别探究了由埃文书屋（Avon）于1972年出版的凯瑟琳·伍德威斯（Kathleen Woodiwiss）的《火与花》（*The Flame and the Flower*）以及1974年出版的罗斯玛丽·罗杰斯（Rosemary Rogers）的《狂野蜜爱》（*Sweet Savage Love*）而开启的一个亚文类——轰动型历史类浪漫小说（blockbuster historical romance）。这个亚文类在整个1970年代和1980年代的初期都非常流行，在鼎盛时期，它甚至真的在美国的出版图书中占据了半壁江山。但到《阅读浪漫小说》问世的1984年，这个文类的一些特性已经不再吸引读者了——拉德威也记录下了这一点，但她并未意识到这一发现的重要性。这些改变预示着通俗浪漫小说的演化将出现根本的结构性转变，而这一转变只有到事后才会为人们所注意。

在《阅读浪漫小说》中，拉德威分别将两个章节命名为“理想的浪漫小说”和“失败的浪漫小说”。她考察了那些被“史密斯顿”的读者评价为“理想的”浪漫小说的结构惯例，之后采取非同寻常的研究手法——

运用精神分析女性主义批评（feminist psychoanalytic criticism），从理论上阐明了浪漫小说的功用，即让那些在履行为人母亲和妻子之职时承受“制度性情感支持（institutionalized emotional support）缺失”（96页[1]）的读者从浪漫小说的男主人公那里体验到“感情得到濡养的感觉”（97页）。虽然这些男主人公在与女主人公接触的初期，常常会粗暴对待她，但他在叙事过程中会慢慢地被改造，最终成为一个象征性扮演了对女主人公呵护备至的前俄狄浦斯期的母亲角色；而通过与女主人公的认同，读者也获得了同样的关爱。“失败的”浪漫小说一如章节标题所指——“太过切近父权制的问题”，因为在失败的浪漫小说中，残酷对待女主人公的男主人公未能“有效地消除”他在读者心中激起的“怨怒和恐惧情绪”（158页）。虽然拉德威指出，“史密斯顿”的女性认为这些失败的浪漫小说“恶心”（158页），并贬斥它们是应被丢进“垃圾场”（160页）的作品，但1970年代后期的销售数据并不支持“史密斯顿”女性的厌恶情绪。比如，罗斯玛丽·罗杰斯那些“失败的”浪漫小说虽然尤为“史密斯顿”的女性所厌弃，但它们的销量比最受这些女性推崇的理想浪漫小说，如凯瑟琳·伍德威斯的《火与花》多了数十万册。

早期的销售数据与拉德威记录的“史密斯顿”读者对于最好和最糟浪漫小说的区分之间存在分歧，而这种分歧在无意之中捕捉到了1980年代中期读者的口味在更加广泛的范围内所发生的变化，即从轰动型历史小说转向了感官型历史类浪漫小说（sensual historical romances）。后一种小说也包含轰动型历史小说中直白的性暴力描写，但它是被用来对强制性性别文化建构所固有的情感和心理破坏展开更加细致的探索。这一变化显著地改变了浪漫叙事呈现给读者的情感戏份。在1970年代畅销的轰动型历史浪漫小说，也即那些为“史密斯顿”的女性所阅读且进入了拉德威的探究和理论阐释视野的作品中，犯下强暴行径的男主人公在开篇时便对女主人公行使了他在父权制度中的支配特权；但随着叙事的铺展，他慢慢地被改造为对女主人公（同时也是读者）呵护备至的前俄

1　此处指原文页码，下同。——译注

狄浦斯期的母亲形象。而在1980年代末期至1990年代初期的感官型历史类浪漫小说中，以1986年出版处女作的劳拉·金塞尔（Laura Kinsale）的小说为代表，深受伤害的并非女主人公而是男主人公，他们成了社会性别期待尤其是男性气质的受害人。这种新型的男主人公在小说开始时就已经身心俱伤，而且通常都是真的受了伤，甚至于肢体残缺。在这类浪漫叙事中，令人牵肠挂肚的儿女情长就是他努力接受女主人公的爱以及他对她的爱，并由此获得疗愈。于是，在女主人公获得男主人公的细心呵护之时，读者不一定就得与她产生认同感。相反，通过更多地接触和聚焦于男主人公的叙事视角，读者开始间接支持这种叙事，因为它要求和强迫男主人公必须表白他对女主人公的爱恋和信赖——一种完全不同的获取权力的途径。

恰如拉德威未能预见轰动型历史浪漫小说读者的情感追求发生了变化一样，她也没有料到这种轰动型亚文类作品的最持久影响竟然是它那露骨的色情特征。轰动型历史浪漫小说与1960年代的哥特浪漫小说完全不同：后者常常长篇累牍地描写扣人心弦的性挑逗[1]画面，但从不直书真正的欢爱场景；前者则将卧室的大门洞开，百无禁忌地描写着男女主人公间的交欢场景，有时甚至描述繁复的细节。1982年6月，每月推出新书的美国类型文学出版商西卢埃特（Silhouette）开创了“西卢埃特欲望”（Silhouette Desire）系列作品，它们以脚踏实地的中产阶级主人公和接地气的情节发展为特征，而且根据西卢埃特的范式，这个系列想要特别突出的是“爱情的肉体欢愉以及情欲上的满足”。1984年3月份，加拿大的类型文学出版社禾林（Harlequin）开始推出类似风格的“禾林诱惑”（Harlequin Temptation）系列。这些出版物导致这整个文类都着力于露骨而巨细靡遗的色情描写。这种日渐增加的色情描写产生了深远的影响：色情浪漫小说这一亚文类在1990年代骤然兴起和因对抗上述之风而流行的描写福音派基督徒主角及其生平遭际的“神启类”（inspirational）浪漫小说，在新世纪时出现了真正革命性的创造——专注

1 性挑逗（sexual tension），指两个个体间的一种互动活动，以让一方或双方都感觉到性欲望，但最终的性爱活动会被延宕，甚至根本不会发生。——译注

于色情类浪漫小说的数字出版社，而这类出版社又推动了电子书的创造和出版，并迫使当今的出版业经历着如此痛苦的变革。

《阅读浪漫小说》的畅销所带来的一个或许出人意料的结果是，浪漫小说作者直接参与到这一文类的相关学术讨论中。1992年，畅销书作者珍·安·克兰兹（Jayne Ann Krentz）出版了《危险的男人和大胆的女人：作者谈浪漫小说的吸引力》（*Dangerous Men and Adventurous Women: Romance Writers on the Appeal of the Romance*）。这本书汇编了克兰兹和其他浪漫小说作者撰写的文章，明确回应了对浪漫小说这一文类的学术讨论。在这部著作中，作者们详述了她们对这一文类各个层面的思考，包括新近产生的想法以及对她们作品的艺术性和文化影响的沉思：保有处女之身的女主人公、阴郁危险且被伤害过的男主人公、该文类所要求的美满结局、男女主人公所引起的读者共鸣、性暴力和性欢愉、这一文类以及单部小说的文学价值，以及读者从中获得的愉悦。克兰兹这本书的许多作者也在她们的小说中迂曲地回应了该书提出的问题。她们在1990年代中期出版的作品不仅仍时常出现在读者评选出的最佳浪漫小说榜单上，而且以近二十年后依旧在这个文类中留有余波的方式质疑、颠覆和延展了这个文类的惯例。

事实上，浪漫小说这一文类的当前境况与三十年前《阅读浪漫小说》出版时的社会环境已经天差地别。虽然历史类浪漫小说这一亚文类依旧是许多浪漫小说出版社的顶梁柱，尤其是埃文，但新的亚文类仍在不断地演化，进而将浪漫小说这一文类的版图进一步地向外扩展。在1990年代初期首次出现的超自然浪漫小说（paranormal romances）在二十年后仍占据着相当大的市场份额，不停地讲述着吸血鬼、狼人、幽灵、魔女、美人鱼、天使和恶魔的爱恨情仇。在与科学小说和幻想世界重合后，太空站和新行星也开始上演浪漫的爱情故事——外星人间的儿女情长，或者讲述小仙子在拯救她们的世界免遭邪恶势力侵吞之时擦出的爱之火花。警察、士兵和FBI特工在争分夺秒地追捕谋杀犯或恐怖分子以拯救世界的同时，也与犯罪受害人发展出了扣人心弦的浪漫关系。关于男同性恋的爱情小说（绝大多数都是出自女性之手，而且受众也多为女性）也成了一个重要的亚文类，在电子出版社中尤其如此，其中有些出版社甚至只出版这种类型的小说。其他的小众市场，比如蒸汽朋克浪漫小说（steampunk romance）、主角超过两个的多角浪漫小说（ménage romances）以及恐怖浪漫小说，也在电子和小型的出版社中寻找到了它们的受众群，并且努力通过其日渐扩大的受众群打入主流出版社。不论是从人群角度看还是从地理层面上看，浪漫小说的受众都扩大了，如加拿大的出版社禾林出版公司已经将美国的西卢埃特书屋和最早的类别出版社，英国的米尔斯&布恩出版社（Mills & Boon）全都收入麾下，并且在土耳其和印度设立了办公室，计划出版由当地人撰写的当地浪漫小说。它还出版了一系列关于非洲裔美国人的爱情故事。

浪漫小说的学术成果则反映了其研究对象的不断壮大。学者们持续地对特定的读者群体进行人种志研究：比如林恩·S.尼尔（Lynn S. Neal）的《上帝的传奇：福音派女信徒和神启类小说》（*Romancing God: Evangelical Women and Inspirational Fiction*, 2006）便采访了福音派神启类小说（evangelical inspirational fiction）的读者，询问她们阅读这类小说的原因和从中所获得的愉悦。但也有学者拓展了新的领域，比如朱丽叶·弗莱什（Juliet Flesch）的重要研究——《来自澳大利亚的爱情：当代澳洲通俗浪漫小说史》（*From Australia with Love: A History of Modern Australian Popular Romance Novels*, 2004）便调查了浪漫小说中特殊的地理亚文类。帕梅拉·瑞吉斯（Pamela Regis）的入门类著作《浪漫小说的发展史》（*A Natural History of the Romance Novel*）不仅论证了浪漫小说的文学根源可上溯至塞缪尔·理查森（Samuel Richardson）的《帕梅拉》（*Pamela*, 1740）和简·奥斯汀的《傲慢与偏见》（*Pride and Prejudice* 1813），而且还从结构主义的角度界定浪漫小说——这一定义可与拉德威在《阅读浪漫小说》中所提出的观点相提并论。拉德威就“理想浪漫小说的叙事结构”提出的十三条要求是针对1970年代末的轰动型历史浪漫小说。瑞吉斯所说的浪漫小说“八大要素”则确立了一个广泛的通用结构，从而可据此分析所有类型的浪漫叙事，而不管它隶属哪一种亚文类。此外，2007年后，通俗浪漫小说研究已经自成一个学术领域了。于2009年创立的通俗浪漫小说研究国际联盟（The International Association for the Study of Popular Romance）每年都会举行与通俗浪漫小说研究有关的大会，并出版了《通俗浪漫小说研究期刊》（*The Journal of Popular Romance Studies*）。有了这样的机构性支持后，通俗浪漫小说的研究兴趣就自然会蓬勃发展起来，而这一切都建立在珍妮斯·拉德威于三十年前在这部非凡著作中打下的基础之上。

致　谢

按照惯例，在完成这样一项研究后，作者总要对那些在这一过程中给予帮助和鼓励的人表达谢意。在撰写这本书的过程中，我欠下了许多人情债，因此，若罔视这一传统，独出心裁地不写篇感谢辞于情于理都不通。我尤其要感谢两拨人的鼎力相助，没有他们，这项研究根本就不可能进行下去。我最得感谢的人是桃乐茜·埃文斯（Dorothy Evans）和史密斯顿[1]的读者。这本书当然是在讨论浪漫小说，但它首先且重点是关乎这些非同寻常的女性。我只希望自己能公允地评述她们的生活以及她们与其所热爱的这类书籍之间都具有的错综复杂特性。但如果没有我在宾夕法尼亚大学美国文明学院（American Civilization Department）的同事，我可能永远都不会遇见这些女性。在将我引入人种志研究领域的过程中，德鲁·福斯特和莫雷·墨菲[2]给予我的帮助尤其大。他们让我了

1　史密斯顿（Smithton），美国有多处地方都名史密斯顿，作者是有意在隐藏史密斯顿的具体所指。——译注

2　德鲁·福斯特（Catharine Drew Gilpin Faust），美国历史学家，现任哈佛大学校长。福斯特是一位研究美国南方战前历史和美国内战历史的专家，在美国内战时期反映南方阵营思想的意识形态和南方女性生活方面的研究都卓有建树，并出版了五部相关书籍。莫雷·墨菲（Murray Murphey），美国宾夕法尼亚大学美洲文明学院的荣誉退休教授。他的著述颇丰，包括荣获CHOICE杰出学术专著奖的《克拉伦斯·欧文·刘易斯：最后一位伟大的实用主义者》（*C. I. Lewis: The Last Great Pragmatist*，2005）。——译注

解到，如果要将文学作品视为一种文化的研究材料，首先就要了解它的读者群以及他们为何阅读、如何阅读。在此，我很乐于承认自己对他们以及他们的学术活动所欠下的知识债。

在构思、写作和修订的过程中，我的两位友人也与我分享了许多想法。因此我时常觉得，最终的成品是集体智慧的结晶。这是本当如此的事实，因为它证明了学术界的真实情况及其价值。在与我就这一研究的各个可能层面进行探讨的过程中，莎朗·奥布莱恩（Sharon O'Brien）率先向我介绍了南希·乔德罗[1]的作品，让我更加深入地了解了浪漫小说的意义，并且在我陷入困境，认为这些作品不可能是在寻找失却的母爱时，给予我以不可或缺的鼓励。皮特·拉比诺维茨（Peter Rabinowitz）极其认真、细致地阅读了本书的初稿，并以同样令人惊叹的学术严谨指出了理论要点上的不足之处，要求我阐明并精炼关于阅读与接受的观点。简而言之，《阅读浪漫小说》从它的最初两位读者身上获得了许多深思熟虑的回馈。

在本书的成书过程中，还有许多人也在不同的阶段帮助过我。卢塞尔·奈（Russel Nye）最先激发了我对于通俗文学的研究兴趣。皮特·斯坦纳（Peter Steiner）从一开始就让我相信这一研究确实值得进行，莎莉·阿特塞罗斯（Sally Arteseros）首先将桃特[2]和史密斯顿的女性引入我的视野。何塞·利蒙（José Limon）帮我厘清了结论，严密界定了它们的政治含义。尼娜·拜姆（Nina Baym）、凯茜·戴维德森（Cathy Davidson）和简·汤普金斯（Jane Tompkins）都阅读了原稿，并都给予了条分缕析的评论，提供了切中肯綮的建议。伊丽莎白·蔡茨（Elizabeth Zeitz）使用了新颖的SPSS[3]软件进行了数据分析，塞尔玛·帕斯特（Selma Pastor）帮忙录入了第一份书稿。朱迪·莱文（Judy Levin）核对了注释和参考文献，并帮我删除了自相矛盾以及逻辑冲突的地方。尼可尔·考利—珀金

1 南希·乔德罗（Nancy Julia Chodorow），女权主义社会学家和心理分析学家。她被认为是重要的精神分析女权主义（psychoanalytic feminism）理论家，著有诸多重要的作品。——译注

2 桃特（Dot），桃乐茜的简称。——译注

3 SPSS是统计产品与服务解决方案（Statistical Product and Service Solutions）的简称。——译注

斯（Nicole Cawley-Perkins）以非凡的细心阅读了校样。除了对上述这些同事和朋友表达感谢之情外，我还想要向参与文学和文化讨论会的研究生致谢，他们在聆听了这项研究的早期概要后，提出了许多引人深思的问题，指出了许多需要进一步完善的论述。我也非常感激我的编辑桑德拉·艾斯多佛（Sandra Eisdorfer）和艾蕊丝·提尔曼·希尔（Iris Tillman Hill）那么细心周到地对待原稿。

最后一位“债主”或许是最难以表达谢意的人，因为我欠他的实在是一言难尽：我的丈夫斯科特在实际生活中和情感上都给予我以巨大的帮助，但若要一一罗列在此，恐怕就要让诸位见笑了。希望下面一席话足以表达我的谢意：如果没有他的理解、鼓励以及（最为重要的）支持，我就无法完成这本书。因此，我将此书献给他，谨以此代表我的爱。

引　言　《阅读浪漫小说》的撰写缘由

作为一部探讨在特定情境下蓬勃开展且自有其特性的阅读活动的著作，这本书在1984年初版时拥有其特定的受众。因此，在光阴似箭地过了这么些年后再次出版，势必就需要重新撰写引言了。[1]尽管此时距离本书放言高论的初版引言脱稿之日还不到十年，但是学术界已经发生了翻天覆地的变化，知识界的推陈出新更是有过之而无不及。因此那篇引言在现在看来即便没有离题万里，也早已经是陈词滥调了。事实上，这是我交稿后首次通读《阅读浪漫小说》，而这个过程让我很受打击，因为我发现这本书中竟有那么多观点都是一个特定历史时期的产物。这个历史时期不仅受限于我个人先前的学术轨迹以及我试图去了解的特定群体的发展历程，而且也被一个更大的知识界所左右——它对我的作品产生着无形、间接但强度丝毫未遭减弱的影响。

1　虽然我依旧对于自己在这本书中所发表的观点略感不安——这主要是源于我害怕这类讨论会被解读为简单的一孔之见，但我最终还是决定坚持这一看法。我赞同安吉拉·麦克罗比（Angela McRobbie，英国文化理论家、女权主义者和评论员。——译注）在刊于《女权主义评论》1982年第12期上的《女权主义政治学研究》（*The Politics of Feminist Research*）一文中的观点，即我们必须承认自己的私人、专业和学术生活是纵横交错的。因此，我想要说明的是，我的个人处境以及附着于已有社会制度和理论对话的状态都是《阅读浪漫小说》成书的可能条件，并且势必构成了它的局限性。

由于近年来文化研究的兴趣骤然井喷，因而鲜少读者会以同样的文学和阅读理念，以及我认为是1984年那批受众所特有且我极力予以批驳的批评观来阅读这部论著。因此我不愿意不加说明或批评，仅仅
1 向新的读者复述在《阅读浪漫小说》一书中论证过的理论和方法论主张；我希望能让本书的主张派上新的用途，同时对它的局限性做出解释和批评。我尤其想要将《阅读浪漫小说》与当前富有影响力的论著（其中大多数都是出自于现今被宽泛地界定为文化研究“伯明翰学派”[1]的学者之手的人种志）并置并进行比较。在我撰写这本书时，我根本不知道这类著作的存在，但它现在在《阅读浪漫小说》的阅读圈中占据着主导地位。虽然我们现在只能回顾性地构建这些在1970年代末、1980年代初出版的伯明翰学派论著与本书的关系，但是这层关系绝不应只草草地一笔带过。

《阅读浪漫小说》的新读者想必很快就会注意到，本书的理论论据大多来自于在美国工作（虽然这一限定条件并未被特别指明）的美国研究[2]学者，尤其是那些将文学当作主要研究对象的人。由此便会产生一个问题：一个文学文本能够证明什么？但对于一部常被解读为对女权主义研究成果做出贡献，或在传播学理论框架中，为受众地位和大众文化消费性质的讨论添砖加瓦的著作而言，这样的关注点可能会显得奇特而偏离焦点。[3]然而，上述事实只是证明了，不论作者最初的意图为何，她都无法预见或限定其作品的发展道路，也不能决定它是如何被接受和阅读的。

---

1 伯明翰学派（the Birmingham school），应指与英国伯明翰大学现代文化研究中心（Centre for Contemporary Cultural Studies）相关的学术流派。该研究中心由英国学者理查德·霍加特（Richard Hoggart）于1964年创办，其研究领域包括亚文化、通俗文化和媒体文化。该中心以及与其相关的理论家在研究中往往会采用跨领域的方法，包括马克思主义、后结构主义、女权主义和批判种族理论（critical race theory），也不排除传统的社会学和人种志方法论。——译注

2 美国研究（American Studies，也称American Civilization），是一个跨学科的、研究美国的领域。它的研究内容包括美国的历史、文学和批评理论，但也涉猎如法律、艺术、媒体、宗教、城市、女性、性别、人类学、社会学、非洲裔美国人等主题。——译注

3 可以参看诸如桑德拉·吉尔伯特（Sandra Gilbert）发表于1984年12月30日的《纽约时报书评》（*New York Times Book Review*）上的评论文章，第II页；或安格斯·卡尔德（Angus Calder）于1985年2月15日在《泰晤士报文学增刊》（*Times Literary Supplement*）上的评论。

她同样无法预测它将以怎样的方式改变她——这一点我将在之后详述。但是，了解我个人及我的思想状态在《阅读浪漫小说》的形成过程中所起到的论辩基础（polemical ground）和定向语境（orienting context）的作用，我认为还是相当有裨益的。这些信息非常有用，它们将帮助我解释这本书为何最终会受缚于它的理论及主题，以及在朝着原定目的地前进的过程中，是如何一步步地偏离到另一个方向。

实际上，第一章的理论观点是一次学术争论的产物，因此它也是机构性以及政治化的产物。它始于我在1977年被宾夕法尼亚大学的美国文明学院雇用之时。该学院因其对早前的一个美国研究正统理论发起挑战而闻名于美国的美国研究学界。这个正统理论形成于1940年代末、1950年代初，是在回应称霸美国英文系的新批评主义的过程中发展起来的理论之一。冷战时期对于形式主义的过度热衷引起了学界的不安，并似乎因此催生了须再次考虑何为“美国人”的迫切需要。于是，一批美国文学院的学生便重申了如下宏图的合理性，即将经典的美国文学与孕育了它们的历史语境重新联系起来。大批的文学研究者和思想史学家由此结成了联盟，并促使了美国研究项目和院系的创建。不管它们与更 2
为传统的英文系存在怎样的差别，这类项目与院系至少仍相信，在这个国家“最伟大的”艺术作品中，仍能找到关于美国过去的最可靠和最复杂的记录。[1]

但宾夕法尼亚大学的美国文明学院反对这类主张，并开始条分缕析地批判如下臆断：这些基于其自身美学境界（aesthetic achievement）而选择的作品一定能代表大多数的群体，即便这一群体很可能从来就没读过这些著作。未来将成为我同事的那些人（其中很大一部分人都不是文学批评家）认为，由于是在一个被社会科学所框定、证据的效力（evidentiary validity）和数据的代表性必然因此存疑的结构内创作，“精英”文学或许反映了美国特定群体所持有的信念。但是基于它得出的论断不能随随便便地推延至完全不同的阶层或种族群体身上。他们指出，要想对更加

1　要想了解这些辩论的通史，请参看吉恩·怀兹（Gene Wise）的《理论框架的演变》（*Paradigm Dramas*），刊于《美国季刊》（*American Quarterly*）第31期（1979），第293—337页。

“普通的”(ordinary) 美国人做出准确的阐述，因大众而出现并为其所消费的通俗文学才应成为文化研究的主要焦点。[1]

而我受聘的主要原因就是，我大多数的毕业作品都在关注某一类的通俗文学。这些作品都是在卢塞尔·奈的指导下完成的。他是美国首批真正研究美国通俗文化的学者之一。[2]虽然奈本人毕业于历史系，但他供职于密歇根州立大学的英文系。因此，在他的指导下，该校的美国研究项目凸显了通俗文化研究的必要性，虽然在理论上它仍比宾夕法尼亚大学的研究更保守。该校教授的分析方法仍主要为形式分析（formal analysis）和训诂（textual exegesis）。因此，我是以通俗文化研究的毕业生，同时也是文学批评家的身份来到宾夕法尼亚大学的。《阅读浪漫小说》对于探讨对象的选择便显露了我的这一背景。

到我进入该学院时，我的同事已经开始摒弃用统计学的模式研究社会和行为，转而构建了一套运用人种志研究方法的复杂基础理论(rationale)，力图以此来探讨美国的文化。在吸收了人类学而非社会学的知识后，他们认为文化研究必须将空间和时间的特性纳入考虑范畴。于是他们摒弃了被雷蒙·威廉斯、斯图亚特·霍尔[3]和其他学者称为“文学—道德”(literary-moral) 的文化定义，界定了人类学意义上的文化定义，即它是历史上和当下暂时存在于此地之人的所有生活方式的总和。[4]该学院规定的研究生研讨班须对特殊社群进行同步且深入的人

1 可参看诸如莫雷·墨菲的《宾夕法尼亚大学的美国文明研究》(*American Civilization at Pennsylvania*)，刊于《美国季刊》第22期（1970），第489—502页。

2 可参看卢塞尔·奈的《泰然自若的缪斯：美国的通俗文学》(*The Unembarrassed Muse: The Popular Arts in America*, New York: The Dial Press, 1970)。

3 雷蒙·威廉斯（Raymond Williams），20世纪中叶英语世界最重要的马克思主义文化批评家，英国新左派的元老之一，更是文化研究的重要奠基人之一。斯图亚特·霍尔（Stuart Hall），当代文化研究之父、英国社会学教授、文化理论家、媒体理论家、文化研究批评家、思想家。他开启了学术工作政治化的先河。——译注

4 参看斯图亚特·霍尔的《文化研究及核心：一些疑问和问题》(*Cultural Studies and the Centre: Some Problematics and Problems*)，刊于《文化、媒体和语言：1972—1979年文化研究论文集》(*Culture, Media, Language: Working Papers in Cultural Studies, 1972—1979*, London: Hutchinson, 1980)，第19页。也可参看他的《文化研究：两种理论框架》(*Cultural Studies: Two Paradigms*)，刊于《媒体、文化和社会》(*Media, Culture and Society*) 第2期（1980），第52—72页。

种志研究。值得注意的是，几乎就在同一时间，伯明翰当代文化研究中 3
心的研究员也受启于理查德·霍加特、威廉斯、E. P. 汤普森[1]、霍尔和其他学者的讨论，开始转向人种志方法论，从而研究亚文化或不同的生活方式之间必然存在的“竞争、张力和冲突”。[2]由于后者是脱胎于英国发展完备的马克思主义传统，就连伯明翰中心最早期的论著都是在探讨如下关系的性质：行为和文化意义的人种志研究与决定结构（structures of determination）的意识形态分析之间的关系。[3]虽然美国研究转向人种志方向是出于对一个复杂社会中亚群体（subgroup）之间关系（若非争斗的话）的关注，以及感兴趣于行为和“信念系统”（belief systems）之间的关系，但美国的马克思主义传统相对较弱，因此，绝大多数的早期作品并未直接进行意识形态的讨论，也没有探究在哪一个地区某种特定文化产物意图支配另一种。

不管怎样，当我开始在文学批评的层面上研究读者发展（reader developing）的理论工作，与此同时深入文学文本的符号学概念时，人种志的研究方法已经成了我无法忽视的东西。在参加了深受戴尔·海姆斯、欧文·戈夫曼、芭芭拉·赫恩斯坦·史密斯以及其他学者影响的宾夕法尼亚大学符号学研讨会（Penn Semiotics Seminar），并和与会人员进

1　理查德·霍加特，英国学者，涉猎的领域包括社会学、英语文学和文化研究，尤其是英国的通俗文化。E. P. 汤普森（Edward Palmer Thompson），英国历史学家、作家、社会学家与和平倡导者。他最为人所知的著作都是关于18世纪末、19世纪初的英国激进活动，尤其是《英国工人阶级的形成》（*The Making of the English Working Class*，1963）。——译注

2　很显然，我们学院当时对于伯明翰中心正在进行的研究一无所知。我也是直到写完《阅读浪漫小说》后才知道这项研究。我现在不太记得自己是如何知道英国对媒体运用（media use）进行了人种志研究，但我还是非常感激帕特里克·哈格皮恩（Patrick Hagopian）和伊莱恩·科林斯（Elaine Collins）——他们给我看了他们收藏的，在费城不多见的许多参考资料、影印的章节和文章，并与我就此进行了讨论。

3　在此我指的是保罗·威利斯（Paul Willis，英国顶尖的社会科学家，是社会学和文化研究中的主要人物。他的著作在社会学、人类学和教育学中被广泛地运用。他的著作大多侧重于消费者文化、社会化、音乐和通俗文化。——译注）的早期作品，包括他刊于《文化、媒体和语言》上的《方法论手札》（*Notes on Method*），以及伯明翰中心女性研究团体（Women's Studies Group）收录于《女性有话说：女性从属地位面面观》（*Women Take Issue: Aspects of Women's Subordination*，London: Hutchinson，1978）中的作品。

行了一番讨论后，我就着手进行本书的研究工作。[1]于是，就在我试图回应同僚关于文学文本到底能够提供怎样的佐证这一问题之时，我也渐渐地接受了关于符号化过程（semiotic processes）的理论观点，即它具有社会性，并因此具有了多变的特质。如果说“话语人种志”（ethnographies of speaking）是有必要进行的研究——海姆斯本人就表示过这一看法，那么在我看来，我们就没有理由不能假设说，鉴于言语（speech）会因空间和时间的不同而有所差异，因此阅读势必也会具有同样的特性。如果这个假设成立，且研究者发现了真实的群体实际上是如何阅读特定文本的话，那么，我想我也就可以解答同事关于文学的证据性（evidentiary status）这一问题了。如果阅读会因空间和时间而有所差异，而研究者又想要使用文学重新建构文化，那么，研究者就需将特定的文本与产生和消费这类文本的群体联系在一起，并阐明参与其中的个体实际上是如何将这些文本建构为意蕴丰富的符号学结构的。因此，我个人认为，美国研究需要进行“阅读人种志”（ethnographies of reading）研究。

可以说，《阅读浪漫小说》是在就一系列关于文学文本的理论问题做出回应的过程中诞生的。因此，它的初衷就是要探究是否可以对阅读进行经验主义的调研，进而对文学作品及其消费的历史和文化含义做出
4 “准确”的阐述。我之所以决定摒弃诸如潜藏（inscribed）[2]、理想（ideal）或典型（model）读者这些概念，转而研究历史中的真实主体（actual subjects），主要是由于我那些受过社会科学传统和文化理论训练的同事抛给我的难题。《阅读浪漫小说》中由此而来的经验主义在本书的如下观点中体现得最为明显：在文化研究中，以经验主义为基石的阅读人种志应当取代**所有的**直觉型阐释（intuitively conducted interpretation），因为这种经验主义的研究方法可让我们更加**准确**地描述一本书对于一个特

1 戴尔·海姆斯（Dell Hathaway Hymes），语言学家、人类学家和民俗研究学者。欧文·戈夫曼（Erving Goffman），加拿大裔美国籍社会学家和作家，被认为是“20世纪最具影响力的美国社会学家”。芭芭拉·赫恩斯坦·史密斯（Barbara Herrnstein Smith），美国的文学批评家和理论家。——译注

2 潜藏的读者（inscribed reader），指的是作者预设的可以完全接收到其传达的信息和意义的读者。——译注

定受众群的意义。这个观点与我当时在美国研究学界的处境密切相关。那时学界依旧在讨论着一个老生常谈的话题，即在文化研究中“科学的”方法要比“文艺的”方法相对更好。[1]

但这本书最终并未能按照它的初衷发展下去。这是因为，“人种志研究”的能动性（activity）实际上催生了许多出人意料的结果。其中很重要的一项就是让我认识到：即便我是使用人种志的方法描述“原述者”（native）的见解，它也必然是一种诠释（interpretation），或化用克利福德·格尔茨[2]的话说，我是在用自己的方式阐述（construction）我的受访者在阅读浪漫小说过程中所进行的解读（construction）。对于那些熟谙人类学研究方法，或参与了现代文化研究中心（CCCS）人种志项目的人来说，这一点当然算不上新颖的看法，但我确实是在尝试撰写这部人种志著作的过程中才发现了它。我曾试图在第一版引言（和其他的许多作者一样，在正文的章节完成之后，还在进行大量的修订）中坦言这一点。我也试图开诚布公地宣布我的女权主义立场，并坦承它影响了我对于受访主体自我认知（self-understanding）的评价或反应。但我现在认为，我最初对于社会科学的经验论主张过于执着，这让我无法全面地认识到如下事实，这即是说，即便我只是对受访者的自我认知进行不加修饰的描述，我个人的概念性观念（conceptual construct）和看待世界的方式就算不会再创造了它，也仍会对它产生润饰的效用（mediated）。[3]

因此现在我想要更加坚定地强调安吉拉·麦克罗比的主张——“呈现即是阐释”（representations are interpretations）。[4]她指出，呈现之物绝不可能是部分客观现实（objective reality）的纯粹镜像，存在（exist）总是经过“一系列甄选机制——比如强调、编辑、裁减、转录和变化等”处理后的结果。假如

1　将经验主义作品概念化为客观的科学，把阐释性著作定义为主观人文——关于这一做法的固有危险性，请参看劳伦斯·格罗斯伯格（Lawrence Grossberg）在《批评理论和研究政治》（*Critical Theory and the Politics of Research*）中对此进行的富有洞见的讨论，刊于《大众传播年鉴》（*Mass Communication Yearbook*）第6期（1987）。

2　克利福德·格尔茨（Clifford Geertz），美国著名的文化人类学家、象征人类学家。——译注

3　参看威利斯的《方法论手札》，第90页。

4　引自麦克罗比的《女权主义政治学研究》，第51页。

我是现在写《阅读浪漫小说》，我将会更加泾渭分明地区分受访者实际上所做的评论以及我对于她们的看法。或许更重要的是，我会更加细致入微地描写访谈本身，并从中选择具有代表性的评论，从而更进一步地探究受访的史密斯顿女性和我在这个过程中逐渐发展出来的关系的性质。就此而言，我也不会再据理力争地声称，阅读人种志应当**取代**文本阐释，并坚信前者更能胜任揭示客观文化现实的重任。相反，我会说，在一个对个体社会行为拥有强大决定作用的社会和文化语境中，要想不偏不倚地探究历史主体理解和尽力掌控他们自身行为的方式，那么，阅读人种志的研究方法就可发挥大有裨益的效用，成为多焦点研究的重要组成部分。但是，我现在也想强调的一点是，任何学者关于社会形态是一个决定性情境（determining context）的观点也都是一种阐释，其本身就是一种意识形态立场和一个特殊历史语境下的产物。就我的情况来说，声称文化活动在一定程度上是被决定的阐释性假设与我个人的处境密切相关：一是我不断发展的女权主义思想；二是我对于当时正蓬勃发展的新马克思主义理论产生了兴趣。

虽然《阅读浪漫小说》并未明确强调其关于史密斯顿女性之社会背景的描述就是一种阐释（并因此存在其自身的局限性），但它至少尝试着将这一背景理论化为一种社会决定因素（socially determining）——这一点更多的是受到了《恐怖小说》的作者杰里·帕尔默的启发，我是在与他谈论特里·伊格尔顿在《批评和意识形态》中试图重新思考文学创作的本质时形成了这个观点。[1]这些讨论促使我开始在讨论意识形态的马克思主义文献中搜寻相关的参考书目，同时，这一学术动向也因为如下的活动而有所强化。为了了解那些与我分享其所思所想的女性所处的社会处境，我一直持续查阅女权主义的相关文献。当我观察到阅读浪漫小说这一行为经常出现的物质和社会背景后，“决定因素”这个问题就摆在了我的面前。

我是在研究生时开始关注浪漫小说这个主题的。当时我关于“通

1 参看杰里·帕尔默（Jerry Palmer）的《恐怖小说：通俗题材的产生和结构》（*Thrillers: Genesis and Structure of a Popular Genre*, London: Arnold, 1978）；特里·伊格尔顿（Terry Eagleton）的《批评和意识形态：马克思主义文学理论研究》（*Criticism and Ideology: A Study in Marxist Literary Theory*, London: New Left Books, 1976）。

俗”和“精英”文学之差别的学位论文涉及了这个内容。[1]我在这些有待评估的类别中搜寻一种能够用于考察十变五化地运用惯常桥段（generic conventions）的类型时，最后选定了哥特浪漫小说。我曾经参加过一个女权主义意识强化小组，这让我对女权主义的学术写作萌发了兴趣，并把研究浪漫小说视为进入这一领域的途径。虽然当时我刚刚开始对侦探小说产生兴趣，但是在此之前从未读过任何通俗浪漫小说。然而，我仍希望能将我女权主义的“个人”生活与我认为的无性别（nongendered）且在当时还未关注女性相关论题的学术工作结合在一起。这一决定开启了一个缓慢、曲折且常常充满了苦痛的转变过程，并且直到六七年后我真正开始动手写作《阅读浪漫小说》时，这一过程才有了质的变化。在写作的过程中，由于我必须对真正的浪漫小说阅读活动所具有的复杂性进行解释，这样的艰巨任务让我对女权主义理论和它对女性境况的分析有了更加强烈和个人的亲历感。随着浪漫小说的读者娓娓道出她们的个人生活，这样的亲历感也跟着日益增加。即便当我开始在史密斯顿女性关于她们自己的叙述中看到了自己，并 6
且也慢慢地承认自己对她们怀有认同之心时，女权主义作家仍旧帮助我分析了这些女性的处境，并探索其背后各不相同的决定因素。因此，撰写人种志著作收获的另一枚意外硕果就是我个人的政治化。在我开始写作时，这种政治化进程才刚刚开始。这一事实再加上我当时拘执于如何对文学进行文化研究的方法论问题，因此在开始时，我误读了关于浪漫小说的女权主义作品，导致我忽视自己的论点与诸如塔妮娅·莫德莱斯基和安·巴尔·斯尼托[2]一类的学者存在的连贯性。[3]

1　珍妮斯·拉德威，《关于通俗和精英文学的现象理论》（*A Phenomenological Theory of Popular and Elite Literature*），博士论文，密歇根州立大学，1977年。

2　塔妮娅·莫德莱斯基（Tania Modleski），南加州大学的弗罗伦斯·R.斯科特英文教授，其涉猎的研究领域包括美国研究、性别研究、女权主义理论以及电影和通俗文化研究，主攻电影、通俗文化、文学和肥皂剧中的女性形象。安·巴尔·斯尼托（Ann Barr Snitow），新学院（The New School）文学和性别研究的副教授，女权主义活动家和作家。——译注

3　在方法和政治观点上，尤其是关于大众文化的观众这一主题上，我一直都与莫德莱斯基存在着重大的分歧，对此我不想有丝毫的隐瞒。可参看她在近日出版的《娱乐研究：关于大众文化的批评研究》（*Studies in Entertainment: Critical Approaches to Mass Culture*, Bloomington: Indiana University Press, 1986）中的引言，第ix—xix页。她在这篇引言中讨论了伯明翰学派关于大众文化研究的工作以及相关的方法，并指出这些研究赞美多过批判。

因此，本书所采用并贯彻的研究方法很大程度是与我最初的理论关注点（theoretical concerns）有关，而这些关注点从我开始涉足文学批评讨论起就形成了。由于我从一开始就采纳了读者理论家斯坦利·费什[1]的观点，即文本阐释是释意群体（interpretive communities）使用特殊的诠解策略构建形成的，于是我力图比照由训练有素的文学批评家撰写的、风靡当时的浪漫小说阐释文章和这个文类的粉丝撰写的评论。[2]因此，在进入这个领域时，我仍是抱着一种狭隘的态度，认为阅读**就是一种阐释**，并且认为这个课题很大程度上是侧重于探究对文本进行与众不同的解读。直到我将浪漫小说的意义这个问题抛给史密斯顿的女性，而她们一再地将**阅读**浪漫小说视为家庭语境下的一种活动和社交事件，并在这一层面上谈论它的意义时，这项研究才开始与英国当时正在进行的研究工作产生交集。

但如今让我大感震惊的是，这些浪漫小说的读者本身以及她们有条有理谈论其所思所想的方式，促使我思考了许多也在其他学者包括保罗·威利斯、大卫·莫利、夏洛特·布朗斯顿、安吉拉·麦克罗比、桃乐茜·霍布森和迪克·赫布迪奇[3]等的头脑中盘旋的问题。[4]事实上，出乎

---

1 斯坦利·费什（Stanley Fish），美国文学理论家、法律学者和公共知识分子，常常将自己描述成一个反基础主义者（anti-foundationalist）。——译注

2 参看费什的《这个阶层有文本吗？》（*Is There a Text in This Class?*）。

3 大卫·莫利（David Morley），媒体研究者，尤长于受众理论，曾供职于伯明翰大学的现代文化研究中心。夏洛特·布朗斯顿（Charlotte Brunsdon），伯明翰大学的博士生，于1970年代在现代文化研究中心工作过。目前供职于沃里克大学（University of Warwick），是电影和电视研究教授，同时还在多所大学担任客座教授。迪克·赫布迪奇（Dick Hebdige），侨居国外的英国媒体理论家和社会学家，因其对于亚文化的研究以及对于社会主流的反抗而为人所知。——译注

4 参看上述提及的威利斯著作；大卫·莫利和夏洛特·布朗斯顿的《每日电视：〈全国〉》（*Everyday Television: Nationwide*, London: British Film Institute, 1978）；大卫·莫利的《〈全国〉的受众》（*The 'Nationwide' Audience*, London: British Film Institute, 1980）；安吉拉·麦克罗比的《工人阶层的女孩和女性化文化》（*Working Class Girls and the Culture of Femininity*），收于《女性有话说》，第96—108页；安吉拉·麦克罗比的《总论亚文化：女权主义的批判》（*Settling Accounts with Subcultures: A Feminist Critique*），收于伯纳德·威茨（Bernard Waites）等编辑的《通俗文化：过去和现在》（*Popular Culture: Past and Present*, London, 1982），第263—283页；桃乐茜·霍布森的《家庭主妇：压抑下的孤立》（*Housewives: Isolation as Oppression*），收于《女性有话说》，第79—95页；以及桃乐茜·霍布森的《十字路口：一部肥皂剧的戏剧性》（*Crossroads: The Drama of a Soap Opera*, London: Methuen, 1982）。

我意料的是这些女性读者将阅读浪漫小说这一行为视为一种"独立宣言"，这让我意识到，她们的媒体使用（media use）所具有的意义受到多重因素的影响，并存在内在的自相矛盾性。理解这其中的复杂性可让我们条分缕析地区分以下二者：阅读**活动**（event）的重要性和由此建构而成的文本意义。虽然我当时并未如此详尽地阐述这一点，但是，关于阅读活动的这一看法将我引向一系列的问题："一个特定的文本被如何使用，它在一个特定的时刻、一个特定的制度化空间内涉及特定的受众时，发挥着怎样的功能。"[1]于是，这本书渐渐地不只是在探讨作为文本被阐释的浪漫小说，更是在研究作为一种行为形式的浪漫小说阅读活动。这种阅读活动在真实存在的社会主体（那些首先将自己视为妻子和母亲的女性）那日复一日的社会生活中产生了复杂的干预作用。 7

因此，《阅读浪漫小说》与桃乐茜·霍布森的《十字路口》、大卫·莫利和夏洛特·布朗斯顿讨论《全国》节目的著作以及安吉拉·麦克罗比关于工人阶层的女孩的论著存在着显著的相似性。虽然本书阐述中心论题时遣用的语言与他们著作中的或其著作中特别援引的参考书目中的表达方式有所不同，但是《阅读浪漫小说》和他们一样，都重点关注受众在与媒体信息的互动中所彰显的自由度这一问题，也同样感兴趣于这类文化形式是以何种方式植入其使用者的社会生活之中。本书的理论立场与桃乐茜·霍布森的如下结论非常接近，即"这本著作中没有普世适用的内在信息或意义"，以及"当读者为这个研究项目增添他们自己的阐释和理解时，它才会变得鲜活，才具有传播性"。[2]事实上，由于我从一开始就赞同斯坦利·费什的观点，即文本特征并不是阐释赖以维系的实质结构（essential structure），相反，它是产生**于**诠论的过程中，因此在我看来，《阅读浪漫小说》的理论立场也接近于霍布森的另一个观点："有多少个体观众解读一个研究项目［或文本］，它就有多少种阐释。"[3]但本书要特别论证的重要一点是，不论无穷多的阅读会产生多少种理论上的阐释可能，

1　参看莫利的《〈全国〉的受众》，第18页。

2　见霍布森的《十字路口》，第170页。

3　同上。

观众和读者对于文本的解读大体上仍有一定的程式(patterns)或规律性(regularities)可循,这是因为处于特定社会位置(social location)的他们也由此获得了特定的文化能力(cultural competencies)。因此我认为,之所以会出现相似的阅读习惯,主要是因为处于相似位置的读者习得了一套相似的阅读策略和阐释代码用于解读其接触到的文本。

《阅读浪漫小说》借助费什的"释意群体"这一概念来理论化这其中的规律性,之后再试图确定作为一个释意群体的史密斯顿女性对于浪漫小说的解读是否在某些方面不同于受过专业训练的文学学者。但是,费什提出释意群体这一概念只是针对学术界中各成体系的文学批评模式,更确切地说,即是由弗洛伊德派、荣格派、神话派和马克思主义派衍生的批评理论,因此,这个概念的理论并不完备,没法用于阐述社会群体的复杂性,或解释他们到底是如何、何时以及为何会**成为**释意群体。换言之,在《阅读浪漫小说》中,关于"群体"的理论本身多少有点理据不足,因为它未能准确地详述浪漫小说阅读群体的成员资格是由哪些条件构成的。因此之故,它无法绝对公正地探讨社会位置与复杂的阐释过程这二者间的关系性质。究而言之,它无力解释社会决定因素是如何让史密斯
8 顿的浪漫小说阅读活动更加活跃。

但不管这种探究方式存在怎样的不足,对于我的研究而言,决定因素和规律性在很大程度上仍是至关重要的,因为我考察的群体相对而言仍是一个同质性的群体。这些女性不仅对我提出的关于浪漫小说的问题给予了类似的回答,她们还时常**主动地**提及阅读浪漫小说与她们为人妻母所处的日常社会境况之间的关系。因此,我借助于女权主义理论的解释性学说(explanatory constructs),尤其是"父权制婚姻"这一概念,从理论上对她们程式化的回答和相似社会位置的关联进行了阐释。除了使用这类概念解释她们进行阅读时所处的社会处境,并且运用它理解这类阅读活动在那种处境中所起到的干预作用外,我也会在适当的时候将这类概念还原为一种社会形态,并借助于南希·乔德罗的心理分析理论,用它来解释导致她们所处之位置以及她们对这种位置心有不满的欲望结构(construction of desire)——正是这种欲望结构本身最终导向了

重复性的浪漫小说阅读行为。

现在回头看来，我认为，对于父权制婚姻的具体化（reification）除了有助于我充分了解浪漫小说吸引这些女性的原因外，它同时也让我避开了与严密的决定机制有关且至关重要的若干理论问题。假如我当时是以比较的方式进行这项研究的话，那么，大卫·莫利在《〈全国〉的受众》的批评性后记中提出的一些问题或许就会得到更加显著的凸显。[1]他早前曾发文讨论过传统的社会学/结构变量——年龄、性别、种族和阶层——发挥影响后对于意义所产生的决定性作用，但他在上述文章中特别指出了这一讨论的不足之处。莫利在他的著作中就这一问题提出的许多疑问如今也摆在了我的面前。鉴于他已经指出他自己过于关注阶层这个单一的变量，以及这个概念本身的建构也过于简单了，因此我或许也可以说，我的研究排他地拘执于性别，并且使用了相当僵化的父权制概念。事实上，我现在很希望能以比较的方式撰写一部关于浪漫小说阅读活动的人种志，以图确定诸如年龄、阶层位置、教育和种族一类的社会变量与性别发生了怎样的交集，才导致了不同的人与浪漫小说形式生发出各不相同，有时甚至相互冲突的互动。有类似处境但不读浪漫小说的女性或许也是一个很有意思的研究主题，我们也许可由此确定是哪些特定语篇能力（discursive competencies）的缺席（或增加）才导致了浪漫小说在这个群体眼中变成不知所云、令人生厌或无足轻重的东西。

不管《阅读浪漫小说》在社会学意义上存在怎样的不足，我仍认为，为了描绘出浪漫小说对于这一小部分女性所具之“吸引力”（purchase）这一复杂的问题，本书所采用的特殊方法（或各种方法的集成体）是进行 9
更深入的讨论，甚至进一步分析研究的起点。我认为在某种程度上这一点确是如此，因为在本书讨论过程中渐成体系的阅读观念类似于莫利曾推荐过的类属或话语模式——莫利认为，应当使用这种非常有用的模式取代早期文化研究著作中占据主导地位的编码—解码阐述系统。虽然

1　见大卫·莫利的《〈全国〉的受众》，刊于《银幕教育》（*Screen Education*）第39期（1981），第3—14页。

对史密斯顿女性的观察最终让我得出了与莫利的建议有着惊人相似性的一整套程序，但在此我并不打算简单地暗示说，《阅读浪漫小说》亦步亦趋地践行了莫利的倡导。相反，我想说的是，他在上述后记中所做的启发性评论颇有助益，让我可借此发现自己分析中其他有所欠缺的理论化步骤，甚至可用于拓展和完善我的分析。

在指出了早期关于"全国"受众的论著中存在着在他看来非常重要的社会学问题后，莫利表示，如果受众研究能够摒弃简单的编码—解码模式，转而采用以类型为基础（genre-based）的阐释和交互理论，那它就会卓有成效得多。他认为，这类理论能够更加恰如其分地建构关于阅读过程的理论，即它是一个错综复杂且相互关联的系列活动，除了观念共识（ideological agreement）外，还牵涉到息息相关/毫不相干（relevance/irrelevance）和入理切情/不知所云（comprehension/incomprehension）的问题。在以文类为基础的理论中，文类被看作是为意义申衍（既可通过写作，也可从阅读中得以实现）设定一整套的规则。因此，这样的理论或许可解释特定种类的文本尤其吸引某个特定群体（其他群体则兴趣缺缺）的原因，因为它会让人思考一套既定的文类规则是如何以及在何处被构建、习得以及使用的问题。这种类型研究将会聚焦于话语内构成（interdiscursive formations），也就是说，探讨在特定社会构成（social formations）中习得的各种文化能力，以及这些能力在种类繁多、相互关联的类型或话语中是如何被激发和保存下来的问题。就像有人会问是什么样的社会规则（social grammars）让青春期的男孩子理解并喜欢诸如《月光光心慌慌》系列[1]的恐怖电影一样，一些人也可能会想了解，是什么样的文化能力让一些女性认为浪漫小说与她们的经历息息相关，并将它当成了获得快乐的可行途径。

虽然《阅读浪漫小说》并未使用莫利的术语，但是它确实是朝着他所设想的类型理论发展的。首先，它试图厘清史密斯顿的女性所处的社

1 《月光光心慌慌》（*Halloween*）是一部经典的美国恐怖电影，由约翰·卡彭特（John Carpenter）执导及编剧，系列第一集于1978年10月25日在美国上映，并于2006年入选美国国家电影保护局典藏，成为后现代恐怖电影经典之一。——译注

会和物质处境，是如何让她们将阅读浪漫小说这一行为看作一种颇有妙趣，甚至是必不可少的活动。其次，通过详尽的提问，让这些女性对浪漫小说给出她们自己的定义，并划定评判这一文类中理想和失败作品的标准，这个研究力图勾勒出那些能让这些女性感到尤为满意，愿意沉浸于 10
其中的特定叙事作品的结构。最后，借助于心理分析理论，本书试图指出，在一个特殊的家庭单位中，她们的社会化结果是如何以及为何会让这些女性从这类环环相扣的“故事”中获得愉悦之感。为了让读者对本书接下来的讨论内容有所了解，同时也向她/他指出值得进一步挖掘的问题，下面我将对《阅读浪漫小说》的每一个章节进行简要的概述。

《阅读浪漫小说》第一部分的大部分内容都是在讨论浪漫小说阅读活动发生时的社会和物质情境。因此，我一开始就调查了让浪漫小说在1970和1980年代出现井喷发展的各种社会推动力。在当时，这类小说采用了各种尤其适用于女性的行销手段，也就是说，提供邮购订阅以及在那些女性经常出入的商业销售点进行推销。[1]虽然我的研究方法与桃乐茜·霍布森钻研《十字路口》时的手法类似，即从细微处着手，但我并未像她研究这部肥皂剧时那么追根究底，去考察渗透于浪漫小说写作和编辑过程中的专业意识（professional ideologies）。不过本书也确实意识到，即使是对于读者而言，浪漫小说的创作群体也非常重要，因为史密斯顿的女性明确无误地表示，她们很清楚自己会阅读特定和个别作者的作品——她们能够详细地描述出这些作者的特殊风格记号，而非那些千篇一律、量产化的商品。虽然有出版界的干预，但是在这些女性看来，阅读浪漫小说是加入一个更大且只有女性的社群的方式之一。然而，假如让我现在来做这项研究的话，我就会比较浪漫小说的意义和重要性，因为它已经成为作家、编辑、读者甚至女权主义批评家的日常生活之一部分。

1　在此，我得指出的一点是，美国的这股浪漫小说潮最初是由加拿大禾林出版公司开启的。禾林于1950和1960年代重新出版了米尔斯&布恩出版社的浪漫小说，由此打开了畅销书出版市场，并因此声名鹊起。在禾林开始出版美国女性创作的浪漫小说而其他公司也开始在这一文类中引进露骨的性爱描写后，这个文类很快就在美国大受欢迎。史密斯顿的女性并不局限于单一类型的浪漫小说，事实上，她们广泛阅读了这个文类中的各种题材，并且会欣赏很多新奇的变体。

这样的研究或许也可揭示出对单一文本进行文化含义或意识形态的简单解读所固有的问题。[1]

结束了关于影响作品印制数量（这为定期购买浪漫小说的可能性创造了条件）这一历史进程的讨论后，《阅读浪漫小说》接着便试图等量齐观地探究构成女性的私人生活空间，使她们有可能定期阅读浪漫小说的特定环境。正是在这个背景下，我仔细地区别了阅读活动和在此过程中读到的文本。我认为很有必要这么做——读者将会在后面发现确实如此，因为史密斯顿的女性坚定且明确地表示，阅读浪漫小说是一种手段，让她们可以暂时地拒绝与为人妻子和母亲这一社会角色相关的种种要求。正如她们对此所做的评论一样，阅读是一种"独立宣言"，起到了保护隐私的作用，但与此同时，它也让读者心有所依，并可一吐心中块垒。实际上，鉴于上述观点，我努力在第二章和第三章中阐明"逃离"这个词
11 语的重要性。由于这些女性认为她们的"普通"生活和幻想之间应当保持一定的距离，因此，与绝大多数的媒体分析人士不同，我将从更接近于其本义的层面上讨论"逃离"这个词，从而详述她们要求这一距离的缘由及其特性。[2]因此，我力图慎重对待"逃避"这个词的双重含义，也就是说，这个词所指涉的对于某种环境的拒斥以及它意图构建的一个乌托邦式未来。

我认为，正是因为这一点，《阅读浪漫小说》才和霍布森的《十字路口》及其研究家庭主妇的著作以及麦克罗比关于劳工阶层的女孩的论著存在着特别的关联。事实上，所有对这些研究做出贡献的女性在方式上都有着惊人的相似之处：她们都会使用传统的女性形式（female forms）来应对那个对她们施加压迫的环境特征，从而对抗她们**身为女性**的处

---

1 关于这一点，请参看格罗斯伯格在《批评理论和研究政治》中的讨论，第9—10页。

2 大众的幻想（popular fantasy）时常招来"逃避现实"的责骂，但相比于美国，英国论著中的这类倾向似乎没有那么明显。可参看瓦莱里·沃克丁（Valerie Walkerdine）在《我的王子总有一天会到来：年轻女孩和青春期性行为的准备》（*Some Day My Prince Will Come: Young Girls and the Preparation for Adolescent Sexuality*）一文中对少女通过幻想来逃避现实的性质所进行的敏锐分析；此文刊于安吉拉·麦克罗比和米卡·纳瓦（Mica Nava）编辑的《性别和世代》（*Gender and Generation*，London: Macmillan，1984），第162—184页。

境。在麦克罗比的研究中，那些青春期的女孩便巧妙地利用女性文化(culture of femininity)“抗击学校以班级为基础的压制性特征”。在霍布森的研究中，家庭主妇靠收音机和电视排遣极度的孤寂之感。与那些女孩和家庭主妇一样，史密斯顿的浪漫小说读者也用她们的书籍在自己与家人之间竖起了一道屏障，从而宣布她们暂时闭关，不准那些想要向她们索求情感支持和物质照料的人踏入半步。于是，读者将在第三章中发现，那些女性极力寻找各种各样的闭关方式，而拿起一本书这个简单的动作便表明了隐藏于妻子和母亲这一社会角色背后个人需付出的代价。我努力提出充分的论据，证明将阅读浪漫小说视为个人反抗某种处境的一种形式是基于这样的前提，即只有女性被要求向他人提供照顾和情感滋养(emotional nurturance)。阅读浪漫小说让这类女性拥有了自己的时间和隐私，即便这会透露出与她们处境有关的推断性结论：在这个父系家庭中，由于无人被委以关心**她们的**责任，她们因此感到了身体上的疲顿和情感上的空虚。鉴于史密斯顿的女性一再地特别提及这样的代价，因此，我几乎不可能忽略她们以同样强烈的执着表达出的另一个观点：阅读浪漫小说让她们生发了希望，为她们提供了情感上的补给，而且还催生了一种由衷的幸福感。

正是为了探究阅读浪漫小说是否能够满足女性对于情感补给的渴求，我才会注意到促使这些女性从所有可接触到的书籍种类中挑中浪漫小说的文化条件。鉴于阅读这项活动似乎解决了史密斯顿女性的特殊“需求”，于是我暗自寻思，浪漫小说是如何在这个关头出现的呢？我开始思忖，在浪漫小说女主人公的经历中，是什么东西促使读者津津有味地阅读她的故事，又是什么东西让她们中的大多数人在对传统结构的异 12
性恋关系最不满的时候，乐于通过她的故事去寻求她们自己的快乐。在浪漫小说的叙述中，是什么让她们感觉到快乐？史密斯顿的女性在她们少之又少的私人时间里，为什么不选择阅读侦探小说、西部故事，或者其他畅销作品？

在找寻一种方式，以关联特定欲望与选择满足这一欲望的特殊方式的过程中，我在总体方向上转向了心理分析学理论，同时尤其关注经南希·乔德罗的女权主义修订后的弗洛伊德学说。在本文的语境下，她的论著显得切近得当，因为它着重聚焦的正是如下现状：由女性承担抚育任务这一社会现实让女孩子形成了一种持续存在的需求，即渴望一种最初是与其主要养育人（她的母亲）有关的关爱方式。我想要说明的是，事实上史密斯顿的女性显然都强烈地渴望被呵护和关爱，虽然她们都无一例外地表示婚姻很幸福（对于这一点我毫不怀疑），但是在日常的生活中，这样的需求并不能得到充分满足。而阅读浪漫小说似乎解决了男性伴侣无法满足的需求、渴望和愿望。乔德罗的论著之所以会让我受益匪浅，就是因为它系统地阐述了一个导致男性和女性以极其不协调的方式成长的非对称养育过程（engendering process）。一项关于史密斯顿女性最喜爱的浪漫小说的调查更凸显了那部论著的切中肯綮：调查显示，史密斯顿的女性最欣赏的女主人公事实上总是被给予她们自己所渴求的关注和关爱；而更值得注意的是，男主人公的怜香惜玉几乎都与母性的关爱和呵护存在着隐喻性的关联。因此，我认为乔德罗的理论相当有吸引力，借助于它们所提供的语言，我似乎就能够清晰地将史密斯顿女性的表面欲望解读为对于**母亲**及其特有关爱方式的持续追寻。

在我看来，乔德罗对于家庭罗曼史[1]心理分析论述的修订很有意思。准确地说，这是因为它主张，即便女性的俄狄浦斯情结的对象已经成功地转向了父亲和异性恋人，她对于母亲仍会怀着持续不断但一直未得到满足的渴望。虽然乔德罗的主要观点是，女性天生具有的这种三分型内在客体构型（tripartite internal object configuration）会因为她之后的为人母亲以及养儿育女而得以融合（这个观点可能会被认为是在暗示，这种后天形成的对于前俄狄浦斯期的母亲的欲望可通过特定的社会安排得以满足），但在我看来，根据史密斯顿读者对于阅读浪漫小说的看法，事实上至少对于一部分的女性而言，就连育儿活动也无法弥补母亲的缺

1　家庭罗曼史（family romance），援引自文学批评领域，通常与弗洛伊德的学说有关。弗洛伊德以家庭罗曼史指称神经官能病患的某种幻想，在其幻想中病患希望能逃离自己鄙视的亲生父母，而由某些具有较高社会地位的人取而代之。——译注

失，或满足她们对于母亲的渴望。[1]我认为，这一点或许就是事实，因为这些女性在评估过程中有意说明和无意透露出来的许多信息都指向以下事实的核心内容：在理想的浪漫小说中，男主人公都被塑造为具有中性气质的人。虽然这些女性都毫不掩饰她们对于男主人公惊人的男性 13
阳物权力（masculine phallic power）的着迷，但在她们主动发表的评论和显而易见的偏好中，她们强调了他温柔与体贴照顾人的能力也同样非常重要。乔德罗理论的用处在于，我能用它们来解释我认为隐藏于浪漫小说阅读背后的欲望之双生客体（twin objects），准确地说，她们既渴望由前俄狄浦斯期的母亲所代表和应许的悉心抚育，同时也向往与俄狄浦斯期的父亲有关的权力和独立。在我看来，阅读浪漫小说是在仪式性地重述为女性建构的传统异性恋关系的心理历程，与此同时，它的存在似乎又是对异性恋在本质上无法满足它在女性身上所触发的欲望的一种抗议。[2]之后我将阐明，把异性恋当作化解这一俄狄浦斯困境的解决之道须面对持续不断的不稳定性，而阅读浪漫小说正是这种不稳定性的一个征兆，也就是说，它以一种仪式性的方式让它的读者相信，异性恋既是不可避免的，也是自然而然的，因此理应安于这一现状。[3]

为了阐明那些似乎经由阅读浪漫小说这一**行为**而得到满足的特殊欲望的构建过程，《阅读浪漫小说》采用了乔德罗修订后的心理分析理论。但是，本书也使用这种理论去挖掘浪漫叙事本身在已经被构建和引导的读者心中引发的心理共鸣，这种叙事本身就是关于女性的主体（subjectivity）在父权制家庭中慢慢成形的过程。因此，心理分析学也被

1　读者想必会注意到，这并未让我重新考虑乔德罗的作品及其与客体关系理论（object-relations theory）的关系。沃克丁在《我的王子总有一天会到来》（第178—181页）中的评论已经让我意识到，本书的修订版让我有机会说，乔德罗的理论或许比我认为的更重要。或许根本不是育儿活动无法对一部分（偏离常规的）女性起作用，实际上，关于性别身份的挣扎从未像她以及之前的弗洛伊德、拉康和罗丝（Rose）所认为的那样，得到了解决。

2　安吉拉·麦尔（Angela Mile）在其妙言要道的未出版文章《禾林读者的忏悔录：浪漫小说和男性呵护的幻想》（*Confessions of a Harlequin Reader: Romance and the Fantasy of Male Mothering*）中，以另一种形式运用了乔德罗的理论来研究浪漫小说，并探寻其中的前俄狄浦斯期的逐渐消失。

3　请参看我未出版的论文《浪漫小说和幻想作品——世纪末女性的情欲和主观性》（*Romance and the Work of Fantasy—Feminine Sexuality and Subjectivity at Century's End*）。

用于解释为什么这种故事会受到这类读者的欢迎，以及她们为什么会相信，见证女主人公终于顺心遂意有可能会让她们自己感到快乐。这种以精神分析为基础的阐释揭示了一种隐含于如下事实之中的深层讽刺：一些女性承受着父权制婚姻无法满足其需求的结果，但她们转向了一个仪式性地重述了这一需求形成过程的故事。在我看来，她们之所以做出这样的选择，是因为这类故事的幻想性解决策略（fantasy resolution）让女主人公获得了这些读者一直渴求的那种快乐。在这类故事中，女性被赋予成年人的自主权，拥有稳定的社会地位，最后也都以获得慈母般的呵护圆满收场，并且这一切全都集中体现在浪漫小说的男主人公身上。而史密斯顿的女性在阅读这类小说的过程中，一再地确信如下主张的正确性，即她们仍未获得满足的欲望是不真实的，也就是说，异性恋可以创造一个表里如一、衷心感到满足的女性主体。[1]

最后，《阅读浪漫小说》想要论述的是，阅读浪漫小说是一种极其自相矛盾的活动，其核心就是一个存在着深层冲突的形式。因此本书就浪漫小说形成的观点与瓦莱里·沃克丁关于少女漫画的论述相似——她
14 认为少女漫画是以特殊的方式疏导心理冲突和矛盾的一种做法。它也与瓦莱里·黑[2]以及艾莉森·莱特的观点相似；后者在分析达芙妮·杜穆里埃的《蝴蝶梦》（*Rebecca*）的文章结尾写道，女性阅读浪漫小说“既可衡量她们对于异性恋这种选择所怀有的深层不满程度，同时也会披

1 科拉·卡普兰（Cora Kaplan）最近提出了一种观点，认为读者不只与浪漫小说的女主人公有认同感，实际上，她们也会在多种层面以漫不经意的方式代入到诱惑者、被诱惑者以及诱惑过程本身之中。参看《〈荆棘鸟〉：虚构、幻想和女性》（“*The Thorn Birds*: Fiction, Fantasy, Femininity”），载于卡普兰的《巨变：女权主义和文化》（*Sea Changes: Feminism and Culture*, London: Verso, 1986），第117—146页。虽然在我采访的群体中，并无多少证据证明她们会有这类多重认同感（至少在有意识的层面），但是很多浪漫小说的作者告诉我，创作浪漫小说的行为是一个特别愉快的过程，因为它让他们有机会把自己想象为男主人公。此外，很有趣的一点是，美国的几家浪漫小说出版社最近都允许作者试验完全从男主人公的视角描述的浪漫小说。也许，这种多重认同感确实有可能是因人而异，而且可能因为文化和人称的变化而有所增加。

2 参看瓦莱里·黑（Valerie Hey）的《浪漫小说的不可或缺性》（*The Necessity of Romance*），刊于肯特大学坎特伯雷校区《女性研究论文特辑》（*Women's Studies Occasional Papers*）第3期（1983）。

露她们内心的渴望，即与这些文本所嘉许的小鸟依人的女性形象完全一致。浪漫小说之所以描绘平和、稳定和安逸，就是因为现实中存在争吵、不定和困苦”。[1]莱特本人也指出，由于阅读浪漫小说的行为包含和充斥着这些固有的模棱两可性（fundamental ambiguities），由此便引发出如下的关键问题，即对于那些一再地在幻想中寻找出路的女性而言，这种解决之道最终会产生怎样的影响。浪漫小说无休无止地再现女性消极情欲的种种益处，是否只会让读者愈加坚定地附着于父权文化的大背景之中？或者正相反，读者从阅读行为本身（这种行为是她自主选择的，且常常公然反抗了他人的反对）中获得的满足会让她们拥有全新意义的力量和独立？《阅读浪漫小说》在结尾处并未能解决这些问题，仅表示只有在对成年浪漫小说读者的生活发展轨迹进行长时间且仔细的考察后，才能做出深中肯綮的回答。虽然我很乐意在本书中一劳永逸地解决这些议题，但我仍然相信，在理论上，它们是无解的，因为阅读和创作浪漫小说的实践仍在继续，而它们的影响至今仍未被完全认识。

之后出版的关于浪漫小说的批评论著大多关注这个文类自身以及日新月异的浪漫小说创作界本身的发展，这说明这种形式所起到的重新遏制不满和疏导欲望的作用并未完善到阻遏所有变化的地步。事实上，安·琼斯在对米尔斯&布恩出版社的浪漫小说所进行的分析中指出，这一文类发现它越来越需要纳入与女权主义相关的内容。[2]她论证道，这个文类内在的矛盾性因为如下趋势而日渐尖锐：它既想要塑造一个独立自主的职业女性，通过这样的女主人公将特定的女权主义议题融入浪漫小说之中，与此同时却又贬抑这类女性的活动本身——通常是经由男主人公发表的长篇大论。琼斯因此指出，“作为新兴意识形态的女权主义和

1　参看艾莉森·莱特（Alison Light）的《回到曼德利——浪漫小说、女性的情欲和阶级》（*'Returning to Manderley'—Romance Fiction, Female Sexuality and Class*），刊于《女权主义评论》第16期（1984. 4），第7—25页。

2　参看安·罗莎琳德·琼斯（Ann Rosalind Jones）的《当米尔斯&布恩出版社遇上女权主义》（*Mills & Boon Meets Feminism*），刊于《浪漫小说的发展历程：通俗小说的政治》（*The Progress of Romance: The Politics of Popular Fiction*, London: Routledge and Kegan Paul, 1986），吉恩·拉德福德（Jean Radford）编辑，第195—220页。

作为老套文类的浪漫小说之间的冲突”催生了三种类型的矛盾：叙事上的不连贯，布局上的不协调，以及写实主义对话中的不一致。

我在美国近年来出版的浪漫小说中也发现了类似的矛盾，同时也为浪漫小说的作者迫切（事实上已经近乎歇斯底里）的断言感到震惊。后者坚称，这种文类中新近勃兴且更引人注目的女性情欲，其最佳的实现方式仍是和如琴瑟、白头偕老的一夫一妻的亲密关系。不断地重申这一观点是很有必要的，因为很多情色味更加浓重的浪漫小说丛书（比如
15 “销魂烛光”、“西卢埃特欲望”和“禾林诱惑”系列）几乎已经开始承认女性的欲望，甚至将这样的欲望之源置于女性自身之中。事实上，这类丛书中的很多作品毫不遮掩地描述了男女主人公的婚前性关系，并承认女主人公和男主人公一样，对对方都怀有同样的渴求，并且也从这样的行为中获得了同样的快乐。但不论怎样，这些浪漫小说最终都拒绝拆裂女性性欲望与一夫一妻的异性恋的关系。因此，虽然这一文类由于作者更愿意将性幻想置于中心位置而别开生面，但故事的结局仍落于窠臼。禾林诱惑丛书对于性相关内容的编辑指南在下文中得到了清晰的阐释：

> 由于这些丛书反映了当代女性的生活，故而应当包括关于欢爱场景的写实描述，前提是须处理得高雅有度。每一部作品都应有高水平的情欲张力贯穿始终，并以吸引人心的故事线加以平衡。主人公间的情欲戏应侧重于描写激情，情感上的亢奋也宜因亲吻和爱抚而被挑起，而非性爱动作。当然，两人必须明显处于恋爱之中。须着重提醒的是，上述的一切描述都应是在两人热恋中发生的事。在故事收尾之前，两人应当水到渠成地在适当的时间点明确无误地彼此以身相许。欢爱场景可以频繁出现，但不能太过泛滥，而且绝对不可以出现毫无缘由的欢爱。

很显然，1980年代的情色浪漫小说开始时或许干劲十足地想要为女性的情欲正名，进而质疑将女性与贞操和童贞画上等号的观念。然而，

它仍继续将爱情视为发生性爱行为的动机。为了实现这一目标，这一文类坚持如下观点，即激情（passion）是产生**情感**依恋之前自然而然且不可避免的表现，而后者本身就依赖于自然和生理上的性别差异。于是，就如琼斯所说："双重标准的批评现在是受认可的做法，性欲是社会建构的结果，可以改变且可重新建立，而非天生的观点却未得到肯定。"[1]因此，即便是那些最具革新性的新近浪漫小说也仍继续将女性的欲望与异性恋（被建构为唯一自然的性结合）捆绑在一起，并仍把父权制婚姻描述为实现成熟女性主体性的最终道路。

这种追改（recuperation）当然很重要，但我仍觉得，我们不应当因此就忽视下面的事实：**是**创作浪漫小说的那些女性正在改变和变革浪漫小说。事实上，须注意到的一点是，在回应市场需求推出这些情色浪漫小说的同时，出版社发现它们也应当保留那些更加传统的"甜蜜"（sweet）浪漫小说，并为那些仍无法将相对直言不讳的性欲纳入爱情观念之中的女性创造其他的新类型，比如被称为"福音类"或"励志类"（inspirational）的浪漫小说。因此，一方面，有的浪漫小说作者十分乐意 16
自称为女权主义者——就像凯瑟琳·柯克兰在对美国浪漫小说作家协会（Romance Writers of America）的一个分会进行研究时所发现的那样；另一方面，另一些人则在高调地宣称，女权主义者使两性关系蒙受了大浩劫，而浪漫小说事实上是对这一浩劫的最恰当回应。[2]此外，我们也无法断言说，那些努力将女权主义要求纳入这一文类的作者是因为她们已经认识到这种形式内在存在的矛盾性，还是受迫于文化大环境向前发展所带来的压力。但有一点似乎是可以肯定的，即浪漫小说的变革本身是争取界定和掌控女性情欲权利的大潮之一部分。因此，阅读浪漫小说这一行为对于实际读者所产生的累积效应意义重大。遗憾的是，这些效应非常难以追踪到。

柯克兰的研究发现提出了比我们想象的还要复杂的问题，即她研究

1　参看安·罗莎琳德·琼斯的《当米尔斯＆布恩出版社遇上女权主义》，第210页。

2　参看凯瑟琳·柯克兰（Catherine Kirkland）的《因为爱：女性作家和通俗浪漫小说》（*For the Love of It: Women Writers and the Popular Romance*），博士学位论文，宾夕法尼亚大学，1984年。

的浪漫小说作家中，绝大多数女性在尝试创作浪漫小说**之前**，都曾是狂热的浪漫小说读者。这些女性中的一部分人声称，她们是为了强化与浪漫小说阅读行为相关的幻想体验，因此才转向创作。但另一部分人则是出于新获得的自信（她们将其归因于阅读浪漫小说），并且因为这一自信催生了想要为其他女性提供快乐的欲望。由此看来，阅读浪漫小说至少让一部分女性发生了巨大的变化，让她们愿意在公共场合上有所作为、畅所欲言。这类女性于是购买了自己的文字处理机，将先前的缝纫室改为了书房，并要求拥有自己的时间，但现在不是为了获得阅读的快乐，而是为了完成她们自己的工作——她们的这种种行为显然已经开始从本质上挑战传统家庭的权力平衡。当然，并不是所有的浪漫小说读者都会走上这条道路，但是我们也不应当将其贬抑为不值一提的现象，因为在这一个文类中，从消费者转为生产者的跨界率异乎寻常地高。事实上，如果不是有成千上万的女性创作出她们自己的浪漫小说，并定期地将它们邮寄给禾林的编辑，浪漫小说界恐怕就不会出现那样蓬勃发展的景象。她们从这一活动中获得的满足感是否会促使她们要求私人家庭环境之外的世界发生相应的改变，这一点很难说，但我也不愿意排除这种可能性。事实上，积极的政治策略或许可以如下的认识为基石来加以制定：浪漫小说的写作和阅读实践一直都在持续；它们变化无常且蓬勃发展，会受到作者和读者双方的影响；它们的最终效果既不可预测，也无法事先做出担保。

当然，这种开放性的结论会让人即刻提出关于特定干预模式的问
17 题，并询问浪漫小说的作者和读者本身以及女权主义知识分子要如何才能为浪漫小说的变革做出贡献，从而让它能够有理有据地向一个或许可促进更多女性前进的政治党派阐述它的初始理想。但是，就如很多女权主义理论家和她们的批评者所指出的那样，呼吁在学术界这个享有特权的空间中推进这样的项目，本身就非常成问题，因为那样的呼吁几乎无可避免地基于一种陈旧的精英主义——它假定了女权主义知识分子这一个群体完全了解什么是最有益于全体女性的。在这一语境下，安吉拉·麦克罗比的规劝就很一针见血：学术界中的女权主义者倾向于“低

估‘普通’女性和少女……以女性的身份进行着相当独立自主的自我斗争时……所拥有的资源以及能力”。[1]我认为，现在需要做的就是承认浪漫小说的作者和读者本身就难以**独是独非**地对待性别定义和性别政治，而她们最需要我们这些在其他领域奋进的人给予支持，而非批评或指引。但是，要找到一种可提供这类支持的方式，或者从浪漫小说的作者和读者身上获得启发，这都非易事，因为我们缺乏将自己的实践与她们的实践融为一体的空间和渠道。简言之，横亘于我们之间的阶级、职业和种族都不利于我们的融合。

最后，我想要化用麦克罗比鼓舞人心的建议：或许正因为我们一直以来都局限于人际关系的领域之中，并因此对这个话题产生了偏好，最终我们才会以女性的身份团结在一起，探究我们共同的事业和我们各自关心的议题。[2]因此，我们现在最急需的或许是一个场所和一份对话术语表，从而让我们能够通过浪漫小说这个文类，继续探讨这类人际关系以及它们那似乎永远都在不断更新变化的初衷。假如我们能够在我们文化中的“粉领聚居区”[3]内开始相互交谈，那时我们或许才能真正了解如何“让理论付诸实际行动”(to make talk walk)。[4]到那时，我们或许也会知道如何激活至今仍深埋于浪漫小说（它是少数对父权制的矛盾和代价做出女性的评注，同时又被广泛分享的形式之一）之中的批判力量。 18

1991年写于北卡罗来纳州达勒姆

1 引自麦克罗比的《女权主义政治学研究》，第53页。

2 同上，第57页。

3 粉领聚居区(pink ghetto)，在美国，这个术语用于指称以女性为主的行业中的工作。这个术语出现于1983年，用于形容女性所面临的职业限制，因为这类工作大多是没有前途、压力大且低报酬的岗位。从事这类工作的人被称为粉领族(pink-collar worker)。——译注

4 这些措辞分别来自凯瑟琳·柯克兰和安吉拉·麦克罗比。

第一章　制度基体:浪漫小说的出版

和工业文化中的其他商品一样，文学文本也是一个错综复杂、历时漫长且本身也受到许多物质和社会因素影响的生产过程的产物。可以说，正是诸如书版轮转机和合成胶一类的技术创新，以及出版和销售行业的制度变革才使得现代大众平装书成为可能。早前关于浪漫小说的批评存在着不少致命弱点，其中之一即是它在尝试解释这个文类日益流行的现象时，未能认识到这些无可争议的事实，并将它们纳入讨论的范围内。由于文学批评家倾向于从文本阐释直接进入社会学解释的范畴，因此他们很容易得出这样的结论，即文本特征的改变或某一文类的流行必然是周遭文化环境的意识形态发生改变后出现的简单而直接的结果。由于在这个文类中发现了更为显见的厌女讯息，安·道格拉斯便在她那篇广为引用的文章《情色文化》中指出，由于浪漫小说的日渐流行和女性运动的兴起同时出现，因此它势必会给女权主义制造一种全新的、不断累积的反作用力。她据理力争道，由于那种新讯息就存在于这种文本之中，因此那些不断购买浪漫小说的人势必存在一种更加迫切，必须不断接收这种讯息的需求。[1]

1　见安·道格拉斯(Ann Douglas)的《情色文化》(*Soft-Porn Culture*)，第25—29页。

虽然这种论点看似完全合乎逻辑，但它其实是建立在一系列将批评 19
者和读者等而视之的牵强臆断之上，并且忽视了当代的美国书籍出版和分销的性质已然发生改变的基本事实。道格拉斯的阐释策略假定了购买决定是一个**只**与某一特定文本的内容以及读者的需求密切相关的行为。事实上，除了潜在读者的意识和期望外，一本书的外观以及它的购买便利度也会产生很大的影响。简言之，购买书籍的行为并不能被简化为只是一本书与一个读者之间的简单互动。这是一个受到书籍出版的物质性质影响（它是一个具有社会组织性的生产和分销技术），并至少部分受其控制的活动。

浪漫小说流行度的明显升温或许可在很大程度上归因于女性的信念和需求已经发生了改变。但是不难想象，其他的一些因素也在发挥着不相上下的作用。准确地说，因为浪漫小说近来的成功**也**恰逢书籍制作、分销、宣传和营销的技术发生了重要的变革。事实上，禾林出版社能够卖出1.68亿本浪漫小说，或许确实并非由于女性对爱情幻想的需求量突然大增，而是因为出版社在出版与分销那些针对大众读者的书籍时，已经知道如何解决和克服经常会碰到的那些问题。[1]如果能够证明浪漫小说的销量是由于出版行业新采纳的特定实践活动而增加的，那么我们就肯定愿意考虑另一种可能性，即女性读者对于这类小说的表面需求或许是被诱发形成的，或至少是因人为之力而增加的。果真如此的话，浪漫小说令人惊叹的成功或许只是证明了商品包装以及宣传的效用，而非读者的信念或周遭环境的变化。在我们进一步了解平装书营销战略的近期变化（它与这个行业沿用了近一百五十年的那些手法可以说是大相径庭）之前，我们无法得出确定的结论说明浪漫小说的流行证明了何种观点。

1　禾林出版公司在近期的广告和1979年呈交给股东的年度报告中都引用了这一分销数据。关于禾林所做宣传的典型实例，可翻看《出版人周刊》(*Publishers Weekly*)，1980年4月18日，第26—27页。禾林的年报可向禾林出版有限公司（Harlequin Enterprises, Ltd.）索取，地址为加拿大安大略省丹—米尔斯市丹—米尔斯路225号（225 Duncan Mill Road, Don Mills, Ontario, Canada M3B3Z5）。若未特别提及，本书中所有关于禾林出版公司的浪漫小说的事实和数据都指涉该出版公司在1982年时的实务。

实际上，标准的图书营销实践可追溯至图书以及出版这一行为本身所包含的特定观念（conceptions），这二者起初都是这一行业早期组织性的发展结果之一。美国第一家出版社于1639年在马萨诸塞州的剑桥成立，它的大多数出版作品都是为学识丰富且独立自主的绅士制作的教会书籍，因为只有这类人才负担得起让印刷商将他们的作品付梓的费用。[1]在整个殖民时期，一般只有那些拥有雄厚资本的人才有出版著作的权限，因为早期的出版社绝大多数都是由身兼二职的印刷商—出版商所有，他们会向作者收取固定的排字和分销费用，之后每售出一本书都要收取一定的版税。[2]因为是作者资助出版并承担滞销的风险，因此印刷商—出版商对于书籍是否符合已知读者的品味相对而言就不会那么上心了。因此之故，作者对于自己的作品拥有了几乎全部的控制权。于是，他们随后也把作品视为他们个人才智的独一无二的产物。随后，出版便被想象为一种公开发布作者观点的行为，一种哪怕只是出版了一本，但只要将这些观点以正式的方式呈现出来交予公众评说即算完成的行为。因此，在印制业的初期阶段，出版这一**概念**与销售或读者情况这类事宜并无关联。只要作品被呈现在公共领域里，它就可以被视为出版了，而不管它是否被人阅读过。

---

1 参看约翰·特贝尔（John Tebbel）的《美国图书出版历史》（*A History of Book Publishing in the United States*），1：第3页。要想了解这个行业总体以及个体出版机构的发展细节，特贝尔关于美国出版行业的历史著作无疑是唯一最好的信息来源。虽然特贝尔已经尽量将他自己的阐释最少化，但他的论述仍旧非常周密，因此任何对这一行业感兴趣的人都无法忽视它。如果读者想要了解他如此巨细靡遗地编撰这一编年史的"意义"，请参看罗伯特·埃斯卡皮（Robert Escarpit）在《图书革命》（*The Book Revolution*）和《文学社会学》（*The Sociology of Literature*），以及雷蒙·威廉姆在《漫长的变革》（*The Long Revolution*）中的分析，特别是第125—292页。欲了解更多关于美国出版业的信息，请参看赫尔穆特·莱曼-豪普特（Hellmut Lehmann-Haupt）等人编辑的《美国的图书》（*The Book in America*）以及查尔斯·麦迪逊（Charles Allan Madison）的《美国的图书出版》（*Book Publishing in American*）。

2 参看威廉·查瓦特（William Charvat）的《美国的文学类图书出版》（*Literary Publishing in America*），第17—24页。在美国的文化研究中，查瓦特这部非凡的著作仍是唯一一部尝试探究形式和作为一种社会现象的文学活动之关联的著作。他的著作是真正的美国文学社会学的典型实例——就这一点而论，它理应受到更多人的了解。他的《1800—1870年间美国的著述职业》（*The Profession of Authorship in America, 1800—1870*）在方法论和实质性意义上都同样地有用。

当然，作者本人确实关心有无读者，尤其是当书籍没卖掉会导致他们蒙受重大损失之时。但是，这并不是一个很重要的问题，因为能识文断字的阅读圈很小，而且出版本身也是在本地范围内进行的。作者常常十分清楚哪些人可能是他的读者，也深谙如何根据他们的喜好和品味量体裁衣地制作图书之道。事实上，早期的美国作家向特定的、熟知的订阅者请求资助出版事宜的情况并不少见，而他们也费尽了心思去取悦后者。[1]故而，让特定的书籍与最有可能欣赏其所表达的情感的读者相匹配要相对容易得多。

因此，这种关于书籍的想法便发展为这个行业的主导理念，即书籍是一种独特的，以头脑里那个独特的假想读者为前提构思出来的思想形态。出版商为自己制作了各种各样的书籍而感到骄傲，并由此认为，一间出版机构的实力在于它有能力为美国的阅读群体源源不断地提供独具一格和种类繁多的书籍。此外，他们还进一步论证说，由于出版机构出版种类如此繁多的著作，而且每一类著作都是针对一个完全不同的群体，因此宣传出版机构本身的名号，或向全国难调众口的读者推销一本书是徒劳无益的事。于是，出版商并不进行全国性的宣传，而仰赖于编辑的直觉能力来确定书籍原先预设的理论读者（theoretical audiences），并依靠编辑的能力找出那些与假想群体一致的真实读者。在整个的19世纪，甚至到了20世纪，作者、编辑和出版商都将出版过程视为一个私人、独立和受限制的行为，因为他们相信，书籍本身所具有的特质和个性将会让它们被送达具有同样特质和个性的公众手中。

在19世纪早期，虽然这种态度仍旧继续占据主导地位，但是关于图书出版的传统观点还是受到了另一种看法的挑战，尽管只是暂时的。这种看法认为，部分丛书可以成功并且持续地出售给一个庞大、多样且已经形成的公众群体。由于技术和分销方式的革新性发展以及阅读受众 21
本身的特性都发生了改变，于是，将书籍视为一种适销商品的新观念才有了可能，并逐渐地开始改变编辑流程的机制，最终对出版本身的理念

1　参看查瓦特的《1800—1870年间美国的著述职业》，第29—43页。我之所以在这段论述中使用男性人称代词，主要是由于早期的印刷商—出版商都是男性。

产生了影响。虽然一开始时只有特定的印刷商—出版商接纳这种关于书籍和与之相宜的分销方式的新观点，但业界最终还是逐渐地认可了它；而当事实证明读者会被诱导，一再地购买非常相似的书籍后，更加传统的出版机构也迫于时势地采用了它。

那些为早期图书行业合理化改革（rationalization）开路的具体技术发展包括机制纸的完善、机械排字机和平版印刷机的引入以及滚筒印刷机的发明。蒸汽船和铁路的出现、读书识字人群的扩大——尤其是扩大到女性群体，加之出版业在技术能力的推动下发展成一种商业行业，于是到了1830年时，这些因素便共同催生了一个大众受众群体。[1]这意味着有商业头脑的个人开始进入这个行业，而他们的唯一目的就是创造利润。

由于不像那些精通文艺的同仁那么关注所出版读物的质量，像比德尔兄弟、西奥菲勒斯·B. 彼得森（Theophilus B. Peterson）以及之后的斯崔特（Street）和史密斯一类的人就决定出版普通美国大众所希求的令人废寝忘食的读物。他们对于利润的关注也促使这些文学企业家先锋开始寻找不只有效而且可预见结果的图书销售方法。这些人认为，如果他们能够更加成功地锁定潜在的读者，借此剔除掉图书出版中的传统风险的话，那么他们就可避免通常因过度出版和糟糕的定向分销方式而蒙受的损失。于是，他们就试行了许多不同的方案。而这些方案全部都是为了在出版社和已经确定、长期存在的读者受众间建立一条永久的沟通渠道。他们关于出版商和购书公众之间的关系的看法因此也就迥异于费城的马修·凯瑞（Mathew Carey）和纽约的哈珀兄弟（Harper Brothers）一类人所持有的传统观念。

只要细加考量19世纪中期文学企业家为合理化其产品最常用的两种方案，就能轻而易举地解释清楚这两种关于出版过程的观点之间存在着的巨大差距。在商品交易（这些人就是这么说的）的过程中，生产者尽其所能地让最大规模的个人相信，只要割舍相对小额的一些资金，就能

1 引自特贝尔的《美国图书出版历史》，1：第240—241页。

获得一款特别设计的产品。除非生产者打算在向可获得的受众提供第 22
一批产品后就迅速地退出商界，否则他就必须扩大商品的需求量，不论是通过扩大购买者的基数，还是说服受众重复地消费这种商品。虽然早期的商业出版人都尝试了这两种方法，但他们通常都着力于培养重复的消费习惯——或是通过时常再版早前成功的文学作品，或是创办类似于报纸的订阅刊物。

第一种手段是对早前的畅销作品进行模仿，由此带动了出版特殊图书种类或类型的风气，比如彼得森推出的家庭小说以及比德尔兄弟在安·史蒂芬斯（Ann Stephens）的《马莱斯卡》（*Maleska*）大卖后量产的廉价西部小说。[1]彼得森和比德尔兄弟论证说，只要大概确定了一批可以诱使其购买特定种类图书的真实受众后，要想让这批受众成为长期的顾客并继续支撑未来的销量并不难，只要向他们源源不断地提供最初大获成功的作品的仿作即可。虽然这是一个很好的想法，但这一手段的失败和成功概率各占一半。因为他们缺乏与其创造的受众保持沟通的正式途径，这些出版商于是只能相信，持续不断的供给就意味着持续不断的购买。此外，彼得森和比德尔兄弟只能通过实验性地出版新的读物这种方式来确定读者的偏好，希望其中的一些读物能够帮助他们拓展新的读者群，并在适当的时机扩大市场份额。尽管如此，依赖于不断重复的原则（这是他们利润当先观念的必然结果），他们还是创造了美国首批批量生产的单行本小说。我们之后会看到，现代的浪漫小说无非是这种类别文学原型的一个高度精细化的版本，而它的出版商（如果非要说有什么区别的话）则比19世纪时的同行更加唯利是图。

就如现代浪漫小说的出版秉承着将这类图书视为一种可不断复制的商品这一经营理念一样，它也依赖于另一种在19世纪的美国为合理化图书销售而专门实施的分销实践。在严重依赖高度可预见的订阅销

1　廉价西部小说（dime-novel Westerns），指的是于约1850—1920年间流行的廉价纸面小说。这种小说的最初售价为10美分，情节动人但无价值。英国英语中则称这类小说为penny-dreadful。关于彼得森（Peterson）和比德尔（Beadle）兄弟，请参看特贝尔上述所引著作，1：第245—251页，以及弗兰克·L.希克（Frank L. Schick）的《美国的平装书史》（*Paperbound Book in America*），第50—53页。

售来分销他们的浪漫小说之时，禾林出版公司和西卢埃特书屋事实上只是挖掘了美国图书出版业中一种最早于1839年为纽约记者帕克·本杰明（Park Benjamin）和鲁弗斯·威尔莫特·格里斯沃德（Rufus Wilmot Griswold）所采用的销售策略的潜力。[1]一开始，这两位记者只是为了扩大报纸的销量，因此就创办了一份名为《乔纳森大哥》（*Brother Jonathan*）的“故事”报，用于刊载从英国剽窃来的连载小说。他们认为，相比于司空见惯的每日政治和犯罪新闻，这些故事能够吸引更多的受众。虽然《乔纳森大哥》事实上应该算是一本杂志，但它获得了作为新闻报纸免费通过美国邮政分销的资格，因为本杰明和格里斯沃德有意识地在那
23 些连载故事之间插进最少量的“新闻”。于是，他们成功地把价钱控制在了远低于对手杂志的区间内，而后者原是故事和小说作品分销的传统渠道。

这一险招大获成功，但那些新拓展出来的连载小说受众常常拒绝苦等《乔纳森大哥》的结尾。很多读者选择直接购买由传统印刷商—出版商以单行本的形式发行的完结小说。为了修复他们制造的自我破坏，本杰明和格里斯沃德又创立了“增刊”，即在定价50美分的廉价报纸上刊登完结版的小说，并且依旧打着新闻报纸的名号。这种至关重要的伪装可让《乔纳森大哥》的增刊以廉价的传播成本被邮寄到长期订阅者的手中。虽然有这样一层伪装，但这些增刊实际上是首批在美国境内分销的量产平装书。

对于本杰明和格里斯沃德来说，不幸的是，其他的报纸出版商也迅速地跟风行事，并且很快就出版了他们自己的平装号外。随之而来的竞争进一步拉低了价格，让美国相当大的一部分人首次有了购买书籍的经济能力。毋庸置疑，传统图书出版商被这波挑战其图书分销控制权的浪潮吓得惊慌失措。他们随后也发起反击战，开始发行售价仅25美分的廉价重印本，之后又推出了12.5美分的版本。到了1842年，图书售价已经低得惊人，三家出版机构竟然以低至6美分的价格出售布尔沃（Edward

1 参看特贝尔的《美国图书出版历史》，1：第242—243页，以及希克的《美国的平装书史》，第48—50页。

Bulwer-Lytton）的新书《扎诺尼》（*Zanoni*）。

在1843年之前，商业出版商的处境一直都未得到改善。之后，由于图书市场明显饱和，邮政服务机构于是出台规定，声称增刊无法再享受报纸的收费标准。这一决定卓有成效地关闭了美国第一条真正可用于进行图书大批量分销的渠道。由于丧失了以定期而廉价的方式将出版物送达成千上万的读者手中的渠道，《乔纳森大哥》几乎立马就倒闭了。它的众多效仿者随后也相继消失。但是，在这类出版物短暂的存在时间里，它们发挥了重要的作用，即证明大批量且多样化的受众（有时甚至可以达到三万人）不仅可被说服购买不止一部小说，而且还是由一家出版社**定期发行的**小说出版物。它们事实上证明了，只要能在出版方和消费受众之间建立一条长期的渠道，并让这条渠道时时输送能够继续满足个体读者需求的出版物，就有可能让图书销售变得可预见且更加有利可图。

虽然故事报纸消失了，但是新的阅读受众仍继续支持廉价图书的销售，而这种图书再也没有从美国的图书市场上完全消失。事实上，故事报的读者和它新引发出来的对于长篇读物的胃口似乎推动了威廉·查 24
瓦特所谓的“美国第一波文学热潮”。[1]这波文学潮于1845—1857年间鼎兴，其主要特征就是文学创作和出版发生裂变，形成两种泾渭分明的实践。[2]第一种照搬照抄类型图书和故事报的观念，即在一条长久开放的沟通渠道中持续地提供出版物，旨在向同一批受众反复不断地出售极其相似的小说和寄赠书（gift book）。第二种则恪守更加传统的图书出版理念，即将它视作一种缘自作者的独立活动（discrete event）。这种出版实践旨在为每一部作品建构一批志趣相投的临时受众——从理论上说，该作品正是为这样的受众而创作的。由于仅有少数编辑和出版商能够全面了解第一种做法的革新性含义，因此同一家出版社时常会同时推行这两种实践。于是，将销量最大化以及取悦已确定受众群体的目标便在无

1　参看查瓦特的《1800—1870年间美国的著述职业》，第49页。

2　“裂变”（fission）的概念来自弗雷德里克·詹姆森（Fredric Jameson）。参看他的《大众文学的物化和乌托邦》（*Reification and Utopia in Mass Culture*），第130—148页。

形之中对那些即便有想要吸引大众受众的心，却永远也无法做到这一点的作者产生了影响。在出版业陷于这个早期的理念混乱期时，众多作家深受困扰，霍桑、麦尔维尔和詹姆士只是其中的一小部分人。

尽管在增刊出现了以后，廉价图书确实再未从美国的出版舞台上完全消失过，但是，在接下来的近一百年时间里，批量生产和大众市场的文学作品仍只在图书出版市场上占据相当小的份额。在出版业中，文人雅士的理念和实践仍占据着主导地位，这部分地是因为很难在大范围内推行上述的新型商业实践。出版商还未找到可调查公众品味的系统性方法，因此常常被迫进行各种实验，并依赖于直觉出书。此外，分销网络本身就不完善，这不只是因为那时为数不多的书店大多集中于东部海岸，也由于报纸和杂志的分销系统都是坐地自划、各自为政的。即便图书出版商学会了依附于少数几家全国性杂志的分销网络，但后者终究也只有相对稳定的读者群，因此很难确定他们能否由此获得规模足够大的受众数量，从而让一项存在风险的图书出版计划有利可图。因此，在20世纪头三分之一的时间里，大众图书在出版业中所占的比例一直都萎靡难振，直到发明了更高效的印刷机以及建立了更加广泛和有效率的分销网络后，它才开始勃兴。[1]

直到1937年，首个旨在批量生产廉价的平价书并利用杂志分销系统的出版专案才开始启动。这便是墨丘利出版社（Mercury Publications）
25 推出的美国墨丘利书系（American Mercury Books）。根据弗兰克·希克的说法，美国墨丘利书系实际上是首个成功运用了杂志分销策略的平装书系。[2]这些被包装得像杂志一样的图书在报摊销售，并且像期刊一样，一个月只有一期。美国墨丘利书系的实践——它也凸显了这类文学稍纵即逝的特性——显然让这种出版创举与更加传统的图书制作方式显得愈加泾渭分明，因为后者仍致力于打造多样化且具有持续影响力，值

---

1 关于19世纪和20世纪过渡期间的平装书革命，参看莱曼-豪普特等编辑的《美国的图书》，第194—217，241—257，259—263，317—322，372—390页；麦迪逊的《美国的图书出版》，第49—60，158—163，395—398，547—556页；以及希克的《美国的平装书史》，第55—63页。

2 参看希克的《美国的平装书史》，第121页。

得被长期列入重版书目录，并且会在更好的零售机构中时时有存货。虽然这家公司在开始时出版了多种主题的图书，但到了1940年，为了更好地控制他们的市场，编辑们决定集中精力做推理小说。名为“墨丘利推理丛书”(Mercury Mysteries)的新系列为了让读者易于辨识，就在新书那高度相似的图书封面和标题上一一加了编号，以示区别。

为了凸显这个特殊的编辑决定(专精于单一文学子类型)的重要性，我认为很有必要在此指出，美国墨丘利书系的这个创举确实是首个完善地被文学社会学家罗伯特·埃斯卡皮称为“半计划发行”(semi-programmed issue)的图书出版范畴法(category method)的大众分销项目。[1]在抛出从现代的匿名阅读群体中锁定真正的读者受众群这一问题后，埃斯卡皮评论道:“[没]有人能在出版一本书时就准确地预见到潜在的读者将给予它多少关注。”[2]此外，出版商因“无法确定其分销的阶段性和局限性”，因此“无法”为每一本书“创建一个工作进度表”。埃斯卡皮于是据此论证说，出版应当被视作“无计划发行”(non-programmed issuing)。[3]虽然做了这样的断言，但他随之承认说，这个问题常常可以通过半计划发行来巧妙地加以规避，即在“一个要求已经确知，喜好也完全确立的[读者固定的]小群体中分销”图书。[4]他指出，这类图书的出版决定通常都会与催生了某种类型准则或范式的粉丝八卦杂志(fan magazines)存在关联。因此，半计划发行与彼得森和比德尔兄弟所运营的那种出版业务的不同之处只在于，它运用了更加程式化，因此也更加可靠的方法来确定读者的喜好。

美国墨丘利书系的出版商正是试图进行这类可控制的出版，因而才决定将出版书单限定为一个单一类型的小说。他们希望借此向那些早已熟悉其推理小说杂志的读者出售大量的平装书。编辑可通过这些杂志了解读者的观点，并揣度他们的偏好，之后再有的放矢地挑

1　参看埃斯卡皮的《图书革命》，第121页。

2　同上。

3　同上。

4　同上。

选与这些条件相匹配的稿件。实际上，美国墨丘利书系试图掌控它的受众**以及**为这个群体特别制作的图书。虽然这种类型出版（category
26 publishing）成功地实现了规范化，但由于美国墨丘利书系这一创举的规模相对较小，因此它无法被授予推动通俗平装书革命的嘉奖。[1]这一荣誉通常被归于在1939年创立了口袋书屋（Pocket Books）的罗伯特·德·格拉夫（Robert de Graff），但他的体系其实并未为这个行业引进任何前所未有的概念创新。[2]和美国墨丘利书系的编辑一样，德·格拉夫认为这种图书就是一种待售的商品——最初是依赖于杂志的分销系统，之后慢慢地转为类型出版。[3]但是，正是由于德·格拉夫拥有在大范围内创建这一系统的能力，这才为浪漫小说创造了条件，让它能够在大众图书出版业中异军突起并占据主导地位。要想了解浪漫小说在商业出版界（commodity publishing）中变得举足轻重的原因，首先就得弄清楚平装书出版和分销的经济学是如何让这个行业对销售的可预见性产生了兴趣。[4]

就在德·格拉夫进入出版领域的前几年，印刷和装订技术都有了大规模的改进。杂志轮转印刷机的发明让高速印制成为可能，而且有

---

1 参看希克的《美国的平装书史》，第79页。

2 关于口袋书屋创立的来龙去脉，请参看希克上述所引著作，第79—80页以及麦迪逊的《美国的图书出版》，第547—549页。

3 德·格拉夫在宣布口袋书屋项目启动的声明中曾做出了引用于下面的评论；而这段评论清楚无误地表明了他对于图书作为商品这一潜质的兴趣。德·格拉夫诘问他的同行："是否有人曾想过要出版一种特别便宜的书……让人们**愿意购买而非借阅**，而且也不会破坏常规版本的销量？在我看来，这或许是一个解决方案，因为到那时，作者和出版商就可以通过销售廉价版本的图书，**从每一个阅读了此书的人身上**获得收益，虽然这收益很小。"（引自希克的《美国的平装书史》，第79页，着重标记为我所加）要说德·格拉夫对于为他的作者留住**读者**一事完全不上心，这也有点不公平，但是很显然的一点是，他最主要的目标是在获悉一个作者能够引起人们的阅读意愿，并由此产生想要**得到**（acquire）它的简单需求时，能够从中得到一些金钱上的报酬。对于他来说，图书仅仅只是一件东西，而出版商则是责无旁贷的中介者，在作者和读者之间起着促进物质交易的作用。

4 20世纪中叶推动平装书出版业崛起的因素有很多，关于这些因素的分析，请参看希克的《美国的平装书史》，第96—98页；坎培恩（Benjamin M. Compaine）的《过渡期中的图书行业》（*The Book Industry in Transition*），第81页；罗格·H.史密斯（Roger H. Smith）的《平装文坛》（*Paperback Parnassus*），第65—76页；小达图·C.史密斯（Datus C. Smith, Jr.）的《图书出版业指南》（*A Guide to Book Publishing*），第150—156页。

利可图。虽然新的机器非常昂贵，但这一成本主要是由传统上独立于出版机构的印刷商来负担。因为印刷商必须保证花费高昂的印刷机一天24小时地运作，从而确保能从最初的投资中将本求利，因此他们便要求德·格拉夫以及他的竞争对手埃文、大众书库（Popular Library）和戴尔出版社将印刷事宜安排得紧凑而有规律。这一实践便促成了与美国墨丘利书系相似，像杂志一样的每月定期印制安排，但这非常地契合于德·格拉夫想要通过杂志网络分销图书的想法。印制过程的规范化又让印刷商可以相对较低的价格购买大量的纸张，而且也不必为这些纸张支付无限期的仓储费。反过来，出版商也从中获益良多，因为他们可以以低得多的价格出售图书。[1]

令人惊奇的是，合成胶的发明也让大众平装书的印制速度大为提高。[2]传统的图书装订都得手工或用机器将书页的折叠帖码缝在一起，才能完成一本书的装订。即便是用机器操作，这个过程也很昂贵且相当耗时。"无线"胶装则是另一种流程：首先将作品单页集齐，匀称地加以裁剪，之后再用胶水粘到封面的书脊上。在无线胶装的过程中，最初使用的黏合剂是动物胶，但这种胶不仅很难干，而且一旦干了之后就会变得非常硬结，导致装订部分常常会开裂而出现脱页的现象。因而，印刷商就必须拥有足够的存储空间用于晾干这种无线胶装的图书。快干合成胶的发明让这类问题中的绝大多数都不再是问题。有了快凝的黏合剂，装订流水线就自然而然地出现了，而这随之加快了整个印制过程的速度，并消除了昂贵存储的必要性。新的装订机虽然 27
很昂贵，但同样地，印刷商扛下了这巨额的成本，然后将它的诸多益处传递给了出版商。

先是轮转印刷机，接着是无线胶装方式和合成胶，这些共同推动了图书以非常便宜的单本成本大量印制的进程，并促进了预定出版作品和

1　关于技术、经济因素和印制实践在平装书出版过程中相互作用的分析，请参看波登（Bodden）的《平装书行业的经济学分析》（*An Economic Analysis of the Paper-Bound Book Industry*），第80—96页。

2　参看希克的《美国的平装书史》，第97页。

编辑过程的速度和有序化。而随着业界对于速度的注重，平装书出版商便开始青睐那些能按照相当严格的范式创作的类型作品。通过将他们的潜在作者引向这一创作模式，针对大众市场的出版社就可以不必费时费力地去编辑那些还未展现出其有实力吸引大批读者的独特图书。

德·格拉夫还迈出了非同寻常的一步，即决定利用在过去三十年时间里发展起来的庞大的杂志分销网络，而正是这个决定最终让这种大量印制书籍的生产具备了经济上的可行性。德·格拉夫指出，如果他真想要把如今轻而易举就可大量印制出来的图书销售出去的话，他就必须让这些书出现在更多美国人的日常生活中。由于他很清楚美国的书店相对而言并不多，也深知普通大众对于这类设施的看法——令人望而却步且高不可及，他于是得出结论，声称这些图书若想要大量地售出，就必须在其他的地方下宣传功夫。他转向了美国新闻公司（American News Company）——它确实垄断着全美国的杂志和报纸分销渠道，因为成千上万家的报刊亭、药店、糖果店，甚至食品店都与它有生意往来。德·格拉夫坚信，只要在这些地方看到了包装吸睛而价格又很亲民的图书，美国的杂志读者就会情不自禁地掏钱购买平装书。他的头十本书的非凡销量证明了他是对的。[1]

虽然有种种的益处，但杂志分销系统也存在着不少的严重问题。德·格拉夫和他的早期竞争者很快就发现，他们的新图书零售商几乎都对图书一无所知。由于担心会进到一些根本就卖不出去的货，这些人开始时不论好说歹说，就是不愿意囤积平装书。为了消除他们的顾虑，德·格拉夫以及其他出版社的同行便提出，出版社将承担起图书滞销的所有风险。因此，他们同意所有的零售店退回所有卖不掉的书，或者证明这些书都已经被销毁了。

这种退货政策产生了预期的效果，即让零售商相信，他们的利益不会因为囤积平装书而受损；但它同时也证明，出版商给自己制造了一个
28 非常棘手的问题。由于他们无法同时追踪正在退送回来的图书与新印

1　参看罗格·史密斯的《平装文坛》，第68—70页。

刷订单之间的数量差，或者没法将这一家店退回来的图书转至另一家店，于是很多为满足需求而第二次加印的出版商最后却发现，当所有的退货都完成后，最终的总销量竟比首印量还要少。[1]由此而来的过量印制非常地烧钱，因此大众市场的出版商就不得不努力地寻找能让图书的销量更可预见的方式。正是在这样的背景下，这种类型文学自身才成为一种衡量手段，即一种已获得成功的图书类型在有新的作品推出时，它会有怎样的市场表现。

因此，我们或许完全可以这么说，平装书印制的高成本凸显了准确预测销售模式和范围的重要性。于是，一种微妙但强有力的诱因（确定并满足受众的期许）便慢慢地在针对大众市场的图书编辑过程中生根发芽了，因为编辑须负责甄选那些能生钱的作品。对于出版社而言，类型文学成了一种有用的工具。他们的成功取决于他们能够非常准确地预测需求量，不只是把产品卖出去了，而且卖的数量与整个过程开始之时预计的数量保持一致。鉴于过量印制的成本，在编辑的过程中，对潜在受众规模的估量、对个体读者共有偏好的把握以及将这些偏好融入读者将会购买的产品中的能力就变得至关重要了。可以说，准确的预测事实上就意味着销售的成功。这样的预测最终取决于能否掌控可确认的受众与为其特别设计的产品之间的互动。

类型或公式化文学（formulaic literature）的定义通常都是基于其换汤不换药的标准，即必须将每一种必不可少的要素纳入这一形式的每一部新作品之中。这就让编辑可以以非常具体的方式指导和控制这类作品的创作。但我得在此强调的一点是，类型文学的**另一个**特征就是它能对固定的受众群产生持续的吸引力。事实上，埃斯卡皮将公式化文学视为“半计划发行”的观点在此颇有助益，因为这一观点承认了它作为一种特殊文学**生产**模式的状态，同时也凸显了这类出版物可让出版社掌控其受众的事实。如果说完全计划发行的特点是有意识地为一个已经正

1　退给出版商的书通常都在35%左右，有时甚至高达60%。关于退书这一问题的讨论，请参看坎培恩的《过渡期中的图书行业》，第90—94页，以及罗格·史密斯的《平装文坛》，第25—31页。

式确认的受众群（通常是通过预先订购的机制）创造文学出版物，那么，半计划发行则是从繁多的待选出版物中挑选出部分文本。这些文本被认为能够销售给那些虽然未经正式确认，但要求和偏好在很大程度上已被事先知悉的读者。这类决定常常都是根据读者对于专门的杂志或通讯（这类刊物登载的文章主题主要是这一类型文学所涉及的“内容”）
29 所给予的反馈信息做出的。

这种半计划印制不仅消除了仅凭盲目的直觉下印刷订单的困境，而且也减少了设计专题宣传活动的麻烦。根据相关期刊的订购单以及此种文类早前出版物的销量，类型文学的出版商对于潜在的销量的预测就会有一定的把握。与此同时，他们还可利用这类期刊实施特别的宣传战略，由此省却了在全国范围内开展广撒网式的宣传以试图通过这种方式意外搜寻到对应受众的麻烦和开支。就像埃斯卡皮所说的那样，“从出版商的角度来看”，半计划发行是“一种在财务上安全可行的方法”。[1]此外，在分销的层面上，类型出版物看起来就像是订购销售，因为每一个经销商都对自己能卖出的正常数量心里有数，因此能够相当精确地下订单。[2]

类型出版让图书宣传变得可行。要想理解这一事实的重要性，就必须了解到，多年来出版商一直在论辩，认为图书无法像其他商品那样进行营销和宣传。过去出版业认为，由于每一本书都是唯一且独特的，因此所有的出版商都必须“从零开始”，慢慢地为每一本书积累属于它的受众群。比如本杰明·坎培恩就曾尖刻地评论道：“［出版商的这种尝试］大概就相当于利沃兄弟公司（Lever Bros.）每个月推出一款不同品种的牙膏，更换它的味道、包装和价格，而且每一个新品种的最大潜在销量只在成年人群体中占4%而已。”[3]在假设了每一本图书都具有互不相容的特性，必须得一一加以推广宣传的前提后，出版商自然而然就会得出结论，认为如此一来每个月的出版物都将会产生巨额的宣传费，故而这

1 参看埃斯卡皮的《图书革命》，第122页。

2 参看埃斯卡皮的《文学社会学》，第68页。

3 坎培恩，《过渡期中的图书行业》，第145页。

一做法完全行不通。此外，由于他们坚信每家出版社出品的图书种类都多到不可能为出版社塑造出一个单一形象的地步，于是他们就认为，虽然可以花费相对更少的资金对出版社的名号进行全国性的宣传，但这种做法无助于提升单本图书的销量。因此在很长一段时间里，出版业的宣传预算一直都非常少。这一情况一直到1970年代才有所改变。当时，许多独立的出版机构被大型的传播集团所收购，由此获得了大量的注入资金，其中的一部分资金则被拨为宣传预算。但是，在分析这一切是如何并且为何会发生，以及它与我们对于浪漫小说的研究有何关联之前，我们得回溯至第三次平装书革命的初期，以追寻浪漫小说这一文类在大众图书市场中越来越重要的轨迹。

虽然早期的平装书出版商最初都是靠出版早前畅销的精装书来保证巨大的销量，但他们很快就发现，这种现成的作品太少了，难以满足市场对于廉价平装图书的需求。由于不敢大批量印制一本适销性 30
还未得到证明的图书，这些通俗图书的出版社便慢慢地开始依赖那些已经证明在读者群体中很受欢迎的典型类型作品。这一趋势事实上始于推理/侦探小说。它是现代通俗出版物中首个占据主导地位的类型作品。[1]这种文类尤其适合于半计划发行，因为早在1920年代，作者—出版商—受众的关系就因诸如《黑面具》(*Black Mask*)、《十美分侦探小说》(*Dime Detective*)、《侦探故事》(*Detective Story*)以及《侦探小说周刊》(*Detective Fiction Weekly*)一类低俗杂志的风行而成形了。[2]在它们的影响下，一种将会持续引导精装本小说印制的文类范式

1　如果以每年发行的图书量为标准，那么推理小说自20世纪的平装书革命开始以来，就一直在平装出版物中占据主导位置。在《出版人周刊》(*Publishers Weekly*)的“年度回顾”栏目中，自第一份平装书清单被纳入其中之后，这一文类就一直占据榜首之位。但是，这份榜单是根据出版的图书数量，而非销量来制定的。因此，虽然在1940年代至1950年代期间，推理小说一直都是排行榜上的第一名，但这类图书的销量存在很大的差异。《出版人周刊》鲜少刊登销量数据（因为出版商不愿意公开真正的图书销售数据，现在依旧如此），但它在“年度回顾”系列中设立了通俗出版物板块，其中包括了对出版社的简短采访。在这些采访中，编辑和出版商常常谈及推理小说的销量问题。参看1955年1月22日、1956年1月21日、1958年1月20日和1959年1月19日的刊物。

2　参看兰德勒姆(Larry Landrum)的《侦探小说和推理小说》(*Detective and Mystery Novels*)，第107页，以及格鲁伯(Frank Gruber)的《低俗小说林》(*The Pulp Jungle*)。

得以确立。而平装本的推理小说出版物只是一种业已存在的文学实践的延伸而已。

遗憾的是，在整个的1950年代，推理小说的畅销度每况愈下。虽然这种文类偶尔能争取回已经变心的读者，但是好几家出版商都因此开始寻找新的作品题材，从而能够实现更加平稳、更可预见的销售业绩。[1]艾斯书屋（Ace Books）的杰拉德·格罗斯（Gerald Gross）对于推理小说销量的起伏感到困惑不已，并因此想起了杜穆里埃屡版屡畅销的《蝴蝶梦》。他揣度道，它经久不衰的畅销度（这本书初版于1938年）是否意味着它触动了普遍存在于女性读者内心中的一根弦。他于是试图寻找此前出版的类似于杜穆里埃这部小说的作品，并推出一个"哥特小说"系列。他选中了菲利斯·惠特尼的《惊雷高地》（*Thunder Heights*）。这部小说于1960年出版，成为格罗斯"哥特小说"系列的首部作品。[2]

在此之前，惠特尼已经写过好几部类似的小说，而它们能够出版很显然也是因为阿普尔顿（Appleton）的编辑帕特里夏·麦瑞（Patricia Myrer）认为它们与《蝴蝶梦》存在相似性。在一次采访中，麦瑞曾表示："那个时候［1955年］，推理小说的销量并不好，因为女性不想读米基·斯毕兰[3]，我认为她们想要读的是关于一个女人处在危险之境的情感故事。"[4]凭借着自己的直觉，她毛遂自荐地当了惠特尼和维多利亚·荷特（Victoria Holt）的文学经纪人，后者的同类小说在英国也引起了不小

1 要使用现在大体上都可获得的数据去印证一个出版商关于销售趋势的评论是非常困难的事情。如前所述，大多数的统计数据都是图书的印制数量而非真实的销售数据，甚至连分销的数据都没有。但是，在仔细察看了有时相差悬殊的图书印制数量后，我们通常会得出这样的结论：印数上的减少或许是源于深思熟虑的决定，即控制产出量，以防止退货，而不单单是因为缺乏可出版的稿件。

2 在此，我是以菲利斯·惠特尼（Phyllis Whitney）在《创作哥特小说》（*Writing the Gothic Novel*）中的自我陈述为依据，见第11页。我未能找到可提供支撑的证据，也找不到格罗斯本人。但是，在杜菲（Martha Duffy）的《在前往曼德利的路上》（*On the Road to Manderley*）中，许多评论显示，惠特尼的追忆很可能是准确的，见第95—96页。

3 米基·斯毕兰（Mickey Spillane），原名弗兰克·莫里森·斯毕兰（Frank Morrison Spillane），美国犯罪小说的作者。许多作品中都有其标志性的侦探角色迈克·哈默（Mike Hammer）。他的作品在全球售出了逾2.5亿册。1980年时，美国的15部史上最畅销小说中，有7部是斯毕兰的作品。——译注

4 引自普劳克特（Proctor）的《菲利斯·惠特尼》（*Phyllis Whitney*），第20页。

的反响。因此，当格罗斯在艾斯书屋推出《惊雷高地》时，双日出版社（Doubleday）几乎在同一时间推出了荷特的《美林的女主人》（*Mistress of Mellyn*）绝非偶然。《美林的女主人》这部小说很快就变成一本畅销书。一年后，当弗塞特-科雷斯出版社（Fawcett Crest）出了平装本后，它的销售量表现更加好。最后，《美林的女主人》的销量超过了一百万册。当其他的出版社也纷纷抢搭这班车后，哥特小说进入了鼎盛时期。

由于麦勒、格罗斯和其他的哥特小说出版商并不像当初对待平装版的推理小说一样，只是简单地将批量生产的哥特小说塞入已经成形的传播渠道之中，因此，探究如下问题就很有必要：为什么他们几乎是立即就成功地将哥特浪漫小说塑造成了一个特殊的类型，并且创造了一种日益 31
渴求新作品的需求？他们的成功并不能仅仅归因于如下的简单行为，即向一个早已确定，并因此受到其共同订阅相同杂志这一事实“影响”的受众群体提供新的产品。虽然自白期刊[1]和浪漫小说期刊自1920年代首次出现以来，就一直向其忠实的读者源源不断地提供着爱情故事，但是这类低俗杂志是面向劳工阶层的受众。因为阅读书籍一般都与受过高等教育和拥有高收入相关联，因此，平装版哥特浪漫小说超乎寻常的成功或许是由于出版商拥有改变中产阶级女性的观念，然后持续地向她们提供产品的能力。有人可能会认为，出版商是依赖诸如《好主妇》（*Good Housekeeping*）和《妇女家庭期刊》（*Ladies' Home Journal*）这类面向中产阶级的专业杂志来锁定并留住它的新读者，但事实似乎并非如此。在早期时，出版商鲜少使用宣传来提高哥特浪漫小说的销售量。

那么，这个类型到底为何会一举成功？它的成功与其受众的特殊特性有很大的关系。这即是说，与女性在美国社会中的独特处境有关。在这个各有所好的现代社会里，出版商面临的首要问题即是为每一本新书找到一个受众群，并规划出一整套方案，从而让那本书出现在潜在读者的面前。通过利用杂志分销的网络，平版书出版商大大提高了找到买家的概率。事实证明，对于那些刚刚对女性读者产生兴趣的平装本出版社

1　自白期刊（confession periodical），也作自白杂志（confession magazines），指刊载耸动但常常是纯虚构的“自传”故事的出版物，在20世纪20年代中期时很流行。——译注

来说，善用这一网络非常重要，因为它会把书籍分销至女性几乎都会定期前往的两个销售点——当地的药房和食品超市。到了1960年代，虽然越来越多的女性进入职场，但是与仍全职在家相夫教子的妇女一样，职业女性仍得照顾子女，负责基本的家务劳动。[1]因此之故，出版商只要将哥特浪漫小说放在药店和食品店中出售，就能确保有大量的成年女性将会定期地接触到它们。与此同时，他们也可减少宣传开销，因为他们想要吸引的潜在或理论受众已经聚集在他们面前了。哥特文类的初期成功与女性众所周知且引人注目的汇聚状态（concentration）有关。这一状态源于她们在社会中所处位置的社会约束力（social constraints）。这种汇聚产生了限制她们向整个社会空间扩散的整体效应。反过来，这种限制也确保了作为潜在购书群体的美国女性是相当容易接近的。

在1960年代的十年时间里，哥特浪漫小说的风靡程度与日俱增。就
32 在美国的高校学生开始抗议美国卷入越南战争且越来越多的女权主义者高调叫板对于女性的压迫之时，购买浪漫小说的女性却日渐增多。这类小说的情节都是围绕着富贵显荣、英俊潇洒的男主人公和“胆大心雄”但娇软脆弱的女主人公的恋爱关系展开的。哥特浪漫小说的受众急剧膨胀。到了1970年代初期，顶尖的哥特浪漫小说作者售出的作品数量竟然超过了其他所有知名平装版类型小说作者的作品总销量，包括推理小说、科幻小说和西部小说。福塞特在出版惠特尼和荷特的平装本小说时，第一版的印刷量基本上都是八十万册。虽然绝大多数的哥特浪漫小说作者都没法卖出那么多的作品，但是如果将逾八家平装书出版社发行的哥特浪漫小说全都加起来，那总印量也是一个相当惊人的数字了。

在哥特浪漫小说的鼎盛时期，即从1969年左右到1972年，它的发行率达到了每个月35本，一年超过了400本。[2]在1971年这个峰值年份，哥特浪漫小说在戴尔的平装书销量中占据了24%的份额。与此同时，戴尔

---

1 关于女性对于家庭事务的持续兴趣，请参看德格勒（Carl Degler）的《冲突》（*At Odds*），尤其是第418—435页。

2 上述所有数据全都是引自快速出售平装书服务机构（Speedy Shop Paperback Book Service）为零售商发行的建议公告《关于如何确定哥特小说的读者以及摆放和销售的建议》（“How to Identify, Display, and Sell the Gothic”）。

每个月都会推出四至五本新书。[1]哥特浪漫小说非比寻常的销量奠定了其作为一种真正的文化现象的地位，并使其成为新闻媒体上不断出现的分析和讽刺文章的对象。在那一时期的星期日增刊和流行杂志中，有很多关于“如何写哥特浪漫小说”的文章。这证明在当时，这种文化现象即便没有获得众口如一的称赞，也是拥有相当广泛的知晓度。

尽管知名度越来越高，在1972年至1974年间，哥特浪漫小说的销量却逐渐减少。退回来的书籍已经多到让很多出版社不得不减少哥特浪漫小说印刷量的地步。当被问及畅销度骤跌的原因时，哥特浪漫小说的前出版商都只是含糊其词。有些人认为只是因为市场饱和了，另一些人则猜测，女权主义运动的能见度提高了，加之对于女性情欲的态度更加开放了，因此读者更能容忍有赤裸性爱场景的故事，甚至可以说是渴求这样的作品。但所有的人基本上都会赞同如下的说法，即从1972年4月埃文书屋发行了凯瑟琳·伍德威斯的《火与花》后，浪漫小说的出版性质发生了翻天覆地的改变。

由于伍德威斯并未遵循由中介引荐的常规，而是自己主动向埃文投了稿，因此它被扔进了“废稿堆”(slush pile)里——通常说来，在现代出版业中，被扔进这里就意味着彻底没有希望了。但令人难以置信的是，执行主编南希·考菲(Nancy Coffey)在寻找东西打发长周末时，竟然无意中找到了它。当她摸清了这个故事的脉络时，她对那份手稿已经爱不释手了。[2]她激动万分地回到埃文，决定把这本书付梓。考菲最终说服了其他人，于4月份以“埃文力作”之名推出了这部作品。虽然伍德威斯的小说也和其他的哥特浪漫小说一样，讲述了一个精力充沛但又女人味十足的女主人公的人生际遇，但它的篇幅几乎是普通哥特浪漫小说的三倍，其中露骨的性爱场景描述更多，有时几近于强奸，还叙述了女主人公 33
漫游各地的旅行经历。虽然有这种种的不同，但它的结尾和其他所有的

---

1 见1979年11月30日金牌书屋(Gold Medal Books)的主编莫琳·巴伦(Maureen Baron)的个人采访。在哥特浪漫小说的风靡度达到巅峰之时，巴伦曾在戴尔担任编辑之职。

2 引自特纳(Turner)的《平版激情小说的狂暴世界》(*The Tempestuous World of Paperback Passion*)，第49页。

哥特浪漫小说一样——女主人公最终安全地回到了男主人公的怀抱里。

《火与花》的平装初版获得了通常只有已经大获成功的畅销书才能享受到的待遇——宣传、广告和推介。[1]在大众图书出版的早期阶段，这类初版图书一般只会持续地以很小的印量印制，而且通常都不会太过关注它们。原因很简单，相比于购买一本已有相当知名度的精装书的再版权，向作者预支稿酬和宣传一本无人知晓的著作的成本要更高。但是，在皮特·迈耶（Peter Meyer）的领导下，埃文书屋早在1960年代中期就开始实验性地推出各种初版著作，而且还尝试了不同的宣传方案。[2]当考菲同意出版此前并未出过精装本的《火与花》时，她只是采用了在这家出版机构中早已稀松平常的一种做法罢了。这家出版社在伍德威斯的这部小说上所取得的巨大成功很快就在整个行业内引起了热议。人们开始讨论平装初版作品成为畅销书的可能性。当埃文在此次成功后再接再厉，于1974年又推出了两本畅销的浪漫小说后，业界不只信服了这种初版作品的热销潜能，同时也认识到一个事实，即一种新的类型文学已经被创造出来了。在第二部作品——罗斯玛丽·罗杰斯的《狂野蜜爱》登场后，出版界人士便把这种类型称为“甜蜜而狂野的浪漫小说”。[3]

当埃文证明初版浪漫小说可以将本求利地变为现钱后，几乎所有的大众图书出版社都制定了计划，推出了它们自己的“甜蜜而狂野的浪漫小说”，比如“情色历史小说”（erotic historyicals）、“狂性浪爱小说”（bodice-rippers），或“爱奴传奇”（slave sagas）——这些都是这个类型文学在出版业内众所周知的不同名称。事实上，专术书屋（Major Books）的伊冯·麦克马纳斯（Yvonne McManus）的一个观点得到了所有人的认可：“通过大量的广告和推销，埃文巧妙地创造了一种需求。”她进一步评

1 关于埃文引入“初版（original）”这一概念的讨论，请参看戴维斯（Davis）的《平装初版中的灰姑娘故事》（*The Cinderella Story of Paperback Originals*），第43—48页。

2 同上，第44页。

3 罗杰斯的手稿是放在一个牛皮纸信封里寄至埃文书屋的，收件人上写着“凯瑟琳·伍德威斯的编辑收”。参看《让数百万女性为之痴迷的埃文浪漫小说》（*Millions of Women Avid for Avon's Romances*），第44页。

论说:“它……创造了它自己的新风尚，这是一种非常聪明的平装书出版方式。”[1]

虽然有几家出版社的“甜蜜而狂野”的类型文学也成了畅销书，但埃文的出版物与这种浪漫小说的契合度最高。此外，埃文还通过汇编书迷来信的邮件清单，与它的受众建立了紧密的联系。好几家出版社还试图推出其他种类的浪漫小说，希望能开创出一个可以让读者将其与出版社的名号关联在一起的系列或“丛书”。开创“丛书类”小说只是试图确定长期读者群的常见手段之一，而这也是为了能更好地预测出销量，从而提高利润空间。这类方案大多是在效仿埃文的策略或禾林出版社更为复杂的企划，而它们的日增月益和卓有成效使之对具体的浪漫小说出版以及整体的大众平装书出版业都产生了极为重要的促进作用。在评估这类案例中最重要的几个之前，我认为很有必要先看一看另外两项发展——一项是在整体的出版业内，另一项则是在图书销售领域，它们 34
都可以帮助我们了解，为什么那么多的平装书出版机构不只发现了浪漫小说这个市场所具有的潜力，而且还成功地把握住了它的主脉。

20世纪美国出版业中最重要的发展即是大型的传播集团接管了曾经为私人所有的出版机构。这一进程始于1960年兰登书屋“合并”了诺普夫出版社（Knopf），接着，美国广播公司（RCA）在1967年买下了兰登书屋——在这一并购的大环境中，只有少数几家出版机构能够全身远祸。[2]比如，在1967年，哥伦比亚广播公司（CBS）收购了霍尔特-莱因哈特-温斯顿出版公司（Holt, Rinehart & Winston），之后又买下了普雷格出版社（Praeger Publishers）、大众书屋和弗塞特出版机构。施乐（Xerox）取得了对金氏公司（Ginn & Company）、鲍克出版社（R. R. Bowker）以及专业期刊《出版人周刊》的控制权。戴尔被收归至双日公司（Doubleday & Company）的旗下，同命运的还有文学公会（Literary Guild）。海湾西

1　见麦克马纳斯的《编辑报告》（*Editor's Report*），第34页。

2　参看怀特塞德（Thomas Whitside）的《庞然大集团（上）》（“The Blockbuster Complex, I”），第48页。同时也可参看多伊伯勒（Paul Doebler）的《兼并统计》（*The Statistics of Concentration*），第26—30页。

部财团(Gulf & Western)拿下了西蒙–舒斯特公司(Simon & Schuster)以及口袋书屋。[1]虽然这绝非全部的并购事件,但这么一长串的名单罗列至少清楚地指出,兼并趋势的首要影响就是将精装书出版社和大众平装书出版公司统合于一个单一的企业结构之中。虽然绝大多数的个体出版机构仍保留着对于出版内容的编辑控制权,但毫无疑问的一点是,公司总部对于盈亏报表的关注度显然要高于这些出版机构单干时对于它们的热衷程度。

虽然出版业中大众图书领域的利润意识越来越强,但是直到1970年代,出版业仍是一种小规模且结构松散的商业活动。只要认识到上述这点,我们就不难理解"关注账本底线"开始在出版过程中占据主要地位的原因了。[2]美国出版业的运作曾被它的批评者以及支持者称作是"全凭感觉"行事,因为它继续依赖于编辑的直觉做出与稿件甄选、印制订单以及宣传活动相关的决定,而无视了电脑的便利性以及尖端市场调研技术的发展。出版业拒绝采用这些高度机械化的程序,很大程度上可归结于这个行业不愿割舍的一个愿景,即出版业是那些真正献身于人文学"事业"的文学绅士的辖地。编辑们忧心,一旦利润成为出版的主要目标,出版商就会拒绝帮助大有前程的年轻作家出版他们的首部小说,因为这类出版物基本上都是亏本的代名词。

最近,托马斯·怀特塞德在评估出版业中公司收购的影响时指出,这个"行业确实充斥着低效率的操作"。[3]他声称:"拖沓迟缓的管理、漫长得令人恼怒的编辑和印刷过程、老朽且协调性糟糕的图书分销和销售

1 参看怀特塞德的《庞然大集团(上)》,第52页。同时参看罗格·史密斯的《平装文坛》,第75页。

2 根据本杰明·坎培恩提供的数据,1976年美国出版商的合计总收入额为42亿元,这即是说,在《福布斯》的各大行业公司榜单中,这个行业只能排在第41位,紧跟在比阿特丽斯食品公司(Beatrice Foods)、施乐和凡士通轮胎公司(Firestone Tire)等公司之后(见《过渡期中的图书行业》,第2页)。他还指出,图书出版行业只占了个人娱乐消费支出的5.6%(第22页)。利奥·博加特(Leo Bogart)指出,在1968年,新闻日报业是一个年产值70亿元的行业,电视行业在同一年则贡献了30亿元,而图书出版业的总共收入则只有24亿元。参看他的《大众媒体在美国如何运作》(*How the Mass Media Work in America*),第165—185页,尤其是第169—170页。

3 怀特塞德,《庞然大集团(上)》,第56页。

系统、微不足道的宣传预算以及难胜其任的财务系统，这些因素让很多 35
出版商无法进行大型的长期编辑项目，虽然他们知道这对于公司未来的发展至关重要。”[1]作为一个传统上低利润的行业，普及版图书（trade-book）出版业的特征之一即是利润上的天差地别，因为每一家出版机构的未来都会随着每月书单的销售成败而发生急剧的变动。当新集团的公司经理开始详审这类出版机构的财务运作和业绩表现时，他们总会震惊万分。绝大多数人的反应都是强迫这些出版商采用企业界早已驾轻就熟的程序：“高效的会计系统，长期的规划，以消除浪费及不必要的重复服务。”[2]

集团控制产生了显而易见的影响，即迫使普及版图书出版商几乎完全抛弃了“中档”图书——那些在市场上和书评界都反响一般般的作品。不过它也起到了额外的作用，让平装书出版机构因此拥有了大量的资金。它们于是有能力为畅销小说支付高额的重印版权费，同时也可豪掷重金委托进行市场调查研究，以预估类型文学作品的销量，而且还有经济实力宣传根据调研推出的新“丛书”。这种财务策略的背后逻辑是基于如下前提，即如果可以更好地预测平装书的销售情况，并让销量更加稳定，那么，这个新近并入集团内的大众市场部门便可用于抵消图书交易过程中无法避免的不可预测部分。怀特塞德解释道：“精装书出版商盘算着，如果在公司组织内增加一个平装书部门，就能让业务上的起伏幅度有所缓和，以丰补歉。”[3]

公司收购于是产生了如是影响，即给平装书出版机构增加了压力，迫使它在类型文学的销售上投入更多的时间和财力。[4]与此同时，由于重印版权已经贵到令人咋舌的地步，因此，对于各大出版社来说，获得初版权就愈加重要了。[5]为了避免培训新手作家的麻烦以及向新的受众单独

1　怀特塞德，《庞然大集团（上）》，第56页。

2　同上，第56—58页。

3　同上，第60页。

4　罗格·史密斯写道，事实上截至1978年，75%的大众平装书销售“都不在畅销书之列”。见《平装书的全国性分销商》（*Paperback National Distributors*），第III部分，第79页。

5　参看戴维斯的《平装初版中的灰姑娘故事》，第44页。

推介新手作品的花费，平装书出版商因此便热衷于寻找与类型范式非常相似的初版作品。他们认为，与为新作品寻找特定的受众从而确立其独一无二的特性相比，推介一位作品与已经形式化的传播链相适的新作者要容易得多。事实上，这个趋势极其强劲，因此到了1980年，几乎每家出版机构每月发行的著作中都有40%—50%的作品是平装本的初版。[1]企业集团对于财务核算性（financial accountability）的重视除了愈加强调类
36 型出版物稳定，甚至几近确定的销量外，还产生了其他的影响。他们对于可预测性的浓厚兴趣也让现在更讲求利润的平装书出版机构与日渐成功的连锁书店，如道尔顿书店（B. Dalton）、书屋（Bookseller）和瓦尔登书店（Waldenbooks），形成了重要的联系纽带。在这两种发展的共同推动下，这个行业对浪漫小说更有兴趣了，购买它们的女性也日渐增多。

道尔顿书店隶属于代顿-哈德森（Dayton-Hudson）连锁百货商店，它于1966年在明尼苏达州的伊代纳（Edina）开了第一家门店。[2]在探究了美国的图书销售未来后，这家连锁店的母公司得出结论，美国人的教育水平、对于知识的渴求以及对于书籍的需求都将继续提高。它同时也认识到，全美国范围内的图书销售点都相当稀缺，并且现有的销售点多集中于东海岸。代顿-哈德森因此提出，应当在中型城市附近的城郊购物中心建立储货充足的书店，从而让更多的美国人都能买到书。

这家公司开始时设计了拥有镶木地板和皮制扶手椅的引人注目

1 参看戴维斯的《平装初版中的灰姑娘故事》，第43页。

2 参看代顿（Dayton）的《预见了连锁店发展前景的书店——道尔顿》（*B. Dalton, Bookseller, Foresees Growing Chain of Stores*），第44页。鉴于篇幅的原因，在以下关于连锁书店对于出版业的影响的讨论中，我将只指涉道尔顿书店所采取的举措。虽然瓦尔登书店的扩张速度远比道尔顿快得多，但由于它一直遵循标准的订购程序，因此它对于出版机构的影响（至少是在直接影响的层面上）更小，它的退货率因而也比道尔顿的高得多。此外，该公司的订单也不能作为可靠的公共趣味的指标。当瓦尔登执着于开设更多的门店时，道尔顿则将它的绝大多数资本投资在当前已经众所周知的计算机化存货清单和销售系统上。虽然瓦尔登在出版业界的影响更小，但是它的总体售书方式与道尔顿的类似，因此也就增加了其销售实践对于出版商的影响。近期，瓦尔登书店也开始和道尔顿一样，对销售过程进行计算机化，这就使得二者的相似度更高了。关于瓦尔登书店的更多资讯，请参看《瓦尔登书店：以道尔顿书店计算机运作之道还施彼身》（Waldenbooks: *Countering B. Dalton by Aping Its Computer Operations*），第116—121页，以及《大众市场营销对于书店的冲击》（*Mass Merchandising Hits the Bookstores*），第80—86页。

的店铺，但它很快就发现，在购物中心这一场所中，这种“非买勿扰”(hands-off) 的环境并不能有效地招徕顾客。于是它很快就转而采用现在已经为人所熟知的“欢乐”(jazzy) 营销手段。道尔顿书店引进了迂曲的书架布局，迫使浏览者必须经过比平常更多的书架空间；提高了灯光的亮度，从天花板上垂悬下令人望之欢欣的描述读书之乐的标识牌，并增加了在超市中随处可见的店头展示 (point-of-purchase display)。这家公司希望由此营造出来的琳琅满目 (clutter) 的环境能够增加消费者的冲动购物概率。就像道尔顿书店的一位推广专员跟托马斯·怀特塞德所说的那样：“我们一直都在努力提高多次购买率。我们在增加冲动购物方面下了很大的功夫。我们使用展示桌和甩卖箱陈列畅销图书，当消费者逛完整个店时，他们至少会两至三次地经过推销相同图书的不同展示台。”[1]

代顿-哈德森的这种手段无疑有助于提高浪漫小说的销售量。由于道尔顿在1970年代开设了越来越多的销售点——几乎全都是开在购物商场中，美国女性定期逛到潜在销售点的次数自然而然就增加了。西蒙-舒斯特公司的总裁理查德·斯奈德 (Richard Snyder) 曾就连锁书店的发展、它们的女性顾客以及不断变化的出版实践之间的关系发表过评论。在此，我们很有必要详尽地引用他的评论：

> 在我看来，真正改变了美国出版业面貌的并非联合大企业，而
> 是大型的连锁书店。这并不是说，作为出版商的我们从连锁店那儿
> 获得了巨大的利润。实际的情况是，连锁书店是为一个完全不同的
> 读者群体服务，这个读者群迥异于以往任何图书业的受众——这是
> 一个品味完全不同的读者群。图书市场中的精英主义已经荡然无
> 存。很多出版商都很难接受这一现实。只要进驻到城郊（百分之 37
> 九十的连锁书店都开在那儿，你就得像药店或超市那样对待你的顾
> 客），其中女性居多。新的动态因素也开始发挥作用，影响了人们的

1　参看怀特塞德的《庞然大集团（上）》，第94页。

购物内容，也影响了想要满足这些顾客需求的出版商。[1]

连锁书店不只让美国女性更易获得图书，而且因为它们开设了自己的书店，于是，在书店买书这一行为就不再具有威胁性或显得不合常规，而是和在商场等待食杂用品从传送带上传送过来时随意挑一本平装书一样寻常。虽然出版商不愿公布连锁书店和其他零售销售点的浪漫小说售出率，但是在道尔顿和瓦尔登书店于过去十五年在城郊购物中心开设了逾1 200家门店的情况下，[2]我们很显然必须得承认，浪漫小说超乎寻常的畅销度与以下两个方面有着特别密切的关联：对于其目标受众来说，它的影响越来越大，**而且**也越来越容易获得。

道尔顿书店的计算机化运营也让浪漫小说出版商受益匪浅，甚至也包括浪漫小说的读者。每一个销售点都与位于明尼阿波利斯市（Minneapolis）的公司总部中央电脑连接在一起，后者以作者、书名和逾一百种主题分类登记了每周的所有进款。[3]然后按销售业绩对每个店进行每一个分类的排名。道尔顿的管理层因此能对单个销售点以及总类销量做出令人惊叹的准确预测。事实上，这家连锁书店的退货率是业界中最低的。此外，道尔顿在下单上的准确性也让很多出版商认识到，要根据它的首份订单设定未来加印订单的规模，甚至要据此编选手稿，以满足特定受众的喜好。[4]通过道尔顿书店的反馈程序（业界非常信赖这个程序，不仅是由于这家书店的预测非常准确，也因为它的订单份额在任何一家出版机构的月度发行量中都常常接近10%），读者可以间接地

---

1 引自怀特塞德的《庞然大集团（中）》，第136、138页。

2 参看科泽（Lewis A. Coser）、卡杜辛（Charles Kadushin）和鲍维尔（Walter W. Powell）的《图书》（*Books*），第349页。

3 关于道尔顿书店的计算机相关资讯，请参看黛西·玛丽勒丝（Daisy Maryles）的《道尔顿书店》，第126—129页；《瓦尔登书店：以道尔顿书店计算机运作之道还施彼身》，第116—121页；波特（B. Porter）的《道尔顿书店》，第53—57页。

4 托马斯·怀特塞德称，这一主张源于深入参与出版业事务的律师—经纪人——莫顿·詹克洛（Morton Janklow）。参看他在《庞然大集团（中）》中的评论，第65—70页；同时也可查看他在《庞然大集团（上）》中关于道尔顿书店的执行官凯伊·塞克斯顿（Kay Sexton）的讨论，第95—96页。

影响编辑的甄选过程，“强迫”出版商将他们的品味纳入考虑范畴之中。这种矫正循环（corrective cycle）显然会让浪漫小说受众的渴求与业界向受众提供的图书这二者更加匹配，虽然还远远算不上完美。

此外，所有的图书都有可关注其销售表现的编码，道尔顿书店的电脑系统因此便可追踪到滞销产品，于是也就能非常迅速地确定哪些图书不讨典型受众的欢心。这些滞销图书很快就会下架，换上其他可能更受欢迎的作品。这整个过程让道尔顿书店的存货迅速流通，同时也让畅销 38
的图书享受到了更多的关注。虽然乍一看，这可能会损害读者和出版商的利益，因为有些作品未能在书架上驻留足够长的时间，导致读者可能因此错过它们；但是就浪漫小说来说，上述二者其实都会受益。在相当的时间里，浪漫小说读者的阅读量显然比其他类型图书的读者要多[1]，因此道尔顿书店中快速流通的存货显然非常合这类读者的意。

由于上述的种种实践，对于渴求与浪漫小说受众有所联系的出版商来说，拥有近五百家门店的道尔顿书店显然是一个可大量提增潜在购买量的销售渠道。事实上，道尔顿书店和瓦尔登书店现在已经占据了普及版本和大众平装书销量的五分之一。[2]因此，在促成浪漫小说于1970年代风行一时的物质因素中，连锁书店在美国的图书销售活动中越来越占主导地位也应被列为主要原因之一。

数家出版机构进一步完善着销售技术，以将类型小说送至恰当的群体手上。这些技术甚至比埃文书屋所采用的还要尖端。在这股技术潮流中，引领者显然就是加拿大的禾林出版公司，而它在经济上所取得的令人难以置信的成功也催生了大量采用其运作模式的效仿者。这种运作模式是一种高度精密化的半计划发行，即它是为一个身份已经确定、信息早就被分类好，且大体上已被透彻分析过的受众群体出版作品。事实上，禾林的这种运作方式是基于如下前提：可以像推销一罐

1　参看扬克洛维奇（Yankelovich）、斯凯利（Skelly）和怀特（White）的《1978年的阅读消费者调查研究》（*The 1978 Consumer Research Study on Reading*），第137、141以及143—148页。我将在第二章讨论扬克洛维奇的结论。

2　参看《瓦尔登书店：以道尔顿书店计算机运作之道还施彼身》，第116页。

豆子或一箱肥皂粉那样宣传一本书。它那非同寻常的利润数据令人信服地证明了，图书并不是非得被当作独特的对象并以此为前提进行宣传，相反，它也可以仅仅依靠品牌标志，定期并持续地出售给一个长期的受众群体。[1]

就像绝大多数的大众平装书出版机构一样，禾林于1949年开始了它的翻版业务，发行了从众多渠道购买来的图书的廉价版。在早期，这家公司除了推出从英国公司米尔斯&布恩出版社那里购买来的浪漫小说外，还出版过推理小说、探险故事、西部小说、烹饪书，甚至还有一些显而易见的色情小说。[2]1954年，这家公司创始人的妻子玛丽·波尼卡索（Mary Bonnycastle）注意到，米尔斯&布恩出版社的浪漫小说似乎卖得尤其好。虽然她提出建议，认为公司可集中精力发行那些以大团圆收尾且品味良好的故事，但是该公司直到1957年才开始专注于浪漫小说的出版。[3]就在公司创立者去世的1968年，禾林成了一家上市公司。到了1971年，这家加拿大的翻版商获得了非同凡响的成功，甚至有能力吞并它早期的供应商——米尔斯&布恩出版社。

1971年，禾林聘用了哈佛大学工商管理硕士以及自称是宝洁公司
39 “肥皂推销员”的W.劳伦斯·海西（W. Lawrence Heisey）。[4]海西设计并完善了让禾林得以享有当前成功的营销技术。在他接手之前，这家公司鲜少有图书在美国做宣传，每年的销量也不足1 900万册，虽然销售额多达770万元，净利润却仅有11万元。[5]但在一年的时间里，禾林的利润便攀升至160万元。在八年时间里，它的销量就飙增了800%。根据菲利

---

1 关于禾林出版社在浪漫小说领域中越来越重要的讨论，最切中肯綮的讨论就是伯曼（Berman）的《他们叫我们私生子》（*They Call Us Illegitimate*），第37—38页。

2 参看《女性想要什么》（*What Women Want*），第94页。同时可参看波斯纳（Posner）的《娱乐业》（*Show Business*），第72、74和76页。詹生（Jensen）称，禾林的早期出版物中包括《女士，那是我的头骨》（*Lady, That's My Skull*）、《那女人是个荡妇》（*The Lady Was a Tramp*）和《十二块钱和一个女人》（*Twelve Chinks and a Woman*）；参看《女性和浪漫小说》（*Women and Romantic Fiction*），第71页。

3 参看伯曼的《他们叫我们私生子》，第72页。

4 同上，第37—38页。

5 同上；另见波斯纳的《娱乐业》，第72页。

斯·伯曼（Phyllis Berman）的估计，在1977年，禾林的销售总额达到了7 500万元，利润约为1 100万元。同一年，禾林在美国平装书市场上的份额为10%。此外，这家公司在北美地区的图书分销量达到了1亿册。到了1979年，禾林的总分销数据升至16 800万册，这主要是由于它在全球98个国家出版作品。禾林声称，它仅在“北美就拥有逾1 600万名定期的女性读者”。[1]即便这些数据有些言过其实，有一点却很清楚，浪漫小说这一类型文学的流行和普及，很大程度上得归功于禾林不循常规但非常成功的营销策略。

我必须说明的一点是，之所以说这些策略不循常规，只是因为海西将它们运用在了图书销售上。在实际情况中，它们与在其他消费性产品行业中运用了好几年的技巧并无多大差别。海西无视出版业的传统智慧，于1971年开始着手证明，完全可以像销售其他任何一种商品那样销售书籍。他指出，**在策划促销宣传活动时，产品本身的品质并不重要**。更重要的是具备找到受众或消费群体的能力，并发现一条可接近受众的道路，最后通过一个刻意塑造的形象，将诸如肥皂、面巾纸或浪漫小说这类通用产品和公司名称之间的关联深刻于消费者的脑海之中。[2]海西开始就浪漫小说的受众进行市场调研。[3]他不只找到并锁定了读者群，据此策划出可接近她们的具体战略方案，而且还力图发现她们阅读浪漫小说的动机以及她们对于角色和情节的偏好，以便将它们全都融入一个精心设计的广告诉求之中。

海西断定，他们无法通过传统的图书销售点有效地接近这类受众。他提出，应将销售集中于超市，并拓展公司的订购服务。他设计了突显公司名称“禾林”的图书封面和宣传材料，让它比书名和作者姓名更抢眼，并广泛地运用电视营销。通过这种方式，他就可以将广告成本分摊至所有系列作品上，从而避免了为每一本书创造一个不同受众群体的成

1　上述所有数据都引自禾林出版公司于1980年公开发布的《关于禾林的资讯》（*Facts about Harlequin*）。

2　参看《禾林出版公司的浪漫小说》（*The Romance of Harlequin Enterprises*），第31页。

3　同上，第31页。

本。为了推销他精心加以标准化同时在他看来也会让读者沉迷于其中
40 的产品，他甚至更进一步，将样书放入洗涤剂包装箱中。另一个促销伎俩则是以每本15美分的价格出售这类作品。[1]后一种手段是1973年一次宣传活动的一部分，此次活动为该公司的浪漫小说吸引了一百万名新读者。[2]海西同时也在作品本身内推销订购服务，即在封面内页罗列其他的图书，并建议那些错过这些作品的人写信索要免费的目录。他通过此举拿到了订购服务所需的读者姓名和地址，之后便可努力让读者注册成为长期的订户。这些战略的战绩都非常卓有成效，因此时至今日它们仍是这家公司的销售基础。

虽然禾林的这些图书也走分销途径——仅在美国境内就有逾10万家超市、各类店铺和药店在经销，但它的销售方式至今仍以订购销售为主。[3]禾林现在每个月发行12本浪漫小说——其中6本是标准的“浪漫小说”类型，另外6本则是“更加香艳”、更直白地描写性爱的“特别”(Presents)系列。读者可以向禾林签约订购这两种丛书中的任何一种或两种的新书。相比于坐等新书出现在店里，签约订购者不仅可以提前收到新书，而且由于禾林消化了运输费用，她们仍只需支付与在报摊上买书一样的价钱。由于订购清单和市场调研分析帮助禾林更加准确地预测销量，因此这家公司鲜少背上过度印制的成本负担。对于其他的出版机构而言，一般的平装书只能分销出1.2万册，而且第一版的退货率会高达35%—40%，但禾林通常都会印50万册，且其中只有不到25%会被退回。[4]事实上，有些经销商声称，他们能在十天内卖掉80%的存货。[5]海西曾指出，“其他的出版社印10本卖6本，而禾林每印7本半卖出6本”。[6]

曾经是业界无名之辈的禾林而今成了许多书商追随的目标。后者对于它出版的作品不屑一顾，一心只想复制它在经济上的成功。事实

1 参看波斯纳的《娱乐业》，第72页。
2 《禾林出版公司的浪漫小说》，第31页。
3 参看雷·沃尔特斯(Ray Walters)的《谈谈平装书》，1980年10月12日，第47页。
4 参看伯曼的《他们叫我们私生子》，第38页。
5 《禾林出版公司的浪漫小说》，第31页。
6 参看伯曼的《他们叫我们私生子》，第38页。

上，许多出版机构慎重地创建了它们自己的浪漫小说“丛书”。定期为《纽约时报书评》撰写平装书评论的雷·沃尔特斯曾指出，从1978年公众熟知扬克洛维奇、斯凯利和怀特的读者调查结果之日起，这个趋势似乎就开始了。沃尔特斯写道，就在出版业高管发现五分之三的美国读书群体是由50岁以下的女性构成之时，“‘出版界’便开始出现这样的报道：禾林出版公司……推出的‘异域背景下的现代浪漫小说’获得了无与伦比的成功”。[1]女性受众的规模以及禾林利用其购买力赚到盆满钵满的能力让弗塞特、戴尔和华纳（Warner）都大开了眼界，它们于是都想要复制禾林的方法，各自推出了特别设计的浪漫小说系列或丛书。在 41
解释戴尔采取这一举措的缘由时，该公司的高管罗斯·克莱本（Ross Claiborne）曾指出了禾林现象（Harlequin phenomenon）中最让业界震撼的具体层面。“禾林的利润数据实在是太惊人了，”他承认道，“每一个出版商都渴望能实现那样的利润率。那是一本万利的投资，被退回来的书非常之少。那简直就是在印钞票啊！”[2]

虽然戴尔是首家发布禾林式丛书（1979年5月份，该出版社首次推出了“烛光浪漫小说”系列）的出版社，但是它并未像这家加拿大公司一样，进行类似的市场调研来支持这种新的商业行动。[3]戴尔只打算模仿禾林的包装和宣传策略，而不想接受它那所费不赀的确定读者趣味并据此予以满足的过程。弗塞特则不一样，它复制了禾林的研究方法和它的营销策略，力图与后者争夺女性受众。它的“考文垂浪漫小说”（Coventry Romance）丛书在1979年11月份面世之前进行了研究和预先测试。弗塞特的读者研究是由它的宣传代理机构——灰色二号（Grey 2）进行的；这项研究不仅想要寻找到特定的人物和情节类别偏好，同时也希望能确定读者更加青睐的潜在选题和行之有效的宣传活动策略。[4]

1　参看沃尔特斯的《谈谈平装书》，1980年10月12日，第47页。

2　参看戴维斯的《平装初版中的灰姑娘故事》，第45页。

3　请参看1979年4月12日对戴尔出版社系列小说编辑薇薇安·斯蒂芬斯（Vivien Stephens）的私人访谈。

4　参看玛丽勒丝的《弗塞特的浪漫小说》（*Fawcett Launches Romance Imprint*），第69—70页。下文关于弗塞特这一投机行为的所有细节资讯都摘自这篇文章。

比如说，这家公司开始时推出了五种备选的系列选题，包括摄政系列（Regent Court）、克拉里翁系列（Clarion）、科蒂利昂系列（Cotillion）、至尊系列（Sovereign）和考文垂系列，之后又通过与潜在读者进行焦点访谈（focus interview），以确定每一个选题将在她们心中唤起的联想和期待。弗塞特的高管深知，能否成功地打造出知名的类型出版物，这完全取决于出版社是否有能力保证受众对于产品的期许和产品真正传达出来的东西相一致。因此他们努力避免激发出他们不打算予以满足的期望。就像副董事长詹姆斯·扬（James Young）曾解释过的那样："这种测试的最主要作用就是核查这个选题是否会导致任何形式的内容与文类不匹配。由于这种消费者测试，至尊系列被废弃了，因为很多人都认为它是在讲述国王与皇后之间的恋情；科蒂利昂系列则会让人联想到南北战争爆发前的南部；摄政系列所引发的想象除了国王和皇后的儿女情长外，还有与法律相关的内容；克拉里翁系列似乎不会让人产生任何明确的联想。"[1]最后，考文垂被选定为系列名称，而其当选的最具说服力的原因在于，读者不会将它和任何与其不相匹配的东西联系在一起。此外，它似乎也帮助他们准确地划定了小说的大概背景时间以及他们想要包含在内的人物类型。

由于弗塞特也想要确定人们为什么会读浪漫小说，因此焦点访谈中的一个环节便要求女性对浪漫小说读者的形象进行一番描述。虽然绝大多数的形象描述都强调指出，这些心情愉悦、笑容满面的女性也会在处理其他事务时进行阅读，但这家出版公司仍决定将女性描绘成一边阅
42 读"考文垂浪漫小说"，一边快乐地相夫教子和操持家务，并围绕这一点推出它的电视广告和报纸宣传。实际上，弗塞特和之前的禾林出版社一样，将读者—消费者的观念深植于整个出版事业的中心位置，包括这个过程中的营销和编辑层面。从前，更加传统的普及版图书出版社大力支持作者的主动权和决策权，而今，禾林和弗塞特却以几乎相等的力度剥夺了这些权力。随之而来的是，这些出版商的主要活动发生了翻天覆地

1　引自玛丽勒丝上述所引著作，第69页。

的改变，从之前的为一部已经存在的作品搜寻甚至创造一个受众群，变成了为一个已经形成的读者群搜寻或创造一部作品。

浪漫小说界接下来推出的系列或丛书是对禾林体系精心擘画和深思熟虑的模仿。它证明了一个在当时几乎公认的观点，即类型图书出版是一个有可能一本万利的商业活动，而商品包装是实现大规模销售的一条通途。在西蒙－舒斯特公司的资助下，西卢埃特书屋出版的作品和它们的加拿大"表亲们"几乎一模一样。事实上，在初期阶段，正是禾林北美区营销和销售部的前副总裁芬内尔（P. J. Fennell）领导推进了这项出版活动。芬内尔指出，和戴尔一样，西蒙－舒斯特也决定参与抢夺女性读者，因为它相信这个"未被充分开掘"的市场完全可以承受好几位新竞争者的入场。就像弗塞特一样，西蒙－舒斯特也认识到，在这种类型文学的出版中，市场调研发挥着至关重要的作用。芬内尔指出，要想建立品牌的忠诚度，关键就得具备"思读者之所思"的能力。他补充说："这类图书的读者不会问，'我听说过这本书吗？'而是会问，'我喜欢西卢埃特书屋之前的那些书吗？'"[1]

为了确保西卢埃特书屋推出的所有浪漫小说都确实能迎合其受众的需求，西蒙－舒斯特在赋予读者以地位和权力一事上，比禾林和弗塞特都有过之而无不及——至少在出版过程中是如此。这家公司不只在达拉斯、圣地亚哥和俄克拉荷马市进行了旨在帮助确定选题、标准情节和人物刻画以及宣传手段的潜在读者调查，而且还构建了一个系统，从一个预选小组中甄选出200名读者，在她们中进行所有浪漫小说的出版前测试。[2]这些读者会被问及有关于情节和人物的问题，并被要求回答并无标准答案的问题——"这本书的整体质量如何"。任何一本评价不高的书都会被移出出版名单。

通过创建这个流程，西蒙－舒斯特将限量订阅刊物的编辑操作和半计划发行物的大众分销特点巧妙地融为一体。在咨询了一组有代表

1　参看玛丽勒丝的《西蒙－舒斯特砸300万美元打电视广告宣传战推出西卢埃特》(*S & S to Debut Silhouette with $3-Million TV Ad Campaign*)，第51页。

2　同上，第51—52页。

性的读者并接受了她们的意见后，这家公司便尽可能详尽全面地规划
43 它的出版物，从而确保它能满足一个期冀和品味都早已成型的群体的需求。之后，它便可放心大胆地大量分销最终的成品，并且很清楚它能够找到上述那个小团体所代表的受众。西蒙-舒斯特其实也深知要规避如下的棘手难题：寻找到一个真正的读者群，以与出版早期阶段指导整个过程的理想读者相匹配。理查德·斯奈德近期在接受《纽约时报》的记者角谷美智子（Michiko Kakutani）的采访时坦言，对于可预测性的渴求促进了这些流程的出现，"我们不想要摸着石头前进，虽然这在出版界中司空见惯"。[1]

可以说，虽然在近期的平装书出版史上，声名鹊起的博眼球式畅销书一跃成为主角，但这个行业的另一个特征则是其缓慢却不可阻挡的蜕变：它从一种规模相对较小、小本经营且仍关注作者身份和图书**阅读**活动的事业转变为一个以消费者为导向，充分利用最先进的营销和宣传技术，以促进简单的商品交换的行业。浪漫小说超乎寻常的畅销度很大程度上是由于这种转变，因为出版商最积极主动地将前面提及的那些技术革新运用到了这种类型文学上。为什么只对爱情小说做市场调研，却未同等对待间谍惊险小说或西部小说？虽然出版商无法对此给出令人信服的解释，但是这一决定很可能是受到以下两个因素的影响。

首先，在图书阅读群体中，女性读者占了过半。[2]相比于虏获一个小规模受众群体中的每个人，在更大规模的受众中赢得大比例的读者显然会产生更好的经济效益。与此同时，女性的社会责任和习惯让出版商可定期地接触到她们。从这个意义上来说，她们显然是一个唾手可得的购书群体。这个群体由于其他的因素而在无意之中汇聚到了一起，让出版商有可能对她们进行便捷且广泛的分销。这种可能性就使得批量印制浪漫小说变成了势之所趋。[3]就目前的情况来说，每个月出版的约四百本

---

1 参看角谷美智子的《新浪漫小说》(*New Romance Novels*)，第C13页。

2 参看扬克洛维奇、斯凯利和怀特的《1978年的阅读消费者调查研究》，第48页。

3 坎培恩指出，截至1978年，单单是食品店中的平装书销量，其价值就达到了6 500万元（参看《过渡期中的图书行业》，第89页）。这一销量的很大一部分都应归功于浪漫小说。

平装书中，有四分之一到三分之一的作品是各式各样的初版浪漫小说。[1]在十大平装书出版社中，几乎每个出版社的月度新书中都包含了相当一部分的浪漫小说。此外，禾林声称，它斥资百万美元进行的宣传战已经触及十分之一的美国女性，而其中的40%常常可被转化为禾林的读者。[2]浪漫小说巨大的销量数据似乎就是缘于这种至关重要的能力——赢得潜在受众的关注。

其次，浪漫小说显然为很多女性提供了一种令人相当愉悦的阅读体验，因此她们希望尽可能地重复这种体验。但是，我们不能就此得出不合逻辑的结论，声称浪漫小说在平装书市场中日渐增加的重要性不言而 44
喻地证实了美国女性群体**越来越**需要抚慰（reassurance）。这种论断也忽视了其他的证据。这些证据证明，浪漫小说的统霸地位是远谋深算的结果，即通过满足购书群体中最重要的那部分人的需求，从而获得尽可能最大化的利润。浪漫小说的风靡与整个图书出版业所经历的这种种重要变革存在着紧密且不可分割的联系。

尽管如此，浪漫小说的畅销显然也应归因于如下这一独特的事实：在美国，阅读和购买图书的绝大多数**都是**女性。很多女性事务和图书出版业的评论家都得出结论，认为中产阶级的女性之所以会成为阅读者，主要是因为她们既有购书的财力，又有看书的时间。她们之所以有闲显然是因为直到最近为止，社会的风俗习惯都使得她们不必从事全职的有薪工作。在家中，她们的主要职责就是照顾和呵护家人，尤其是孩子。而在过了最初的几年后，一天中的很多时间孩子都会不在家，因此孩子的母亲就拥有了大量可以进行阅读活动的时间。虽然不是所有的女性读者都具备这些条件，但看起来这很有可能就是绝大多数浪漫小说女性读者所共有的背景。在竞争激烈的出版业内，出版社的高管们严格保密着实际的人口统计数据。这些高管时常宣称，美国各个阶层的女性都在阅读浪漫小说。不过禾林和西卢埃特书屋的数据都一再地表明，它们的读者年龄绝大多数都在25—45岁之间。如果这就是实际的情况，那么，

1　参看戴维斯的《平装初版中的灰姑娘故事》，第43页。

2　关于禾林的广告宣传，请参看《出版人周刊》，1980年4月18日，第26—27页。

浪漫小说阅读体验的意义或许与如下两个层面紧密相关：这种阅读行为与中产阶层的母亲群体日常事务的契合方式，以及故事本身解决因其社会和家庭地位而引发的焦虑、忧惧和心理需求的方式。这些问题正是我们在之后章节中所要讨论的内容。但有一点须时时牢记在心，即不断增长的销量并不一定就意味着需求量的增加。要想解释浪漫小说大受欢迎的原因，或理解它作为历史和文化现象的重要性，就必须对出版商以及利润动机给予恰如其分的考量。此外，我们还必须谨记，虽然半计划发行在确定读者的普遍兴趣方面取得了相对的成功，但它仍无法确保出版社的产品完美地契合了读者的所有期待。事实上，我们将在下一章中看到，出版商提供的商品与消费者的需求间一直存在着不一致，而这种不一致则催生了至少一种旨在帮助读者选书的服务，从而让她们可以差
45 强人意地从每月出版书单中择选出其所需求的图书。

第二章　读者和她们的浪漫小说

位于中西部的史密斯顿社区四周环绕着玉米地和干草场，随处可见精心修整、井然有序的独立住宅。它距离玻璃办公大楼林立的美国出版行业重镇纽约有近两千英里之遥。虽然这两处相隔千里，但是，那些出自年轻文学女硕士之手、等着出版的浪漫小说中，将有相当一部分会进入位于史密斯顿的家庭。这里的女性在日复一日几乎全身心照顾家人之余，只要一有片刻的宁静时光，就会如饥似渴地阅读它们。虽然史密斯顿的女性对于纽约编辑为她们准备的浪漫小说并不是本本都满意，但在桃乐茜·埃文斯的帮助下，她们知道如何避开那些仍旧不清楚女性对于浪漫小说抱有何种希求的作品。为了选到中意的作品，她们学会了解码浪漫小说封面艺术中的意象，解析封底宣传软文中的术语，并一再地选择那些曾让她们读得心花怒放的作者的作品。

事实上，恰恰是因为史密斯顿的浪漫小说读者和纽约的出版商这二者的关系从一开始起就缺乏最基本的信赖，因此桃乐茜·埃文斯才能够一呼百应地汇聚起这个忠实的消费者群体。她毫不吝惜地提供参考建议，这让她在那些女性读者的心中显得特别可亲，因为她们被1970年代不断增加浪漫小说发行量的纽约出版机构弄得晕头转向。于是，她们一 46
次又一次地来到她的收银台前，向她咨询当月的“畅销书”。她之后接受书店和编辑的邀请开始撰写评论通讯，正是因为她认为其他的读者可能会觉得她的“专家”建议有助于她们挑选浪漫小说。她成功地在全国积累了巨大的名气，连纽约的编辑都开始给她寄最新作品的校样，以确保他们的作品会出现在她的报道中。她现在也在热心地为几位向她寻求建议和支持的知名作家阅读原稿。虽然她在这个行业中的地位并不一定就意味着她的观点具有代表性或反映了她客户的喜好，但它确实说明，有些作者和编辑相信她不仅能细致入微地体察浪漫小说受众的渴望和需求，而且还尤其擅长清楚地表达出这些观点。因此，她会成为一个乐于分享、心细如发、一以贯之而且切中肯綮的资讯提供者也就不足为奇了。

1979年12月份，我第一次写信给桃特，询问她是否愿意谈谈浪漫小说以及她的评判标准。当我询问道，她的顾客中是否有人愿意与一个对她们所喜欢的浪漫小说的原因感兴趣的人探讨一下她们的阅读经历，她给我回了一封率直且热情洋溢的信，称她很乐于在夏季假期中，于她的家中举办一系列的见面和讨论会。一开始我为如此爽快的回复感到万分惊讶，但我很快就认识到，桃特自然流露出来的通情达理源于她对人所怀有的由衷兴趣。在即将前往史密斯顿之时，当她得知我无法预订到第一晚的酒店房间后，便坚持让我住到她家里。她向我保证说，我在机场一下子就能认出她，因为她会穿一身薰衣草色的西服套装。

抵达史密斯顿时，我忧惧交加。但是这种情绪在乘坐桃特的车离开机场的过程中慢慢地消散了。她轻松自在地畅谈着浪漫小说，很显然，那是她生活中重要的一部分。当她说明定于下周举行的讨论会和见面会安排时，我意识到自己在史密斯顿的时光将会相当惬意和忙碌，同时也会有丰富的收获。我原本担心自己能否说服桃特的顾客开诚布公地详述她们的阅读动机，现在看来，这种担心完全是多余的，因为在过了彼此都有点尴尬的初期阶段后，我们便坦率而热烈地交谈了起来。桃特帮了大忙，因为当她向她的顾客介绍我时，她说：“简[1]和我们都一样！”在交

1 简(Jan)是作者珍妮斯(Janice)的昵称。——译注

谈的过程中，我慢慢地发现，虽然这些女性不太习惯对自己的行为进行任何程度的细究，但她们仍竭力把她们的感受和观点组织成语言，帮助我理解她们为何会觉得浪漫小说既愉悦身心又大有裨益。

第一周，我与最常光临桃特店的16位老主顾进行了两次各为四个小时的讨论会。她们全都是在桃特说明了我的意向后自愿报名参与的。47
还有6个人也想参加，但由于与家人一起在外度假而作罢。最初的讨论会都是开放型的聚会，我通常只会向全体参与人员提出笼统的问题（关于访谈安排，请参看附录1）。一开始，大家似乎都有点拘谨，并未积极地做出回应，因此每个人就轮流回答每一个问题。但等到大家都感到放松自在后，交谈就变得更加自然顺畅。参与者各抒己见，有时还针锋相对，但她们也非常高兴地发现，在许多事情上她们仍保有一致的观点。这两场讨论会都录了音。我还从桃特的顾客中挑选了5名表达能力最强且最积极热情的浪漫小说读者，与她们进行了单独的录音采访。此外，我也在空闲的时间里单独与桃特进行了多次随意的长时间交谈，并对其进行了五次更加正式的访谈。和桃特在书店里找的另外25名顾客一样，这16个人也都填写了一份调查问卷（pilot questionnaire）——这是我在离开费城之前预先准备的（请参看附录2）。

到快要结束史密斯顿之行时，我已经阅读了所有我能找到的在讨论会和见面会上提及的浪漫小说，转录了录音内容，并且扩充了我在闲暇时记录的实地调查日志。在重新查看我所获得的所有资讯和评价信息时，我才清楚地意识到，之前我并未预想到所有可能具有深远意义且应当被提出的问题。同时，我也时常未能为定向回应（directed-response）的问题预设最佳的可能答案。于是，我重新设计了一套调查问卷，并于1980年仲秋时给桃特寄了50份（参看附录3）。我请她帮忙把这些问卷发给那些"经常光顾"的顾客（那些她认得的，而且曾就购买浪漫小说给过不止一次建议的人），并希望她除了问卷上的提示以及随信附上的说明外，不要给填问卷者提供任何额外的指引。1981年2月初，在我第二次逗留史密斯顿期间，她将42份填写完整的调查问卷交给了我。

那次，我与桃特和她的家人生活了一个星期，了解了她的每日活动，并不时地与她交谈。我还在书店里待了整整三天，观察她与顾客的互动；我自己也与顾客进行了随意的交流。在这段时间里，我再次采访了前文提到的那5名读者，核查了我有疑问的地方，并检验了我此前已经形成的一些臆测。我还与莫林进行了长时间的谈话。在桃特的顾客中，莫林是最心直口快的女性之一，而且最近刚刚开始创作浪漫小说。

很显然，史密斯顿的读者群无法被视为科学意义上的随机样本。因此，必须带着十二分的谨慎，才能将此项研究得出的结论外推，运用到其
48 他浪漫小说的读者身上。事实上，这项研究的主张必须被看作是一些推测；在现在看来，我们必须对更加广泛且不相干的浪漫小说读者进行考察，才能系统性地检验这些推测。虽然这个群体存在显而易见的局限性，但最初我是出于两方面原因的考虑才决定推进这项研究。

第一方面的原因与桃特无可争议的成功以及在全国浪漫小说领域中如日中天的声名有关。第二方面的原因则在于，这个群体已经经过了自我选择（self-selected），而且成员构成很稳定。桃特的老主顾常常会回来征求她的建议，这是**因为**她们相信她的看法与她们的相当合拍。她们都已经习惯于相信她的判断，在面对琳琅满目的浪漫小说读物时，她们会向她寻求帮助好做出选择。她们发现这么做很称她们的心，因为这让她们所有人都不必吊死在单独的一套“丛书”上，比如近来开始刺伤和触怒她们的禾林作品。同时，通过选择性购买那些在她们看来似乎有可能会满足其渴求和需要的作品，也在一定程度上让她们从出版商那里夺回了部分主动权。虽然史密斯顿的读者拥有千差万别的品味和习惯，但所有的女性都同意，桃乐茜·埃文斯恰如其分地把握住了她们的兴趣偏好。

这个群体的实际情况表明，如果研究者只从美国出版商当前发行的浪漫小说中选择样本，然后分析样本清单中的小说情节，并据此就这一文学形式的意义得出结论，继而综述“浪漫小说”的文化意蕴，那显然是很难令人信服的。虽然这个行业越来越依赖半计划发行技术来缩小读者期望与出版商产品间的差距，但整个生产系统问题依旧：浪漫小说内在幻想的创作者、出版商和消费者之间仍存在着根本上的隔阂。因此，

我们必须牢记的一点是，那些阅读浪漫小说的人**不会**关注她们自己创作出来用于阐释其经历的故事。由于专业化的出版已经大大减少了自我叙述（self-storytelling）的比例，因此我们现在仍无从得知以下两种文本是否存在任何一致之处：匿名群体所消费的叙事文本，与如若无法购买到此类文本这个群体即会为自己以及同辈人创作出的文本。

虽然一种专业化生产和大众化的商品被人反复购买和消费表明了部分受众的需求得到了满足，但是这并不能确保所有的消费者都会认可每一个文本所包含的人生体会。事实上，史密斯顿的阅读群体明确表示它的成员对于浪漫小说一直都持有一种非常独特的品味，但出版商未能恰当地迎合这种品味。不过，由于这些大型出版商都是通过满足这个群 49
体中所有人都拥有的为数不多的共同偏好来设计它们的产品，从而吸引大规模的受众，因此它们仍成功地推出了可达到桃特及其读者最低标准的文本。此外，由于史密斯顿的这些女性确实非常想要放任自己沉浸在浪漫的幻想之中，而她们中的绝大多数人又都无法通过自己的想象活动满足这一需求，因此，她们就经常会购买和阅读那些她们并不是真的喜欢或完全认可的作品。就像一位读者曾解释的那样："有时一本烂书也好过什么都没有。"由此可见，购买行为并不一定就是对所选产品的认可。在一个量产机制中，这大概只能证明，市场上存在着一种持续不断但仍未获充分满足的需求。

正是由于浪漫小说的出版商未能推出完美契合于读者期望的作品，史密斯顿的女性由此才发现，如果有一位值得信赖的甄选者介入（mediated）这个交易过程，网罗一批更加符合她们心意的文本，让她们可安心地从中挑选心仪之作，那么，她们的喜好就会得到更好的满足。这种在选书过程中对于介入者（mediator）的特别依赖表明，要了解浪漫小说的意义，首要之务就得先确定那些认为它具有深远意义的团体各有何特点，其次须确定每个团体对于"浪漫小说"的界定，之后才能尝试着对这种文学形式的重要性做出评论。虽然这个文类看起来很显然只是换汤不换药，但是，**对于那些阅读它们的人而言**，这些小说之间存在着足以让人决定是拒斥还是阅读的重要差别。我们必须得承认，在批量生产的过程中确实存在着甄选这一事实，同时努力去理解主导这类甄选的原则，并描述出这些原则的产生缘由。[1]史密斯顿的女性只是一个相对而言比较同质的小规模群体，而且恰好都以一种固定的方式阅读浪漫小说。虽然她们的偏好可能可以代表那些在人口统计特征（demographic characteristics）和日常生活上与她们相类似的人，但如果就此认为，她们利用浪漫小说的方式与来自不同背景、受过不同教育、处于不同社会情境中的女性一样，那就未免有失公允了。比如说，在探讨浪漫小说对于那些受过高等教育且在男性主导的专业领域中工作的女性的意义时，相关的结论就必须等待更加深入的研究了。

史密斯顿女性的阅读习惯和偏好与她们的日常生活习性存在着错综复杂的联系，而生活习性本身又与教育、社会角色和阶级地位紧密相关。绝大多数的史密斯顿读者都是已为人母的已婚女性，她们生活在美国中西部州的第二大城市（1970年时的人口为85万人）里，在一个地界不断扩张的城郊住着独立屋。[2]虽然四周环绕着玉米地，但史密斯顿本身是一个城市化的地区。相比于1960年代的人口普查数据，它在1970年时的人口接近11.2万人——增加了70%。这个社区实际上是一个“卧”城[3]，因为在1970年代，这个地区的上班族中有90%是在史密斯顿外的地

1 在史密斯顿的读者研究快接近尾声之时，我获悉全国至少还有五个类似的团体。绝大多数似乎都是由邻居或同事构建而成的非正式活动网，成员会定期地交换关于浪漫小说以及这类作品相关资讯的信息。有人告诉我，得克萨斯州有一位书商召集了一个与桃特群体类似的团体。我还接到了有关加利福尼亚的“英国摄政类小说爱好者之友”（Friends of the English Regency）的信息。该团体也出版评论通讯，并举行一年一度的摄政类小说“集会”（Assemblee），而且还在这个集会上为她们最喜爱的摄政类浪漫小说颁发“乔其”（Georgette）奖。我们无从知道这种“阅读俱乐部”的现象有多普遍，但它确实值得研究。如果这些俱乐部都依赖于个性化选择（individualizing selection）来调解量产出版的过程，那么，很多基于“大众人”（mass man）这一前提而对量产文学的意义所做的论断就需要被重新审视，甚至可能得推翻重写。

2 关于史密斯顿的这些数据以及其他的所有数据都取自《1970年人口普查》（*Census of the Population, 1970*）。我对这些数据稍微做了一些修改，以隐藏史密斯顿的具体所指。

3 卧城（bedroom community，也写作commuter town、exurb、bedroom town、bedroom suburb、dormitory town、dormitory suburb和dormitory village），也称作“近郊居住区”，大城市周围承担居住职能的卫星城。其特点是与母城间距离较近，且位于通往母城的主要交通干线上。其职能除以居住为主外，还有起码的生活福利设施，但缺乏工业职能。——译注

区上班。虽然近年来随着购物中心（桃特就是在这个地方上班）的出现，这一点已有所改变，但是这个城市总体上而言仍是一个居住区，独立住 50
宅依旧称霸当地的房市，占比高达90%—95%。

桃特和她家人所居住的宽敞错层式住宅位于史密斯顿新屋开发区之一的边缘。我最近一次到史密斯顿时，桃特、她的丈夫丹、她的大女儿基特和她的母亲都住在这幢房子里。屋子里装饰着桃特在儿女还小时所热衷的女红和手工。桃特的另外两个孩子——时年19岁但已成家的道恩和21岁的乔——则没有和家人住在一起。在我进行这项研究时，桃特本人48岁。丹是一个经验丰富的水管工，他既对桃特全身心投入到浪漫小说的状态感到迷惑，同时又为她在书店的成就倍感骄傲。虽然他偶尔也会读一读惊悚小说和非小说类作品，但他的业余时间要么是和同行的工会成员在一起，要么就是对住宅修修补补。

虽然桃特现在是一个自信而能干的女性，但她坚称曾经的自己完全是另一个样子。她声称自己是在最近几年才发生了重大的改变，并将这样的改变归功于阅读和在书店与人打交道。当我问她是如何开始阅读浪漫小说时，她回答说，那完全是在她的医生的鼓动之下开始的。虽然他在15年前并未特别指明阅读，但他当时建议说，她应当寻找一种能让她从中获得乐趣并使她每天至少可以花一个小时在上面的休闲活动。他当时很担心她身心上出现的衰竭——这种衰竭显然是由于她克勤克俭和费尽心思地照顾好她的丈夫、三个年幼的孩子以及忙于各种家务造成的。当他问她每天都为自己做了什么时，她**只能**罗列出她为别人而做的事项。他因此坚称，如果她不想要累倒被送进医院的话，就应当学会给自己一点时间。她想起自己小时候喜好阅读，因此就决定再试着读点东西。这个决定点燃了她对于浪漫小说的兴趣。开始时，桃特阅读了各种各样的书籍，但她很快就只看浪漫小说了。个中原因，她至今也没弄明白。她的阅读活动慢慢地变成了一种长期的习惯，到后来她甚至无法在同一家店里找全她所喜爱的作者的所有最新作品，而不得不连找四家店才能买全她想要的所有浪漫小说。她的大多数顾客都表示，在遇到桃特之前，她们也都有过相同的经历。有些人在看到一些中意的新作后还会去旧货店和跳蚤市场淘已经绝版的旧作。

如果不是女儿鼓励她利用自己日渐丰富的专业知识去找份书店的工作，桃特很可能仍是这个庞大的“无声”(silent) 读者群中的一员。虽然对于离开家进入公共世界一事踌躇不已，但她最终还是鼓足了勇气决定出去试一试。她很快就在一家连锁店里谋到了一份差事，并一直做到
51 了现在。她随后发现自己非常享受与其他“读者”的接触，而且随着她的自信心日渐增强，她开始为那些犹豫不决的购书者提供建议和选择。在她的通讯创刊号中，她叙述了之后发生的让她走上浪漫小说评论这条道路的事件：

> 很快我就发现，店里的一些常客经常会过来找我，征求我对于她们所选的作品的意见。我们店的区域销售主管也注意到浪漫小说这一总类的销售量急剧增加。采访和期刊约稿随之而至，而这又让更多的人注意到我那所谓的专业技能。
>
> 以出版通讯对每个月的新书进行排名，这其实是我女儿的主意。她认为这能让更多的女性读者获得建议。因为绝大多数的女性读者都知道，现在的书价一天比一天贵，而封面并不一定就能很好地反映出图书的内容。[1]

在她女儿基特的帮助下，她在1980年4月份筹划、执行并撰写了第一辑的《桃乐茜的浪漫小说阅读日记》(*Dorothy's Diary of Romance Reading*)。虽然对于批评介入者 (critical mediator) 这个身份持保留态度，但她在她的首篇评论中解释说，她是考虑到顾客的强烈需求以及当前无法满足她们需求的生产系统，才愿意做出如此独断是非的行为。她评论道:“我知道有很多女性需要通过阅读来逃避现实，就像我之前几年那样。我也相信这是一种良好的治疗方式，而且成本比任何镇静剂、酒精或令人疯魔的电视连续剧——我的绝大多数读者都认为它们无聊至

---

1 参看埃文斯的《桃乐茜的日记》(*Dorothy's Diary*)，1980年4月，第1—2页。

极——都要便宜得多。”她补充说，她想要择出“最好的，或者从不那么如人意的作品中撷取出相对好的作品，从而为读者节省金钱和时间”。她在结尾部分写道：“但是，我绝对不想剥夺诸位女士自己选择读物的权利，我只是根据自己的经验提出一些建议。”[1]

由于桃特仍旧觉得批评家—读者这组关系中隐含着等级，因此她在店里向顾客提供评价建议时，依然会很谨慎。对于那些向她寻求意见的女性读者，她的第一个问题就是要约略地确定这名读者此前喜欢的浪漫小说类型。她在与我的一次访谈中解释说：“如果她们跟我是同一类型的，我就会说，‘那么，你最近读过的好书是哪一本呢？’如果她们回答了这个问题，我通常就会顺着这一点往下说。”她的服务和半计划出版策略一样，都旨在确定早已形成但还未被充分表达出来的读者偏好，之后她会据此从规模庞大得多的已出版著作中选出恰适的作品，以满足对方的需求。相比于身处远方，试图通过市场调研来提供相同服务的出版机构，桃特获得了更大的成功。这是因为她是在读者购买的当时就进行有 52
针对性的选择，而这一点是不在场的出版商无法做到的。

桃特所获得的非同寻常的成功与她对各种浪漫小说有切身的了解紧密相关。这样的了解源自她本人如饥似渴的阅读以及她坚持尊重读者及其偏好所具有的个人特质。在为人提供建议的过程中，当她最终向她的顾客罗列出待选图书时，这一特征就尤其明显。她叹道：“有时，有些人会问，‘那**你**说这三本书中哪本最好？’”虽然这类读者通常被认为是类型读者（category readers），而浪漫小说也多被看作公式化的成品，但她的回答表明了她对于读者和浪漫小说独一性（singularity）的尊重程度：

我会说：“它们都各有特色，它们并不是出自同一个作者之手，它们的故事设定大相径庭，我无法肯定你会更喜欢这一本，而不是那一本，因为它们是截然不同的作品。”［但她们总会追根究底地问］

1　参看埃文斯的《桃乐茜的日记》，1980年4月，第2页。

> “那你最喜欢哪一本?”我就会说:“别想套出我的观点。”我不会代她们选择,她们得自己从中做出选择,否则她们会人云亦云。我很喜欢一些女性顾客跟我说:“嘿,我可不喜欢那本书。”我就会问:“哦,那是为什么呢?”[1]

由于桃特非常敏锐地感觉到了读者对于纽约出版商所推出的部分作品感到不满,与此同时也意识到她们渴望保持自己个人的品味并满足这样的品味,于是,她便为自己创造了一个新的身份,成为这种商业交易中的促进剂,让读者和出版商都能因此受益匪浅。与此同时,桃特也在继续保持着单个类型中的共有特性——这也是出版商试图合理化和标准化的东西。她所采用的策略即便不是有意识地要赋予读者以选择能力,至少在操作过程中也有此种倾向。在仔细考察一本书的特定历史背景,细数其中露骨性爱描述的篇幅,描述其所使用的暴力和残忍行为,评论它对于男女主人公关系的刻画后,她提醒读者注意被评作品在这些基本特征上所采取的处理方式,而她的读者在评判一本浪漫小说的优劣时,几乎所有人都是以这些特征为量尺。

除了认可个体的品味、尊重个人的偏好外,对于她的常客来说,桃特还有另一个重要的作用。虽然我认为她以前或许没法像现在这样,总是说得让人心服口服,但她确实有能力向她的读者**本人**证明,她们对于浪漫小说的偏好合情合理。有人可能会认为这根本就没有必要,因为她
53 的多数顾客显然就是要来买浪漫小说的,但桃特发现很多女性都心怀愧疚,因为她们花钱购买的是这类时常遭媒体、她们的丈夫以及子女嘲笑的图书。桃特鼓励她的顾客为自己的阅读习惯感到自豪,并为她们提供了一套说辞,从而在那些自认为拥有更高品味的男性冷嘲热讽时反唇相讥。她反问那些女性,她们阅读浪漫小说的行为与她们的丈夫无休无止

1 所有的口述引文都是直接摘自录音采访。几乎所有的评论都是逐字逐句抄录下来的,我只在不多的几个地方删除了重复的错误句,补上了缺漏的部分。说话者在发表评论时的停顿都用破折号标注出来。如果一段话的信息听起来显然是要结束一个观点或一连串的思绪,旨在开启另一个话题,我就会将这样的长篇演讲分段。如果没有分段,那么就意味着说话者是在进行急速而不间断的评论,没有明显的停歇或停断。

地观看体育电视节目的习惯有何不同，之后便就此提出了一种行之有效的辩驳回复，以让女性在论辩中为自己极其享受却被主流文化斥为轻浮和暧昧甚至露骨、色情的休闲爱好辩护。

桃特激烈地为其顾客的阅读权利辩护，声称这种悦己行为无论怎么看都并未伤害到其他人。而她的这种观点反映了她所持有的一种坚定的看法，即女性总是其他人批评的对象，经常变成遭受不公正嘲弄的笑柄。虽然她并不是绝大多数人所认为的那种女权主义者，但她十分清楚地意识到，女性已遭男性忽视了数世纪；她也可以而且确实曾就这个话题发表过长篇大论。在我第二次去史密斯顿时，她毫不讳言地跟我说，她非常理解女性推动自由堕胎法出台的原因，并表示虽然她自己由于虔诚的宗教信仰而不会选择堕胎，但她坚信所有的女性都应有权利**选择**是否要为人母亲，也应有权控制她们自己的身体。她同时也认为女性应有工作的权利，并且理当与男性同工同酬。在我们的许多谈话中，她都愤怒而愤恨地指出，女性总是被“贬低”成幼稚、愚蠢，除了做家务或看肥皂剧外一无所长的人。

乍一看，桃特初萌的女权主义思想似乎与她的兴趣存在着深层次的冲突，因为就如一位敏锐的评论家曾指出的那样，这种文学形式所传递出的终极信息是“男人是女人的快乐之源”[1]。在此我并不打算否认浪漫小说中存在的传统观念，但有必要指出的是，桃特以及很多浪漫小说作家和读者都将这类小说视为女性胜利的成果。关于这一点我将在后文详加阐释，在此我们只需要了解如下一点就足够了：在桃特看来，一部好的浪漫小说应围绕一个聪明且有能力的女主人公来展开，且这个女主人公最终会找到一个能够欣赏她的特殊品质，愿意以她想要的被爱方式爱护和照顾她的男人。桃特因此认为，这样的结尾说明了女性的独立和婚姻是可以兼容的，而非互相排斥。她评价最高且向读者力荐的浪漫小说的女主人公都拥有“坚强”、“热情”的特质，且她们敢于“对抗男主人公”，能够柔化他，并让他明白爱护和照顾另一个人的价值。

1　参看斯尼托（Snitow）的《大众市场的浪漫小说》（*Mass Market Romance*），第150页。

为了充分考量桃特对于其顾客以及她们在浪漫小说上的偏好所具
54 有的个人影响，我们有必要在此做出如下的说明。桃特是一个特别有主张且坚信女性能力的女人，因此当她就女性的悦己权利发表评论时，她不仅予她的顾客以支持，而且还为她们与她所共同热衷的活动赋予了合法性。我认为，除了提供这些急需的支援，桃特还在另一层面对她们产生了重要的影响，而这一点也是我们必须考虑在内的。她不仅悉心关注她的顾客以及她们的种种期望，而且还向她们介绍了那些看似女主人公离经叛道的作品，借此鼓励她们要有自信。因此，虽然史密斯顿读者群成员的浪漫小说优劣观与桃特的相似，但是很难说这些观点是受桃特的影响而形成的，或只是由于她是她们最能言善辩的支持者。不管怎么说，我必须着重指出的一点是，这个群体发现了一种可行的挑选以及解读浪漫小说的方式，从而在这些故事中体验到不一样的东西——迥异于她们在现实生活中所承受的压抑和情感上的孤立无依（emotional abandonment）。对于桃特和她的顾客而言，浪漫小说提供了一种乌托邦的愿景；在那里，女性的个体性（individuality）和自我感知（sense of self）与接受他人的呵护和照顾是可以共存的。

所有填写调查问卷的史密斯顿读者都是女性。桃特说，虽然她怀疑有些声称是“为他们的妻子”购买浪漫小说的男性事实上是给自己买的，但她经常给予建议的顾客清一色的全是女性。尽管进行过市场调研的少数几家出版机构并不愿意公布确切的数据，但来自禾林、西卢埃特以及弗塞特的工作人员都分别表示过，绝大多数的浪漫小说读者都是年龄介于25—50岁的已婚女子。比如说禾林的出版部副总裁弗雷德·科纳（Fred Kerner）便于近日告诉《芝加哥论坛报》（*Chicago Tribune*）的芭芭拉·布罗特曼（Barbara Brotman）：“禾林的读者中，女性占了压倒性的多数，其中有49%至少从事着兼职工作。她们的年龄在24—49岁间，家庭平均收入在15 000—20 000美元之间，拥有中学文凭，但未读专科学校。”[1]禾林不愿透露更多关于其受众的信息，但一位公司高管的确曾告

1 引自布罗特曼的《啊，浪漫小说！》（*Ah, Romance!*），见BI版。

诉过玛格丽特·詹生（Margaret Jensen），不论是在年龄、家庭收入、雇用状态还是在地理位置上，禾林的阅读群体都符合“北美讲英语的女性人群”的简况。[1]他举例说，22%的女性人群年龄在25—34岁之间，而禾林读者群中这一年龄层的人也占据了同样的比例。西卢埃特浪漫小说系列的宣传总监卡罗尔·里欧（Carol Reo）也曾透露说，浪漫小说的受众几乎全是女性，同时表示西卢埃特65%的潜在读者年龄未满40岁，45%上过专科学校。[2]如果这些简略的细节信息准确的话，那么相比之下，史密斯顿的读者或许更可能是西卢埃特的典型受众群，而非禾林的。[3]遗憾的是，由于无从获得有关于禾林以及其他浪漫小说种类的美国总体受众 55
的详细信息，我们便很难对史密斯顿读者群的特性做出评判。但是，目前看来史密斯顿的读者显然比詹生所提及的禾林读者群以及米尔斯&布恩出版社的受众群都要年轻一点。

桃特和她的许多顾客都不喜欢禾林出品的图书，原因之一或许就是年龄上的差异。虽然桃特也评论过禾林出版的浪漫小说，而她的顾客中也有略略过半的人（24人）声称读过一些，但还有18人表示**从未**读过。此外，在桃特的顾客中，只有10人表示禾林的图书是她们**最**爱读的浪漫小说种类之一。这个群体中压倒性的多数人都偏爱历史类浪漫小说，共有20人（占比48%）将其列为她们最喜爱的浪漫小说亚类。[4]由于历史类浪漫小说通常比禾林的作品包含更多露骨的性爱描写，而且也倾向于刻画更加独立和无畏的女主人公，因此这种特殊的亚类自然就会吸引更年轻的读者——他们更不会被正在发生改变的性别行为标准所冒犯。如下事实似乎也印证了这一点：将禾林列为最爱的女性中，只有2人也同

1　参看詹生的《女性和浪漫小说》，第289页。

2　引自布罗特曼的《啊，浪漫小说！》，第BI版。

3　也可参看曼（Mann）的《新调查》（*A New Survey*），各处。

4　读者按要求从一份包含十种亚类的清单中挑选出她们“最爱读”的浪漫小说种类。这份清单是桃特在与我就浪漫小说的不同种类进行了一次长谈后给我的。我原以为这些女性只会选择一种最喜欢的亚类，但几乎所有人都选择了好几种。所有的类型和总票数如下：哥特类6票，现代推理浪漫小说类（contemporary mystery romances）5票，历史类20票，现代浪漫小说7票，禾林10票，摄政类4票，家庭罗曼史（family sagas）1票，种植园系列3票，间谍惊险类0票，先验浪漫小说（transcendental romances）0票，其他2票。

时选择了历史类浪漫小说。

此外，史密斯顿群体似乎也喜欢现代推理浪漫小说和现代浪漫小说，共有12人将它们列为自己的最爱。西卢埃特就属于现代浪漫小说类；和历史类浪漫小说一样，它也不像禾林的作品那么保守。它们不只是性爱描写更加露骨，而且还经常塑造婚后仍打算继续工作的职场女性。史密斯顿女性的品味和西卢埃特的作品内容颇有相契合之处，或许就是因此，这两个受众群体才都比相对保守的禾林的读者群要更年轻。

虽然各份调查报告的数据有所差异，但阅读浪漫小说很显然与成人初显期以及中年早期阶段有着密切的关联。在本研究中，史密斯顿女性对于何时开始阅读浪漫小说这一问题的回答进一步证实了这一点。虽然其中有15人（36%）声称是在10—19岁的青春期，但有16人（38%）是在20—29岁间形成这一习惯。还有10人（24%）则是在30岁后才开始阅读浪漫小说。[1]

在我进行这份调查时，史密斯顿的读者群中有32人（76%）已经结婚。这一比例与詹生调查对象中75%的已婚女性占比几乎一致。[2]单身的史密斯顿女性有3人（7%），5人（12%）守寡或分居或离婚后未再婚。

除此之外，史密斯顿女性中的绝大多数人（70%）都有**未满**18岁的
56 孩子。事实上，在这个群体中只有5人（12%）声称根本没有孩子。9名史密斯顿女性（21%）表示只有1个孩子，12人（29%）有2个孩子，11人（27%）育有3个子女，还有3人（7%）则生了4个。值得一提的是，只有5人（12%）说孩子还未满5岁，而表示至少有一个孩子不足18岁的女性有24人。11人（27%）声称孩子全都过了18岁。15人（36%）称孩子在10—18岁之间，还有15人（36%）至少有一个孩子过了18岁。鉴于史密斯顿这些读者本身的年龄分布以及这个群体第一次结婚时的平均岁数

1 须指出的是，这些结果也显示，在绝大多数受访女性的青少年时期，浪漫小说并未获得大量的宣传，分销的范围也不广泛。但是，仍有如此之多的人形成了阅读浪漫小说的习惯，这一事实或许既源于该行业近年来的发展，同时也与部分女性在人生特殊阶段时的特殊需求或倾向（predisposition）有密切的关联。不过，就如我要在此以及之后的几章阐明的那样，浪漫小说确实为**这个**特殊的读者群体解决了与生儿育女这一身份相关的需求。

2 参看詹生的《女性和浪漫小说》，第290—291页。

(19.9岁)，因此她们的孩子相较之下偏大也就不足为奇了。

我不得不再次说明，由于调查样本的规模有限以及缺乏其他来源的支持数据，因此在做出假设时应十分谨慎。不管怎么样，就史密斯顿这个群体来看，阅读浪漫小说看起来与母亲的身份以及照顾非婴幼儿孩子有关。[1]这一点很合乎逻辑，因为年龄更大的孩子即便对于母亲仍有强烈的情感需求，需要她们提供呵护、督导和无微不至的照顾，但他们仍得去上学，这就会让女性拥有更多的时间进行阅读。之后我们会了解到，呵护和照顾子女以及丈夫的良母贤妻职责让女性出现了情感枯竭(emotional drain)，而直接化解了这一困境的恰恰就是阅读浪漫小说——至少在这些女性自己看来是如此。

鉴于史密斯顿的读者中有15人(36%)声称有10岁以下的孩子，因此，有多达16人(38%)表示在此前一周她们几乎是一天到晚地在做家务和照顾孩子也就不足为奇了。另外9人(21%)声称有兼职工作，还有9人(21%)则从事全职工作。此外，2人未就此作答，2人声称已经退休，1人登记为学生，还有3人表示她们当前失业正在寻找新工作。这些统计数据看起来与米尔斯&布恩出版社的研究结果类似；后者发现，33%的受访者是全职的家庭主妇，另外的30%则是拥有全职或兼职工作的主妇。这两项研究都表明，受访者通常是在每天满满的日程中，忙里偷闲地阅读浪漫小说。

弗雷德·科纳声称，禾林受众群的平均收入在15 000—20 000美元之间。虽然这一评论并无非常引人深思之处，但它与桃特的顾客所披露的细节也并不冲突。尽管有4人(10%)并未回答这个问题，这个群体中仍有18人(43%)表示家庭收入处于15 000—24 999美元之间。14人 57
(33%)声称共同的收入在25 000—49 999美元之间，另外的4人(10%)称家庭收入超过50 000美元。史密斯顿的读者在经济上相对而言更加宽裕，这或许是因为桃特的书店位于这个州115个县中最富有的12个之一。根据美国1970年的人口统计数据，史密斯顿的家庭收入中值接近11 000

1　詹生也指出，在她的调查样本中，所有的已婚女性都有孩子，其中四分之三的孩子仍住在家中(参看同上所引著作，第291页)。

美元，而全州的平均家庭收入则略低于9 000美元。

在考察这个群体的阅读历史和模式之前，我想有必要指出的一点是，声称拥有中学文凭的史密斯顿读者刚好占了一半。这群女性中有10人（24%）报告说在专科学校读了不到三年，8人（19%）声称有专科或以上的文凭。在这个群体中，只有1人表示未读完中学，还有2人没有回答这个问题。我得再强调一次，史密斯顿的读者看起来不仅比禾林的读者要更富裕，而且她们的受教育程度似乎也更高——禾林集团曾声称，其读者群的受教育程度甚至低于北美女性人群的统计基准。

关于史密斯顿这群女性的个人背景，在此还有必要再提及最后一个细节信息：在桃特的顾客群中，参加宗教仪式的人所占的比例相当高。虽然有8名女性（19%）表示在过去两年里从未参加过任何宗教仪式，但有15人（36%）声称"每周至少一次"，还有8人（19%）表示"每个月会参加几次"。另外9人（21%）坦言一年会参加几次，有2人（5%）未回答这个问题。这些女性都表示自己是某一宗教派别的信徒。8名女性（19%）坦言自己是卫理公会的教徒，且有8人（19%）勾选了"基督教徒，但非某一教派的信徒"。在这个调查样本中，勾选人数次之的两个选项，天主教和浸礼宗，在史密斯顿的女性中各有5名信徒（12%）。

在考察这些受访女性的阅读**历史**时，我渐渐地认识到，对于她们中的很多人而言，阅读浪漫小说只是她们在早年时就已经形成的休闲活动模式的一种变种。事实上，在桃特的顾客中，有22人声称她们为消遣而阅读的行为在10岁前就开始了。还有12人（27%）是在11—20岁间养成这种习惯。只有7名史密斯顿的女性（17%）表示她们是在成年后才开始进行消遣性阅读。这些结果与早先关于阅读习惯的形成研究一致。比如说，菲利普·恩尼斯（Phillip Ennis）在1965年时发现，在49%"当前为读者"的美国人群中，34%在年少时就开始阅读，而到了较大年纪时才有阅读习惯的人只占了15%。[1]

但当考察**当前**的阅读习惯时，我们便会清楚地看到，这些女性认为，

1　引自扬克洛维奇、斯凯利和怀特的《1978年的阅读消费者调查研究》，第325页。

浪漫小说才是她们日常生活中不可或缺的东西。她们对于这类书籍的 58
强烈依赖有力地说明了，它们有助于满足其深层次的心理需求。实际上，从史密斯顿的研究中，我得出的最令人印象深刻的发现之一即是在桃特的顾客中，有多达37人（88%）表示她们每天都一定会阅读浪漫小说。在她的常客中，只有5人声称只是偶尔读一读。事实上，22名女性报告说每周的阅读时间超过16个小时，另外10人（24%）声称每周会阅读11—15个小时。[1]当被要求描述一旦开始看一本新的浪漫小说后的典型阅读模式时，11人（26%）表示："如果没有非做不可的事情，我在看完之前根本就不愿意放下。"还有30人声称会读得"尽可能地多，除非被打断，或必须去做其他的事情"。在桃特的顾客中，没有一个人采用"每天几页，直到看完"的系统性阅读模式，仅有1人坦言，必须得在适当的情绪中才会进行阅读。这些数据表明，史密斯顿的女性在阅读时会非常投入地参与到故事之中，而且，一旦进入到浪漫幻想之中，桃特的这些顾客就不太愿意在未看到叙事文本中的大结局之前回到现实世界。

由于强烈地渴望阅读故事并体验大结局所唤起的情绪，史密斯顿的很多女性于是都别出心裁地发展出了自己的策略，以确保自己能看到故事合情合理、不出所料地止于预期的叙事完结位置。虽然她们以各种各样的方式归类浪漫小说，但其中最基本的一种区分方法就是将其分为"快速读物"（quick reads）和"大部头"（fat books）。快速读物指的是页数少于200页，在两个小时之内就能看完的作品。在这些女性看来，禾林、西卢埃特和绝大多数的摄政类浪漫小说是她们没有时间"一口气"读完一本厚书时，得空便能拿出来看一看的快速读物。比如说，当一名女性刚刚看完一本浪漫小说，但她还"不打算就此罢手"（这是一个受访者的原话）的话，她就会"抓起一本"她知道自己能在睡觉前看完的"薄书"。而大部头则一般会被留在周末或者应该不会被打扰的长夜阅读。这仍是因为这些女性不愿意在看到故事结尾之前被迫放下书本。在史密斯顿的读者群体中，这种不被打扰的阅读获得了极高的评价，因为它

1　在扬克洛维奇、斯凯利和怀特的上述所引著作第126页中，读者报告的每周平均阅读时间为8个小时。

让她们拥有了一种独自享受时光的快乐。[1]虽然我们要到第四章才会细致地考量浪漫小说的故事结构及其铺展对于读者所产生的影响，并详细地探讨这种叙事和情感上的收尾所具有的重要性。但我想在此指出的是，史密斯顿的读者采取种种策略，以避免阅读的中断或不连贯性，这表明她们强烈地渴望看到故事的**结尾**，从而实现或获得她们早已预期到的情感满足（emotional gratification）。

59 这些女性每周阅读的浪漫小说数量证明了她们对于这一文类的熟稔程度已达到了令人惊叹的地步。虽然桃特的顾客中有26人（62%）声称**除了**浪漫小说外，每周会阅读1—4本的其他图书，但逾三分之一的人（15人）表示每周会阅读5—9本浪漫小说。还有22人（55%）每周会看完1—4本浪漫小说，另外4名女性则表明，在同样的时间里，她们会看差不多15—25本浪漫小说。最后的那个数据让我非常震惊和难以置信，因为这意味着她们每个月的浪漫小说阅读量多达100本。鉴于这项研究进行时，出版商每月的图书发行量远少于这一数据，我认为这是不可能的事情。当然，这些女性有可能会阅读以前的浪漫小说，但这个数据仍显得言过其实了。即便如此，这还是证明了桃特的顾客阅读了海量的浪漫小说。

虽然她们长期阅读这类书籍可能会显得异乎寻常或离奇古怪，但如前所述，扬克洛维奇关于浪漫小说阅读的研究还发现，浪漫小说的读者通常都是阅读狂。不过，绝大多数人可能都不像史密斯顿的读者那么着迷。遗憾的是，虽然扬克洛维奇的研究发现浪漫小说的普通读者在过去六个月里阅读了9本小说，然而这个结论并未告诉我们，阅读量超过这一

1 虽然史密斯顿的女性和詹生的受访者一样，也表示诸如禾林和西卢埃特一类的“轻松读物（light reading）”很不错，想看时就可以看，有事时也可以很快地放下，但与我交谈过的桃特顾客中，所有人都偏爱一口气把一本浪漫小说全看完。詹生并未说明接受她调查的读者是否也偏爱这种阅读方式，但她确实笼而统之地做出了如下的评论：在通常情况下，与家庭主妇和母亲这一职责相关的物质环境恰恰就是她所谓的“得空”（snatch）阅读的必要条件。她将另一种阅读模式，即一本接一本地阅读好几本书的行为称为“囫囵”（binge）阅读。这与史密斯顿读者的大部头阅读习惯并不太一样，但她们中的一部分人却曾提及这类阅读行为，并称这是对自己的一种特别犒赏。参看詹生的《女性和浪漫小说》，第300—301，312—314页。

水平的读者占多大比例。此外，即便40%的书饕们（那些在过去六个月里读了逾25本书的人）声称曾读过一本浪漫小说（这显示高阅读量和浪漫小说阅读之间可能存在一定的关联），但这项研究并未告诉我们，在这些浪漫小说读者中，究竟有多少人的阅读量接近于史密斯顿女性所报告的数据，即每六个月阅读24部到逾600部的作品。[1]我认为可以肯定的一点是，在严格的意义上，史密斯顿群体对于浪漫小说的依赖度是偶尔看一看的读者所无法比肩的。更确切地说，桃特的顾客是那些每天都会花大量的时间，感同身受地（vicariously）置身于一个幻想世界的女性。这些女性也坦言，这个世界与其真实栖身的世界几无共通之处。显然，这种体验必定会提供其所希求的某种愉悦重构（reconstitution），因为一个人不太可能只是为了消磨空闲时间，而在一项活动上花费如此之多的精力和财力。

这些女性在回答一道关于其阅读浪漫小说缘由的定向回应提问时证实了这一点。当被要求从一份罗列了8个阅读浪漫小说的原因选项中选出3项并进行排序时，19名女性（45%）将“单纯的放松”列为第一选项。另外8名读者（19%）称她们阅读浪漫小说是“因为阅读只是我个人的事情，那是我的时间”。还有6人（14%）声称她们是“为了了解与异域和历史有关的知识”才阅读。与此同时，还有5人（12%）坚称她们的主要原因是“逃离我的日常问题”。如果将这些第一选项与进行 60
阅读的第二、三重要原因的得票数相加，则各项原因的总得票数如表格2.1所示。

如果仅仅从这些概要性的答案出发，我认为可以合情合理地推导出如下结论：对于史密斯顿的女性而言，阅读浪漫小说的意义就在于这种体验本身**不同于**日常生活。它不仅能让人从日常问题及责任所制造的紧张中脱身而出，而且还创造了一个女性可完全独自享有并专注于其个人需求、渴望和愉悦的时间或空间。这同时也是一种通往或逃到异域，或者说不同时空的方式。

1　扬克洛维奇、斯凯利和怀特的《1978年的阅读消费者调查研究》，第141、144页。

表格2.1 问题：下面几个选项中，哪些最准确地描述了您阅读浪漫小说的缘由？

a. 逃离我的日常问题	13票
b. 为了了解与异域和历史有关的知识	19票
c. 只是单纯的放松	33票
d. 因为我想要有和女主人公一样的爱情	5票
e. 因为阅读只是我个人的事，那是我的时间	28票
f. 因为我想要阅读与强悍且刚健的男主人公有关的故事	4票
g. 因为阅读比其他的逃避形式至少要好一点	5票
h. 因为浪漫小说永远不会让人悲伤或压抑	10票

在此，我必须得做一个重要的说明：史密斯顿的女性对于第二份调查问卷的回答，在很多重要的方面都与她们之前给我的答案（包括和我进行的面对面交谈以及第一份调查问卷）很不一样。在我于1980年6月份进行的初次访问中，我们就阅读浪漫小说的原因所进行的谈话大量地出现“逃离”和“教育”等字眼。同样在第一份调查问卷中，当被要求简要地描述浪漫小说在哪些方面“优于”当前可获得的其他图书时，首批受访者中有14人**主动表示**，她们之所以喜欢浪漫小说，就是因为它们允许她们“逃避”。值得注意的是，在这些回答中，“放松”只出现了一次，个人空间（personal space）的概念则根本无人提及。

表格中的c和e选项最初是由两位异常能言善辩的读者在访谈过程中提出的。这两位读者对于“逃离”这个词的阐述比其他绝大多数的女性都要全面。她们认为这两个选项与它同义，但她们似乎更倾向于选择
61 这两个替代的回答，因为它们并没有那么明显地暗示出想要逃开“真实”世界中的义务和责任的渴望。虽然其他绝大多数的女性都勉强接受了第一份调查问卷中的“逃离”这个词，但她们也认为女性读友的措辞会更好一点。当这些措辞被引入小组访谈中时，其他的女性也赞同阅读浪漫小说的最佳功能就是让人享受放松以及自我犒赏（self-indulgence）的

时光。由于这种转变似乎暗示了她们所怀有的种种愧疚情绪，因此我决定在第二份调查问卷中添进上述两个更能让人接受的选项。虽然c和e选项都隐含着从当前不那么让人愉悦的状态进入一个最后更令人满意的世界，这个特性显然证明了阅读浪漫小说的主要功能就是一种疗愈性的释放以及代入愉悦感（vicarious pleasure）的提供，但这些女性更愿意接受这两种措辞而非她们第一次的自然反应，这一事实又显示了这些女性对于阅读浪漫小说的价值和合宜性（propriety）怀着复杂的情绪。[1]

在回答最偏爱的阅读时间以及阅读最喜爱的浪漫小说的习惯这些问题时，这些女性提供了更多的证据，证明她们将阅读浪漫小说视为一种镇定剂或恢复剂。当被要求从七个陈述选项中选出最能描述其阅读模式的一项时，24人（57%）避开了特指一天中某个时间段的具体陈述，而选择了更加笼统的说法："很难说我通常是在什么时间段阅读，因为我是得空就会读。"另外14人声称她们通常是在夜晚阅读，因为白天的时间多会被家外的活动所占用。但不论是哪一种模式，浪漫小说都与旧时的杂志不同，这些女性并不是在无所事事之时随手拿起一本打发空闲的时间。相反，在这些女性看来，阅读浪漫小说是一种非常享受且有益的活动，因此她们会有意识地将它安排进忙碌的日程之中，尽其所能地经常和持续进行这项活动。

就史密斯顿的女性而言，重读好书不只是一个普遍存在的习惯，而且最常出现于她们深感压力或消沉的时候。桃特的顾客中有四分之三的人表示她们会"不时"（21人）或"经常"（11人）重读最喜爱的作品。她们在访谈中解释说，之所以会在感到悲伤或闷闷不乐时这么做，就是因为她们确知所选的作品会对她们的情绪状态产生何种影响。皮特·曼也发现了类似的现象：在他所调查的米尔斯&布恩出版社的读者中，46%声称"非常频繁"地重读好书，还有38%报告说"时不时"就会重复阅读。[2]可惜的是，他并未提供女性为何以及在何时进行重复阅读的详细信息。虽然这类女性有可能是为了细品特定情节中的细节而重读，

1　我们将在第三章就史密斯顿读者的解释和辩解模式进行更加详细的探讨。

2　参看曼的《新调查》，第17页。

但史密斯顿的绝大多数女性显然不是出于这一目的。对于她们而言，重读显然是一项为了提振精神而进行的活动。以下这段来自第一份调查问卷的评论便准确地说明了史密斯顿的女性所认为的日常需求和阅读
62 浪漫小说的作用这二者间的相互关系："浪漫小说不会让人沮丧，而且很少会让人在其中感到悲伤。当我是为了获得愉悦而阅读时，我希望读一些欢乐的、能让我跳脱日常生活的东西。就这种效用来说，浪漫小说是最好的读物类型。虽然我通常都很积极乐观，但在日复一日的生活中，这种心态也会被消磨殆尽，这时就得靠浪漫小说来让我重新振作了。"纵然桃特的所有顾客都清楚地知道，绝大多数的浪漫小说都是大团圆的结局，但当她们的需求非同寻常地急切时，她们常常拒绝进行几乎没有风险的"冒险"——翻开一本新的浪漫小说。相反，她们会去翻之前已经看完的浪漫小说，因为她们心里十分清楚故事的大结局将会对她们产生何种影响。如此看来，在评价浪漫小说的价值时，我们既可以从它唤起的相同反应来看，也可以从它所允诺的各种奇遇情节来看。[1]

值得注意的是，史密斯顿的读者完全不认为她们阅读的小说千篇一律或公式俗套。一方面，她们不愿意承认浪漫小说中的形象都很相像。比如说，当我要求桃特的女儿基特描述一下历史类浪漫小说中的典型女主人公时，她如是解释道："没有什么典型的女主人公，她们必须各不相同，否则大家就是在一遍又一遍地看同样的故事了。"她的观点常常与其母亲的顾客产生共鸣，后者全都表示非常看重浪漫小说的差异性和多样性。

另一方面，这同一批女性却对浪漫故事中应有的元素抱着相当严苛的期望，一旦这些惯例被破坏了，她们就会感到失望和愤怒。在我与桃特进行的第一次访谈中，她提到了一个作者，说她向出版商投递了一部历史类小说的稿件。虽然这位作者一再解释说这部作品并非浪漫小说，但出版商坚持为它制作了一个标准的浪漫小说封面，希望能在广阔的浪漫小说市场中大卖。桃特说，这位作者深知这会触怒受众，因此"当她收

1　虽然此前对于这个文类就有大量的了解，但这些女性仍无法相信一本新的浪漫小说会有大团圆的结局，关于这种奇怪现象的进一步讨论，请参看本书第六章。

到愤怒的读者来信时，她并不感到讶异”。由此可见，要想取悦常规的读者，浪漫小说就不能太过偏离正轨。她们期待并且确实依赖于特定的事件、角色和故事发展来获得其所希求的体验。

桃特本人也经常发现，有时她觉得很有必要让她的顾客改变一成不变的期望，比如在发现一本她认为虽然不按常规出牌却应该会让她们读得心花怒放的浪漫小说时，但是要做到这一点很难。就拿《遂心如意》(*The Fulfillment*)这本书来说：桃特很喜欢它，热切地想要与她的女伴们分享它，于是她就精心准备了一番话，以劝说她们把书买下，回去从头到尾地读一遍。我逐字逐句地抄录了她对于那番话的复述：“这是一本好书，请诸位不要将它看作一本平庸无奇的书。它不是的。在看到这本书的某一个地方时，你可能会想要扔下它，你可能会说，‘桃特可没有跟我说起这个’，但我要说，‘别扔下。继续读下去’。她们中的每一个人过后都跟我说：‘你说得对。我一度在想，她为什么要向我推荐这本书？’她们说：‘但我照你说的，继续读了下去，然后发现它真的很 63
棒。’”这本书的问题在于，男主人公在故事进展到四分之三的时候就死了。但由于作者构架了一个非同寻常的复杂情节，以令人可以接受的方式让女主人公同时与另外一位同样魅力十足的男性产生交集，因此这些女性并不认为她的骤然结婚令人厌恶。但如果没有桃特巧妙的鼓励，这些女性中的绝大多数人或许永远都不会在男主人公死后继续读完这本小说。

桃特也努力地在她的通讯中猛轰那些一成不变的预期(set expectations)。她时不时地告诉书商和读者，有些作品被出版商们错误地归到非浪漫小说的种类中。她认为，错误的归类之所以会发生，主要是因为出版商真的不了解何为浪漫小说，因此花了太多的精力在无谓的表面细节上，由此导致了错误的定位(identifications)。由于杰奎琳·马汀(Jacqueline Marten)的《恐怖幻觉》(*Visions of the Damned*)就遭遇了这种不幸的命运，桃特因此试图提醒她的读者注意这种有问题的分类。她的这种举动为正确定位浪漫小说提供了一条重要的线索，而这种定位正是那些女性读者所依赖的标准——虽然她们声称每一部浪漫小说都各不相同。在谈及马汀的那部作品时，她写道：“这本书由于封面和标题而被归类为灵异小说。真是天大的错误！《恐怖幻觉》是我近来读过的最好的爱情小说之一。拿起它读一读吧。我爱死它了。”[1]虽然《恐怖幻觉》专注于超感知觉（extrasensory perception）和轮回转世说，但桃特认为，这部作品本身的情节结构就是它为浪漫小说的原因。她解释说，马汀的作品之所以可被称为浪漫小说，不只是因为它运用了浪漫小说的题材，更在于书中恋爱关系的发展方式。就像桃特在之后的一次访谈中所做的评论那样：“不是所有的爱情故事都是浪漫小说。”有些只是关于恋爱的小说而已。

如果以史密斯顿读者的要求来看，那么，一部浪漫小说首先且最重要的是一个关于一名女性的故事。但是那名女性也不能仅仅作为男主人公的战利品而出现在大部分的篇幅中，就像埃里希·西格尔（Erich Segal）《爱情故事》（*Love Story*）中的珍妮·卡维勒瑞（Jenny Cavileri）一样。在史密斯顿读者的眼中，这部作品并不是一部浪漫小说。一个故事要想有资格被称为浪漫小说，它就不能仅仅顺叙恋爱期间发生的事，更要描述成为一个人关注**对象**的**那种感觉**。桃特的顾客坚称，要实现这一点并不意味着只能从女主人公的视角来讲述故事，虽然这是惯常的做法。在桃特的常客中，有5名女性拒绝阅读第一人称的小说，因为她们想要了解男主人公的想法；另外10人表示，她们更喜欢看双方观点都有所表现的作品；还有23人声称她们对于叙述者的身份并无偏好。但是，所有与我交谈过的女性（不管她们对于叙事文本持有何种品味）都承认，当女主人公努力去理解、预测以及应对男主人公那模棱两可的殷勤，而这
64 位男性终究还是无法理解她的感受时，她们想要感同身受地体会她的处境。当读者想象着女主人公与一位异性邂逅后可能出现的情节发展与结局，接着再一次地发现，由于男主人公无法自拔地恋着女主人公，她因此得以再次躲过那始终存在的可能灾难而转危为安——这样的想象会让读者产生一种微妙的紧张、期待和兴奋之感，而这恰恰就是这种经历

1 引自埃文斯的《桃乐茜的日记》，1980年4月，第1页。

的核心所在。

在品评浪漫小说的特质时，史密斯顿的女性无一例外地都非常强调浪漫小说中爱情叙事线**逐渐发展**的重要性。以下两种界定一再地在其他的评论中得到呼应：

> 通常说来，书中的两个人是因着这样或那样的原因走到了一起，**慢慢地爱上了彼此**，并在这个过程中**一起努力解决各种各样的问题**——最后为了某一个理由而结为连理。它们都是一些轻松惬意的读物，总有一个让人觉得心情舒畅的幸福结局。
>
> 我认为一本浪漫小说是一个男人和一个女人相遇、相知，最终热恋的故事——**不论他们最后是如胶似漆还是劳燕分飞**——他们（女主人公和男主人公）都知道，当前他们爱恋着彼此。

在讨论这个文类对于通常被称为“爱恨交织的关系”（a love-hate relationship）这一内容的特有偏好时，这些女性经常明确有力地表示，她们非常看重过程和情节的发展。由于每一个浪漫叙事文本都必须在过程中制造一些冲突，让这对恋人因此分开，直到适当的时机再复合，因此很多作者都乐于让误解或不信任从中作梗，从而延迟这对恋人终成眷属这一圆满结局的到来。由于男女主人公双方都妒火中烧，或一方怀疑另一方的动机，最终导致两人无法互相信赖，因此，即便两人“相爱”着，他们也要毫不掩饰地表露出他们对于彼此的不屑之情。虽然这种冲突桥段常常以这对恋人突然都意识到误解才是两人关系的绊脚石而瞬间烟消云散，但是史密斯顿的女性都无法认可如下的结局：在小说的最后两页，男主人公猛地发现他一直都误解了女主人公，于是他的憎恨即刻化为满腔爱意。桃特的顾客都不喜欢这种“变脸式的转变”，她们更喜欢看到男主人公和女主人公慢慢地克服了不信任和猜疑，自然而然地爱上彼此。

虽然并不是所有的史密斯顿女性都认为这个文类最典型的特征就是把爱情描述成一种渐次萌生的过程，但约略过半（23人）的人相信它是这

种叙事文本中“最重要的三大要素”之一。当被要求按照重要程度对这
65 一文类的叙事特征(narrative features)进行排序时，不出所料，桃特的顾客大多都赞同说美满的结局是必不可少的。在一份列着11个选项的清单中，有22名女性选择了这个选项，认为它是浪漫小说最不可或缺的要素。总的来说，共有32人将它排为第一、第二或第三重要的要素。在“最重要”的要素类别中，得票数第二高的是“男女主人公之间缓慢但持续发展的爱情”，共有23人将它排为第一、第二或第三重要的要素。在桃特的顾客看来，几乎同等重要的是浪漫小说要包含“男女主人公最终在一起以后的一些细节内容”。[1]有22名女性认为这是这个文类中最重要的三大要素之一。表格2.2概述了史密斯顿女性对于这些选项的排名。

圆满结局所具有的显而易见的重要性进一步地佐证了如下观点：浪漫小说最为人看重的就是它们具有提振读者精神的能力。这份排行单显示，浪漫小说的这种能力源于它让读者感同身受地参与到一段恋情的发展过程之中。并且，在最好的浪漫小说里，通过描述男女主人公终于结成连理后的共同生活，读者得以享受到这段感情臻至圆满的幸福感。鉴于详细的性活动描述相对不那么重要的评选结果，我们或许可以说，就浪漫小说而言，史密斯顿的读者更热衷于言语上的谋篇布局。也就是说，她们更想要看到对遭误解的行为进行重新阐释以及双方昭告对彼此的爱慕之情，而非通过视觉想象而来的性接触描述。

比特阿丽丝·弗斯特(Beatrice Faust)近日在《女性、性和色情作品》中论证说，女性的性欲“注重触觉、言语、亲密、温柔和过程，而且在某种程度上倾向于一夫一妻制”。[2]她将这些特质归因于生理倾向(biological predisposition)和通过教化而形成的社会强化。[3]虽然弗斯特依赖于生物

1 我在最终的调查问卷中纳入了这一选项，主要是因为在与这些女性进行的访谈中，很多人都表示，不喜欢浪漫小说在宣布主角相爱后就戛然而止。

2 参看弗斯特的《女性、性和色情作品》(*Women, Sex, and Pornography*)，第67页。

3 社会强化(social reinforcement)：指社会对个体某种行为的赞扬与否定。前者又称为社会正强化，后者又称为社会负强化。社会强化的结果，使个体的工具性反应倾向增强，促成个体形成或改变某种行为习惯或行为倾向。在人际交往过程中，彼此间适度的社会强化(正强化)，有助于建立和巩固良好的人际关系。——译注

学去解释女性在性活动中的倾向以及她认定这种特点放之四海而皆准的断言存在很大的问题，但是她同时得出的另一个观点至少适用于史密斯顿的女性：女性并不会因为视觉上的展现和露骨的身体接触描述——这些都是男性色情产品的典型特征——而感到兴奋。相比于巨细靡遗地描述身体接触，桃特和她的顾客对于男女主人公之间的情感反应更感兴趣。值得玩味的是，史密斯顿的女性解释说，她们不喜欢露骨的描述是因为她们更倾向于自己想象这个场景中的细节。她们希望能参与到慢慢滋生的爱情和信任的过程之中，见证女主人公最终被一名坦言他同样“需要”她的男性所关爱的渐进过程。这种在性活动中的心理说明，史密斯顿的女性确实是希望女性被人以一种温柔体贴、呵护备至且全心全意投入的方式所对待。在此须补充说明的是，这些偏好也暗示了她们怀有一个同样强烈的希望，即想要看到一名男性依赖女性。 66

表格2.2　问题：浪漫小说中最重要的三大元素是什么？

回　　答	最重要的特征	次重要的特征	第三重要的特征	被选为三大最重要元素的总次数
a. 圆满的结局	22	4	6	32
b. 大量有露骨性爱描写的场景	0	0	0	0
c. 大量关于异域和遥远历史的细节	0	1	2	3
d. 男女主人公之间漫长的冲突	2	1	1	4
e. 恶人受到惩罚	0	2	3	5
f. 男女主人公之间缓慢但持续发展的爱情	8	9	6	23
g. 特定历史时期的背景设置	3	4	3	10
h. 大量带有些许露骨性爱描写的情爱场景	3	7	3	13
i. 大量情爱场景，但没有露骨的性爱描写	0	3	1	4
j. 男女主人公在一起后的细节描写	1	7	14	22
k. 特定类型的男女主人公	3	4	3	10

虽然桃特的顾客无论如何都不愿与我讨论她们是否会因为浪漫小说中不断升级的性挑逗而感到性兴奋，但她们很乐意承认，在阅读浪漫小说时，她们最享受的就是有机会将自己投射到故事之中，成为女主人
67 公并分享她的惊喜，以及因为受到一个视其为珍宝，认为她值得被爱的人的全神关注而慢慢被唤醒的快感。她们将这种偏好详尽地阐述为一种条理清晰的标准，并用于判别浪漫小说的优劣：一部浪漫小说是好还是坏，其主要的分别就在于它描述男主人公对待女主人公的方式。

大量关于量产娱乐产品的畅销甚至学术著作都做出了通常来说言之有理的断言，即这样精心设计的情节具有讽刺意味，因为它是出于最大化利润的考虑，是为了迎合尽可能多的潜在读者的品味。[1]但是，其中仍有相当一部分小说是出自一些真心诚意、本性纯良的人之手。这些人本身也是他们所创作之文学形式的消费者，并且确实拥护其所负载的价值观。虽然出版商通过使用精心编纂的“作家提示”以努力实现浪漫小说出版的合理化，但是这个文类的作品并非全都是由那些职业写手创作。在这个领域虽说有不少最受欢迎的作家是专业作家，然而还有相当大一部分人是“业余爱好者”，他们只是想要写写自己爱读的东西才从事这种文类的创作。最受史密斯顿的读者喜爱的作品多半就是**这些**人的作品。

例如在一封刊载于桃特通讯上的致读者信中，拉维勒·斯宾塞(LaVyrle Spencer)解释说，她的第一部作品“是缘于一位非常特别的女士——凯瑟琳·伍德威斯”，后者的《火与花》“让我极度入迷，我因此决定自己写一部也能让女人们的心因为期待而扑通扑通跳个不停的作品”。她还写道：“我甚至入迷到了跟自己说‘我想为了她——凯瑟琳写这本书’的程度。我希望能让她拥有一个非常快乐的阅读体验，就像她给我的一样。”[2]《遂心如意》就是这一灵感的结晶。

1 理查德·霍加特是少数几位不认同这一论点的人。参看他在《识文断字的功用》(*The Uses of Literacy*)第171—175页的评论。詹生也指出，禾林的很多作者“显然与其女性读者拥有同样的背景、态度和幻想”(参看《女性和浪漫小说》，第118—119页)。

2 引自埃文斯的《桃乐茜的日记》，1980年5月，第2页。

另一位成功的作者裘德·德弗罗克斯（Jude Deveraux）也在桃特的通讯上讲述了伍迪威斯在她决定成为作家的过程中所起到的作用。她非常喜欢《火与花》，因此看完后就立马冲出去又买了两本浪漫小说，想要再次体验伍迪威斯的作品所给予她的快乐。“我本来打算看个通宵”，她向桃特通讯的订阅者解释说，但“到了10点钟，我就觉得厌烦无比，于是把那两本书扔到了房间另一头。里面除了强奸还是强奸”。她放弃了，关掉了灯并开始思索起来。“如果我读到了一部完美的浪漫小说，那它的情节应该是怎样的呢？”德弗罗克斯一整晚都在心里构思着对话，第二天醒来后她就开始写作了。由此而来的作品即是《魔法之地》（*The Enchanted Land*）——其中独立自主的女主人公和体贴周到的男主人公常常被桃特的顾客列入最喜爱的角色名单之中。[1]

即便是如珍妮特·戴利（Janet Dailey）这样高产得惊人的专业作家也坦言，她之所以开始从事这项为她挣得百万家产（根据部分评论家的估算）的事业，主要是因为她想创作出像她自己最喜欢读的那类作品。[2]在丈夫鼓励她放手一试后，她写出了第一本浪漫小说。从1968年开始，68
她的作品被数以百万计的读者阅读，这间接地证明了她对于读者的需求了然于心。

鉴于很多浪漫小说作家在开始笔耕之前都是浪漫小说的读者，因此她们对于浪漫小说的看法可能与她们的读者类同也就很合情合理了。当然，这并不是放之四海而皆准的判断，因为很多浪漫小说被读者认为是失败之作。另外一些畅销的作品并未能取悦所有的受众，这证明了作者和读者在定义与观念上可能存在着差异。比如说，罗斯玛丽·罗杰斯就遭到史密斯顿读者的一致厌恶。后者认为她的作品“没有价值”、“道德败坏”和“邪恶变态”。她对于浪漫小说的看法至少无法代表这个中坚读者群体。

虽然存在这样的特例，但必须特别指出的是，史密斯顿读者关于浪

1　引自埃文斯的《桃乐茜的日记》，1980年的第4期《通讯》（*Newsletter*），第2页（这一期并不是按月份标注日期）。

2　引自赫尔曼的《他们叫我们私生子》，第38页。

漫小说的观念与那些自身也是狂热读者的作家在其关于这一形式的评论中所流露出的看法存在着显而易见的相似性。比如说，菲利斯·惠特尼曾在一篇名为《创作哥特小说》的文章中告诫野心勃勃的作家："没有情感，就没有故事——这是定律！"[1]她解释说，虽然说赤裸裸的性描写绝不应当出现在一部哥特小说中，但这种禁令并不意味着这类小说就不能描写与性有关的感觉。她说道，事实上期待和兴奋的感情**必须**在情节这个表层之下"闷烧"(smolder)，"应隐晦而曲折地描写，而非尽形于笔下"。惠特尼认为那样的话，"读者的想象力就会被你调动起来"。[2]她深知，像史密斯顿读者这样的女性会在女主人公以其全身心的"热烈的多情天性"回应男主人公时，与女主人公产生认同感，并将自己投射到故事之中。惠特尼同时也清楚，这些女性希望能不断地看到男主人公以女性最渴求的方式关心女主人公。为了阐明自己的观点，她在结尾处说道："在真正的情爱场景中，始终都应当有一种若隐若现的温柔，对于女性而言这是性活动中的一个兴奋因素——詹姆斯·邦德正好相反。"[3]就像比阿特丽丝·弗斯特和史密斯顿的女性一样，菲利斯·惠特尼似乎也相信："女性想要像她们爱孩子那样爱一个人并且以这种方式被爱——确切地说，就是以一种呵护备至的方式。"[4]惠特尼在结尾处提出了或许是最核心的建议："如果你不喜欢阅读哥特小说，我很怀疑你能创作出这类作品……当我在写作时，我沉浸于我的女主人公和她的问题之中，这是一段非常美好的时光。就我和那些浓眉的男主人公在一起！虽然我到最后才提及这一点，但我认为这是不可或缺的首要元素。"[5]

她的态度与金字塔出版社(Pyramid Publications)的编辑珍妮·格拉斯(Jeanne Glass)不谋而合。这家出版社努力专门出版史密斯顿读者所喜爱的那种浪漫小说。格拉斯曾写道，浪漫小说中的性

1　参看惠特尼的《创作哥特小说》，第10页。

2　同上。

3　同上，第II页。

4　参看弗斯特的《女性、性和色情作品》，第63页。

5　参看惠特尼的《创作哥特小说》，第43页。

爱必须是“肉感、浪漫，让人感觉到喘息的——要足以让人的心跳加速，但又不能流于粗野、露骨，更别提从开始一直残忍到结束”。她补充道，它的主调必须是一种“对于女性**情绪**的了然：犹豫、怀疑、愤怒、迷惑、失控、欢快等”。[1] 69

这些评论显示，部分浪漫小说作者同意史密斯顿群体的观点：浪漫小说是一个爱情故事，并且爱情渐进发展的过程必须是从女主人公的视角来讲述。这些作家很清楚，这种文类的目标及存在意义（raison d’etre）就是它对于像史密斯顿女性这样的读者所产生的真实影响，即便可能只是短暂的。虽然在这种文类的部分变种中可能会出现露骨的性爱描写，但作者与他们的读者都持有同样的观点，即这种性爱描写的侧重点必须放在通过性接触来传达的爱情上，而不是它的实际细节。

如果将读者和作者对于自身经历的解读也考虑进去的话，那么，浪漫小说就不能被简单地视为只是一种获得自慰快感的借口。这种阅读体验的价值在于它给读者带来的感受，而它所激起的那种感受则被女性读者本人解读成一种一般意义上的情绪健康和发自肺腑的心满意足感。这种感觉肇始于可感同身受地参与到一段具有如下特征的恋爱关系之中：在这样的关系里，男女主人公不只**相互**爱恋，而且男主人公还有极其不寻常的一面——他会温柔地表达自己的一腔痴情并关心女主人公快乐与否。由此就引出了一个不得不问的问题：**为什么**读者会认为寻求这种特殊的间接体验是非常重要而且大有裨益的。要想回答这个问题，最好的方式或许就是比较一下浪漫小说中的优劣作品。当被问及她们是如何评判一个特定文本的优劣时，史密斯顿的女性既提及了促使她们阅读的那种**缺失感**（deprivation），也谈到了在阅读过程中得以平息和控制的**各种恐惧**。

对于她们并不喜欢的作品，史密斯顿女性的反应显示了她们对那些令人不快的读物怀着避之唯恐不及的态度以及它通常唤起的那些感受。事实上，23人（55%）报告说当她们发现自己正在看的是一本烂书时，她

1　引自格拉斯的《编辑手札》（*Editor’s Report*），第33页。

们会即刻扔下它，并且拒绝读完它。有些人甚至会做出具有象征意味的行为——将那本书扔进垃圾桶中，尤其是当它严重伤害了她们的感情时。这就是劳拉·伯福德（Lolah Burford）的《爱丽克斯》（*Alyx*，1977）的通常下场；这部被出版商打着浪漫小说的幌子出售的作品常常被视为色情垃圾作品的典型。

这些女性中的另外9人（21%）表示，虽然她们不会读完这本书的余下部分，但她们至少会跳到结尾，“看看到底是怎样的结局”。我问莫琳，在一本书已经明摆着会让人着恼不快时，为什么她还一定要读完结尾？她解释说，如果读到一半就停下来，那么她就会一直陷于女主人公的噩
70 梦之中无法自拔，因为在那时她**就是那个**女主人公。她的评论也得到了其他人的支持：其他几名与我谈过话的女性也都有类似的行为。为了解释这个问题，莫琳也提及了最让她反感的作品类型：

莫琳：很多稍微厚一点的书都有强奸情节，有时甚至是轮奸。在我自己的生活里，我无法接受这样的事情。由于我会自我代入为女主人公，因此我也无法接受有这类情节的书。我讨厌自己阅读这样的书。但如果我开始读了，我就得让自己脱离那样的境况，因此我必须得继续读下去，这样才能脱身。

采访者：所以你必须读完每一部作品？

莫琳：是的，我必须读完。即便是一目十行，每页就只看一个词——有时甚至是直接看结尾。我必须看完。但这会给我留下经久难消的不适之感。

不管女主人公在故事铺展的过程中遭受了何等程度的暴力，但几乎所有的浪漫小说都会以两个主人公有情人终成眷属的情节收尾，因此，阅读“圆满”的结局至少可以让莫琳在形式上安慰自己，女主人公最终还是获得了其应享有的幸福。正是由于她入戏太深，在情感上将它视为自己的经历，因此她无法简单地将这样的故事视为一部构思糟糕的小说。她和其他与她类似的读者一样，都认为有必要让那个想象中的存在

持续到足够长的时间，从而分享女主人公的最终成就——获得两情相悦的爱情。这正是所有浪漫小说阅读体验的目标。

对于史密斯顿的部分女性而言，她们强烈渴望在阅读中逃离糟糕的处境，并化解或抑制所有因这类作品而引起的不适之感。因此，即便看到了一部惹人厌恶的作品，她们却仍会坚持把它读完。事实上，桃特的顾客中有10人（24%）表示，不论一本书是好书还是坏书，她们**总是**会读完它。尽管如此，这种习惯并不能证明这样一种臆想，即读者希望或甚至需要看到女性受到虐待。相反，这标志了她们内心一种渴望的强烈程度。她们想要被告知，**即便是在最糟糕的情况下**，理想的爱情仍有可能存在，而女性也终会得到男性的呵护和关心，纵然他表面上看起来粗暴而冷淡。

在此很有必要谈一谈浪漫小说的读者对于毫无疑问存在于部分小说中的暴力的态度，因为包括安·道格拉斯在内的不少评论者近来都表示，女性读者享受着其他女性遭受男性虐待的阅读体验。在《软色情文化》一文中，道格拉斯断言："有些女性在看到《花花小姐》（*Playgirl*）中的男性裸体时并不会感到兴奋，但她们会**享受**观看自己的战栗之感——这个自己未必就是真正的她们，而是一些男性期望看到的她们：随心所欲，天真无邪，**深深地着迷于男性的性能力和暴虐**。"[1]虽然道格拉斯关于传统男性性能力（现在仍被视作不可抗拒之物，尤其是在她所 71
讨论的禾林浪漫小说中）的看法很有说服力，但是我们有充分的理由相信，在近来的浪漫小说中，男性的暴虐确实已经开始惹人担忧，这不是因为女性为之痴迷或被它所吸引，而是由于她们发现，它越来越普遍，并且非常骇人。

克利福德·格尔茨坚称，所有的艺术形式（就像巴厘岛的斗鸡）都是"通过行为和对象的呈现"，"以让人易于理解的方式"表现"平凡的日常体验"；而那些行为和对象则"已被移除了实际的后果，被简化……为纯粹的显现（sheer appearance），从而更加有力地传达出意义，并让意义能

1　引自道格拉斯的《软色情文化》（*Soft-Porn Culture*），第28页。

被更准确地理解”。[1]如果确如格尔茨所言，那么，浪漫小说中对于男性暴虐的强调或许是为了探究一个在现实世界中几乎已无可避免的事件的意义。浪漫小说中所流露出的厌女态度或许并不是因为女性读者认同它们，而是由于她们越来越想知道该如何应对这样的事情。

浪漫小说似乎也在探索，如果尝试着以某种形式的挑战来对抗日渐增强的暴力威胁结果会怎样。虽然这种情节设计的最终效果可能会像道格拉斯所说的那样，只传达出千篇一律的信息。“别独自旅行”，“男人无法忍受这一点”，“男人不会就这样轻饶了你”，这些信息背后的动机若说是一种共识倒不如说是一种屈从。[2]这种屈从则是源自对忽视这类信息所将招致的后果的恐惧。浪漫小说中的暴力或许也是一种持续存在的无能为力（inability）的产物——他们无力想象出一个可让女性获取并利用各种资源应对男性的压制和强迫的情境。

当结合史密斯顿的读者对于浪漫小说的偏好来分析她们的特点时，我们就会得出一个尤其清晰的观点：这种文类起到了以艺术的形式“呈现”当代文化习惯形成过程的作用。具体而言，当我们将读者**最**厌恶的事件和特征视为其恐惧的标志时，我们或许就能剥离出两性关系的关键特征和结果。事实证明，这正是最困扰史密斯顿女性的东西。在第四章中我将通过探究“理想的浪漫小说”来说明，那令人惊惧、总是对女性构成潜在威胁的暴力可能性之所以不只充斥于糟糕的浪漫小说之中，而且也侵入到优秀的浪漫小说里。这只是因为女性力图向自己**解释**这种情况会出现的原因。由于优秀的浪漫小说最终所给出的解释仍旧相当保守，难脱传统的范畴和定义，因此当现实中所发生的事件被呈现于文本之中时，它们总是被重新阐释为仅仅只是威胁而已。但是，如果浪漫小说对于男女关系的这种潜在结果进行了过于合乎情理的想象，或者允许其掌控整部作品的要旨使逐渐发展的爱情故事反居次位，那么，这种艺术形式的**安全**展现（safe display）作用就会受损。在这种情况下，故事的走向就会太过接近于日常存在中那令人惊惧的真

1 参看格尔茨的《深度游戏》（*Deep Play*），第443页。

2 参看道格拉斯的《软色情文化》，第25页。

实——这恰是它原本试图去解释的。这样一来，通常被浪漫小说以极 72
其巧妙的方式掩盖或最小化的冲突就会让这种形式所提供的解决之道变得不值一提，甚至无法再取信于那些一般说来最信服它的女性读者。于是，浪漫小说就会暴露出其作为社会结构及其正统意识形态的保护者（conservator）这一真面目。

在我对桃特进行第一次访谈时她便告诉我，她的顾客能够分辨出女性创作的和男性撰写的浪漫小说的不同。正是在这个过程中，我首度了解了这类“糟糕”浪漫小说的特征。她也和她们一样厌恶男性创作的浪漫小说。她解释说，男性鲜少具备“敏锐”或“敏感”的特质，而且绝大多数男性都无法写出作为优秀浪漫小说之灵魂的“温柔”（gentleness）。当我要求她详细阐述优秀和糟糕浪漫小说之间的区别时，她回答说后者“很变态，就是说，充斥着施虐受虐狂、残忍的行为以及所有这类东西”。她干脆利落地总结道：“我厌恶那些东西！”

根据她的读者对于下述问题的回答，她们显然也持同样的看法：她们被要求从一份列着11个选项的清单中选出三种“绝不应出现在浪漫小说中”的事情，结果有11名女性选择了强奸这一项，指其是最令人反感的特征；而悲伤的结局则被10个人选中。露骨的性描写、对女主人公或男主人公施以肉体虐待以及滥交则几乎获得了同样的票数。从表面上看她们的厌恶感不同，但如果综合她们的选项则她们所厌恶之物就会清晰地浮现出来。这些女性大多都赞同不让滥交或淫乱、悲伤的结局、强奸、身体上的虐待以及软弱的男主人公这些描写在浪漫小说中有容身之地。她们的这些选择完全契合于她们所持有的阅读浪漫小说有疗愈身心之效的信念。悲伤的结局意料之中地名列厌恶特征榜单的前列，因为它的出现会消除浪漫小说与日常存在的区别和距离。后者充斥着时不时就会出现的小小失败、微型灾难以及持续不断的失望。此外，没有了美满的结局，浪漫小说就无法再负载男女关系可成功经营的乌托邦承诺了。

我认为，浪漫小说中的滥交之所以会如此遭唾弃，主要是因为这个类型是在为已经接受了所谓的“新道德”的美国中产阶级女性探索两性关系的可能性和结果。绝大多数研究浪漫小说的学生都注意到，在1972年伍德威斯极其露骨的《火与花》面世后，浪漫小说的作者就开始随心所欲地将他们的女主人公刻画为拥有性冲动和肉体欲望的性生物。确实，伍德威斯的小说所达到的无与伦比的畅销度以及其他人的迅速跟风模仿似乎表明，大量的美国女性都受到了1960年代的女权主义运动和性革命的影响。但读者对于滥交或乱交的强烈厌恶显示，只有在非常严格
73 的界限之内性道德上的变革才会被容忍。这一点过去是这样，现在仍旧是这样。因此，“优秀”的浪漫小说依旧坚持**只有**在传统的一夫一妻制婚姻中，女性才会有欲望并获得满足。如果一个文本描绘了女主人公能够与数名男性发生性关系，而且还不会因此受到伤害或感到困扰的话，那么这个文本多半就会被归到“糟糕”的浪漫小说之列，因为它毫不掩饰地表达了具威胁性的暗示（implications）即无拘无束的女性情欲能够在父权制结构之外得到满足，而婚姻仍旧是这种结构得以延续的最有效途径。[1]这样的形象也太过偏离主题，近于声称男性并不关心女性的个性，只如常言所说的那样，就关心一件事。

事实上，史密斯顿的女性坦言，在她们对男性的乱交生活表示愤怒之时，她们也抱持着同等程度的怀疑，并且也不断地在抱怨这类浪漫小说，声称它们是在采取双重标准。桃特的一位顾客解释说：“我们不想听他们说如果你爱这个男人，你就会原宥他。”但她们也不想接纳男性的标准。桃特和她的顾客更希望男性学会去遵循她们的原则。几乎所有的史密斯顿女性都坚信，性爱虽是亲密交流的绝佳形式，但它只有在双方深切关爱彼此并且愿意缔结婚姻契约的情况下，才能被正当化为两个人的共同探索。对于她们来说，浪漫小说既不应鼓励女性的反叛，也不要
74 墨守成规，拒绝承认任何改变。相反，它应是一种认知上的探索，通过把有关于女性情欲的态度变化引入传统的机制和结构（它们被视为对女性利益的一种保护）之中，由此探究来采纳和处理这一认知变化的可能性。

1 关于父权制和婚姻之间的联系，请参看哈特曼（Hartmann）的《作为性别、阶级和政治斗争所在地的家庭》（*The Family as Locus of Gender, Class, and Political Struggle*），尤其是第366—376页。

表格2.3　问题：以下选项中，你认为哪些绝不应该出现在浪漫小说中？

回　答	最令人反感	第二令人反感	第三令人反感	总数
a. 强奸	11	6	2	19
b. 露骨的性爱描述	6	2	1	9
c. 悲伤的结局	10	4	6	20
d. 肉体折磨	5	6	7	18
e. 平庸的女主人公	1	1	1	3
f. 滥交	4	12	6	22
g. 婚前性行为	0	0	1	1
h. 残忍的男主人公	1	5	6	12
i. 软弱的男主人公	4	5	7	16
j. 比女主人公更强势的男主人公	0	0	0	0
k. 比男主人公更强势的女主人公	0	1	3	4

强奸和对男女主人公施以身体虐待之所以遭到拒斥，很显然是因为读者希望能看到一个更加幸福和安然无事的存在模式。但这类特征惹人厌恶的其他原因或许还在于浪漫小说从来都不只是爱情故事而已。它也是女性探索父权制对于她们有何意义的方式之一。因此，它势必会涉及各种情境下的男性握有权力并时时对她们行使这一权力的事实。虽然浪漫小说描述了处于相对弱势地位的女性，但它并不是在维护她的这种处境。相反，它是通过考察一种屡见不鲜的情势（state of affairs），进而提出可能的应对策略。在浪漫小说中描述女主人公遭到男主人公的误解，并因为他的误会而被虐待和粗暴对待，之后却又由于他突然意识到自己误解了她的行为，于是女主人公又得到了百般的爱惜、保护和关心。这样的小说其实是在告诉它的读者，她们在现实生活中不得不去应对的轻微暴力行为同样也可被重新解读为误解或因“真爱”而产生的忌妒的结果。读者便会因此确信，这些行为并不值得她们对早已习惯的

生活方式做出重大的改变或可能带来创伤的剧变。[1]

在史密斯顿的女性看来，伍德威斯在处理被一位读者称为“有点说服力的说辞”（forceful persuasion）的情节时，其方式还是能让人接受的。因为她们都在她的游说下心悦诚服地相信，男主人公在性方面对女主人公的控制是出于他的激情和她那让人无法抗拒的魅力。事实上，有一家出版社深谙此道，它在发给潜在作者的写作指示中表示，虽然他们不建议描写强奸场景，但如果作者认为这一情节有意义的话，那么在特定的情况下允许出现。[2]这份指示详细说明道，假如这场强奸是发生在“男女主人公之间”，它必须“绝不是出于现实生活中存在的暴力动机”，因为如果是一个真正关爱她的人做出这种事，“女性的幻想就会失控”。只有当“真实的强奸”“能推动故事向前发展”，并且是发生在女主人公以外的人身上时，这样的情节才允许出现。

对于绝大多数的史密斯顿女性而言，残酷或“真实”的强奸都会破坏那细微的平衡，因为她们都认为，一种明显的恶意行为是无法被原宥的，也不可能有合情合理的解释。她们无法理解女主人公如何能在自己身上找原因，从而忽视这种事情，原谅那个曾经虐待过她的男人，之后还慢慢地爱上了他。就像桃特最直言不讳的顾客之一安说的那样：“如果他们（男主人公）为了在意志的斗争中取胜，就老抓着性这东西不放手，
75 把它当成一种掌握控制权的武器，那我会烦死的。在禾林的作品中，我经常看到这类情节。我认为这样的作品非常糟糕。”在那些已经读完禾

1 没有一个史密斯顿的女性表示她们曾被打、遭欺侮或违背她们的意愿被迫发生性关系，但部分人确曾告诉我，她们知道这些事，因为这类事情曾发生在她们朋友的身上。在总结关于为人妻者遭虐待的当代研究时，罗哈博夫（Rohrbaugh）在《女性：心理学上的谜题》（*Women: Psychology's Puzzle*）一书中评论道：“这个领域的很多研究人员都同意斯图尔特·奥尼格利亚（Stewart Oneglia）法官的估计，即50%的婚姻关系都涉及对女性施以某种程度的身体虐待。”（第350页）罗哈博夫也指出：“如果虐待妻子的定义范畴包含了从偶尔的重掴到反复的狠殴，那么现今的美国共有2 600万至3 000万名受虐待的妻子。”（第350页）如果这些数据准确的话，那么很显然，很多浪漫小说的读者都非常需要关于这类行为的标准“解释”。

2 我很感谢斯达·赫尔默（Star Helmer）为我提供了加伦书屋（Gallen Books）针对当代浪漫小说的“内容提要”（tipsheet）。

林最新作品的访谈小组成员中，她的这席评论一石激起千层浪。这些女性全都赞同地表示，禾林的新作以更加露骨的笔触大篇幅地描写男性的暴力，这一点让人非常厌恶。其中好几个人甚至坦言，为了不再遭受这种形式的男性权力的蹂躏，她们已经停止购买禾林的作品了。以下是桃特的另一名顾客对于禾林作品中几个情节的解读：

> 在最新的8部作品中，有4部这么写——他们结婚了，之后又分开了4年到8年。突然有一天，**他**认为他们应该在一起，于是**他**惩罚了她。最后他们又在一起了，并且从此永远幸福地生活在一起，而这是在**他**惩罚了她之后！就是这样！
>
> 听起来真是糟透了。
>
> 是的，这些书都是这样的。他要手段把她骗了回来，或与他再相遇之类，而他又能捏着她的软肋，不是情感上的就是身体上的——他要么带走她的孩子，要么毁了她的父亲。他现在决定要夺回她了。因为她现在已经变得足够好，配得上他了。[1]

这名读者对于浪漫小说中这种典型解释模式的嘲弄清楚表明，并不是任何事情都能因为激起了无理性的激情之爱而冰释前嫌。虽然在整个浪漫小说的受众中关于可接受度的观点或许会相差十万八千里，但就桃特的读者而言，她们在必须达到的最低标准上持一致看法。对于她们来说，只有当暴力被慎之又慎地加以描述，并得到小心翼翼的控驭，或它**清晰无误地**可溯源自男主人公的激情或忌妒，那样的暴力才是可接受的。换言之，如果它展现了残酷和邪恶的一面，如果对于它的描写巨细无遗且是许多男性都会做出的行为，或者，如果它被描述为是一种明显渴求权力的产物，那么，上述那些女性就会认为这样的暴力咄咄逼人而

1　此处的着重标记是为了显示安当时所做的特别强调以及在发表评论的过程中改变的声调。她的每一次强调都表达了她的讽刺和完全怀疑的态度。使用人种志材料所面临的最主要困难中，其中之二就是讲述者在话语中明显暗示却并未明确表达出来的阐释意义（interpreting meaning），而书面文字又无法将这样的意义恰当地表达出来。

且令人反感。她们在“有说服力的说辞”和“真实的强奸”之间所划的这道古怪而牵强的区别界限，其实主要是缘于她们一个相当迫切的需求：她们想要知道如何应对日常生活中男性拥有权力和力量（force）的现实。

我猜想，她们之所以愿意看到男性的力量被诠释为一种激情，原因也在于她们希望自己在“如意”郎君的眼中魅力十足，让他着迷到根本不愿意接受“不”的回答。由于他认为她让人无法抗拒，于是女主人公就无须为自己的情欲感觉负任何的责任。她由此也就避开了是否要听从它们并采取行动的艰难抉择。虽然在浪漫小说的幻想世界中，女性的情欲已经获得了一席容身之地，但是，最终须为其负责的个体并非女性本人，而是再一次地成了男人的事。

76 如果说糟糕的浪漫小说透露了困扰其女性读者的恐惧和担忧，那么，它们与优秀浪漫小说共有的特点则指向了通过完美浪漫幻想得以实现和满足的重要需求和欲望的存在。根据桃特和她顾客的看法，一部浪漫小说要想比其他的作品更胜一筹，就得在故事的三个方面下功夫。这包括女主人公的个性、男主人公的品格以及男主人公追求和赢得女主人公感情的特殊方式。如果这些角色和他们之间的关系没有处理妥当，那么就算情节再独出机杼也无法让那部小说逃过被扔进“垃圾堆”的命运。

在第一次与史密斯顿的读者讨论浪漫小说时，我惊诧地发现，每一部作品在被存入她们的记忆之中时，无一例外的都是关于特定**女性**的故事。有些作品会主动勾勒出大概的剧情——通常都是一种精炼的故事梗概，以有关女主人公的描述开始，接着便从讲述者的角度叙述她将经历的主要事件。由于女主人公在浪漫小说中明显占据着中心位置，并且史密斯顿的女性也承认她们常常将自己投射于女主人公的生平遭际之中，因此，她们对于女主人公的品性抱着极其严苛的期许，同时对于她应有的行为也相当在意。

因此，她们对于女主人公的感觉便始终如一。事实上，她们对于匿名调查问卷的回答与口头表述出来的偏好并无任何差异。当我问说，一个形象动人的女主人公应具备什么特点时，桃特的顾客做了意料之中的回答，即她必须有以下三种特质：才学、幽默和独立。在回答调查问卷中关于她们**最**希望在女主人公身上看到的特质这个问题时，19名女性（45%）从这份列了9个选项的清单中选择了才学，9人（21%）选择了幽默感。其他获得多数票的特质则是有女人味和独立。统合这个群体的排序数据，则才学、独立和幽默是得票数远高于其他选项的三种品性。尤其值得注意的是，这个群体中有四分之三的人至少勾选过一次才学（79%）和幽默感（74%），独立则被近半数（48%）的史密斯顿女性所青睐。而带有娴静顺从之隐含义的女人味仍为14%的史密斯顿读者所看重。

有人可能会心生疑问，为何要在此强调女主人公的才学和独立品性对于史密斯顿女性的重要性。因为研究这个文类的学生中，非常多的人都“客观”指出，女主人公具有典型的被动性和令人心生怜惜的无助感。[1]然而，这种严苛的分析性判断常常是基于对如下情节的评估：女主人公最终成功解开了一个谜团，表达了自己的欲望或拒绝屈服于男主人公的威吓。一言以蔽之，她的行动**结果**都须接受一种标准的衡量， 77
而这一标准的最高要求是一名独立自主的女性能够在家庭之外的环境中卓有成效地完成工作。与这种理想型的女性相比，浪漫小说中的女主人公当然要逊色许多，但是很有必要指出的一点是，不论是桃特还是她的顾客，都不认为这样的理想女性有吸引力。她们也不会详察和评判女主人公在实现变革或让其他人照其意愿行事方面的功绩并由此评价她的品格。相反，在对女主人公的能力、才能和职业选择进行了一系列简略的观察评论后，她的个性在故事开始时便已无可避免且根深蒂固地定型了。由于史密斯顿的女性会不加深究地全盘接受这些断言，因此她们不会再去搜寻那些可能会批评或修正女主人公早先肖像图的插曲。她们不只相信女主人公是真诚地渴望能够自食其力，而且也坚信，那个总是对她打算采取的行动横拦竖挡但永远有情有可原的环境

1 请特别参看莫德莱斯基的《隐身术》（*The Disappearing Act*），第444—448页。

与现实世界几无不同。总的说来，相比于女权主义批评者，史密斯顿的女性显然更愿意承认男性握有权力的必然性和现实，并且认识到了将女性的能力局限于只为一己之利益而行动的社会成见之力。此外，我必须得说明的另一点是，她们也并不排斥如下的观念：为了维护一段长久的、双方一致认可的目标高于一己私欲的男女关系，女性想必甘愿牺牲绝对的自我利益。

我想在此说明的一点是，如果一种分析是生发于读者所持有的且确将影响文本的信仰系统之内，那么，对于人物行为意义的分析性阐释就更可能会趋同于它构建时的意义以及读者自己对它的理解。于是，那些用于解释女性渴望体验这种特殊幻想的理由也就更有可能近似于真正触发了读者决定拿起一本书来阅读的动机。对于一个早已将男女具有同等能力这一主张视作确定事实的女性而言，浪漫小说中的女主人公可能会显得愚蠢、依赖，甚至会让人觉得可悲，但是对于其他仍不确定这种平等是一种事实存在，或她自己是否赞同这种主张的女性而言，女主人公则显得很有胆量，甚至相当果敢。

与此同时，史密斯顿的女性似乎与女性运动的承诺和威胁以及后者愈加贬低“普通家庭主妇”的智力和能力的文化做着斗争。因此之故，虽然她们仍旧相当保守而且很可能会承认传统男女关系的合理性，但她们同时也很反感那些仍旧轻视“女人的工作”的男性以及将母亲和家庭主妇贬低为愚昧、怠惰和无足轻重之人的“女性解放者”。她们渴
78 望浪漫小说的女主人公如她所宣称的那样有才情且独立，即便她也会表现出脆弱的一面，并且视是否被爱为人生之要务，而这样的渴望则是生发于她们自己显然未意识到的祈望，即在传统的机制和两性关系中享受到女权主义运动带来的一些裨益，而这就是女主人公应具备特殊能力这一简单**主张**所附载的最高价值。浪漫小说的作者通过让女主人公做出一些简而化之的表态（而非采取真正具有威胁性的行动）来向它的典型读者证明，已然改变的女性自我意识是可以与一个原封不动的社会格局（social arrangement）并存不悖的。在浪漫小说的乌托邦世界里，“独立”和稳固的个人“身份”（identity）并不会因为受到男性家长式作风的呵护

和保护就受到损害。

虽然我们将在第四章专章探讨史密斯顿读者最喜爱的浪漫小说作者为避免依赖性和自我界定（self-definition）之间的实际冲突而采用的特殊策略，但我还是想在这儿引用一段篇幅较长且慷慨激昂的讨论。这是一次访谈中，我要求桃特、她的女儿基特和安形容一下“理想的”浪漫小说女主人公时她们所进行的讨论。这三个女人并未像其他人那样，罗列一长串抽象的品质形容词，而是就埃尔希·李（Elsie Lee）的《外交官的恋人》（*The Diplomatic Lover*，1971）展开了一段长达15分钟、你一言我一语的情节概述。在她们的描述中，女主人公总是安心乐意，而这种安心乐意在她们看来则是源于她对自己的境况始终握有掌控权。这是一个很好的例子，说明她们与女权主义者拥有同样的渴望，即相信女性和她们自己自有其长处和能力。在她们跟我说，她们甚至影印了这本书以备己用（这部作品现在已经不再出版）后，我问她们为什么那么喜欢这本书，接着便得到了以如下方式展开的长篇回复：

桃特：那书就是经典。

安：她**下了决心**，要抛弃她的贞洁得到**他**。

基特：嗯，他真的很有型，像个电影明星，他……

桃特：我说，事实上关键是她在一个现代的工作环境中。她是在华盛顿的外交部。

基特：而且你要知道，是**她**做的这个决定。

桃特：而且她是[外交部中]唯一一个处女，她的名字还是南妮。

安：是的。

桃特：他们还叫她不不南妮（Nanny-No-No），因为她总是说不！

安：她懂那些东西，她读过所有的指导书，但她就是没找到那个能让她激情澎湃的人。

桃特：她也认识他好多年了。

安：但当他在那个聚会上走进房间时，突然之间…… 79

基特：**她**就做了那个决定！那天是她的生日。

安：她都迫不及待了。

基特：她23岁了。她做出了决定："那么，就是现在了！"

安：是的。

桃特：但是这一点都不令人反感。那没什么……这很不同寻常。

基特：那非常动人。

桃特：那可不是贸然之举。[1]

在讲述余下故事的过程中，她们骄傲地宣称，南妮"会讲六种语言"，是"一个真正优秀的艺术家"，并且"即便她怀孕了也不想要跟他结婚"，因为她认为他是一个"优雅的风流公子"(tomcat)，不会一心一意地对待她。但在李本人看来，这些一反传统的技能和不循旧俗的态度显然算不得成就，甚或说并不那么恰当。于是，在小说的结尾，当男主人公向南妮证明了他的爱情，表示他不想过没有她的生活并承诺在未来的日子里悉心呵护她时，这些技能和态度也就获得了合理的解释，并且让人觉得快心遂意。这三个女人接着便复述了这个时刻：

桃特：他开始追她，这真的是……

基特：那真是很疯狂啊。

桃特：明眼人都看得出来。

基特：她落跑了。

桃特：她试图爬上楼梯，跑进自己的房间。

基特：她猛地向前冲。

安：她就是所谓的"袖珍维纳斯类型"的女子。

桃特：是的。他继续追着她，而她则一边步步后退，一边说，"不，我不会和你结婚！"

安："我不会走的！"

基特："不，忘了这一切！"

1　我在此处着重指出的仍是要体现她们在抑扬顿挫中所传达出来的特别强调。每一个强调都尤其反映了这个女主人公的行为与女性的普遍期待之间的差距。

桃特:“不,我不需要你!”

安:“然后他说,我会在你的门口安营扎寨,我会盯着你。这不公平,这……”

和所有的浪漫小说一样,在李这部小说的结尾处,女性的反抗最终变得毫无作用和孩子气,甚至是没有必要的。但是,如果我们想要理解这个故事对于这些女性的全部意义,我们就必须得认识到,就她们从此书中获得的体验来说,她们从她的才学、独立、自给自足以及积极主动中所获得的暂时的陶醉,这些与她最终被一个承认他也需要她的男性所俘获这一事实具有同等程度的重要性。事实上,在复述了故事的结尾后,桃特、基特和安再次重温了她“勾引他”的情节,并对“当她问他时,他正在喝酒,因此差一点被呛死!”这一时刻连连称奇。 80

在像《外交官的恋人》这样最受史密斯顿女性喜爱的小说中,美满的结局重新确立了现实生活中的性别关系:男主人公如护花使者般将女主人公揽在怀中。但是,这样的结局也可被解读成是一个让读者间接体验到女性获得最终胜利这一赏心乐事的时刻。桃特的读者如是阐释的原因在于,她们认为女主人公在坚决要求男主人公做出正式承诺的同时,只以与其心性(culture)相适的唯一方式为自己的未来筹谋。因此,她是根据自己的意愿保持了自身的完整性(integrity)。

史密斯顿的读者对于强势但仍传统的女主人公的喜爱也表现在她们的另一种期望中,即希望那样的女性获得特定类型的男主人公的青睐。如前所述,这些女性会读很多她们并不是特别喜欢的浪漫小说,即便是男主人公虐待了女主人公,因为对于她们而言,美满结局的体验比其他任何东西都更重要。同时,这样的结局也会让许多她们无法宽恕的个别事件得到合情合理的解释。但不管怎样,她们都更喜欢看到女主人公被一个强力、阳刚,但同时又具有超乎寻常的特性——体贴、温柔和心心念念关心其是否快乐的男子所渴求、需要和爱慕。事实上,当史密斯顿的读者被要求对其所欣赏的男性十大个性特质进行排序时,没有一个人将独立列在第一、第二或第三的位置。虽然有人可能会说,这或许是因为这些女性认为根本没有必要特别指出这个特征，因为在她们眼中，男性天生就很独立；但是她们在采访中所做的评论指向了其他的方向。在讨论特定作品的过程中，她们会反复强调说，对于最喜爱的小说她们记得最清楚，同时也最喜欢作者描述如下情节的技巧：男主人公认识到自己对女主人公怀有深厚的感情，并意识到自己不能没有她。虽然这些女读者希望看到女主人公得到男主人公的保护，但她们似乎也想要看到她的依赖性被它的对应物所平衡，即是说，男主人公也同样依赖她。由此来看，史密斯顿的女性一直在强调的互亲互爱的重要性这一点具有非同一般的意义。

在此，我并不是要说男性的保护欲和力量(strength)在浪漫幻想中是无足轻重的元素，事实上它们很重要。要知道，在这些女性中，共有16人(38%)表示，软弱的男主人公是浪漫小说中最令人厌恶的三大特征之一。此外，近25%的桃特顾客都赞同地指出，在男主人公的九种特质中，力量的重要性排在第三位。但是，不论是力量还是保护欲，都不如才学、温柔以及笑对人生的能力重要。在问卷调查中，后面三种特质被列入前
81 三的概率要大得多。

表格2.4　问题：你最希望在男主人公身上看到哪些品质？

回　答	最重要	次重要	第三重要	总　计
a. 才学	14	11	5	30
b. 体贴	11	8	7	26
c. 保护欲	3	4	7	14
d. 力量	3	3	9	15
e. 勇敢	1	4	2	7
f. 幽默	8	5	6	19
g. 独立	0	0	0	0
h. 魅力	2	5	3	10
i. 健康	0	2	2	4
j. 其他	0	0	0	0
无			1	1

但是，由于桃特和她的顾客鲜少发起关于浪漫小说男主人公的讨论，也同样极少主动就具体的男性角色发表观点，因此我很难描绘出她们心中理想男性的整体形象，也无从得知这一形象生成背后的动机。即便她们的回答一一反映于图表之中，有一些谜题却仍无法解开。

最主要的难点即是她们对于“有才学的”男主人公怀有明显的偏爱。虽然很难解释清楚史密斯顿的女性如此看重才学的原因，但是这种偏好既符合她们高度重视书籍、学习、教育的特性，也与她们自身的向上流动性（upward mobility）密切相关。此外，这也是一种无须将女性贬低至低人一等但又能重申男性之优秀和施动性（agentivity）的方式。在关于理想男主人公的讨论中，这个词确实曾出现过，但是这些女性提供的信息太少，不足以解释它在调查问卷的回答中占据重要地位的原因。少数口头评论似乎暗示了她们所怀有的期许，即一位“有才学的”男性更有可能欣赏并鼓励理想女主人公所拥有的超乎寻常的能力，只是这一关联并不总是有效，因此不足以佐证它是这种幻想背后的动机。虽然我猜测她们对于幽默的关注或是由于想看到一个能与女主人公“打嘴仗”的男主人公，但她们对于这种特质的强调依旧让人费解。打嘴仗不只营造了对于史密斯顿女性而言极其重要的“轻松”氛围，而且也有助于彰显女主人公借此占上风的伶牙俐齿。

许多评论文章也对男主人公实际的个性特质含糊其词，而更多地聚焦于他与女主人公建立恰当关系的能力上。史密斯顿的女性对于作为 82
个体的男主人公的独特性并不太感兴趣，而更关注他们中最优秀者所扮演的角色。在她们谈及最喜爱的作品时，温柔和体贴常常并非特定男性角色所拥有的性格特质，而是一流小说中所有优秀的男主人公在关注女主人公时所具有的鲜明特点。对于这些读者而言，她们的关注焦点永远不会移到作为浪漫小说之核心的女性。此外，男性鲜少因为他们固有的特性获得重视，更多的是由于他们处于与女主人公相对的特殊位置而引人注目。因此，这样的浪漫幻想并不是一个寻觅独一无二且富有情趣的生活伴侣的幻想，而是一种希望能够得到特定形式的关怀、呵护以及认可的夙愿（ritual wish）。

在区分理想的浪漫小说与罗斯玛丽·罗杰斯的"变态小说"时，接受了我长时访谈的五位女性之一猜测说，她的编辑或许是男性。她推断道："那是男性类型的作品。"在我强烈要求她详细地加以说明后，她回答道："因为男性会喜欢里面的性描写，你知道，就是梅特·黑姆[1]之类的东西。"她在此对于性和浪漫小说所做的区分也持续地被史密斯顿的女性用于鉴别色情小说和"深刻的爱情小说"。她们认为前者是男性的菜，后者则是她们自己感兴趣并且希望男性能够深入了解的东西。乔在谈及禾林的新近出版物时说："他们只关心性——那是他们脑子里想到的第一件事。他们根本就不在意其他的任何东西。"她还说道："但她们不需要那个。她们想要的是幽默、爱情和呵护。"无独有偶，在我们进行的最后几次讨论中，桃特有一次也详述了色情文学与浪漫小说、男性与女性的差别，并且在此过程中以怅惋的口吻叙说了她和她的顾客认为所有男性都应该具备的特殊品质：

> 我一直在想，女性对于男性心灵的认识要比男性对于女性的更加深刻。唉，男性只是不愿意花时间罢了。他们就是不想花时间了解女人。我一直觉得有意思的是，心理学家大概……这个国家85%—90%的心理学家都是男性，我相信他们读了很多的书。我相信他们对教科书已经滚瓜烂熟了。但要说到深刻的见解，我认为，见地深刻的男性……是非常罕见的……我不认为男性看得很深。我认为他们就连看男性也只看到了表层。不管他们看什么都是那样——男人就是那个样子。

由于史密斯顿的女性坚信，女性常常细致入微地观察男性，并且可以凭直觉"理解"他们，因此，在寻找完美的浪漫幻想时，她们其实就是在寻觅一个能够以同样的方式对待她们的男人。我将在第四章对史密

1 梅特·黑姆（Matt Helm）是唐纳德·哈米尔顿（Donald Hamilton）创造的一个小说人物。他于1960年出现，并在接下来的33年时间里出现在27部作品中。黑姆被刻画为一个好色成性、极端残忍而又讲求实用和能干的人。——译注

斯顿女性最喜欢的浪漫小说进行更加深入的探究，而在这一章中我们将 83
会看到这种幻想催生了完美的浪漫故事，进而满足了两种为她们所深切感受到的需求——这两种需求是被早期的客体关系（object-relation）和父权社会中的文化条件反射作用（cultural conditioning）所激活。一方面，这类故事可以让读者在女主人公获得人生最高成就的时候与其感同身受。这样的时刻就是她获得她所处文化中最强有力且最重要的代表——一个男人的关注和认可之时。在这个意义上，美满的结局就是一个标志，表明女性获得了一个文化赋予其作为情人、妻子和母亲这些角色的合法性和个人特性。

另一方面，浪漫小说强调了男主人公在将所爱的女主人公揽入他那总是"孔武有力"的臂弯中时，目不转睛地深深凝视着她，并给予她以无限温柔的爱抚。这样的幻想也唤起了读者对于自己生命中一个时期的回忆：那时，她也曾被一个无微不至地呵护着她的人视若珍宝。然而，在现实生活中，女性所怀有的这种想象性情感回归（imaginative emotional regression）却常常遇到挫折，因为在当下文化的非对称条件反射作用（asymmetrical conditioning）中，男性被教导着要抹杀他们所拥有的温柔呵护他人的能力。于是，女性就不得不求诸其他的方式，才能满足这种永无止境的需求。南希·乔德罗曾在《母职的复制》（*The Reproduction of Mothering*）一书中指出，女性若要为自己提供这种必不可少的情感补给物，其中的一个方式就是养儿育女。乔德罗条分缕析地写道，在以如此浓烈的感性方式照顾着孩子，并与她的孩子保持着息息相通的关系时，女性便能够给予自己以呵护，纵然只是以间接的方式。然而，乔德罗并未详述这种替代性的照顾和关注是否就是一个能胜其任的完美替代物。不过理想的浪漫小说（至少在史密斯顿女性眼中是理想的）却有力地给出了否定的答案。它对于男女主人公之间情感联系的强调恰恰说明，女性仍渴望得到一个成年人的关爱、照顾和理解，而且这个成年人应当深谙自我牺牲之道，并愿意全身心地关注所爱之人的需求。

在下一章中，我们将会发现，正是照顾他人这种持续存在的冲动和职责导致女性产生了被掏空（depletion）之感，而这种感觉显然是让部分

女性转向浪漫小说的原因。在放任自己沉浸于浪漫幻想之中时，女性通
过与女主人公同呼吸共命运，替代性地满足了自己想要被呵护的需求；
而女主人公的最主要成就（如果可以这么说的话）就在于，她成功地将
男主人公的注意力吸引到自己身上，并成功地让自己成为他悉心关注的
对象以及他所给予的呵护的接受者。由于读者只是间接地感受着这种
照顾，因此，只有当她能够将她的需求转移至一个虚构的人物身上时，她
的渴望才会得到满足。当那个人物的故事结束，当读者必须合上一本书
时，她就会被迫重新做回自己，再次面对她的真实处境。虽然她会暂时
地感到精力充沛，但她并未做出任何能改变她与他者关系的事情。在通
84 常的情况下，这类关系一如往常，因此在重新面对它们时，女性仍旧会被
要求，且她自己也愿意将她的情感资源用在照顾他人一事上。假如她之
后又无法从他人那里获得复原能量的话，那么，阅读浪漫小说就会再次
显现出它的作用：它是一种合理的补偿方式。因此，在一个让女性产生
了需求却又无法予以满足的文化中，浪漫小说的疗愈价值不仅可能存
在，而且也很有必要；而这种疗愈的短效性则是女性重复消费它的根本
85 原因。

第三章　阅读浪漫小说的行为：逃避和教化

在第一次与桃乐茜·埃文斯和她的顾客度过了一整天后，我就渐渐意识到，虽然史密斯顿的女性并不习惯去深究浪漫小说何以给予她们如此之多的欢愉，但她们十分清楚自己为什么会喜欢阅读它。她们一以贯之的评论令人印象深刻，而这也迫使我放弃了自己无意却又拘执于文本的先见，并让我产生了上述认识。当我询问她们阅读浪漫小说的原因时，她们的回应总是论及这种行为本身所具有的乐趣，而非她们对于特定浪漫情节的偏好。因此之故，我很快就认识到，要想了解她们对于阅读浪漫小说的看法，我就必须放弃自己对于文本特性和叙事细节的执着。一旦认识了这一点，我便清楚地意识到，阅读浪漫小说对于史密斯顿女性的重要性首先在于，单单是拿起一本书这个活动（event）就足以让她们有能力应对日常生活中所遭遇到的种种压力和焦虑。虽然我后来发现，浪漫小说的故事确实具有让这个活动别具意蕴的特定层面，但早期访谈值得玩味的地方在于它们完全聚焦于**阅读浪漫小说这一行为**的重要性，而非浪漫小说的意义。

在看到桃特的顾客对于试行调查问卷的回答之前，我便与桃特本人 86
进行了首次长达两个小时的访谈。在这次访谈中，阅读浪漫小说和受访者清楚自己为人妻子和母亲的角色之间所存在的密切关联给我留下了深刻的印象。在提出“浪漫小说在哪些方面表现(do)得比当今其他类型的小说更好?”这个问题时,我原以为她的回答会侧重于情节的特性和故事上演的方式。但出乎意料的是,桃特将我关于“表现”(doing)的提问理解为传递问题(transitive question),认为我是在询问浪漫小说对于阅读者的**影响**。她于是写了长篇但令我完全摸不着头脑的解答——在讨论的初期阶段,我还很难理解这些东西。但是,任由桃特继续发表她的个人见解似乎是个明智的决定,因为她的回答引出了许多主题(themes),而这些主题之后在我与其他读者的讨论中反复不断地出现。我的问题引出了如下的缜密思考:

> 这是无害的事。如果得……服药或喝酒,那就会造成伤害。她们非常清楚这一点。大多数的女性读者都已经当妈妈了。她们心里都很清楚那种事情。此外,她们也希望子女能养成阅读的习惯。我觉得,看见父母在阅读……正是她们希望子女看到自己在做的事情……我认识一个儿子还处于青春期的女性。她儿子对她说:“你已经有了这样的书……你真的已经有好多好多这种……这种……这种(细数想象中的一摞摞书)。”她继续说:“你们要妈妈给你们买东西时,你们可没有停下来想想自己已经拥有了多少东西了。这是妈妈想要的,而且这钱也是我的。”态度非常强硬,甚至可以说很冲了。但我想,他们大概是学他们父亲的。我想他们可能听他们的父亲或其他人说过:“嘿,你已经在那些书上花了老大一笔钱了,是不是?”你要知道,很长一段时间我的这些女主顾们可都是藏着掖着。她们会藏起她们的书,真的是藏了起来。她们曾说过,“唉,要是我丈夫,要是我丈夫在家里看见了这个蓝色的袋子……”(我们的袋子是与众不同的蓝色)你知道,我会说,“好啦好啦,你们都是大姑娘啦。难道你们真认为必须得那么提防着?”但在不久前,我自己也不会那么想的。我那时会想:“噢,丹会气炸的。”有一阵子,丹对我读那么多书有点不高兴。我想男人是真的觉得受到了威胁。他们希望妻子跟自己待在一起。但我想,就算我的身体跟你在同一个屋

子里，我的魂儿可没有。[1]

直到桃特关于阅读的评论接近尾声，谈及它能让她神游至起居室之外的世界时，我才开始明白，她对于我的问题做出的真正回答其实就是 87
她从头至尾都没有提及的“逃避”这个词，而它正是阅读、药物和喝酒之间存在关联的原因。在之后的调查问卷中，这个词极其频繁地出现。她随后又解释说，浪漫小说能够提供的逃避感觉就像达尔丰[2]和酒精之于其他女人。但是，后者不仅对那些女性有害无益，而且还会毁了她的家庭，因此桃特坚信阅读浪漫小说是“无害的事情”。就像她在另一次访谈中所做的评论那样，阅读浪漫小说是一种与“上瘾”没有明显区别的习惯。

在其他的史密斯顿女性中，虽然有一些人和桃特一样，对这种上瘾的类比是否合适感到不安；但在另一次访谈中，最初与我进行过长时谈话的16人中，几乎所有人都赞同地表示，她们阅读浪漫小说的一个主要目的就是想要做些与她们日常生活**不同**的事。她们是在回答“阅读浪漫小说的作用”这个开放性的问题时发表了这样的观点。就这一点来看，我觉得很有必要从这14份毫不讳言地主动提出逃避和释放（release）概念的回答中摘引出一小部分。史密斯顿的读者对于浪漫小说的力量做了如下表述：

它们是一种轻阅读——一种逃避文学，我可以随时随地放下、拿起。

每个人的肩上都扛着巨大的压力。因此他们自然会喜欢那些能让他们逃开这一切的书籍。

逃避现实。

我觉得这个世界的“现实”已经足够多了；对于我来说，阅读就是逃避的一种方式。

1　本章以及本书其他地方关于口述引文的援引方法，请参看本书第72页注释1。
2　达尔丰（Darvon），一种止痛药的商标。——译注

> 因为它是一种逃避；我们能在想象中假装那就是我们的生活。
>
> 每天都有那么几个小时，我可以暂时逃开这个残酷的世界。
>
> 它们一直都是一种逃避的方式，并且它们的结局也常常就是你所期望的生活模式。

史密斯顿女性的回答显然并不是异乎寻常的观点。事实上，纵观曾进行过广泛市场调查研究的三家出版社，它们的广告宣传活动无一例外地都强调了放松和逃避的主题。比如说，考文垂浪漫小说的潜在读者便会在优惠券宣传单上读到这样的文案："月复一月，考文垂浪漫小说毫不间断地为您提供着一条遁入过去时代的小径，在那时人们的心灵都还是为爱与荣耀所占据。"[1]同样，在西卢埃特的电视广告宣传中，里卡多·蒙特尔班（Ricardo Montalban）宣称："美好的结局让你心情舒畅"以及浪漫小说会"抚慰日间紧张的神经"。蒙特尔班还兜售过"遁入"遥远的地方和异域场所的益处。禾林曾启动过一个旅行抽奖宣传活动，提供的奖
88 品是前往浪漫之地的"逃遁假期"（escape vacations）。此外，它们还在作品中添加了一张宣传页，声称禾林出品的"这些作品能让你遁入一个美妙的浪漫世界！是前往异域他乡……有趣之地的旅行，让你邂逅令人难忘的人……开始一场动人心魄的爱情……这些都是禾林浪漫小说不可或缺的组成部分——世界各地的女性都在阅读这些温暖人心的小说"。[2]弗塞特似乎也发现了浪漫小说的逃避作用，因为黛西·玛丽勒丝曾说过，公司在深度访谈中发现："阅读浪漫小说是为了放松，从而让（女性）能够更好地应对一成不变的生活。"[3]

通过阅读来逃避当下并非一种新兴的行为，也不是阅读浪漫小说的女性所独有的特点。事实上，正如理查德·霍加特在1957年指出的那样，长期以来英国的劳工阶层"将艺术视为一种逃避的方式，一种令人

1 在1980年的整个春天和夏天，这些优惠券广告在全国性的报纸上间或地出现。

2 参看尼尔斯（Neels）的《乘船去结婚》（*Cruise to a Wedding*），第190页。

3 参看玛丽勒丝的《弗塞特的浪漫小说》，第70页。

愉悦，但与日常生活中的事务并无多少关联的东西”。[1]他还写道，因着这种美学观念，艺术被认为是“无足轻重的‘乐子’”，是“供你**使用**”的东西。在更加翔实地阐释了虚构作品之逃避作用的观点时，哈丁（D. W. Harding）提出了一个类似的见解，即这个词最经常被用作一种轻蔑的批评术语，指涉所提及的活动在评估者看来，不论是其内在还是本身都没有可取之处。他评论道：“假如它拥有极强的固有吸引力——这指的是它的**代偿性吸引力**（compensatory appeal）或其所承诺的单纯的安抚作用，那么通常就不会使用逃避这个术语了。”[2]哈丁根据1930年代进行的数项研究进一步论证道：“大体上而言，代偿性吸引力主要是在抑郁或恼怒——不管它们是因工作还是其他原因而引起——的状态中发挥其最大的功效。”[3]有趣的是，在解释自己阅读浪漫小说的行为时，桃特和她的女书友们所采用的说明理由竟然相当有代表性地反映了工业社会中一种普遍存在的行为：在工业社会中，虽然个人的劳动常常被程序化、制度化，并且所面临的挑战也被最小化了，但是工作仍明显不同于休闲活动，而且也被赋予了更高的价值。[4]同样有必要补充说明的是，虽然女性会使用“逃避”这个词来解释她们的阅读行为，但是如果给她们提供另一个含义类似但不带有轻蔑意味的选项，则她们就会选择那个听起来更讨人喜欢的解释。要想了解这其中的缘由，就有必要更加细致地探讨桃特的评论了。

回顾她关于浪漫小说吸引力的定义，这个定义是解释、怀疑和防卫性辩护这个一般经验过程的高度精炼版本，我们就会很清楚地看到对于这些女性来说浪漫小说发挥着补偿的功能，因为她们可利用这些小说来让自己的惯性存在（habitual existence）变得更加跌宕起伏和精彩纷呈。
但桃特同时也清楚地表示，这些女性也很苦恼，因为不知自己沉湎于这 89

1　参看霍加特的《识文断字的功用》，第196页。

2　参看哈丁的《“逃避”概念小析》（*The Notion of 'Escape'*）。

3　同上，第25页。

4　关于阅读公众的增加和通俗读物出版社之间关系的讨论，请参看威廉斯的《漫长的变革》，第156—213页，以及阿尔提克（Altick）的《英国的普通读者》（*The English Common Reader*），各处。

样一种显然令人倍感愉悦的活动中是否恰当。她们的怀疑常常会因为丈夫和子女反对这类活动而演变为一种根深蒂固的负疚感，因为后者认为它转移了这些女性对于身旁家人的关注。就像桃特后来指出的那样，虽然有些女性能够向她们的家人解释说，她们对于新浪漫小说的渴望就如同他们想要一个新玩具或一件新的小机件一样；但更多的女性认为，掩饰自我放纵的证据是很有必要的。为了对抗他人的不满和自己对于这种"享乐主义式"行为的羞愧感，这些女性为自己阅读浪漫小说的行为设计出了一套复杂的合理化理论，不只声称她们也有权利追求享受，还把这类作品与美国文化中受到更广泛认可的价值观联系起来，从而赋予它们以合法性。但在讨论这些问题之前，我想先阐述一下逃避这个概念本身以及它之所以能激发出此类不满和负疚感的原因。

在第二份调查问卷中出现的逃避和放松回答立即就引出了其他的问题。放松暗示着那种因先决条件（prior condition）而产生的紧张状态有所减少，逃避显然意指逃离当下的存在状态而进入一个更加令人神往之地。[1]由于阅读浪漫小说的人将它视为日常生活中令人欢欣的一种改变，因此要想理解这一体验的意义，就有必要将它置于一个更大范围的时间背景（temporal context）中，从而准确地阐明阅读这个行为是如何引发被这些读者所高度评价的改变和差异化（differentiation）之感。

在倾听这些女性评判阅读浪漫小说的价值时，让我印象尤其深刻的是她们倾向于以两种截然不同的方式使用逃避这个词。一方面，她们就是在使用这个词的表面意义，即描述拒斥当下的这种行为——在她们看来，每次开始阅读一本书并沉浸于故事之中时，这一行为就完成了。另一方面，她们以更具譬喻性的方式使用了这个词，从而切实地描述出她们代入女主人公角色时所感受到的那种模糊却又强烈的慰藉之感，虽然这个女主人公的生活在许多关键的层面上与她们自己的并不相似。我认为，尽可能准确地传达出这二者间的微妙差异很有必要，因为它表明了阅读浪漫小说以两种各不相同却又相互关联的方式让女性从她们所

1 埃斯卡皮在《图书革命》和《文学社会学》中指出："逃避的方式有千千万万种，关键是要了解我们在逃离什么，又是逃往何处。"

面对的紧迫的当下问题中脱身出来。

就拿桃特来说，她在上述所引用的谈话中更加全面地阐述了如下的问题，即为什么那么多的丈夫会将妻子的阅读活动视为一种威胁。在欢快地宣告说阅读时的她虽然身在屋内，但心已飘到了九霄云外后，她说道："我认为这也是其他女性的情况。"她却说道："我认为，除非男性自己也阅读浪漫小说，否则他们无法体会到这一点。我并不认为男性**曾**全身 90
心地沉浸于任何一种活动之中，就算是看电视时也没有。"她补充道："他们甚至从未有过出神入化的时候。""我不认为橄榄球赛有这能耐，我认为他们总是清醒地意识到自己身在何方。"她颇为自得地得出结论——"但一个浸沉于一本书中的女人不一样"。这句话表明桃特很清楚，阅读不只要求高度的注意力，而且也会将个体**拉进**书中，因为它会要求她的参与。虽然她并不确定是书籍的何种特性激发了这种全神贯注，但她相当确定的是，观看电视以及电影是一种迥然不同的体验。桃特随即就补充道："由于某种原因，很多男人都感觉受到了威胁，而且是非常非常严重的威胁。"她指出，男性的不满与他们的妻子所看的书籍类型并无多少关联，而更多的是由于这个活动本身以及它会让参与者完全进入忘我状态的能力。

这些推测性的观察评论在之后我与其他读者的交谈中得到了印证。比如埃伦，她曾经是空姐，但现在已经结婚在家相夫教子。她表示自己的阅读也是为了"消遣和逃避"。但她补充说，她丈夫有时会反对她阅读，因为他希望她和他一起看他选择的电视节目。她称自己不喜欢现在电视上播放的各种节目，因此"讨厌"丈夫这样的要求。她透露，每当她丈夫在夜间接到生意上的电话时，她都会很高兴，因为在他忙于与来电者商谈生意事务时，她就可以回到她的书中世界了。

另一位35岁左右的家庭主妇佩妮也说，如果她读太多的话她丈夫也会"对此不满"。"他会感觉自己被排除在外。"她解释说，"但是电视里根本就没有我喜欢看的节目。"就像埃伦的丈夫一样，佩妮的伴侣也希望她能和他一起看电视。50来岁的苏珊同样是"为逃避而阅读"，但在提及丈夫打算就寝时就不让她继续读书一事时，她几乎未流露出丝毫的抱怨。她对于这种情况似乎并不是感到不满，更多的是觉得惋惜，而且也只是因为这限制了她花在自己所享受的活动上的时间。事实上，她在我们的谈话中接着解释道，当她“烦透了家务事时”，她偶尔会给自己“一点特别的犒赏”。她说道：“我会一整天什么事也不做，光在那儿阅读。”

女性将阅读浪漫小说当成自己给自己的特别礼物成了贯穿于绝大多数访谈的主题。史密斯顿的女性强调了这种行为的私密性，并着重指出，它能让她们将注意力完全投注于一个只为她们个人提供乐趣的单一对象之上。值得玩味的是，罗伯特·埃斯卡皮也曾表达过相似的看法。他称，阅读身兼双重角色——“社交的和反社交的”(social and asocial)，因为“它暂时地阻断了个人与他的世界的关系，以与作品中的世界建立新的关系”。[1]看电视是一种非常社交型的活动，它是在他人在场的情况下发生的，而且允许即时的交谈和个人的互动；但沉默的阅
91 读不同，它要求读者屏蔽周遭的世界，而将关注投于他人以及另一个时空。因此，我们或者可以说，即便女性从每日解忧消愁的阅读中抽身而出，离开那熟悉的社交场景，但浪漫小说中的人物和事件仍会占据着她们的意识。

在此，我故意使用了解忧消愁这个词，因为史密斯顿的女性向我解释过，她们在阅读时并不是要试图逃离她们的丈夫和孩子“本身”(per se)。她们认为，阅读其实是要让她们暂时卸下需要其在心理上劳神费心、在情感上精疲力竭的职责，即照顾家人生理和情感上的需要。这个职责完全由她们一肩挑，而且变成了她们的专属职责。换言之，虽然这些女性的教养让她们相信，女性特别且天生地适于回应其他人的情感需

---

1 参看埃斯卡皮的《文学社会学》，第88页。虽然桃特并未以学术语言表达她的观点，但它们事实上与埃斯卡皮的类似观点——“阅读是最遁世离俗的消遣”(supreme solitary occupation)——并无本质的不同。他继续道：“那些阅读的男人们不言、不行，切断了他自己与社会的联系，让自己从环绕着他的世界中抽离了出来……阅读让人生发无边无界的自由之感。它让整个意识清楚的头脑都沉浸于其中，让读者无力行动。”(第88页)阅读对于史密斯顿女性所产生的最终影响，其重要性将在本章的后面进行讨论。要想了解关于阅读和收听广播对于个人所提出的不同要求的详尽讨论，请参看拉扎斯斐尔德(Lazarsfeld)的《广播和出版物》(*Radio and the Printed Page*)，第170—179页。

求，而且她们也对于自己拥有与家人沟通、服务于家庭成员的能力而感到自豪，但对于她们而言，阅读的意义就在于它是一个非常私人的行为。不过这种活动不只具有私隐性，而且也可以让她们暂时地搁置那些家庭关系，并在自己与那些要求她们在多数时候都考虑他人的活动场所之间竖起一道屏障。

首先让我察觉到这个现象的正是桃特。她的长篇评论（转录于下文）让我可析微察异地聆听其他读者关于逃避的讨论，并感受几乎为所有人所认可的两种逃避的差别：一种是逃避她们的家人，她们坚称自己并**未**这么做；另一种则是逃避为人妻母所带来的沉重责任和义务，对此她们承认确实如此，但表示这是出于情感上的需要和必要性。为了例证她的观点，桃特向我演绎了她认为她顾客的脑内思维过程。"嘿，"她们说，"这是我想做的事，我就要这么做。这是为我自己做的事。我一直都在为你们做这做那。现在让我待着，让我一个人待着。让我拥有我自己的时间和空间。让我做些我想做的事情。这又不会伤害到你们。无论如何我都不会侵犯到你们。"她随后详述了她自己作为母亲和妻子所须承担的义务：

> 作为一个母亲，我得载他们到牙医那里去。我得送他们去游泳馆。我得送他们去上军乐队领队课。我还得匆匆赶去学校，因为他们忘记带午餐了。我是说，你要知道，这些都是实实在在的事情！你必须得去做这些事。但这并不是让人抱怨的地方。真的不是。当我的丈夫走进家门时，他会说："我说，你今天都干了啥？"你知道，那就像在说："来吧，告诉我你过去8个小时都是怎么过的，我可是出去工作了8个小时。"我最后会直截了当地说："嗯，我读了4本书，把家里该洗的洗该刷的刷，然后就坐在桌边吃了饭，整理好所有的床铺，让整个家井井有条。"然后我就会摆出防御的姿态："那么你认为这些都算什么？为什么我必须得告诉你，我压根儿就 92
> 没有紧追不放地问你在那8个小时里干了什么。"——而她们的丈夫就会这么干。我们都交流过了。他们一踏进家门就摆出一副

> “好啦，我出去为一家人挣了一天的面包钱。那么，你在家都怎么打发时间？”的神态，让人忍不住就会想：“怎么回事，他为什么要讯问我？”

这样看来，至少对于桃特和她的许多顾客来说，阅读浪漫小说是一种带有双重目的的策略。作为一种活动，由于它是那么引人入胜，因此它能使她们从一个与责任相关联的环境里暂时“隐身”——这些女性真切地感受到了这些责任，而且时常觉得它们沉重得让她们无法负担。在这个意义上，阅读意味着一个自由的空间，在这个空间里，她们感觉自己摆脱了履行这些义务的必要性——虽然在其他时候，她们会心甘情愿地将这些义务视为自己的应尽之责。与此同时，通过精心挑选那些能让她们感到尤其开心的故事，她们便可象征性地逃到一个童话世界之中；在那儿，女主人公的类似需求得到了适当的满足。她们也由此间接地满足了她们自己作为独立个体的要求：她们也需要情感上的养料和关怀。

安琪对于她最喜爱的阅读时间的描述生动地反映了阅读浪漫小说的重要性——它是帮助保持女性情绪健康的一种方式。她说：“当我丈夫——他是一个保险业务员——在晚上接到要求上门服务的电话离开家时，我会很高兴。因为那样我就有两个小时完全放松的时间了。”她说：“我喜欢拿一本好书，坐在温暖的浴缸中阅读。那感觉真是妙极了。”对于这些女性而言，在她们专心阅读的那段时间里，她们会感到满意和知足。在这种意义上，我们或许可以得出这样的结论，即阅读浪漫小说可以说是一种回归体验（regressive experience）。这种愉悦的感觉似乎和她们对于女主人公的认同有关。在她们看来，这位女主人公获得了另一个人的由衷赏识和温柔照顾。但多少有点矛盾的是，她们似乎也对自己所体味到的那股自负之感予以很高的评价，而这种感觉则是源于她们掌握了可让自己感觉良好的知识。

南希·乔德罗关于20世纪美国家庭社会结构的观察评论有助于阐明如下现象的产生背景，即女性对于情感支持和价值肯定（validation）

的需求，以及为了满足这样的需求而演化出来的各式各样的策略。就像乔德罗指出的那样，最近的家庭研究都认同，在传统中，女性哺育了一整个家庭，“在生理上，她们需要操持家务和养儿育女；在心理上，她们须对丈夫予以情感上的支持，并保持与其子女的母系关系”。[1]这些研究指出，这种状况是由于女性独力承担了家务操持和幼儿照护的责任。比如，安·奥克利（Ann Oakley）在1971年对40位伦敦家庭主妇进行了研究后，得出如下结论：“在担任家务操持者这一角色时，服 93
务功能（servicing function）远比效率或创新要重要得多。而在为人妻子和母亲时，女性作为男性和孩子需求之服务者的形象也更加紧要：女性通过满足男性（劳动者）的生理需求以及养育孩子（下一代劳动者）来‘服务’劳动力大军，从而让男性无须**承担**孩子—社会化（child-socialization）的职责，可以毫无后顾之忧地**去**外面工作。”[2]这个也为米拉·科马罗夫斯基（Mirra Komarovsky）、海伦娜·洛帕塔（Helena Lopata）以及其他人所证实的社会现实又因为一个广为传播的信念而在意识形态上得到了进一步的加固。这个信念即是女性**天生**擅长呵护他人、生性仁慈，比男性更加无私并且更乐于自我牺牲。它假定了如下前提，即一个贤妻良母完全可以游刃有余地应对挑战，提供所有维持一个家庭实际存在所必不可少的劳动——这些劳动包括保持住处的整洁、采买和准备食物以及购置、缝补和保养家人的所有衣物，甚至还得拥有精湛的察言观色能力，能够觉察到个体家庭成员的心理需求并予以满足。[3]这种版本的“女性的神秘性”坚称，女性的兴趣与其丈夫和

1 参看乔德罗的《母职的复制》，第36页。

2 参看奥克利的《家务劳动的社会学》（*The Sociology of Housework*），第179页。同时也可参看奥克利的《女性的工作》（*Woman's Work*），第60—155页；麦克多诺（McDonough）和哈里森（Harrison）的《父权制和生产关系》（*Patriarchy and Relations of Production*），第11—41页；库恩（Kuhn）的《父权制和资本主义的结构》（*Structures of Patriarchy and Capitalism*），第42—67页；撒克斯（Sacks）的《恩格斯的再访》（*Engels Revisited*），第207—222页；以及洛帕塔的《家庭主妇之职》（*Occupation Housewife*），各处。

3 除了洛帕塔，也可参看科马罗夫斯基的《蓝领阶层的婚姻》（*Blue-Collar Marriage*）；米达尔（Myrdal）和克莱恩（Klein）的《女性的两个角色》（*Women's Two Roles*）；弗里丹（Friedan）的《女性的神秘性》（*The Feminine Mystique*）；米歇尔（Mitchell）的《女性的身份》（*Woman's Estate*）；施泰因曼（Steinmann）的《关于女性角色概念的研究》（*A Study of the Concept of the Feminine Role*）。

子女所持有的兴趣完全相合。在照顾他们的时候，她其实也是在照顾她自己。[1]

正如乔德罗所言，女性不只被期望能够履行这种极端劳神费心的职责，而且还被认为，她们自己完全无须从他处获得“复原”(reproduced)和支持就能够完成这样的职责。她告诫道：“在关于家庭是情感的庇护所这个一般化的观念中，经常被隐藏的……事实是……在当前这样的家庭架构中，没有人在情绪和情感上给予女性以支持和完复之力——不论女性是在家中操持还是在有薪的职场上打拼。”[2]她当然也承认，个别不同寻常的婚姻有时也会让女性找到一个难得一遇的既体贴入微同时又很“顾家”(domestic)的男人，但她的主要论点在于，作为一个社会体制，现代家庭中没有一个角色的主要任务是让家中的妻子和母亲拥有复原(reproduction)之机，并获得情感上的支持。“日常的复原机制存在着根本上的不对等(asymmetry)问题”，乔德罗在结论中说，“男性在社会和心理上都是通过女性来获得复原，但女性的复原多是依赖她们自己(甚或根本没有)”。[3]

在史密斯顿逗留的后期，一次小组交流让我尤为清楚地意识到，那些女性渴望让自我沉浸于浪漫小说之中的最主要诱因是缺乏情感呵护(emotional nurturance)，再加上因毫不吝惜地给予他人以持续的关注而付出了高昂的代价。这场讨论的参与者包括桃特、她的顾客之一安(一个已经30来岁的已婚女子)以及桃特那还未成家的23岁女儿基特。在回答我提出的问题“能说说你在逃避什么？”时，桃特和安都解释说，阅读让她们不会被期待和限制给压垮。我觉得很有必要将她
94 们的全部对话引用于此，因为它相当准确地详述了这类可被感知到的要求的来源：

1 关于女性**天生**是个妻子和母亲这个观点，桃乐茜·迪纳斯坦(Dorothy Dinnerstein)在《美人鱼和弥诺陶洛斯》(*The Mermaid and the Minotaur*)一书中指出，女性被视为“可被挖掘、收获和耗尽，但无须考虑她们未来命运的自然资源”(第101页)。

2 参看乔德罗的《母职的复制》，第36页。

3 同上。

桃特：一点不错，压力很多。你得量入而出，你得满足丈夫或孩子对于你所设定的各种标准或提出的种种要求。

安：或者是你对于自己的要求。比如说做家务。

桃特：而且他们会拿一堆的问题来找你。或许他们并不想要你去——这么说吧——或许他们并没有要你解决掉它，但他们确实就想把它丢给你。你明白的吧。要么他们就会说："嘿，我碰到了个麻烦。"

安：这些压力会日积月累。

桃特：是的，这让人压力很大。

安：你得抽身去看看一些经典的东西——比如米高梅的音乐剧，然后……

桃特：没错。

安：或者读个浪漫的故事，然后哭一哭，释放一下压力——反正就是找个正当的理由哭一下，释放出一部分日积月累下的压力，而且这样也不会被人笑话。

桃特：就是那么回事。

安：然后你就会发觉压力也没那么多了。我有时就是因为这个而不得不读上几本书。

桃特：这比精神病治疗法可好太多了。

安：因为我是为书中的内容而哭。我拿它们当幌子。

桃特：我也这么干。我是为书里的内容而啜泣！就是这样的。我认为这就是逃避。我可不会说我阅读是为了避开我的丈夫。不是这样的。

安：不是这么回事的。

桃特：或说我沉浸到书本之中是为了逃避我的孩子。根本不是这么回事。就只是——就是因为那些来自你自身处境的压力。

基特：来自这个社会。

桃特：人们确实会给你施加压力。这或许是无可避免的。

安：是的，它的条条框框越来越多。这也不能做，那也不行。[1]

这一次的谈话显示，这些女性相信，阅读浪漫小说能够让她们舒缓紧张、化解愤懑，并浸淫于一种能让她们心绪良好的幻想之中——在她们回到为人妻母的角色之后，这种幻想似乎仍继续产生着影响。根据她们的体验，可以说，浪漫小说是一种**补偿性文学**（compensatory literature）。它为她们提供了一种重要的、但在日常生活中被禁止的情感释放渠道，因为她们自己所认同的社会角色让她们几乎无法毫无愧疚、
95 只为一己之欲地去追求个人的快乐。事实上，在所有关于阅读浪漫小说之功用的针对女性评论中，寻觅情感上的满足是最常见的一个主题。比如，育有一双天资聪明的子女的年轻妈妈莫琳就主动说道："当我感到压抑时，我尤其喜欢阅读。"当我询问说，什么东西最常让她悒悒不乐时，她回答说，几乎任何事情都有可能。之后她又补充说，当孩子把她弄得精疲力竭，她感觉自己需要些自己的时间时，浪漫小说就很能抚慰她的心。

在进一步讨论美国当代女性所承受的制度性情感支持（institutionalized emotional support）缺失时，乔德罗曾指出，在许多前工业化的社会中，女性会组建起自己的社交网络，并借此给予彼此以帮扶和复原之力。[2]在这类网络中，很多都是附属于当地教堂的帮扶机构，另一些则只是简单的民间邻里互助社团。不管是哪一种，这些网络都为个体女性提供了机会，让她们可暂时地抛却作为家庭自给自足的情感供应者的身份。她们之后会接受一种更加消极的角色，并通过这种角色从其他女性那儿获得关注、同情和鼓励。但是，随着女性越来越市郊化（suburbanization），以及整个文

1 我得在此说明的一点是，很多在家中操持事务的女性显然都有一种相似的感觉，即她们必须得按照一些抽象的标准来做家务事。关于这些标准、它们在家务事这种通常无人监督的事务中出现的缘由以及它们在那些总是觉得自己鲜少"达标"的女性身上所引起的负疚感的讨论，请参看奥克利的《家务劳动的社会学》，第100—112页。

2 参看乔德罗的《母职的复制》，第36页。关于当代劳工阶层中存在的此类社交网络的研究，请参看斯泰克（Stack）的《我们的九故十亲》（*All Our Kin*）；扬和威尔莫特（Willmott）的《东伦敦的三亲六眷》（*Family and Kinship in East London*）；兰斐尔（Lamphere）的《家庭团体中女性的策略、合作和冲突》（*Strategies, Cooperation, and Conflict among Women in Domestic Groups*），第97—112页。

化随之而来的世俗化（secularization），这些社群要继续维持下去便极端困难了。而这产生的主要影响就是女性在她们的家庭环境中愈发地孤立无援了。事实上，不论是大不列颠的奥克利还是美利坚的洛帕塔，她们都发现，家庭主妇对于她们的角色最不满意的一点就是它的与世隔绝性以及由此而来的孤独寂寞。[1]

我在此引用乔德罗的观察评论是为了指出，通过阅读浪漫小说，史密斯顿的女性为自己找到了另一种女性社群——这种社群能够为她们提供急需的感情上的支持。虽然有迹象表明，不论是在史密斯顿还是在全国范围内，浪漫小说的读者都从定期地与其他女性进行讨论的过程中获得了乐趣，但这种社群似乎都不是联系紧密的地方性团体。[2]在与桃特和她的读者进行早期的小组讨论时，我讶异地发现，她的顾客中只有相当少一部分人彼此认识。事实上，纵然她们知道另一个人也是桃特的顾客，但其中绝大多数的人都从未被正式地相互介绍过。我很快就发现，这些女性鲜少甚至根本没有与一个或两个以上的个人一起探讨过浪漫小说。虽然很多人都表示，她们会与姊妹、邻居或她们的母亲讨论这些作品，但鲜少有人是定期或在一个更广泛的基础上进行这类讨论。在这些访谈环节中，最令人印象深刻的一点其实就是她们发现彼此拥有相同的经历、偏好和厌恶感时所激荡起的欢乐情绪。就像一名女子在一场讨论的过程中所惊呼的那样："以前从来没有人鼓励我们思考为什么我们 96
会喜欢（这些小说）。你的提问让我们思考了我们为什么要阅读。我以前根本不知道其他人会有和我一样的想法。"

因此，就其功用来看，这样的浪漫小说社群并不是一个真正意义上的地方性团体。相反，它是一个庞大且界限不明的网络，一端是读者，另一端则是作者。虽然它的部分功能与更古老的邻里互助团体一样，但是

1 参看奥克利的《家务劳动的社会学》，第52—54、75、88—92页；奥克利的《女性的工作》，第101—102页；洛帕塔的《家庭主妇之职》，第36、244—245页。

2 在我到达史密斯顿的几个月前，桃特的几位顾客都表达了与其他浪漫小说读者一起探讨的兴趣。于是，桃特便在她家安排了一次非正式的聚会，大概有5至10位女性参加了这次聚会，并一起探讨了浪漫小说。虽然这些女性声称她们都聊得很尽兴，但是她们之后再也没有聚到一起过。也可参看本书第二章。

这类女性社群的中间横亘着现代大众出版社这样的中介。然而，即便存在这样的距离，史密斯顿的女性仍感觉自己与最喜爱的作者有私交，因为她们确信这些作者知道如何让她们感到快乐。很多人甚至在开始讨论特定的作品或女主人公之前，就主动向我提及她们最喜爱的作者的信息。所有人都表达了自己对于最欣赏的作者的钦佩之情，并表示她们对于后者的私人生活非常好奇。在这个16人的小组中，有四分之三的人曾特地去参加亲笔签名会以一睹作者的真容，并向那位给予她们那么多欢乐的女人表达感激之情。这些作者也会回报以同样的感激之情，并且似乎真心实意地着意于取悦她们的读者。一如我在第二章中曾指出的那样，很多作者本身就是浪漫小说的读者，因此对于那些知道如何让阅读体验真正地娱人悦心的作者，她们也常常会旗帜鲜明地表态。[1]

在不断阅读和写作浪漫小说的过程中，这些女性极有可能参与了集体构筑一个女性幻想的活动之中。这个幻想无一例外地结束于这样一个时刻：男主人公张开双臂将女主人公揽入怀中，并宣称他要永远地保护她，因为他对她怀着深沉热烈的爱情，绝不能失去她。这些女性给自己讲述了一个故事，而这个故事的核心愿景为全身心托付（total surrender）的一种形式：因为所有的危险都清除了，女主人公于是大可放心无虞地交出自我控制权了。从如下角度来看，我们可以说，被动性（passivity）即**是**浪漫小说阅读经历的核心：每一个叙事故事的最终目标都是要创造出完美的结合，即既有男子气概又强大有力，同时还不失温柔体贴的理想型男主人公最终认识到了女主人公的内在价值；而女主人公自此之后除了作为那个模范人物的注意力焦点**存在**外，其他什么都不用做了。因此，浪漫小说的逃避是一种暂时却实存的拒斥，拒斥将女性视为贤妻良母这类角色不可或缺之构成的要求。它同时也是一次前往乌托邦之国的隐喻之旅；在这个完全接纳她们的国度中，读者通过与女

1 就像我在第二章所指出的那样，大量的证据显示，作者和读者对于浪漫小说的认识惊人相似。这一点不仅表现在故事主题本身上，而且也表现在关于浪漫小说功能的看法上。范·斯莱克（Van Slyke）就持有与桃特极其相似的观点，关于这一点可参看斯莱克的《“老式”和“与时俱进”》（“‘Old-Fashioned’ and ‘Up-to-the-Minute’”），第14—16页。

主人公的认同，感受到自己成为另一个人关注和牵念的**对象**。最后，浪漫小说让它的读者体味到被呵护以及感情得到濡养的感觉，即便这两种感觉都只是间接的存在。

桃特的读者公开承认，浪漫小说的世界与她们所了解的那个世界鲜有相似之处。在回答调查问卷中关于虚构的人物与她们在现实生活中 97
遇到的人物有多少相似之处时，22人回答“他们没有任何相似之处”，18人选择了“他们稍微有点相似”，还有2人宣称“他们非常相似”。但桃特的顾客中没有一个相信浪漫小说中的角色与她们在日常生活中遇到的人“几乎一模一样”。[1]在一组相关的回答中，23人表示，她们认为浪漫小说中的事件与现实生活中发生的事情“没有任何相似之处”。另外的18人称虚构中的事件与现实中的事件“有点相似”，只有一个人认为“非常相似”。

值得注意的是，当调查问卷中的一个问题要求她们比较女主人公与她们自己的反应和感觉时，只有13人认为没有任何相似之处，而多达22人相信女主人公的感受“有点像我的”。还有5名女性并未回答这个问题。从前面的没有任何相似之处到认为有点相似，这种认知上的总体转变说明了桃特的读者相信，女主人公的刻画比其他的角色更接近于现实。至少她们对她的感觉和反应有一些共鸣。由此看来，在幻想领域里发生的事件与现实世界中的实事缺乏相似性这一点确保了这种阅读体验的“逃避现实性”的同时，与中心人物的情感认同（emotional identification）也保证了这种体验在感情上对于读者具有重要的作用。

我从采访中挑拣出了一部分关于逃避性阅读之本质的评论，可以用来佐证上述结论。比如说，虽然十分年轻但已经生育了两个孩子且目前已开始创作浪漫小说的妈妈姬儿就评论道：“读了浪漫小说后，我们就不会悲愁垂涕了。”在我要求她对此做出详细的阐述后，她回答说，只有浪

1　在此有必要指出的一点是，史密斯顿读者的部分行为显示她们事实上对于浪漫小说的现实主义性持有自相矛盾的态度。虽然她们承认这些故事并不真实，但她们同时也声称，从阅读中她们学到了历史和地理知识。这种自相矛盾及其重要性将在本章的后面以及第六章进行深入的讨论。

漫小说所描述的那个世界才是“我希望它是的样子，而非它现在真实的样子”。在讨论她为何会偏爱历史类而非现代类浪漫小说时，苏珊解释说：“书里面的角色不应该和现在的人一个样子，要是那样的话，你就没法在阅读中逃避现实了。”她随后补充说：“如果那些人所面对的问题和现代人的一样，那我就不想读了。”她的观点得到了乔伊的响应，后者在讨论“糟糕的浪漫小说”时提到，虽然“完美并不是最重要的东西”，但她仍然讨厌看到作者“长篇累牍地描写残障或缺陷”。她解释说：“我会觉得不舒服和压抑。”这种只想与理想的形象产生交集的渴望甚至会蔓延至与浪漫小说作者的会面之中。好几位读者都述说了在签售会上与最喜爱的作者会过面后的失望之情，因为后者既不漂亮也不迷人。但所有人都同意，凯瑟琳·伍德威斯是理想的浪漫小说作者，因为她漂亮、娇小、有女人味，而且每次出现总是很优雅。

当我刨根究底地询问桃特，为什么她们不愿意阅读与丑陋、绝望或严肃的人类问题有关的内容时，她愤愤不平地回答说：“在我们背负了这
98 么多的责任时，为什么我们还得阅读那些令人抑郁的东西？”安也做出了类似的回答，并提及她尤其讨厌那些将男主人公对女主人公所做的“龌龊事”归咎于他与另一个女人的糟糕恋爱关系，声称这种关系毁了他的作品。当我追问原因时，她回答道：“因为**我们已经**经历过了，我们也曾被人抛弃，但那并没有毁掉我们！”这个评论立即就引出了一个更深一层次的观点：“积极向前看！这才是我想要在书里看到的。一个乐观的故事。我烦透了总是一副悲观厌世的样子。”

在之后的数次访谈中，她这种对于乐观和悲观故事之分别的看法一再出现，尤其是在讨论浪漫小说和其他作品的不同时。至少有4位女性提及科琳·麦考洛（Colleen McCullough）的畅销小说《荆棘鸟》（*The Thorn Birds*），声称它是最典型的实例：从技法层面上来说，它就是一部浪漫小说；但是大家都不喜欢它，因为它太“沉郁”了。当我要求她们详细说明哪些特质让这个故事显得悲观时，没有一个人提及这个故事中的特殊事件，也没有人说到男主人公的死亡。相反，她们谈到了故事的整体基调以及小说中的人物都很穷困潦倒这个事实。其中一位读者总结

道："太多艰难困苦的描述了。"在与桃特就其从未喜欢过的一位作者进行类似的讨论时，她也提及了这部令人心情沉郁的浪漫小说的问题，并详述了她对于这类故事的通常反应。在下面的引文中，她描述了她与自己进行的典型对话：

> "我说，桃乐茜，你在身体和心理上都已经被彻底掏空了，一切都糟透了——真是令人灰心丧气。"我翻完了它，写得是很棒，但是大家都在煤矿场上工作。他们全都一穷二白。他们入不敷出。有人被强奸了，生出了一个私生子。当我翻着它时，我跟自己说："我读这是为了啥？这真是愚蠢透了。"于是我就放弃了。

安响应了桃特的感受，她说她不喜欢以爱尔兰为背景的历史浪漫小说，"它们总是要提到爱尔兰大饥荒"，而"我总是被它闹得心绪低落"。

在一个相关的讨论中，桃特的女儿基特指出，悲伤的结局是浪漫小说中最令人沮丧的东西。事实上，她和几乎所有的人都坚信，即便一部小说在其他方面都算得上是浪漫的爱情小说，但只要结局不圆满，那么它就不能被列入浪漫小说的类别之中。基特只是众多会在购书**之前**坚持先看看故事结尾的读者之一。这是为了确保她们不至于在向故事的女主人公倾注了满腔心绪之后，却发现故事并不是按照它们应有的路数展开，因此落得心情沉郁。虽然后一种读者对于模棱两可和好梦难圆的结局所持有的排斥相当极端，但它也显示了桃特的顾客中所存在的一种倾向，即不论任何读物，只要没能符合她们对于"乐观主义"和逃避现实 99
的严苛要求，她们就一概敬而远之。对于她们而言，浪漫小说的价值就在于它们与现实世界并无多少相似性。她们精心挑选浪漫小说，从而确保她们的阅读体验会让她们感到快乐，并坚信乌托邦的至福承诺；虽然她们很乐意承认这样的国度在现实世界中几乎不可能存在，但是她们无论如何也不想放弃它在概念上的可能性。

在探究真正的童话故事和民间传说的疗愈功能时，布鲁诺·贝特尔海姆（Bruno Bettelheim）曾说过，它们为儿童提供了最为重要的服务，即创造和保养了**希望**。[1]由于贝特尔海姆相信，民间传说的真正主题是幼儿期性心理上的创伤，同时，在象征性地阐释应当如何化解这些冲突的层面上它们也具有心理学上的“真实性”。因此他坚称，对于那些在想象中进入这些故事的儿童而言，它们是他们的情感入门读物。它们不只指出了特定心理问题的解决方案，比如分离焦虑和俄狄浦斯情结冲突一类的问题，而且还向孩子们做出了关于未来解决方案的承诺。因为在当时当刻，这些孩子仍不知道要如何进行那场不可避免的生命之旅。贝特尔海姆坚信，如果儿童与一个面临着极其相似的问题的角色产生了认同感，并且这个角色最后圆满地解决了问题，那么，儿童便会从这样的体验中获得真正的鼓励。他写道：“众所周知，我们越是陷入悲伤和绝望的境地里，我们就越容易沉浸到乐观的幻想之中。”他指出：“虽然这样的幻想是**不真实的**，但它让我们对自己以及未来产生了**真实的**良好感觉，而这些良好的感觉正是我们赖以坚持不自弃的东西。”

我想要论证的观点与此类似：通过参与一个在某些方面并不切实际（她们愿意承认这一点）的幻想，史密斯顿的女性允许自己享受这种难得的自我放纵。与此同时，她们也给自己创造了一个机会，以体验平常总是由她们给予他人的那种照顾和关注。虽然这种体验**是**替代性的，但它所引发出来的愉悦是真实可感的。这似乎会给予她们以支撑，哪怕只是暂时的，因为她们相信阅读有助于让她们成为更加快乐的人，并赋予她们以新的希望和更大的能量，从而使她们能够履行对于其他人的职责。接下来，我们就得考虑如下问题，即浪漫小说是否真的能够让女性对自己的角色产生更强烈的满足感，由此转移或再次遏制她们发自其内心的一种冲动——表达她们对于自己在家庭中传统地位的不满。但是，只有在评估了所有的阅读体验（这项任务将在第四、第五和第六章进行）后才能着手解决这个问题，因此我们现在还是回到早前提出的那个问题上，即阅读浪漫小说的行为为何会让男性感受到威胁。不过我要先考量男
100 性表达了怨愤后，女性随之启动的自我辩护程序，之后再分析这整个解

1 参看贝特尔海姆的《魔法的功用》(*The Uses of Enchantment*)，第121—123页。

释—自责—辩护过程（explanation-guilt-justification process）所具有的更宽泛的重要性。

首先，史密斯顿的女性显然都相信，她们的丈夫对如下的简单事实持反对态度，即阅读转移了妻子对于当前家庭环境或更准确地说是对于他们本人的关注。他们或许也会对妻子能够在感情上实现自我满足这一点感到不安，因为这种情况可能暗示着他们的配偶已经不再那么依赖他们。但这仅仅只是我的一种猜测，因为我既未就此询问过她们的丈夫，也未非常深入地探究阅读浪漫小说是否**真的**改变了一个女性在其婚姻中的行为这个问题。无论如何，我必须要指出的是，这些女性本人非常激动地表示，阅读在很多重要的方面改变了她们。

我是在一次讨论的过程中偶然发现了她们的这种想法。当时她们正兴致勃勃地描述自己最喜爱的女主人公，而所用到的描述性词语不外乎"极度聪慧"、"胆大心雄"、"独立"和"独一无二"。这不禁让我突然产生了一个疑问，阅读这类女主人公的故事是否改变了这些女性对于自身的看法。当我最终抛出这个疑问，询问她们阅读浪漫小说是否让女性发生了改变时，那些女性爆发出了一阵阵难以置信的笑声——这些笑声拥有着根本难以形诸于笔墨的力量。根据当时的录音，桃特、安和基特即刻给出了回答，其间，其他女性既欢乐又愤慨地大发感慨，大声地说着"是的"，"噢，是啊"，"你最好相信这一点"，"问问男人去"以及"当然"一类的话。她们随即叫出了三个发生了巨变的女性的名字，并异口同声地说起了琼·安德森和她丈夫山姆的故事。这些消息提供人告诉我，山姆自认为"神灵们都在跟他说话"！我想，在此最好还是引用她们对于这一变化的描述：

桃特：她曾经是一个非常可爱的小女人。现在的她可完全不是这样的了。但她以前对他可是唯命是从。

安：那时他是一家之主，是屋内之王，他的话就是全知、全能的谕旨！

桃特：但她现在知道了一切，看见了一切，也听到了一切。

安：是的。

桃特：但她很聪明，不会把所有的事情都告诉他。

基特：现在，那些神灵也跟她说话了。

（她们哄堂大笑了起来）

桃特：最重要的是她包办了**一切**。她曾让他的生活顺顺意意、滋滋润润！而他呢，你要知道，他那时总想着："乖乖，我的家可真是一流的。"

101 安：没错。

桃特：然后她就读了大量的书，这真是相当遗憾的事情！（又是一阵大笑）

她们继续说着琼如何不顾丈夫坚持要她留长发，有一天突然就把头发剪了的故事。当然，我们没法肯定地说，这种行为与她阅读浪漫小说之间确实存在着关联。但重要的是，她和她的读友姐妹们都相信这二者是有关联的。桃特甚至以如下的断言结束了这个故事：为了能有钱买书，琼走出家门，找到了一份工作。她补充说，这种事例并不罕见，她的顾客中有太多人必须向丈夫证明她们买书是一项合理的消费，因为后者很不满她们把"他们的"钱花在一项至少在他们看来没有明晰功能或用途的活动上。

桃特在之后的一次聊天中曾说道，相当出人意料的是，让女性开窍却通常都是那些糟糕的浪漫小说。读者们应该还记得，糟糕的浪漫小说通常都有一个软弱或轻信的女主人公。桃特解释说，在阅读了这类"关于女性让男性主宰她们生活的感伤作品"后，读者"就会想：'她们真是傻瓜。'之后她们就会开始反思。'我也是那样的吗？'"她补充道，自此她们就会跟自己说："嘿，等一等——我家那口子似乎就常常这么做。""由于女性能够从她们的阅读中吸取教训"，于是，她们开始"表达自己的需求，有时会拒绝再像以前那样被支使得团团转"。

为了证实桃特的断言，我就这个问题询问了她的顾客。结果发现，绝大多数人都赞同地说，阅读浪漫小说确实改变了女人，但只有极少数人对这一观点做出详细的阐述。我不太清楚她们是因为无法清楚地表述她们所受到的影响，还是由于害怕承认了这一点可能会导致进一步的改变因而不愿意多谈。然而她们都明确地表示，她们相信自己的自我认知（self-perception）已经因为她们的阅读得到了令人欣喜的改变。事实上，浪漫小说让她们确信了，女性的“才智”和“独立”会使她在男性眼中更有魅力。虽然在她们最喜爱的所有浪漫小说中，婚姻仍是理想的目标，但这种婚姻无一例外地都有这样的特点：女主人公的男性伴侣认可并欣赏她们的大胆宣言——她有权藐视过时的风俗和习惯。这类小说让她们相信，嫁为人妇和养儿育女并不一定就会导致失去独立身份。

必须指出的是，这种希望和鼓励从来都不是轻易得来的。可以想见，桃特和她的书友们都因为暂时拒绝接受自我牺牲的姿态付出了深深自责和自我怀疑的极大代价，因为自我牺牲已是她们作为妻子、母亲和 102
家庭主妇必不可少的一部分，并且在其他的时候，它也是她们认为自己和其他女性应当接受的守则。这种自责的心情最常在她们急切的辩解态度中流露出来：在解释说她们阅读“是为了逃避”后，这些女性往往会立刻强调说，她们也有权为自己做点事。虽然这类证据很难说是确定无疑的，并且确实可以对它们做出不同的阐释，但我发现，她们在为自己花在阅读上的时间和金钱进行辩护时所持的极端防卫态度让人印象非常深刻，因此我认为不应当忽视这些仅稍稍透露了负疚之感的细节。

自责的情绪似乎是源于阅读浪漫小说的三个具体层面。最让史密斯顿的读者感到困扰的是她们花在书本上的时间。她们很清楚自己倾注于这项活动上的心力原本应花在照顾孩子、打扫住宅或关心丈夫的事务上，但她们同时坚称，她们也有权像其他人一样逃避现实，以此来为自己辩护。事实上，她们所采取的合理化战略中，最有效的一种即是将阅读浪漫小说等同于其他形式的逃避，尤其是与参与和观看体育活动等而视之，因为后者是她们中绝大多数人的丈夫所热衷的活动。比如说，桃特就曾带着些许不快评论道：“女性总是非常宽容地对待男性的兴趣。可是你知道吗，一旦女性拿起一本书，男性就没法忍受了。十次有九次他都会反对。”她的顾客对她的这种观点表示了赞同，但同时也表示，她们并不能坦然接受自己这种不合常俗的反抗举止。她们坦承自己有时会藏起书，并且，如果她们的配偶特别需要她们予以全心全意的关注，她们通常都会顺从地满足他们的意愿。因此，**只有**当阅读浪漫小说不会对婚姻关系中原有的权力平衡发起根本挑战时，这种活动才是一种可接受的用于获取其他人未曾提供的情感养料的方式。这是为自我集聚关切的一种方式，但它只会在可接受的角色预期与真实的行为之间制造出最细微的不协调，因为这类利己主张都只是暂时的，而且是通过相比于其他事务来说，相对不那么重要的休闲活动来表现的。

第二个分歧点似乎起于花在买书上的金钱数额。不少史密斯顿的女性都报告说，她们常常因为这种重复性的消费而受到丈夫的严厉责备。她们最普遍的反应是敏锐地观察到，她们的丈夫还有孩子在想要购买新的工具、小机件、玩具或者衣物时，从来都没有考虑过他们已经拥有了类似的物品。这些女性于是就会想，为什么她们在买书一事上必须恪守节约和极度俭省的标准，而家庭的其他成员却不必受到相同要求的约束。但即便有这种要求公平的想法，很多读者仍会感到不安，因为她们把不是自己挣来的钱花在了一项即便不是受到丈夫的完全反对，至少也
103 是遭到质疑的消遣上。她们更乐于看到自己是一个慷慨而富有奉献精神的母亲，会更愿意在家庭的其他成员而非自己身上花钱。就像桃特谈及她的顾客时说的那样：“在我的那些女性顾客中，没有一个人像摄政类小说中的女人那样热衷于华美的衣服和绚丽的珠宝。她们并不是那样的人。”她坚称，如果非得在自己想要的东西和孩子渴望的东西之间做出选择，她们毫无疑问会把钱花在孩子身上。在与这些顾客的访谈中，我并未发现可用以驳斥这一断言的证据。事实上，让我印象深刻的是，史密斯顿的读者确实为两种同时存在的渴望所困扰：她们既想要慷慨地为家人添置东西，同时也希望确认她们同样有为自己花钱的需求和权利。和我交谈过的每一个顾客都或多或少地纠结于她是否在自己身上花了太多的钱，有几个人甚至字斟句酌地询问我是否认同她们有“权利”购买能给予她们以快乐的东西。

这种关于开支的担忧因为第三种困扰而进一步加重；这种困扰即是这类作品的主题。桃特和她的顾客都知道，很多批评家将她们所喜爱的作品视为软色情文学。事实上，在我第一次拜访史密斯顿时，桃特正因为她在浪漫小说领域的成功而遭到当地一份报纸的轻蔑报道。虽然那位记者就女性为何要读浪漫小说一事向她提了许多问题，但他无视她耐心细致的解释，只想武断地得出结论，声称家庭主妇在下午时从“色情的”爱情小说中获得了欢愉。这篇文章深深地激怒了桃特和她的读者，而记者是位男性这个事实尤其让她们愤懑不已。她们坚称，这类作品无关乎性，而是在描写爱情故事，并在谈话中援引实例证明她们偏爱那些并无露骨性爱描写的小说。这些女性中的很多人都承认，在看到出版商硬要印在书上的“丰乳和裸体”图片时，她们会感到尤其难堪。这有时会逼得她们不得不把书藏起来，不让孩子或其他人看见，“这样他们就不会产生错误的想法了”。桃特的顾客几乎全体一致地偏爱那类描绘衣着齐整的男女主人公温柔呵护彼此，或者带有小说中关键场景的小插图的封面。

但是，假使诸位还记得她们对于理想浪漫小说的必要特征这个问题
所给出的回答，那么大家就会清楚地发现，虽然史密斯顿的女性明显喜
好直线叙述一段恋情之来龙去脉的故事，但只要性爱行为是发生在已被
作者设定为“处于恋爱之中”的两个人身上，那么绝大多数人都不会排
斥这类描写。须谨记的一点是，有13名女性确实表示过，她们喜爱阅读
“大量带有些许露骨性描写的情爱场景”。但是，那么多女性反对滥交这
一事实至少表明，在她们的意识中，性依旧是与浪漫的爱情观念联系在
一起的。她们相信，只有那些对彼此许下一夫一妻承诺的人才能够合情 104
合理地肆意享受这种行为。就像我们在前一章中所讨论的那样，桃特和
她的顾客用“滥交”这个词描述一个女主人公与多位男性发生的混乱性
关系。她们强烈反对这类叙事。事实上，这些女性在访谈中曾一而再再
而三地激动地表示，她们所偏爱的作品正是那种描述“一个女人和一个
男人”的故事。

虽然她们显然可以容忍特定类型的性爱描写，但是我认为应当将

读者的如下要求视为前提条件：用其中一名女性的话来说，这样的细节必须体现出“温柔体贴，是在表现柔情蜜意”。这些女性在坚称“故事最重要”时并无虚伪之处，因为她们最想要感受的确实就是男主人公对于女主人公的保护性关爱和体贴。只要小说使用了大量的篇幅来描写这样的呵护和关注，那么，不管它是用普通的话语来细加描写，还是以赤裸的性爱来具体表现它们就不是那么重要的事了。然而，着力于描写他对她的关注，这本身就包含情色意味，因为即便是以最委婉的笔调描述女主人公接受他所给予的关注，它也会传达出在期盼、鼓励引诱并最终接受男主人公（他总是被刻画为一个魅力十足、强而有力且玉树临风的男子）所给予的关注时，她所感受到的感官和肉体上的愉悦。虽然露骨地描写他的身体反应会让史密斯顿的读者感到不快，但是，着墨于女主人公对于他欣赏其身体之美的反应不仅合情合意，而且是这整个活动的重中之重。虽然这些读者在意识的层面上并不愿意承认这一点，但阅读浪漫小说之所以如此重要，似乎主要就是因为它为她们提供了一个可体味良好感觉的机会。这些感觉看起来非常类似于情欲期待（erotic anticipation）、兴奋以及因成为另一个人全心关注的对象而获得的满足感。可以说，阅读浪漫小说提供了一种情感呵护**以及**情欲期待和兴奋的替代性体验。

读者因为自己沉湎于这样一种显而易见的愉悦体验而感到不安，进而产生了负疚感，一如她们由于他人的反对而自责一样。这种负疚感是史密斯顿女性社会化的一种合乎情理的结果，毕竟她们身处一个总是将工作的地位置于休闲和玩乐之上的文化中。在她们的眼中，休闲和玩乐似乎仍带有肤浅的隐含意义。她们的内疚也可追根溯源至一种怯于自由地谈论女性情欲的文化，虽然在这种文化中，从牛仔裤到打字机在内的一切商品都公然地借助性意象来叫卖。一方面，大众媒体以象征性的手法告诉美国的女性，她们作为个体的最高价值与她们的性诱惑和肉体美感紧密相关。另一方面，她们又受到家庭及教会教导的影响，相信她们的性欲只会被另一个个体所激活，而且只为那个个体
105 而存在。这两方面的信息事实上就导致了女性会对性需求和性欲望做

出矛盾的反应。

女性的身份被与性吸引力联系在一起，而此种文化信息所隐含的内容表明，一个女人**只有**在被一个男人所认可时，她的价值才能产生。于是，接受了这种自我形象的女性势必会寻求认可，以确认自己是有性吸引力的伴侣。然而，假如这样的认可在日常生活中无法得到的话，对于它的求索要么得完全放弃，要么就得修改。也即是说，要么只能被动地等待别人给予这样的认可，要么就得向别处寻求它。这些着迷于浪漫小说的读者显然是选择了后者。她们通过不断地与一个只等着被唤醒性欲且因此发现自己是一个真正有价值的人、是值得被爱和关注的女性产生认同之感，从而寻求关于自身价值的持续保证。事实上，桃特最能说会道的顾客之一（顺便提一句，这名顾客喜欢以南北战争为背景的小说）在以下的言论中证实了这一点："我喜欢男主人公是一个有绅士派头的洋基[1]大兵——他们是真正的情种，能即刻就了解女主人公是怎样的人，并为之所吸引。"她认为，这种瞬间的赏识与"一见钟情"密不可分。"这难道不怪得很吗？"她问道，"男人怎么**知道**——我是说，他们怎么会即刻就知道我们是怎样的人？""是的，"她总结道，"我喜欢那种能一眼就看出哪个女人是独一无二而且与众不同，是他的**真**爱的男主人公！"虽然她并未明确说明，但她的话里很显然隐含这样一种不容置喙的坚定看法：她之所以觉得以南北战争为背景的浪漫小说好看，主要就是因为书中的女主人公确确实实就是由于自身的内在特质而得到另一个人的欣赏，进而获得了深沉的爱慕、温柔的呵护和细心的保护，而与这样的女主人公产生认同会让她倍感愉悦。

要想彻底满足这些由文化诱发的心理需求和欲望，又只能通过那些本身就不合逻辑地被加以禁止或限制的活动来实现，于是史密斯顿的读者便发现，通过替代性的方式满足她们的需求就成为势之必然了。这种针对文化上的"第22条军规"的解决之道虽然很巧妙，但也引发了一系列的问题，因为在将文化的要求（女性的情欲只能通过婚姻的缔结来实

1　洋基（Yankee），在美国英语中，这个词通常用来指来自美国北部和东北部诸州的人。——译注

现）内化（internalizing）后，她们也就接受了一种标准，而这种标准将她们对于情色和浪漫文学作品的渴望打上了反常和不道德的烙印。当然，这些女性并没有上述的两种困扰，但她们确实有自责之感。不过万幸的是，她们基于更被大众文化尤其是男性所接受的价值观，设计了一套为什么要读浪漫小说的理由。这种解释帮助她们抵消了其所遭遇的对于浪漫小说之价值的质疑。通过宣布它的教化价值（instructional value），她们安慰自己以及丈夫，指出阅读浪漫小说并未颠覆文化标准或常理，而是一个与之相一致的活动。

106 在前往史密斯顿时，我已经做好了进行巨细靡遗的谈话的准备，打算与她们讨论爱和性的关联、浪漫小说和色情文学的区别，以及女性特质的传统定义仍持续有效的问题。但是我没有料到自己会花那么多的时间与她们一起讨论浪漫小说所具有的百科全书式的特质。当我问桃特和她的顾客，她们为什么喜欢浪漫小说时，我惊异地发现，在称颂了它们作为一种"逃避"方式的种种益处之后，几乎每一个读者都告诉我，这些小说让她们了解了遥远的地方和漫漫历史长河中发生的事，并知悉了其他文化中的风俗习惯。就像桃特本人在我们的第一次正式访谈中所说的那样，"这些女性（作者）探索了她们之外的世界。她们会巨细靡遗地描述它们。但你不会觉得好像是在上历史课一样，而是会有身临其境之感"。

在我待在那儿的那段时间里，读者一再提及这些小说中所包含的"事实"和"真理"。实际上，根据访谈的录音带和翻录稿，除了与逃避功能和浪漫幻想之本质相关的讨论外，我们在浪漫小说阅读的这一特征上所花的讨论时间要比其他的话题多得多。然而，在之后回答那份扩充版的调查问卷，被要求按先后顺序排列几个最能说明她们阅读浪漫小说的原因陈述时，这些女性中只有19人选择了"为了了解有关于远方和历史的知识"。在这19人中，只有6人将其列为她们阅读的最主要原因。一如我此前所指出的那样，19人声称她们阅读浪漫小说的首要原因是为了放松，8人回答"因为阅读只是我个人的事，那是我的时间"，5人说她们阅读只是为了逃离日常生活中的问题。

口述时所说的动机与在调查问卷这种具有匿名性保证的形式中勾选出的最重要因素有所出入。我想我有必要在此对这种不一致性做一番解释。[1]在我看来，“为了受教化而阅读”这个解释很可能是针对重复消费浪漫小说而给出的一个次级理由（secondary justification），是这些女性用来让疑心重重的丈夫、朋友和访谈者相信，这些小说并不是肤浅且毫无意义的消遣，而是具有特定的内在价值，且可被转化到读者的身上。根据她们的理论，浪漫小说的价值与其被认为应当**包含**的信息密切相关。在这些读者所属的发达工业社会中，这种信息是一种受到高度重视的商品，因此这种能够被传授给读者的信息就让她们的阅读活动变成了一种有意义的追求。一旦成功地完成了这项活动，她们便掌握了一些可用于显示其时间和金钱投资用得其所的东西。当读者可以向她的丈夫或一位采访人展示已经发生的**交换**（exchange），即她在阅读过程中获得了一些东西，那么她的活动就可以追本溯源地界定为有一项明确目标的工作，是一种有目的的劳动。而从文化层面来看，这本身就是一种值得鼓励的行为。

在声称阅读浪漫小说让她们了解了这个世界后，史密斯顿的女性便 107
让自己与一个根深蒂固的中产阶级信念联系在了一起，即坚信教育与成功和地位紧密相连。她们的这种不成文理论暗示着阅读浪漫小说是有意识地想要完善自我，并由此间接地提高自己的社会地位。在此我得补充一点，它同时也含蓄地宣示了对于进步和民主观念的信念。知识并不是那些能负担得起昂贵教育的富人的特权，任何人都可以通过购买一本

1　研究者很难让读者对于他们的文学偏好和品味给出诚实的回答。这一点早已是众所周知的事。正如埃斯卡皮曾辛辣地指出：“一旦开始仔细观察一个人的阅读癖好，就会发现明晰而真诚的回答几乎就不可能存在。要一个人坦承其性方面的怪癖可能会恰巧合了潜在的裸露症患者的意，但是公开可能会使一个人的社会地位下降的文学或反文学品味……后果则可能只有痛苦了。”（《文学社会学》，第16页）事实上，这正是我决定以小组的方式进行部分访谈的原因。因为我之前就已经知道，很多女性都害怕承认自己爱看浪漫小说，担心因此被斥责为粗俗或放荡。因此我想，人数的力量或许会让我的受访者更愿意讨论她们的这一嗜好。这一策略似乎确实有效，因为那些更加胆怯畏葸的女性看到我并未对其他自主发表意见的人做出否定性的反应，她们也就开始参与到讨论之中。当然，小组访谈可能会出现一个人影响了其他人，进而导致讨论结果出现偏差的情况。但我不认为我们的访谈曾出现过这样的情况，因为调查问卷中的答案基本上都证实了我在访谈中得出的结论。

平装书来获得它。

桃特在第一次访谈中发表的那通令人费解的评论而今便不再难懂了。当她用一些看起来毫不关联的语句回答我提出的问题（浪漫小说在哪些方面“做得比当今可买到的其他读物更好”）时，她让我对浪漫小说读者中普遍存在的特有逻辑思维过程有了初步的了解，即从坦诚的解释到自我怀疑，再到更为人所接受的自我辩护形式。在此，我们有必要简短地回顾一下她的评论：“这是无害的事。如果得服药或喝酒，那就会造成伤害。她们非常清楚这一点。大多数的女性读者都已经当妈了。她们心里都很清楚那些事。此外，她们也希望子女能形成阅读的习惯。”一开始，桃特声称，阅读浪漫小说是一种无害的逃避形式。它的功能就和吃药或喝酒一样，不同的是，它不会造成伤害。但她随即骤然改变了话锋，从逃避式阅读和“上瘾症”一下子转至女性也希望她们的孩子看见自己在阅读，这显然是因为她们认为这个活动本身是有价值的。就桃特而言，她显然已经将这种关于阅读的看法传递给了她的孩子。在之后的一次访谈中，基特在谈论阅读和其他逃避形式的区别时曾表示，她也是为了“逃避和消遣”才阅读。但她随即发表的言论表明她并不满足于将这个当作她阅读浪漫小说的唯一理由。她继续说道：“电视真的没有什么看头——我是说，没有什么智识上的刺激作用——在阅读时，你至少能学到一点东西。”在基特看来，阅读浪漫小说不仅是能给她带来享受的活动，而且还向她提供了不阅读就有可能会错失的资讯，而这正是它“优于”其他逃避形式的地方。

桃特和基特并不是唯一倾向于采用这种逻辑来合理化她们在浪漫小说上所花费的时间、金钱和精力的人。在讨论的过程中，所有的史密斯顿女性都援引了浪漫小说的教育价值，而接受禾林、弗塞特和西卢埃特的调研人员采访的其他读者显然也都发表了同样的观点。虽然出版社的营销部门对于受众的了解通常都很有限，但是浪漫小说的编辑们深知浪漫小说的读者尤其偏好准确的地理和历史知识。在戴尔担任编辑
108 时，薇薇安·斯蒂芬斯向我展示了她汇编的关于英国摄政王时期的大量研究文献，以便她审读戴尔拟推出的烛光系列的手稿时，能够核查它们

的准确性。[1]她对于读者偏好的了解一则来源于读者写给作者的信件以及作者本人；二则作者本人也很清楚，对于他们的读者而言，教化是书籍最主要的功能之一。

这同一拨的读者既乐于承认浪漫小说是童话故事或幻想，同时却又坚称它们包含关于现实世界的准确信息。看起来似乎有点奇怪，但应指出的一点是，这种自相矛盾的主张或许是源于情节和背景的分离。当史密斯顿的女性声称浪漫小说是逃避现世的作品，因为它们不像现实中的生活时，她们通常是想要说，在她们看来，现实既不像浪漫小说中的世界那么公正，也不可能那么美好。在现实的世界里，善良并不总能获得回报，而事情也不可能永远都有众口交赞的解决之道。她们认为，一部浪漫小说之所以是一个幻想，只是因为它刻画的人物总是比现实中的人要更幸福和美好，而且事情也总是按照这些女性期望它们在日常生活中所应是的那样发展。

然而，故事具有虚构性这一事实并不会影响作者以精确的笔触描述理想化的人物在其中活动的物质环境。虽然史密斯顿的女性知道故事是不现实的，但她们仍认为，作为这些故事之背景的那个世界与她们所处的世界是并行不悖的。事实上，她们异常坚定地相信虚构世界中那自成一体的现实（autonomous reality）。因此之故，假如作品的封面未准确地刻画女主人公或男主人公，她们就会愤怒不已。根据史密斯顿读者的标准，一个好的封面应当含蓄地确证这个假想世界的有效性，并以具体的形式展现这本书的语言所**标示**（designated）出的世界。恰如安耐心做出的解释那样，一个好的封面得归因于那位设计师"已经读过这本书，至少在你描画书中的人物时，要给头发涂上正确的颜色"。最受喜爱的封面都会有几幅"写实的"小插图，这同样是因为这些图像会让人更加相信那个独立但真实存在的虚构世界。这些女性对这两个平行世界所怀有的信念于她们而言很重要，这一点也体现在以下的言论中：她们常常表示，希望能有更多的作者写续集，继续描述那些尤其出彩的次要角色

1　对薇薇安·斯蒂芬斯的个人访谈刊于1979年4月12日的《纽约》（*New York*）。斯蒂芬斯现在是禾林出版社的编辑。

的生活。这种手法将会让她们继续保有幻觉，觉得浪漫小说的世界和读者的世界一样真实，而书中角色的生活也像她们的生活一样持续地向前演进。由于假定了这两个世界的类同性，于是读者从虚构世界中所获得的任何东西都会被自动编码为“事实”或“信息”，并且在心理上被存档为一种可应用于日常世界的知识，以备未来有一天加以使用。

浪漫小说的读者之所以会相信模仿（mimesis）的可靠性，主要源于
109 她们的一个普遍信念，即浪漫小说的作者在着手创作之前会对特定的时期和地方加以研究。读者不仅认为作者会一头扎进故纸堆里钻研历史“文档”，进行“广泛的研究”，而且还坚信，为了进行更加写实的描述，作者还会亲身游历他们笔下的那些地方。[1]下面所引的安、乔伊和桃特之间的对话就是个非常好的例子，显示了她们强烈地渴望相信自己所阅读的作品具有“事实正确”（factually correct）的特性。同样值得注意的是，为了回答我在此之前刚刚提出的问题，“你为什么要阅读”，安开启了而今在我眼里已屡见不鲜的解释—辩护模式：

> 安：为了消遣，还有逃避现实。这是在扶手椅中神游四方。禾林的作品让我很满意的一点是它们在地理学知识上的准确度——一点不假。我有一个朋友每年都会去爱尔兰。我就是因为她才开始阅读禾林的小说。她对自己的（禾林作品）藏书自有一套分类法，她会撕掉封面，然后根据地域将它们分门别类。她曾去过书中所写的部分地方。她说：“这次我去了那里。那儿和书中写得一模一样。转过那个拐弯处，你就会看到那口井和

1 事实上，很多作者确实去过他们打算写的那些地方，尤其是那些更加成功的作者。其他的大多数作者则至少会在当地的图书馆中进行最基本的研究。浪漫小说的扉页后面也经常会出现对于图书馆的感激之辞。比如菲利斯·惠特尼就在小说《多米诺》（*Domino*）中写了这样的一段话：“非常感谢那些让《多米诺》得以成书的人。感谢玛莉丝·蜜尔海瑟（Marlys Millhiser）和露辛达·贝克（Lucinda Baker），她们对西部了如指掌，她们的著作一直让我惊叹不已。感谢亨廷顿公共图书馆（Huntington Public Library）的大卫·克莱门斯（David Clemens），他为我找到了所有关于大口径短筒手枪的绝佳资料。尤其感谢帕乔格公共图书馆（Patchogue Public Library）的莎拉·库朗特（Sara Courant），不论我选择的研究路径多么地偏门，她都未曾让我失望过。”

那棵树，还有……”

桃特：我敢保证那是真的。出于某种原因，我从来就没有怀疑过这个。

乔伊：我甚至连怀疑的**念头**都没有过！

桃特：我也不会，因为我就是觉得他们都非常用心地做了研究。每个作者都是这样的。

安：记得有一部写眼科医院的作品吗，就是你从那儿了解了他们的治疗方式的那部——里面还写到了英国和美国看护体系的不同？

桃特：他们的描写可真够细致精确的……

安：是的。确实可以从中学到一些东西。读者还会写信询问诸如食谱一类的东西——他们想要知道作者所描述的那些花式菜肴的做法。

安对于地理学的兴趣以及她认为浪漫小说是她想要进行但无力负担的旅行的绝佳代替品这一观点得到了好几位史密斯顿读者的呼应。比如在之后的一场对话中，乔伊说到了她最喜欢的作者之一贝蒂·尼尔斯（Betty Neels）。她说自己之所以喜欢尼尔斯的作品就是“因为我想要去荷兰”。她还解释说，她阅读摄政类小说是“因为它们的幽默和妙语连珠”，而她的母亲却“注重所有与家具和服装有关的细节”。乔伊补充说：“她对四轮马车的描写很感兴趣。她也很想了解枝状饰平纹细布（sprig muslin）之类东西的样子。现在可找不到这些东西了。她（尽她所能地）收集尽可能多的细节信息。”佩妮也做了类似的评论：“我喜欢看关于地方和地理的那些描述——那会让你有身临其境之感。”苏珊和玛丽在回答我关于阅读缘由的问题时都用了“知识”这个词。苏珊补充 110
说：“就是这样的，你要知道，所有的作者都细致认真地研究了他们所要描写的那个时期。”

由于这些读者都相信研究是浪漫小说写作中不可或缺的一部分，因此，那些已经开始创作自己的浪漫小说的人都会非常自豪地详述她们所做的背景阅读功课。林恩正在计划写一部以美国西部为背景的浪漫小说，她向我解释说，她已经“研究了印第安人的生活方式”，并且还要求她开卡车的丈夫特别留意西部诸州的风光，好在回来后能向她准确地描述她打算落笔描写的那些场所。

这些女性中几乎所有的人都表示，当她们（拿安的话来说）“用我从我那些书里一点一滴获得的知识”让丈夫大吃一惊时，她们便从中获得了相当大的满足感。对于那些专注于长篇“历史类小说”的读者来说，情况尤其如此。这些女性虽然对于小说中应包含多少事实细节没有一致的意见，但她们全都声称很喜欢里面所描写的“历史知识”。像劳里一类的读者能够容忍小说中长篇累牍地描述诸如南北战争前南方是如何烘焙面包这样的内容，而其他人则坚持认为，如果能够用几个短短的句子言简意赅地概括一下历史，那么这类知识就会更有意思。我们在之前的篇章中已经说过，劳里狂热地爱好以南北战争为背景的小说，她说：“我不会看任何描写1900年之后的小说。不知为什么，在阅读细节时，我似乎会有更多的**感触**。我不知道是怎么回事，但现代类的作品就是无法让我产生那么多的思绪。”她说，她最喜爱的作品是《天命真女》（*Destiny's Woman*）。她对于自己的这一偏好给出了很多理由，但她尤其欣赏作者将历史细节融入叙事之中的技巧。劳里解释说，女主人公受环境所迫，不得不独力经营一个种植园。“由于这在当时相当地罕见，”她补充道，“[作者]于是巨细靡遗地描述了所有的细节。”她之后评论道，正是因为有这些“细节，它才免于沦为一部愚蠢透顶的虚构小说”。

在说明丈夫们对于她们的阅读活动的反应时，桃特的顾客都争相表示，虽然一开始时他们都持反对态度，但在妻子们证明了自己能从书里学到东西后，这些男人通常都会被说服，相信这项活动确实有其价值。这样的证明并不是向他们解释说自己从中了解了多少有关于人性的东西，而是要罗列一系列确凿的“事实”，比如历史上的烹饪手法、风俗习惯或交通方式，解释词语的源流，或详述异域他国的地理特征。很显然，这些知识越晦涩和出人意料，效果就越好。有几位女性喜滋滋地告诉我，她们甚至听到丈夫向其他人转述这些知识。因此，浪漫小说对于那些阅读它们的女性而言就意味着改变和进步，因为她们相信这些书籍拓宽了她们的视野，增加了她们对于世界的认知。它们还让这些读者有机 111
会“教教”满腹狐疑的家庭成员，进而获得一个暂时的相对权威（relative power）的地位。

我与桃特的顾客所做的交谈证实了她在第一次访谈中所发表的观点，即虽然丈夫们一开始时往往会反对他们的妻子阅读浪漫小说，但如果后者能够坚持得足够久，那么他们通常就会改变想法。她向这些女性阐述了她的一个理论：“如果你能坚持到第三年，［那么他们受到威胁这个事实］本身就会消失。”当她再度阐述她的这个理论时，她补充说：“这是真的。这很怪异。不用多久，他们就会开始转念想道：‘你知道吧，我妻子一周会读X本书。’接着他们就会开始向人吹嘘这事。”如果他们能够换个角度，也即是说，不是把阅读浪漫小说看成一种没有实用目的的无意义活动，而是把阅读如此之多的书籍这种能力本身视为一种成就，同时也将其当作一种学习的方式，那么他们随后就会确信妻子的购书开销是合理的。假如他们的妻子决定尝试着自己写部浪漫小说，那么，这些男性中的一部分人甚至会心悦诚服地认为这种文学形式也很有趣。桃特评论道：“我们这里就有一些女性已经表示：‘嗯，我也可以写本书了。’这个时候，先前持反对意见的丈夫们就会变得非常支持，甚至有点迫不及待了。‘好，赶紧把那书写完。那会是一部好书的。我已经在读了。’你瞧，只要能适当地推一把，他们还是会改变的。”如果浪漫小说的读者知道如何强调这些书的教育功能，如果她能够展现她对于所读作品有着非同寻常的了解和阅读速度，或者假如她能够逆转这整个过程，创作出自己的浪漫小说，让别人去阅读它们，当然还得有销量，那么她也能向其他人证明这一活动的合理性。

“为受教化而阅读”的论点有助于合法化一种在其他情形下可能会被视为自我放纵和肤浅的活动，因为乍看上去这种活动并无任何有用之处；但在主张这一观点时，我并不是要暗示说，史密斯顿的女性想要从中学到东西的说法是虚伪之辞。事实上，我也并未探询她们是否真的从中学到了任何有价值的东西。我想有必要在此强调的一点是，她们确实渴望了解与家门外的世界有关的知识，而这也是她们决定阅读，而非看电视、做手工，或参与健体休闲活动的一个重要的动机因素。她们意识到，由于必须以家庭为主，照顾子女并为她们的丈夫提供一个支持性的环境，自己的生活因而受到了限制。在所有围绕一部作品的价值而展开的谈话中，一个经常出现的观点即是它为她们提供了日常生活所缺失的"成人间的对话"，这种缺失是由于她们作为年幼子女的主要照顾方和陪伴者，不得不待在家中。

112 简而言之，浪漫小说可被称为补偿性小说（compensatory fiction），因为阅读它们这一行为满足了女性的一些基本心理需求——这些需求是被文化及其社会结构诱导出来的产物，但又由于女性活动所具有的局限性，导致它们在日常生活常常无法得到满足。从史密斯顿读者的具体体验来看，我们或许可以得出结论：阅读浪漫小说以两种不同的方式补偿了女性。最重要的是，通过触发读者与一个虚构的女主人公（她作为女性的身份总是通过一个理想男性给予的爱慕和情欲关注而得到确证）产生认同感，它便提供了替代性的情感呵护。当她成功地从女主人公的角度来想象自己之时，典型的浪漫小说读者就能暂时得到放松，并允许自己沉湎于因成为一个强大且重要的个体的关注焦点而产生的狂喜之中。这样的关注不只让她感受到了因情感得到呵护、心理需求获得满足而唤起的激动之感，而且同样重要的是，它强化了她的自我感知——因为在向她所认同的那个女人给予他的照顾和关注之时，男主人公也含蓄地表明，这个女人以及其所暗指的读者是值得他予以关心的。这个虚构的人物以此告诉他在叙事文本中的对应方以及读者，要认识到自己具备那些她们怀疑自己拥有的价值。

浪漫小说的第二种补偿意义在于它让女性的精神世界充满了虚拟旅行的各种细节，允许她在一个更广阔的社会空间中，与成年人进行假想的交谈。此外，浪漫小说的创世和教化功能也为那些坚信个人成就之价值的女性提供了一个机会，让她感觉到，虽然她接受了更遭轻视的家庭主妇的角色，但她的求知之门并未就此被关上。同时，她在主流文化认可的层面上取得成功的能力也不会因此遭抹杀。虽然阅读浪漫小说普遍地被视为一种消遣活动，但由于它被编码为一种具有教化性质的活动，因此女性可以放任自己进行这种活动——它既能让她们感到心情舒畅，与此同时又会让她们为自己喝彩，因为她们潜心向学，从书中汲取了可提升其世界认知的知识。因此，阅读浪漫小说不仅对特定的情感剥夺(emotional deprivation)予以了补偿，而且还创造了一种幻象，即通过这种非正式的方式获取事实性的“知识”，达到了取得进步或改变的目的。

在用浪漫小说中魅力十足且具有异国风味的上班族充实自己的想象之时，这些为了顾家而导致与社会交流的程度受到限制的女性拓宽了她的社交圈，并间接地丰富了她所栖身的社会空间。就像一个人如果被禁止做梦，那他或她就会在醒着的时间里开始产生幻觉，以弥补象征性活动(symbolic activity)的减少一样，一个局囿于相对与世隔绝的家庭中的女性会转向浪漫小说，从中寻求丰富的物象、人物和地方，从而可让她在自己的想象**之中**构建出一个世界。对于浪漫小说的读者而言，她阅读并且从中学到东西这一事实起到了安抚的作用，证明她并非饱受批评的文化刻板印象的一个实例，即头脑简单的家庭主妇除了喂养孩子、熨些衬衫和看一下午的肥皂剧外一无所能。史密斯顿的女性全都清醒地意识到，美国的文化并未恰如其分地评价她们所承担的角色，她们因此愤 113
愤不平地抗议道，她们担任母亲和家庭主妇之职并不意味着她们就一定愚蠢无知。最后，她们的阅读行为是为了巩固其作为有知有识之个体的自我形象，而这个个体理应享受偶尔才有的愉悦，并暂时逃离她们心甘情愿地接受并尽职尽责履行的责任。

这些女性既渴望通过重复**消费**浪漫小说来满足自己的情感需求，同时又想要展现自己是一个辛勤**劳作**的**操持者**；而在调停这两种对立需求的过程中，阅读浪漫小说这个行为似乎让这两套相互抵牾的价值观和谐共处。在详尽地对那些影响了史密斯顿的女性理解自身阅读行为的社会因素做进一步的阐释之前，我想在此引述桃特、乔伊和基特所进行的最后一次对话。这些对话不仅更进一步地谈及逃避及其与上瘾症存在关联这一主题，而且也让我们能够一窥因**主流**文化对于这类幻想的轻蔑嘲笑而引发的愤怒和不满，因为这些女性深知这类幻想是她们所需之物。这些评论是在一场关于出版商看不起其出品的浪漫小说以及阅读这些小说的女性的讨论中衍生出来的。上述三位女性都哀叹出版商没有能力持续地出版女性所乐读的那类浪漫小说。

乔伊：我讨厌没读过这些书的人对我们指手画脚，说什么该读，什么不该读。

桃特：你知道，我就是那么说的，我跟所有我打过交道的（出版商）代表都是那么说的。我跟他们说，如果他们回去后能开下金口说一声："我说，大伙儿，你们大笔大笔地砸钱在广告上，但你们要做的就是走出去，跟那些女性谈一谈。"我说："她们非常地健谈，她们很会聊。她们能读会道。她们也都是平常人。话说，如果你们想要做一系列的沟通，她们就在那儿呢。"但他们就是不这么干。我不知道他们是不是找不到可以出面处理这种事情的人。

乔伊：或者他们是在害怕会出现印度起义[1]（她揶揄地说道）。可我们**是**在阿利根尼山脉[2]的西部啊。

114 桃特：当我知道（书商大会上的）这个男人也是这副德行，知道他也发表了那样的高见后，我立马就对他没好脸色了。基特当时站在那儿，她说："你不喜欢他，是吧？"我说："你猜对了！……"他发表了那番高见后，我说："这些女性是为了逃避现实才阅读的。"他说："一切的阅读都是在逃避现实。"我接道："哦，我可不认为看教科书是在逃避现实。"我想我当时大概是想说数学教科书吧，大概就是那一类的书。他说："那当然也是。"我回答说："不，那不是。"

基特：是啊，然后他就对女性的阅读行为做了些无礼的评论。我是

1 印度民族起义（Indian uprising），指1857年在印度北部和中部，由在英属东印度公司服役的印度士兵发动的一场反对英国统治的大起义。这次起义失败后，莫卧儿帝国完结，印度开始处于英国的直接统治之下，成为英属印度。——译注

2 阿利根尼山脉（Alleghenies），构成阿巴拉契亚山脉（Appalachian Mountain Range）西部的一系列山脉，由宾夕法尼亚州西部延伸至弗吉尼亚州西南部，全长805公里。——译注

说，他说了一些相当侮辱人的评论，直接说（阅读浪漫小说是）女人的鸦片或之类的话。

桃特：噢，是的，来一针（fix）[1]。去来一针——噢，当她们注射了一针浪漫小说之毒时。

访谈者：但我记得你跟我说过，你认为那是一种上瘾。

桃特：没错。但我不希望由**他**来告诉我那是一种瘾。如果我意识到我需要这种东西，那是一回事。但由他以一种轻蔑的态度来告诉我……

乔伊：不论是哪一种类型的读物，都有写得好的、写得糟的，我们能够分得清哪些是满纸废话。

桃特：是的，我们区分得出来。

乔伊：我们也不喜欢那些写得很烂的东西。

基特：说到来一针，如果真是这样的话，你就只会出门随便找本书读了就完事。

乔伊：就是，只要是摆在超市展示台浪漫小说区或哥特小说区的小说，不拘怎样的都可以。

基特：就像无头苍蝇那样。

乔伊：而且没有任何想法——没有任何教育意义可言。

桃特：嗯，就是这个，这就是他们中绝大多数人的想法。头脑简单的家庭主妇！

乔伊：看肥皂剧都看得转不开眼了。

基特：就是，他们认为你完全没有任何智商可言。

乔伊：可我就连这类电视剧的名字都说不上来。

桃特：话说，当时他那样子真就像屈尊跟一个两三岁的小孩子说话一样——这也让我很窝火，然后（地区代表）就告诉他，我卖书的那速度就像明天就是末日了一样——而他就那么站在那儿， 115
身上穿着套定制的西装之类的服装。

1　在美国俚语中，fix可指“毒品（如海洛因）注射”以及“毒品的一次注射量”。——译注乔伊：波特尼500[1]。

桃特：不管是什么，他就那么杵在那儿——好像我会为他身上的那套西装付钱似的。(之后谈话就岔到了一个新的话题上了。)

虽然桃特此处的愤怒情绪主要是针对一个轻视了她最喜爱的作品的出版商，但它仍具有代表性，在她的顾客中这是一种常见的反应。史密斯顿的女性非常坚定地相信，阅读浪漫小说是有价值的活动，因为在故事提供愉悦感的同时，阅读活动也迫使她们学习新的词语、了解与那个令人着迷但又太过遥远的世界有关的知识。她们的愤怒是针对那些通过所谓“不偏不倚”的批评委婉地否定了她们有权暂时逃避、前往她们内心向往之幻想世界的那些人。为了消解外界基于幻想和玩乐终归是可有可无、百无一用且与成年生活格格不入这类态度而持有的否定论调，史密斯顿的读者学会了夸耀它教给她们的所有东西，以此捍卫自己的阅读活动。这种自我辩护很有策略，因为它将浪漫小说与一套价值观联系在一起，而这套价值观至少从工业化早期开始就是美国中产阶级文化中必不可少的一部分。事实上，通过宣布浪漫小说是“写实的”，因而包含了可为孜孜不倦的读者所汲取和使用的知识，她们将自己塑造为勤勉、上进的个体。

在以如是方式辩护她们的重复性阅读时，史密斯顿的女性所诉诸的是依旧在美国中产阶级生活中发挥着强大推动作用的一套价值观，而非大众传媒广告所展示的新价值观。那些广告宣称，消费才是通往幸福和成功的道路，而非工作。她们既将浪漫小说视为一种无害且有效的逃避心理负担的途径，与此同时却又强调它对于现实世界的实用指导功能。而她们如此惴惴不安地依赖于这两种相互抵触的主张，其实正反映了上述两套价值体系间的冲突。一套体系是一个以消费者为导向的经济赖以维系的支柱；另一套体系则形成于一个旨在积累和集中资本的经济之中，它悄然地给为获得纯粹愉悦而进行的消费打上了浪费和居安不思危

1　波特尼500(Botany 500)，美国宾夕法尼亚州的一家男士西装和运动衫制造商。——译注

的标签。在宣称对于读者而言阅读浪漫小说也是一种工作后，这些女性就可以驱散她们内心对于这个消费过程之合理性所怀有的最后一丝疑虑。这样的消费过程只是暂时地满足了那些在开始时促使她们做出购买决定的需求，最后却总是让它的客体感到空虚。这种回归于勤勉工作或生产劳动的意识形态以证明令人愉悦的休闲活动是合理行为的做法昭示着她们未被消费社会（它的兴旺与否取决于社会成员持续不断地购 116
买商品）的价值观所完全同化。

浪漫小说的读者所描述的每看完一本书后随之产生的愉悦感与广告中所宣称的效果听起来极为相似，这一点并不足为奇。这些每天在电视、报纸和高端杂志上投放的广告宣称，丰富的量产物品能给人以幸福、友谊、尊重和性快感。广告无休无止地向美国人展示着一个又一个无忧无虑的个体，后者无与伦比的欢欣、兴奋、满足、美丽以及权力感都简单地与特定的待售物品直接挂钩。事实上，每一个广告的受众都被告知，画面中那个已然面目一新的消费者所呈现出来的情绪状态是能够通过购买自动获得的，它与这则广告的表面主题——除臭剂、名牌牛仔裤、金表或汽车相伴相生。但它的隐含信息更加重要，因为它的断言合理化了这样的观念：尘世生活中无可避免的失望、缺憾以及小小的挫败会使人感到“痛苦”，但商品消费是化解此种痛苦的适当且有效的方式。然而应当指出的是，广告之物所提供的幸福只是允诺了一种替代性的体验。根据它的论证形式（discursive form），它所呈现的满意、乐足和骄傲并非个体行动或与他人进行社会交流的结局，而是消费或展示特定产品这一活动本身的自然结果。幸福并非一个人通过行动为自己营造的情感状态，在广告中，它是一件可以花钱买来的东西。[1]

就像由广告所构筑的商品世界一样，浪漫小说也提供了替代性的愉悦。事实上，禾林、弗塞特和西卢埃特如今都在它们各自的广告宣传中公然宣称，可通过购买它们的最新浪漫小说获得特定的“终极情感裨益”（end emotional benefits）。这些公司深知，一旦一些特殊的心理需求（它

1　关于广告，参看威廉姆森（Williamson）的《解码广告宣传》（*Decoding Advertisements*）和伊文（Ewen）的《支配意识》（*Captains of Consciousness*）。

们自己都未能完全弄清楚是哪些需求）未能在女性的日常活动和社会交往中得到适当的解决或未获满足的话，她就会转向浪漫小说，想象着如果她像她的那些化身（alter ego）一样，需求都得到了满足，那会是怎样的一种感觉。当然，我们必须一直谨记的是，在真实的社会关系世界里，这些女性并不能在日常生活中体味到阅读浪漫小说时所获得的那种良好感觉，这些感觉只存在于超然世外、无所羁绊的想象之域。她给予自己的那些幸福不仅是间接的体验，而且也是暂时的。在安然地满足于这种形式的替代性愉悦时，浪漫小说的读者或许不会对她的真实境况做任何
117 改变；而最初时，正是这种境况触发了致其去寻求这类愉悦的需求。在那样的情况下，消费一本暂时给予其以满足感的浪漫小说势必会诱发对另一本的需求和渴望。最终，浪漫小说所提供的替代性愉悦可能有防微杜渐之效：心满意足的阅读者会就此消除对自己的生活做出更实质性改变的想法。与此同时，这种愉悦的转瞬即逝又很有可能会让读者不断地产生重复这一体验的渴望。简言之，消费可能只会带来更多的未来消费。在现实中它是否如此确实值得加以探讨。由于只有在评估了阅读浪漫小说的总体体验后才能对这个问题做出适当的解答，因此我将把它搁置至本书的结论部分再加以考量。

在此有必要再次指出的是，总的来说，当桃特和她的顾客坚称她们有权逃避，有权像其他任何一个人那样放纵自己之时，她们是在用消费社会中的基本观念来为自己的购书行为进行辩护。事实上，她们坚称，在帮助自己的丈夫和孩子获得了即时满足之后，她们也应有获得这类满足的休闲活动、放纵行为和机会。但是，当她们随即极力分辩，称浪漫小说也具有陶冶情操的作用，阅读也是一种生产性劳动时，她们显然是放弃了持续消费的意识形态，转而投奔更加传统、崇尚勤勉工作、履行职责以及勤俭节约的价值观系统。根据这个系统，浪漫小说的价值在于它可让读者积累知识、增加她的价值，进而提高她自身的水平。在采用这种方式为阅读浪漫小说的行为辩护时，史密斯顿的女性在证明自己仍恪守传统价值观的同时，又在从事着一种其本身就在破坏这些
118 价值观的行为。

第四章　理想的浪漫小说:父权制的承诺

在考察史密斯顿的读者对于阅读浪漫小说之裨益所怀有的明确信念时,我们已经发现,一种被强烈感受到但未获得充分满足的需求(希求情感得到呵护)促使这些女性一再地转向浪漫小说。虽然桃特和她的顾客无法明确地指出浪漫幻想具有疗愈价值的那些特殊功能,但她们非常确定的一点是,阅读浪漫小说这个活动既让人心情愉悦,同时又具有提振精神的作用。如前所述,她们因此之故而对浪漫小说所产生的情感依赖可以说在很大程度上是由于她们能够做到只阅读某一类型的小说——这类小说只着力于描写特定的男女主人公互动形式。这种本身就与她们依赖桃特建议密切相关的能力也确保了史密斯顿的读者能够获得一种让她们充满希望、感到幸福和满足的替代性体验。为了理解这些作品到底是如何提供这种急需的补给(replenishment),我们现在有必要认真地审视在她们看来尤其成功的那些作品。这样的探究想必会让我们准确地描述出浪漫小说的特性——这些特性正是浪漫小说之力量以及它们吸引读者的精髓所在。在找到这二者的根源后,我们应当就能解释女性在寻求替代性愉悦之时独独转向浪漫小说的原因。

虽然接下来对于浪漫幻想的阐释将基于文本细读,更确切地说,是 119

对浪漫小说的情节进行普罗普式[1]的分析，但必须指出的是，即便这种文学阐释的方式相当标准化，在此仍是以读者的感知（reader perception）为切入点。[2]我并不打算罗列浪漫小说中"具有代表性"的"目标"样本清单，而是沿用了史密斯顿的读者将作品分为"好书"和"烂书"两类的习惯做法。为此，我也摒弃了常规的研究程序，即深入探究特定出版商的一个丛书系列或某种叙事亚类，因为事实证明，为了寻找到最好的作品，史密斯顿的女性无一例外地都涉猎了一种以上的浪漫小说类型。此外，我这么做也是为了避免不加批判地接受引言中所讨论的那些假设——这些假设常常隐含于这类分析之中。

在这份清单中，这些迥然不同的文本的一个共通点即是，在桃特和她的顾客眼中，它们都是这一文类中"精彩"或"最受人喜爱"的作品。这些女性相信它们就是浪漫幻想的典范之作。然而，假若对这20部被奉为圭臬的浪漫小说作品进行分析后发现，这个文类至关重要的生成母体（generative matrix）**就是读者对于它的理解**，那么，我将试图确定，同样的叙事功能项序列（sequence of narrative functions）是否适用于这些文本中的每一部。[3]事实上，在史密斯顿读者最喜爱的作品中，13种叙事功能项的序列确实反复出现。因此之故，我将使用这一套功能项序列去探究这一文类对于其读者的心理重要性，并进一步推断其背后的无意识需求——这种需求支撑并强化着此前已经讨论过的、更为显见且促使她们去寻求浪漫幻想的动机。

在此，我也得说明一点，我赞同威尔·怀特（Will Wright）的观点。他在关于普罗普的批评论著中提出，一种文类绝不应只根据它的功能项构成组合来界定，而应依循角色间的互动及其作为个体的成长来判断。[4]

---

1 弗拉基米尔·普罗普（Vladimir Propp），文学结构主义学者，其最重要的作品即是其分析俄国民间故事中最基本的情节成分，并将其拆解为最简单、无法再继续简化的叙事元素的《故事形态学》（*Morphology of the Folktale*）。——译注

2 参看普罗普的《故事形态学》。

3 根据普罗普的理论，功能项指"一个角色的行动，是根据它在行动过程中的重要性来界定的"（上述所引著作，第21页）。

4 参看怀特的《左轮枪和社会》（*Sixguns and Society*），第124—129页。

我据此做了进一步的假设：对于这些女性而言，浪漫小说这一文类的额外定义标准也在于角色的组合，即这些角色的个性及行为可在阅读的过程中以特定的方式被“编码”或概括。因此，在进行此项分析时，真正的读者感知也将被用于“命名”或“编码”小说中主要人物角色的行为和个性特征。[1]通过寻找这些角色在行为上的相似性，并努力理解这类行为对于读者所具有的重要性，我得以避免依凭自己关于性别行为的信念和标准对它们加以概括总结。

在为本章收集研究样本时，我的切入点是史密斯顿的读者对于一个开放问题的回答；这个问题要求她们列出最喜爱的三部浪漫小说和三位浪漫小说作者。虽然她们的回答千差万别，令我大为惊异，但从中依旧清晰可见一个共有的偏好。史密斯顿的读者共列举了55本小说和39位 120
作家，但凯瑟琳·伍德威斯的小说在第一喜爱、第二喜爱和第三喜爱的名单中出现了38次。事实上，她的首部浪漫小说《火与花》被10位女性评为第一喜爱的作品，在第二、第三喜爱的名单中也出现了6次。若论在这份样本名单中的出现频率，只有希勒斯特·德·布莱希斯（Celeste De Blasis）的《天之骄子》（*The Proud Breed*）和劳里·麦克贝恩（Laurie McBain）的《疯人狂痴》（*Moonstruck Madness*）还稍有实力能与伍德威斯的作品争辉。其他所有的作品被提到的次数都要少得多。这些作品被提及的次数如下所示：

第一喜爱的作品：《火与花》，伍德威斯，10票
《莎娜》（*Shanna*），伍德威斯，8票
《狂男淑女》（*The Wolf and the Dove*），伍德威斯，3票
《天之骄子》，德·布莱希斯，2票
（其他16部作品分别只得到了1票）
第二喜爱的作品：《风中的灰烬》（*Ashes in the Wind*），伍德威斯，4票

1　关于符号编码（semiotic coding）的详尽讨论，请参看艾柯的《符号学理论》（*A Theory of Semiotics*），尤其是第37—38、48—150页。关于编码的专论或文学人物的架构，请参看《读者的角色》（*The Role of the Reader*）的引言，第3—43页。

《火与花》,伍德威斯,3票

《疯人狂痴》,麦克贝恩,3票

《天之骄子》,德·布莱希斯,3票

《势不可挡》(*Ride the Thunder*), 戴利,2票

《飘》,米歇尔,2票

《恐怖幻觉》,马汀,2票

(其余17部作品分别只得到了1票)

第三喜爱的作品:《莎娜》,伍德威斯,5票

《火与花》,伍德威斯,3票

《风中的灰烬》,伍德威斯,2票

《冬日烈火》(*Fires of Winter*),林德塞(Lindsey),2票

《激情之刃》(*Blades of Passion*),威廉姆斯,2票

(其他23部作品分别只得到了1票)

史密斯顿的读者对于最喜爱作者这一问题的回答证明，她们最为景仰的作者就是伍德威斯。实际上，在应邀罗列最喜爱作者的39名女性中，17人将这一桂冠给了伍德威斯。在被提及的其他作者中，只有总得票13票的珍妮特·戴利以及分别获得6票的约翰娜·林德塞和劳里·麦克贝恩稍有资格与总票数28票的伍德威斯相抗衡。这些作者被提及的次数仍如下所示：

第一喜爱的作者：凯瑟琳·伍德威斯,17票

珍妮特·戴利,6票

121 伊丽莎白·皮得斯(Elizabeth Peters),3票

(另外10位作者都只获得了不到3票)

第二喜爱的作者：凯瑟琳·伍德威斯,8票

珍妮特·戴利,4票

劳里·麦克贝恩,3票

(另外22位作者都只获得了不到3票)

第三喜爱的作者：约翰娜·林德塞，5票
凯瑟琳·伍德威斯，3票
珍妮特·戴利，3票
（另外21位作者都只获得了不到3票）

考虑到史密斯顿读者群的偏好，我将伍德威斯的4部小说都列入了待分析的文本样本清单之中，外加希勒斯特·德·布莱希斯的《天之骄子》、劳里·麦克贝恩的《疯人狂痴》、杰奎琳·马汀的《恐怖幻觉》以及约翰娜·林德塞的《冬日烈火》。我也添加了珍妮特·戴利的《势不可挡》和《夜路》（*Nightway*）以及伊丽莎白·皮得斯的《狂龙之夏》（*Summer of the Dragon*）。余下的样本则是根据它们在访谈中被提到的次数以及桃特在通讯中对其进行了尤为热烈的评论而敲定的。由于裘德·德弗罗克斯的《黑色里昂》（*The Black Lyon*）、拉维勒·斯宾塞的《遂心如意》和埃尔希·李的《外交官的恋人》在口头采访中都被提及了5次以上，因此它们都得以跻身这份书单之列。此外，桃特的五星推荐也让如下作品进入研究书单之中：莉·埃莉斯（Leigh Ellis）的《绿衣女士》（*Green Lady*）、凯瑟琳·肯特（Katherine Kent）的《迷梦重重》（*Dereamtide*）、帕里斯·阿夫顿·邦德斯（Parris Afton Bonds）的《天生一对》（*Made for Each Other*）、诺埃尔·弗里兰德·卡特（Noël Vreeland Carter）的《亨格福德小姐的真命天子》（*Miss Hungerford's Handsome Hero*）（这是桃特给予**金色**五星评级的两部小说之一）、伊丽莎白·巴尔（Elisabeth Barr）的《海之宝》（*The Sea Treasure*）以及弗洛伦斯·史蒂文森（Florence Stevenson）的《月光变奏曲》（*Moonlight Variations*）。

当我们将这20部作品与第五章中讨论的"失败"的浪漫小说或这个文类中随机挑选的样本进行对照时，本质上的差别便将昭然若揭。理想浪漫小说最为突出的特征即是倾其全部笔墨描写男女主人公之间唯一且不断发展的恋情；而在那些被史密斯顿的女性判定为失败之作的小说中，这一特征却明显缺席了。虽然所有的浪漫小说都和理想的浪漫小说一样，最终都会化解主要角色之间的分歧，但有些作品会在男主人公或女主人公与二号人物的露水情缘上着墨过多。事实上，在这个文类中，配角是非常重要的标配元素，它也因此吸引了许多人对其加以分析批评。比如玛格丽特·詹生就发现，在她研究的禾林作品中，有98%都设置了一个男二号或女二号。[1]

虽然史密斯顿的读者群最喜欢的浪漫小说基本上也都会设置类似的竞争角色，但绝大多数的作品都只会轻描淡写地一带而过。其中绝大多数的作品引入这些配角只是作为**疑似**而非真正的竞争对手，因此都会
122 明说男主人公或女主人公误解了这个角色与另一主角的关系。这些作品绝不会让读者和女主人公或男主人公一样对此信以为真。因为读者从始至终都清楚地知道，那位遭受质疑的主角并未对二号角色动心。因此于她而言，二号角色就是真正的陪衬物，是作为男主人公或女主人公的参照物和对立面而存在的。

如果大家还记得史密斯顿的读者偏好"一女对一男"的小说，且她们感兴趣的是一段恋爱关系的渐次发展，那么，典型浪漫小说中缺少三角恋的情节也就不足为奇了。事实上，这些小说之所以迥别于其他平庸无奇的浪漫小说，其原因就在于它们着力于**逐步**清除从小说一开始就认识到彼此心心相印的两人之间的情感障碍。在这20部最受好评的小说中，有7部作品在前四分之一部分就让男女主人公结为连理，余下的作品则是在两人之间构建一种排他的、紧张的，但又不那么正式的恋爱关系。[2]这种结构上的策略确保了女主人公和男主人公作为故事唯一且充满生命力的核心人物，并且会促使读者对女主人公产生一种尤为强烈的认同感。由于读者的注意力永远都不会被其他角色的行动所牵

1 参看詹生的《女性和浪漫小说》，第141页。关于浪漫小说中女主人公性竞争对手的更多评论，请参看道格拉斯的《软色情文化》，第26—27页；拉斯（Russ）的《妻子的梦魇：我丈夫打算杀了我》（*Somebody's Trying to Kill Me and I Think If It's My Husband*），第668—670、683、691页；玛索（Mussell）的《美好的受诅咒的》（*Beautiful and Damned*），第84—89页。

2 那7部一早就让男女主人公结婚的作品分别为：《火与花》、《莎娜》、《天生一对》、《天之骄子》、《黑色里昂》、《遂心如意》和《月光变奏曲》。

绊，因此她可以一直毫不受打扰地感受女主人公与男主人公之间的儿女情长。

只要细读理想浪漫小说中关于主要人物的实际描述，我们就能清楚地了解到，这个认同过程为什么会让读者那样乐在其中。首先，与其他浪漫小说中普普通通的女主角不同，理想的女主人公拥有出类拔萃的才智或非同寻常的热情脾性。有时，她甚至会在一个不同寻常的行业中施展特殊的才能。虽然这种“生机勃勃”的女主人公在浪漫类小说中早已屡见不鲜，但是这些理想的女性以其早年时对父母严厉的管束做出极尽夸张之能事的反叛而显得与众不同。比如说，《冬日烈火》的女主人公首次出场时便是以一个小男孩的形象出现在读者面前。布伦南热衷于维京的装束和风格不只是因为她的父亲希望她是个男孩子，同时也由于她认为自己的女性身体不仅“拙笨不堪”（第12页），而且所有与劣等女性特质相关的符号都令人厌恶之极。她故意藏起她的一头秀发（第12页），还拒绝做任何针线活，因为“她（无法）容忍任何只（属于）女性的技能”（第21页）。凯瑟琳·伍德威斯在《火与花》中所刻画的更为典型的女主人公虽然并不会任情纵欲地做出这种极其反女性的行为，但她的感受力（sensibility）因其教育背景以及“目空一切的见解”（第10页）而与其他的女性有所区别。

在此我并不是要说，最受史密斯顿的女性嘉评的浪漫小说都有意挑战男性和女性的刻板印象。和所有的浪漫小说一样，这些小说最终也都认可常规的性别劳动分工，即要求女性掌控家庭事务和人类进取活动中纯粹的私人领域。但这些小说在开始时确实对女性这个性别表现出 123
了模棱两可的态度：女主人公的个性或行为中会出现通常被认为属于男性的特质和举止。虽然这种对于女性的憎恶会让人忍不住就将其阐释为女性受虐心理以及渴望看到女权倾向屈服于爱之力量的证据，然而将其与女主人公和读者追求个体化（individuation）和独立自主的冲动相联系会得到更加全面的解释。因为要获得个体化和独立自主，就必然会迈出**反对**母性，也即是说，**反对女性**这一步，至少在父权制之下就是如此。理想女主人公的女性自我（female selfhood）追寻之旅可以说是一部由最初抗拒到最后重新获得其母性的渐进发展史。不过在描述这一历程之前，我认为最好先对理想女主人公和她“驯服”的那个男人做更加完整的描述，并概述他们在故事一开始时被读者所编码的类型。但我们很快就将继续讨论如下的论点：浪漫小说是寻求慈母般呵护（motherly nurturance）的一种途径。

纵然理想女主人公个性上的叛逆不羁因其倾国倾城的美貌而有所消损和削弱，但她一开始时拒斥女性特质的言行举止是剧情发展不可或缺的部分。因此之故，我们就有必要更加细致入微地研究她离经叛道的方式。好几位作者为了令人信服地表现出其笔下女主人公拒绝受限于女性性别行为的期许，就派给她们非同寻常的工作。比如伊丽莎白·皮得斯就让笔下的迪安娜·艾伯特从事人类学家的工作，而弗洛伦斯·史蒂文森则在《月光变奏曲》的开头几页里浓墨重彩地描述了罗拉作为大师级钢琴家的能力。诺埃尔·卡特笔下的夏洛特·亨格福德是一个“创作了大量不负其盛名的成功小说”的作家，这让她“在经济上独立自主”，并赋予她以“名实相副的……声望”，而这也意味着“她不（需要）借助任何男人的力量便能获得声誉”（第21页）。虽然她确实是个专写英国摄政时期的浪漫小说作家，但卡特通过让夏洛特发表毫无淑女风范的不经言论（第15页），以及有与男性唇枪舌剑打嘴仗的癖好，来表明她自觉有与男性一决高下的能力，并使得后者都对她望而生畏。就像她的侄子所坦言的那样，“她真是机敏得没天理……她会让男人们觉得自己就是个蠢蛋。他们**看**着她时，会恨不能去钻地缝。他们与她**说话**时，就像被人拿冰坨子猛砸脸”（第21页）。就像夏洛特拒绝在男人面前表现出端庄娴淑和**恭默守静**一样，埃斯琳（《狂男淑女》）、茱莉（《天生一对》）、布伦男（《冬日烈火》）、南希（《外交官的恋人》）以及泰莎（《天之骄子》）也都是通过玄辞冷语展现自己的优越性。

事实上，在这些大受女性欢迎的幻想作品中，几乎所有的女主人公都明确地拒绝满足男性掌控女性的渴望，不愿任其剥夺她们的个人声音而被迫陷于沉默之中。苏珊·格里芬（Susan Griffin）近日指出，这种渴望是男性色情作品中最重要的动机主题（motivating theme）。[1]格里芬指出，为了物化女性，男性色情作品的制作者会让他们的女性受害人发声表达她们的意愿，但这只是为了消除这些声音、抹杀那些意愿——这是 124
一种有效否认其拥有人类主体之地位的高招。而这些小说却一再地强调女主人公的执拗——她坚称自己拥有表达个人意愿和渴望的自由，这恰恰有力地证明了，希求意向自我（intentional self）具有个性并得以实现的驱动力从一开始就定下了这个浪漫故事发展的基调。由于这些作品大书特书了女主人公那假小子式的叛逆以及伶牙俐齿的特质，因此，史密斯顿的女性会用有"才智"、"胆大心雄"和"独立"等词语来描述她们最喜爱的女主人公也就在情理之中了。

这类浪漫小说会在故事之初时花费大篇幅描述女主人公对典型男性行为的认同，希求借此来与儿童期依恋（childhood attachments）划清界限——如果你对这一点存有疑虑的话，只需看看其中两部小说开头50页中所发生的事件便可消疑。当泰莎在她16岁生日那天独自跑到一个偏僻的山间泉涧去游泳时，她遭到《天之骄子》的男主人公的袭击。和许多的浪漫小说女主人公不一样，她并未屈服于他的力量，而是捅了他，并且将他**推倒**在地。当他问她，为什么不在他逐步靠近她时说"不"，她回答说，她没法知道他是否头脑清楚，随后便问说，如果他处于她的处境，他是否会做出同样的事情。当他承认他会时，他证实了他们在本质上的相似性（第21页）。

《冬日烈火》的开篇便描写了一个漂亮的女子遭一名士兵强奸。鉴于作者对这两个角色的刻画方式，读者还以为自己目击的是男女主人公的首次交锋。但一个小男孩的出现击碎了她的猜测：这个小男孩"迈着决绝的大步穿过房间，举起剑，技巧娴熟地朝陌生人的背部砍了过去"（第5页）。还未恢复镇定、理清思绪的读者随即又被告知，那个小男孩事实上是"布伦南小姐"，她才是这个故事真正的女主人公！仿佛这样还不足以表现布伦南对于女性特质普遍标准的悖逆，读者随后又看到了这

1　参看格里芬的《色情作品和喑哑难言》（*Pornography and Silence*），各处。

样一幅画面：布伦南坐在“她的大床中间，像对待珍宝一样细细地擦拭着她的剑，事实上，她确实视它如同珍宝”（第31页），因为剑是她父亲在她10岁生日时送给她的礼物。虽然我并不认为史密斯顿的女性懂得如何从精神分析学的角度将它解读为一个渴求与阴茎相关之权力的符号，不过这样的阐释技能也并无必要，因为林德塞随即就解释了她的符号语言。她不仅写道，“在她所拥有的东西中，布伦南最最珍视的就是这把剑……因为它是她父亲为她的成就倍感骄傲的象征”，而且还在下一个段落中补充说，布伦南也在担忧“她的女性身体”是否“会让她受困于她丈夫的领地”（第31页）。在描写完了布伦南的思绪后，林德塞直言不讳地指出，在布伦南现阶段的生活中，这位女主人公看不出身为女性有任
125 何价值。她提问道：“她是否有能力再次挥动这把剑，像男人那样，为争取她自己的东西而奋战？或者她会像众人所期待的那样，做个方方面面都称职合格的妻子，绝不再使用她的这一技能，安安心心地做一个女人，只做一个女人该做的事？”（第31页）

理想女主人公所共有的另一个特征似乎证实了她们本身就是不成熟女性心理的符号表征（symbolic representations）。虽然这些女性常常睥睨一切地显示自己拥有可与男性平起平坐的能力，但她们的身上也有着显而易见的孩子般的天真和青涩。事实上，绝大多数女主人公的年龄都在17—20岁之间，而且在与男主人公交锋之前，其中只有一个人曾有与一位异性接触过的经历。此外，这些女主人公都全然不知自己也会感受到如火焚身般的性冲动。比如说莎娜·特拉亨就曾因为拒绝回应众多求爱者献上的殷勤而被人称为“冰雪皇后，是无人能及的绝色”（第21页）。《火与花》中的海瑟也单纯无知到了被人安置到妓院里也无知无觉的地步。同样的，《海之宝》中的女主人公告诉读者，她不需要任何男人的关注，“因为女人充其量只是男人的一项动产，因此假如她心中燃起渴望之火，她就要学会如何浇灭它们”（第76页）。

史密斯顿的读者都很欣赏浪漫小说中女主人公的青涩，并将之称为“真正的天真无邪”。她们相信她的不谙世事是完全有可能的事，甚至可以说是令人艳羡的。但她们对于其贞节的赞赏应该说并不是基于它是

一种抽象的道德原则，而更多的是出于她们所坚守的信条，即一个女人必须保护自己不被那些只垂涎她的身体而不大关注她的需求的男人所沾染。根据这些读者的看法，女性的性回应是一种能够用来换取爱的东西，而且只应为爱而存在。

即便理想的浪漫小说女主人公一直拒绝承认她迅速发育成熟的身体所与生俱来的重要意义和潜在结果，然而包括男主人公在内的周围所有人都将她看作完全成熟的女性的绝佳典范。虽然并非所有的浪漫小说女主人公都有花容月貌，但在史密斯顿女性最喜爱的那些浪漫小说中，女主角总有一种特殊的迷人模样。[1]而她们也总是从未觉察到自己的美丽以及它们对于其他人的影响。因此之故，她们从来都不会有虚荣之气，也不会为了吸引男人而挖空心思地打扮。她们总是拥有一头“柔顺光亮的披肩长发”和一对“生动活泼”或“脉脉含情”的眼睛，再加上绝对少不了的“乌黑的长睫毛”。这些都让她们远离异性的决心在无形之中受到了削弱。事实上，正是理想女主人公的美貌破坏了她的一切设想，因为只要她靠近男主人公，后者就会被她的美貌迷得无法克制自己对于她的渴望。当他炽烈地关注着她的一颦一笑时，她无可避免地会被他的“步步深入”所“唤醒”，并终将屈服于她自己也无法控制的身体反应。可以说，在浪漫小说中，女性的美貌与性欲存在着错综复杂的联系。而在男主人公和读者看来，它则是女主人公拥有情欲、能够享受肉体上 126
的激情的标志，虽然她曾不成熟地压制了这些冲动。

理想女主人公那蒙着层薄纱的性欲以及更加直白地显露出来的叛逆并未让读者感到威胁，这在很大程度上是因为她真正的女性特质从未被质疑过。不管作品如何强调她最初想要与男人平起平坐的渴望，她始终都被刻画为一个极富同情心、心地善良和善解人意的人。通常来说，在故事之初发生的一些小灾小难为女主人公提供了完美的时机，让她可以借此展示其所具备的同感呵护和温柔体贴的非凡能力。比如说，伍德

1　我从来没听说过哪一部浪漫小说的女主人公被评说丑陋、不好看，或者相貌平平无奇。在禾林的作品中，女主人公确实常常都没有惊世骇俗的美貌，但如詹生所说，她们至少都“很有吸引力”（《女性和浪漫小说》，第142页）。

威斯的第四部小说——《风中的灰烬》的女主人公阿莱娜·麦盖兰在故事的前半部分（足足的200页）几乎一直都是伪装成一个满嘴黄段子和俏皮话的男孩子。她不只救了男主人公的命，而且还与他在南北战争时期的医院中肩并肩地一起工作——他是那儿的医生。但当她担任护理员时，她便通过自己对于清洁技能的精通和照顾伤兵时的特有同情心，开始展现出她的女性优势。伍德威斯的描述显然将阿莱娜塑造为一个虽然极力伪装，却仍天生具有女性气质的人。

> 有些士兵极力在这个可怕的地方继续保持一点幽默感。对于这类人，阿尔就会与他们说些无关痛痒的玩笑话。另一些人则被自己的伤势吓得不知所措，又被疼痛和求生的艰难折磨得灰心丧气。对于这些人，阿莱娜就为他们鼓劲打气，激起他们继续活下去的斗志。至于那些身负重伤的人，她则尽量避免流露出怜悯和同情，而给予刚中带柔的细心照料。她为那些没法走动的人跑腿，帮他们买买梳子、修面刷，或者为他们在家乡的心上人买瓶丁香花水……于是，病房不再为呆滞阴沉的沉默所笼罩，而是爆发出一阵阵朝气蓬勃且时常放荡不羁的嬉笑声。那霉迹斑斑的破墙旧屋发出的陈腐而令人反胃的气息也渐渐消散，代之以碱性肥皂和松树油的清香。因疼痛而发出的阵阵呻吟声而今也常常销匿于低沉的轻笑声或压低嗓门分享各自经历的低语声中（第55页）。

这是这个浪漫小说女主人公具有化腐为奇这一能力的典型的、初步的例证，而它也让读者相信，这个女主人公事实上就是一个“真正的”女性，她掌握着父权制文化中所有与女性品格相关的体恤呵护技能。与此同时，她对于护士之职的胜任也向心领神会的读者预示着她的最终成功，即让感情淡薄和生活不检点的男主人公蜕变为一个一往情深、时时表露满腔柔情并对婚姻忠贞不渝的好男人。事实上，正是因为兼有女性的感官吸引力和母性的照护能力，她才能对一个无力抒发情感或不愿承认依赖需求的男人发挥神奇的改造作用。在她的努力下，他会改头换面

成一个典型的形象，既不失男性的阳刚之气和威望，同时又具有比较“阴 127
柔的”能力——能够察觉到她的需求，并以温柔、关切的方式予以满足。但讽刺的是，在这类浪漫幻想宣称女性有能力将男人塑造为她所希求的那个样子时，它也在无形之中让她对那些死不悔改的男子产生了负疚或难辞其咎之感。浪漫小说并未将男人的冷酷无情和虐待女性的行为归因于他们的寡情薄义、争强好胜或野心勃勃，相反地，它认为那是因为女性本身不是一个完美的妻子—母亲。当浪漫小说构建着它的乌托邦，幻想着一种新的男女关系——男女双方都彼此相亲相爱时，它却未能令人信服地阐明，每个女主人公到底为什么能够以及是如何把一个男人的沉默和残酷转化为温柔和忠诚的。

典型的浪漫叙事并不需要为它描写得那么细致入微的个性蜕变提供合乎逻辑的解释，因为早在男主人公第一次出场时，这个改变便已然蓄势待发了。浪漫幻想中的男主人公总是拥有令人称道的男子气概。事实上，如果作者只是一笔带过地描写浪漫小说男主人公拥有魁梧奇伟的体格，那是远远不够的。相反，读者热切地想要了解，那纯粹的男性气质是否充溢于他这个人的方方面面之中，不管是他的身体、相貌，还是他整体的举止风度。所有与他有关的东西几乎无不是坚定强硬、棱角分明和沉稳刚毅。但是，我们必须在此使用限定语“几乎”，因为在描述理想的浪漫小说男主人公时，他那堪称典范的男子气概所产生的令人畏惧的效果总是被一种细微的特征所缓和，这种特征为他的整体画像引入了一种重要的柔化元素。

虽然这种一反常态和令人费解的异常之处破坏了男主人公在其他方面一以贯之的严苛冷峻的行为和形象，但在阅历丰富的读者甚至是女主人公自己看来，这是一种兆示，即在他壁垒森严的外表下隐藏着一个多情而温柔的灵魂。就像多米尼克·篷加利恩“暴烈的”举止被其偶尔表现出来的“慷慨大度、富有同情心和幽默十足”（《海之宝》，第II页）所中和了一样，汉尼拔·程那“富有浪漫色彩的阴郁”面容也因为他“大而动人的东方人的眼睛”（《亨格福德小姐的真命天子》，第37—38页）而被柔化了。曾“温柔地”努力确定女主人公是否在一场车祸中受伤的尼古拉斯·拉弗长着“岩棱有角的……下颌和方方正正的下巴”，但这一点因他那拥有“性感弧度”的“丰满双唇”(《天生一对》,第10和19页)而显得和谐。

但这些初始印象的描述,鲜少能像裘德·德弗罗克斯在如下的《黑色里昂》选段中那样,以那般细腻的笔调深挖男主人公矛盾脾性背后的原因。不过,这所有的叙事最终都是为了揭示一点,即像雷诺夫这样的男主人公,他们的克己慎行都可追根溯源至此前在另一个女人那儿受到的伤害,以及他由此对所有女性所怀有的合乎情理的不信任感。而如下所引的细节则会让读者确信,当他懂得去信任和爱恋一个真正的好女人时,
128 她在他那刚毅不屈的外表下所察觉到的温柔就会不由自主地流露出来:

> 马勒维森伯爵的眼神让她想起了曾经看过的一只狗的眼神。那只狗被一个捕兽机给夹住了,它的腿几乎要被切成两段,那疼痛折磨得它濒于发狂。尤内讷花了很长一段时间才让那只动物安静下来,并取得了它的信任,最终将它从那个捕兽机的铁夹中解救了出来。在那段时间里,那只狗从始至终都在用一种混杂着警惕防范、疼痛难忍和几近绝望的眼神盯着她,一如现在站在她面前的这个男人的眼神……她的目光落到了他那形状优美但紧紧抿着的双唇上。露西的话果然没错,他是一个英俊的男子。她笑了起来,一开始还有点拘谨,但很快就更放得开了。她看穿了那没有一丝笑意的双唇背后隐藏着……是的,隐藏着一股亲切和善,就是她妈妈曾看到的那种温文尔雅。(第7—8页)

史密斯顿的读者最喜爱的浪漫小说或许都强调了男性身上此种温柔特质的重要性,但由于这类小说都表明,它们那克制而残酷的男主人公事实上从一开始就是一个富有同情心且心地善良的人。因此可以说,它们只是看起来在以富有创造性的手法探究理想男女关系的发展方式而已。而浪漫小说的女主人公也只是让这些品质和习性显露出来而已,因为它们本就是男主人公最本质天性的一部分。因此之故,浪漫小说根本就无力解决“如何让男性变得温柔体贴”这个更加棘手的问题——在男性成长的过程中,他所处的家庭关系模式已经在他年少

时全面压制了其呵护能力的发展，之后，这种模式又通过一种多重决定（overdetermination）的行动，把男性身上的温柔特性打上了软弱的烙印，从而强化了上述的破坏力。浪漫小说传达了女性对于不对称男女关系的现状的不满，但与此同时，就它对于男主人公的初始描述来看，它也将她们所渴求和认为有必要发生的蜕变当成一个业已实现的事实来加以呈现。

然而，这些浪漫小说仍能让它们的读者相信，蜕变确实发生了，因为在描述男女主人公首次面对面的交锋中，它们一再强调他的克制拘谨、感情淡漠，甚至还很残酷无情。在这些理想的浪漫小说中，男主人公对女主人公施加的身体暴力和做出的暴虐行径确实比失败的浪漫小说要少得多，但它们同样不乏情感上的威逼胁迫和粗暴的冷漠无情。[1]虽然读者至多只需在一两个篇幅短短的场景内忍受男主人公真正伤害女主人公，但他通过玩弄她的感情而对她造成情感伤害的情节会接连不断地出现。在他自我保护的攻击行为之中，会不时地闪现出他潜在的温柔体贴的能力；而这二者的结合正是史密斯顿的读者倾向于用两组相对的词语形容理想男主人公的原因。在访谈中，当被要求描述完美的浪漫小说男主人公时，桃特和她顾客的回答基本上就是："强健而温柔"，"阳刚但体 129
贴"，"对她有保护欲且很温柔"，"既是硬汉又是情种"。

除了提及上述那些她们自己也深知鲜少，甚至不大可能集于一身的特征组合外，史密斯顿的读者还纷纷对理想的男主人公提出了其他的要求，用桃特一位顾客的话来说就是：他必定是"男人中的男人"。当我要求她详细说明她的这一赞誉之辞时，这位女性补充说，他必须是一个"带头人"，能够"获得周围所有人的敬重"。她的评论也确实准确地描述了这20部浪漫小说中男主人公所共有的社会地位。他们不仅家底雄

1 安·道格拉斯着重指出了禾林作品中的暴力，不过她没有考虑到如下事实所蕴含的意义：这类故事中的绝大多数作品都是以男主人公变得温顺，蜕变为一个满腔柔情和殷勤体贴的丈夫收尾。她还进一步推断，声称读者是在享受，而非忍受男主人公早先的暴力行径，而这完全是因为她们想要在后面的故事中看到，这类无处不在的普通行为不仅会被连根拔除，而且会蜕变为某种更加称心合意的东西。关于男性暴力在浪漫小说中的作用，请参看本书第五章。

厚——很多时候还是出身名门贵族，而且还积极且成功地参与到大规模的公共事业之中。不管是在战争中(《狂男淑女》、《冬日烈火》、《黑色里昂》、《风中的灰烬》)，还是创立大型的商业企业(《火与花》、《天之骄子》、《遂心如意》、《莎娜》)，又或是进行社会改革(《海之宝》、《天生一对》)，这些男性都拒绝从自己的成功中获取个人利益，以此证明他们坚定地投身于一个超越世俗的公共目的。他们在保持自身高风亮节的同时也树立了一个令人心悦诚服的榜样，使得他们能够一呼百应，且受到其他男性的拥戴和追随。当然，他们也具有非凡的才干，而且这种才干势必会让那些意图否认他们卓尔不凡的人哑口无言。在这个虚构的世界里，男性的威望取决于他们在公共领域中所发挥出来的影响力、实力和能力；而浪漫小说的男主人公则被塑造为那个世界最具代表性的楷模，也是其崇尚之价值的化身。

史密斯顿的读者非常清楚，即便是理想的浪漫小说男主人公，在他与女主人公相遇之前也有过性经验。事实上，在这些浪漫小说中，女主人公的天真无邪常常与男主人公此前的滥交生活形成鲜明的对比；而女主人公和读者之所以愿意容忍这样的行为，只是因为他的滥交总被归因于他并不爱恋那些性伴侣。虽然他只将她们视为发泄性欲的工具，但没有人认为这是因为他冷酷无情或对女性缺乏尊重，相反，在她们看来，这得归因于他的男性能力以及他害怕与工于心计的女性发生情感纠葛的心理。这种合理化一劳永逸地改变了他的滥交性质，即这并不是在嚣张地宣称他遵循着双重标准，而是表明他爱情缺失(absence)，或换言之，爱情还未出现(nonpresence)的迹象。而这又反过来进一步证明了他必然且强烈地需要着女主人公。一旦她能向他提供那样的爱情，进而让他全心信赖自己的话，他的滥交冲动就会受到抑制。在典型的浪漫小说中，性忠诚被看作与“真爱”自然相伴相生的东西。

130 在归纳浪漫小说男女主人公的这些基本特征之前，须指出的一点是，在读者看来，由于存在先前提及的那类次要角色，男女主人公的人格意义因此就更加突显了。更准确地说，女主人公和男主人公作为理想女性和男性类型的重要意义由于两个抽象配角的存在而得到确立，因为后者具体化了那些女性和男性必须根除的个性特征，只有这样两人才能继续相爱并满足彼此的需求。这种简单的二元对立是浪漫小说中角色区分的基础。于是，它就成了一个很有用的线索，为我们指明了在异性恋爱关系和传统婚姻中，女性最为担心的潜在威胁。在理想的浪漫小说中，她们的担忧被具现为一个个的人物角色，因此当她们看到这些人的不端行为最终都以他们的毁灭而被消解时，读者便会倍受鼓舞，将这些恐惧视为杞人之忧。

通过二号人物，理想的浪漫小说勾勒出了一幅互相猜疑和互不信任的男女关系的阴暗图景，以此更有力地突显出之后刻画的完美眷侣的幸福结局。在表明男女主人公的早期关系（虽然从表面上看是在描写前一段恋情）事实上会演变为之后的完美恋情，并通过这种用后者取代前者的方式，浪漫小说巧妙地向读者暗示，即便她在自己或配偶的动机中发现了任何会引人不安的特质或倾向的证据，也可以对它们进行最积极乐观的重新解释。

从表格4.1中我们可以看到，在理想的浪漫小说中，女主人公在性事上天真无邪。天生丽质却不卖弄风情，同时又对爱情怀着强烈的渴望。相形之下，女二号却只关心自己，只想追求安逸舒适的社会地位。由于女二号只将男性视为实现自身爬升的工具，因此她自然非常乐于夸示自己在性方面的开放状态，以此来操纵他们。由于她除了自己谁也不关心，因此她就会对中意的男性索求无度，与此同时却不愿意给予任何回报。这名女性竞争者是心机女的完美典范。男主人公厌恶这样的女性，并自认为已经看透了隐藏在女主人公迷人面具后的这种真实本性。而女主人公自然是从来就不清楚男主人公的真正动机，于是常常担忧他要么是爱上了这名女配角，要么就是被她的多端诡计给蒙骗了。

与之相对应的男性竞争者却是理想浪漫小说中一个相当模糊的存在。虽然他们确实出现了，但对他们的描述少之又少，而且几乎从未对女主人公产生过哪怕是片刻的吸引力。在史密斯顿女性所偏爱的那些浪漫小说中，这些男性配角千篇一律地分属两种类型。有些男配角就如《风中的灰烬》中的布莱杰·达维一样，情感细腻且擅长表达，而且对女主人公的非凡特质表现出了溢于言表的欣赏。这类男性通常用于凸显男主人公乖戾的克制和他拒绝相信女主人公并非蛇蝎美人的固执
131 己见。但他们常常因为缺乏足够的进取心和保护欲，同时也不够强悍，因而难赢美人心。事实上，这样的故事设定是在暗示他们缺乏足够的男子气概。

表格4.1　在浪漫故事开始时，二元对立的角色刻画

二元对立的特质	女主人公	女配角	男主人公	男配角	二元对立的特质	反派角色
处女	+	−	−	未说明	处男	−
性经验丰富	−	+	+		乱交	+
渴望爱情	+	−	−	+	渴望爱情	−
追求财富和地位	−	+	+	−	追求性愉悦	+
不做作	+	−	+	+	不做作	−
虚荣	−	+	−	−	虚荣	+
美丽	+	+	+	+	英俊	−
平庸	−	−	−	−	丑陋	+
会呵护人	+	−	−	+	温柔	−
索求无度	−	+	+	−	冷淡	+
独立	+	−	+	未说明	诚实	−
依赖	−	+	−		腐败	+
聪慧	+	未说明	+	−	有胆量	−
糊涂（轻信）	−		−	+	懦弱	+
害怕男人	+	−	+	−	情感克制	−
132 渴望男人	−	+	−	+	擅长表达情感	+

理想的浪漫小说还刻画了另一种类型的男性配角——真正的反派角色：他们会采取实际行动，企图把女主人公从男主人公身边掳走。这些角色无一例外都是相貌丑陋、道德败坏，只看中女主人公性魅力的人。他们一直都是有可能实施残暴强奸的危险人物。于是，通过他们，作者

也可把爱女主人公“爱得发了狂”的男主人公与那些实际上心怀鬼胎，只想从她身上获得肉体欢愉的恶棍区分开来。虽然在开始时女主人公并未看出这些人与男主人公有什么不同，但是他们持续不断的野蛮行径和粗俗露骨的谄媚求宠告诉读者，男主人公压根儿就算不上残忍，他只是不擅长温柔对待女性罢了。像《风中的灰烬》中的雅克·杜·邦、《火与花》中的托马斯·辛特、《天之骄子》中的路易斯以及《黑色里昂》中的莫雷尔这类敌对角色的存在时时提醒着读者，女性的性吸引力可能会对她自身造成巨大的伤害，因为它可以挑起男性对于女性的强烈欲望和仇恨。但是，由于“理想的”浪漫小说的作者都会非常小心地拿捏好恶棍们攻击女主人公的频率和持续时长，因此诸如有些男性仅仅把女性视为性玩物这样的暗示只会在小说中点到为止，目的是要让女主人公认识到男主人公的真正价值。上述恐惧很快就会被男主人公清除殆尽，因为在作者的笔下，他最终会为女主人公的性魅力而动心，**同时**也会尊重她作为一个个体的身份。他的行为告诉读者，她对于男性所怀有的最深切的恐惧实际上只是一个微不足道的威胁，是可以被那个真正爱惜她的男人提供的保护照顾所永久消除的。

我们将在第五章中看到，那些“失败的”浪漫小说常常未能有效控制的正是这种威胁。事实上，在这些作品中，反派角色肆意妄为。此外，他们也没能与男主人公形成足够鲜明的对比。于是，虽然男女主人公在小说的结尾处终于幸福地结为连理了，但这未能消除暴力威胁以及由此诱发的恐惧。因此之故，它也就无法让读者相信，传统的性别分工是合理有益的。

鉴于这些样本都是基于实际读者从为数众多的亚类和出版丛书中甄选出来的作品，因此如下一点就不足为奇了：在从人物塑造转至叙事表达时，这些理想浪漫小说的表面情节发展便展现出了千变万化的特性。虽然如此，当我们将弗拉基米尔·普罗普划分民间故事之基本叙事结构的方法运用于分析这些特定的小说时，我们就会清楚地看到，虽然每一部作品都拥有独特且迥异的侧重点，比如转世再生、通奸、记忆缺失以及身份错误，但这些故事全都建立在一个共有的叙事结构之上。让我

们先如威尔·怀特所做的那样，假定所有的叙事文本都由三个基本的阶
133 段构成——初始境况、这个境况的最终改变以及促使并解释了这种转变的中介者的介入。接下来我将努力找出这些作为研究对象的浪漫小说所共有的开篇和结尾。一旦解析出这些要素，我便能着手整理出可合理解释情节层层递进的内在行动（structure of embedded actions）的最基本结构。由此而来的就是一份在逻辑上环环相扣的功能项清单，它解释了女主人公的蜕变过程：从一个孤僻、性冷淡、对自己的身份并无确定把握的迷茫少女变成了一个成熟、情欲饱满且很有贤妻良母气质的女性，她挖掘了自己为人妻以及势所必然的为人母的全部潜力，并履行了这类身份所应尽的职责。理想浪漫小说的叙事结构总结如下：

1. 女主人公的社会身份被破坏了。
2. 女主人公充满敌意地对待一位很有贵族风范的男性。
3. 这位很有贵族风范的男性以模棱两可的态度回应女主人公。
4. 女主人公将男主人公的行为解读成只对她怀有性兴趣的证据。
5. 女主人公以愤怒或冷淡的态度回应男主人公。
6. 男主人公惩罚女主人公以示报复。
7. 女主人公和男主人公在身体和/或情感上出现了嫌隙。
8. 男主人公温柔地对待女主人公。
9. 女主人公热烈地回应男主人公的温柔行为。
10. 女主人公将男主人公模棱两可的行为重新解读为此前受到伤害的后遗症。
11. 男主人公以一种无与伦比的温柔方式向女主人公求婚/公开表达他的爱情/宣布他坚贞不渝的承诺。
12. 女主人公在身体上和情感上都予以回应。
13. 女主人公的身份得到重建。

正如第一个功能项所显示的那样，理想的浪漫小说是以女主人公脱离了一个熟悉且舒适的环境开始的，这个环境通常都与她的童年和家

庭有关联。比如，一个邪恶的叔叔把海瑟·西蒙斯从她的监护人身边带走，还打算把她卖入妓院；茱莉·德弗出外度假时，在一条偏僻的山路上因一场车祸受了伤；夏洛特·亨格福德离开作家考据那幽独而安然的象牙塔，前往布赖顿（Brighton）后，她的单身状态却成了当地居民飞短流长的话题；在南北战争期间，阿莱娜·麦盖兰被迫逃离她家那几被摧毁殆尽的种植园；迪安娜·艾伯特为了逃避想要按照他们自己的意愿塑造她的父母，跑到了亚利桑那州的一个大牧场。[1]虽然细节上各不相同，但在每一部作品中，这种行动都让女主人公惶恐不安，因为它不仅使她丧失了亲友的支持，而且也破坏了她作为一个拥有特定归属地和固定身份之人的自我之感。因此，女主人公的情感孤立和她巨大的失落感几乎就 134
是这些浪漫小说的开篇基调。

史密斯顿的女性曾提及她们开始阅读浪漫小说时的情感状态，这一点相当重要，因为浪漫小说之所以能让人手不释卷，很有可能就是肇始于如下事实：它在女主人公身上所营造出的这种失落以及由此而来的空虚让读者内心中的一种类似感觉——掏空之感得到了延续和证实。读者的空虚之感催生了对于浪漫故事的最初渴望，让她们沉浸于一段渐入佳境的恋爱关系之中，因为对于这些女性而言，被他人忽视的经历是一种既陌生同时也让她们无力承载的情感状态。由于她们的成长历程让她们形成了南希·乔德罗所说的“错综复杂的关系自我”（relational self），浪漫小说的读者于是必须将那些至关重要的亲密关系纳入她们的心理结构（哪些人会对她们的关切予以回报）之中，如此才能避免出现空虚之感。[2]乔德罗认为，由于男性不对称地发展成了不以自己在社会关系网中的位置来定义自身的个体，因而鲜少有男性能够恰当地满足女性的这种强烈心理需求。于是，这种需求便在如下的浪漫故事中得到了惺惺相惜的证实，并获得了替代性的满足：另一个女人成功地从孤立无援及其毁灭的威胁中走了出来，实现了与他人的联结，如愿获得了一个成熟

1　这些女主人公分别出自以下作品：《火与花》、《天生一对》、《亨格福德小姐的真命天子》、《风中的灰烬》和《狂龙之夏》。

2　参看《母职的复制》，第169—170页。

而完整的女性身份。

乔德罗的理论相当复杂，因此我们不可能在此进行任何深入的讨论。然而，她所描述的女性人格发展轨迹和理想浪漫小说女主人公的成长历程实在太过相似，因此之故，大略勾勒她的主张要点或许能帮助我们阐释浪漫小说的吸引力。简要地说，乔德罗的论点即是，父权制家庭中典型的性别和家庭分工（将养儿育女的事务分配给女性）导致女性和男性出现了非对称的人格发展，而这又促使他们继续复制同样的劳动分工。她以客体关系理论（object-relations theory）为基础发展了包含如下主要见解的主张：儿童在婴幼儿时期所获得的社会关系经验决定了他/她今后的发展方向。这是因为，儿童与其主要照护人之间的早期社会关系会被内化为其作为关系中的自我（self-in-relation）的最基本模式。因此，父权制家庭中母亲—婴儿间紧密关系的情感基音（affective tone）和袅袅余音就会继续影响着小孩子与他人交际以及赖以满足自己成年后需求的方式。乔德罗坚称，虽然男孩子和女孩子都是与一位女性家长保持着最为持久一贯的关系，但这种关系对于他们的影响结果各不相同。

比如说，一个女孩子在婴幼儿时期所接受的排他式养育通常会巩固女儿对于母亲的认同感，而这种状态会成为这个女儿未来个性独立的障
135 碍。乔德罗解释说，母亲和女儿之间的早期共生结合（symbiotic union）会尤其紧密。这是因为母亲倾向于将女儿当作她自己的延伸，同时也因为父亲鲜少持续地作为对立的爱之客体（countering love-object）而存在。这种性别差异的缺失会在女孩子的发育过程中引发一种持续存在的前俄狄浦斯状态，导致她继续保持着依赖性、自我界限（ego-boundary）混乱以及对母亲的情感矛盾。由于女儿也会将母亲视为自身的延伸，于是，她便很难将自己当成一个独立自主的人看待。乔德罗认为，这一过程的最终结果是使得女性自我的内化肖像（internalized portrait）变成了一个关系中的自我，而这一点之后又会形成如下观点：这个自我是这个世界和他人的延伸或延续。

乔德罗进一步论证说，这种前俄狄浦斯时期的母女纽带是如此之强，甚至会持续至女儿开始关注父亲的俄狄浦斯时期。不过乔德罗在此

提出了与弗洛伊德及其门徒不一样的观点。她坚称，女孩的这一转向并不是出于对阴茎固有属性的渴望，而是认识到它所具有的价值——象征了所有非母性之物。这种俄狄浦斯式的举动部分地是源于女儿渴望逃开与母亲紧密的共生结合。她追求个性独立的第一个真正尝试因此常常表现为认同和渴望父亲以及所有与男性相关的东西。乔德罗补充道，年轻女子转向父亲的另一层原因则是由于她“逐渐认识到，在与母亲缔结联系纽带一事上，她与母亲拥有同样的生殖器构造并不能让她占据优势地位”（第125页）。更准确地说，当她发现她母亲更喜欢像她父亲那样拥有阴茎的人时，她就希望自己也拥有阴茎，从而巩固母亲对于她的爱。因此，不论是阴茎忌妒、对父亲的认同，还是男性崇拜，它们既表达了女儿想要宣示自己独立自主的愿望，也表达了她对已经开始消退的母亲所怀有的爱以及想要重新夺回母亲的渴望。

由于女儿与母亲的前俄狄浦斯联系会始终贯穿于整个俄狄浦斯时期，于是她的外在和内在客观世界就变成了一个三元（triadic）的结构。这即是说，虽然她的生殖和情欲聚焦于她的父亲，但她仍然对她的母亲以及所有与女性相关的东西保持着深厚的情感承诺（emotional commitment）。乔德罗表示，女孩子身上这种复杂的关系组合（set of relationships）最终会导致“不彻底的俄狄浦斯情结解除”。于是，这个女孩子虽然在情欲上倾向于异性恋，与此同时却也在成人之后保持着一种内在的情感三角状态（emotional triangle）——她对于母亲的持续需求和渴望就构成了这种三角状态。而这最终会导致女性一直期冀能倒退回婴儿时期，以重建母女之间那已失却的最初的紧密关联。[1]

虽然这只是对乔德罗理论的粗略概括，但它已经足以让我们对她的 136
如下论述做出有用的简略概述，即在父权制家庭中将会形成的典型女性人格。乔德罗论证道，首先由于很难与父母中同性别的那一方分离，因此女孩子通常会认为自己的特征不像男孩子那么明显。她们同时也感

1　母亲在女性成人后的关系生活（relational life）中依旧有着重要的影响，关于这个问题的更多讨论，请参看弗雷克斯（Flax）的《养儿育女和独立自主间的冲突》（*The Conflict between Nurturance and Autonomy*），尤其是第179—184页。

觉自己与外在的客观世界存在着连续性和关联性，于是她们便具有了可渗透性（permeable）相当高的自我界限。因此之故，即便早已长大成人，她们却仍会持续渴望着呵护和依附。此外，她们成年后的内在心理世界也是一个复杂的关系群集，它不断地要求着须由其他个体提供的平衡之力和完满之感。乔德罗分析道，如果这种需求未能在与一个成年男子的关系中得到恰当的满足，则这名女性可能就会转向养儿育女，以此建立起那必不可少的关系性。在与她抚育的孩子产生认同感之时，她在想象之中倒退回如下状态：无须劳她花费丁点心思，她的所有需求就都已为人所预料并给予满足。

乔德罗指出，女性之所以常常将养育子女当作一种替代性呵护的来源，恰恰是因为男性情感极其重要的构成部分就是女性如慈母般的悉心照料。因此他们发现要向她们提供这种呵护几乎是不可能的事。虽然我们没有必要在此详述乔德罗对于男性成长历程的论述，但有必要指出的是，这个过程通常会导致对男子气概做出否定性定义（negative definition），即它是所有**非**女性的东西。这种情况的出现主要是因为男孩子在前俄狄浦斯时期寻求独立于母亲的意图常常与性别身份的问题紧密相连，而性别身份的问题又缘于他母亲总不由自主地性别化他们的关系这一事实。由于他因上述原因了解到自己与母亲存在着性别上的差异，于是他常常觉得有必要压抑自己的依赖感和想要与她融为一体的想法，从而体会自己完全迥异于母亲的个体之感。在进入俄狄浦斯时期后，当他必须压抑自己对母亲的俄狄浦斯式依恋以避免触发其父亲的竞争之愤怒时，他会进一步否认自己与任何女性化的东西存在联系。乔德罗总结道，男孩子在俄狄浦斯情结消除后所形成的人格结构具有如下特点：自主和独立，否认合理性，且常常伴以对女性的贬低。[1]此外，相较于女性，男性的内在心理世界"通常是稳固不变且相对简单的"——这种实际情况最终导致男性和女性在人格发展上存在根本的非对称，而这又

1 贬低所有与女性及其职责相关的事务是一种普遍存在的倾向，关于这一点的讨论，可参看迪纳斯坦的《美人鱼和弥诺陶洛斯》，第124—156页。同样也可参看波伏瓦的《第二性》，第129—185页。

构成了女性渴望和需要抚育孩子的原因。

虽然乔德罗强调了养儿育女这个活动能够有效且成功地对男性无力给予呵护的现状做出补偿，但很多女性也证明了以这种方式获得满足所需付出的隐藏代价。养育一个孩子的活动可能确实有助于满足女性关系中的自我所提出的需求，提供了替代性的回归之感和温柔之情，但它也对女性提出了极大的要求，即须忘我地时时以孩子为焦点。因为她 137
必须至少暂时地延迟，有时甚至否定自己的需求，从而为她的孩子提供其所要求的一切，因此强化其女性身份和自我之感的行为其实也是在支用她的这种自我，有时甚至像是要榨干或完全否定掉它。因此之故，一名女性可能会在最渴望拥有圆满完整、倍受宠爱和自我实现之感时，却体味到一种自我空空如也的感觉。

在这一背景中，**部分**浪漫小说的阅读活动与身为人妻人母的社会角色之间可能存在相互关系或许就并不那么出人意料了。鉴于这种女性人格的特质是关系中的自我，而男性又没法成为一个完全合格的关系伴侣，加之子女（他们是女性赖以满足其未获解决之需求的对象）对她们提出的互惠要求（reciprocal demand），许多女性的行为就情有可原了。她们会不断地沉湎于浪漫幻想之中，以从中获取快乐和鼓励。由此，浪漫小说在某种程度上可以说是女性人格发展之路的记录，**因为那种特殊的心理结构**（psychic configuration）**是在父权制文化中构建并得以实现的**。它所起到的作用就是对众多女性都曾经历过的一个普遍过程进行象征性的展示和解释。与此同时，在象征性地于故事中呈现了女性的真实需求，又描述了她们如愿以偿得到满足的结局后，理想的浪漫小说便认可或者说确证了这整个制度结构的必然性和可取性（desirability）——这个制度结构虽然创造了这些需求，但也对这些需求予以了满足。

再返视浪漫小说的叙事结构，我们就能清楚地看到，叙述女主人公丧失社会联系和身份的起始功能项绝非一个流于表面的话语，而是会在心理层面上引发更深层共鸣的切入点。当她被拔离早先的关系网，并遭猛推入一个公共的世界中时，女主人公由此而产生的恐惧和空虚之感极有可能会唤起读者遥远的记忆，让后者想起她与母亲的最初分离以及她之后带着矛盾心情想要建立起个体认同的种种尝试。与此同时，它也在更普遍的意义上象征性地反映了女性在孤立无依，与他人缺乏必要关联时的感觉。因此，浪漫小说一开篇便放大了最初促使读者翻开它的那种空虚和渴望之感。在这样的语境中，我们便可重新阐释典型女主人公那带有男孩子气的独立：它是一个符号性表象（symbolic representation），象征着年轻女子踏出了通往个体化和随之而来的联结的第一步。事实上，女主人公采取了常规的方式以使自己区别于母亲，即转向第二亲密的个体——她的父亲。通过认同父亲这个具体个体或更宽泛意义上的男性相关特质和成就，女主人公不仅经由贬低女性特质来为自己的独立冲动辩护，**而且**也实现了真正意义上的拒斥。她终于可以自由地开始追
138 寻新的自我，建立新的联结。通过拒斥她的母亲，女主人公即刻便将读者的失落和空虚之感置于一个渐进发展的情节模式之中，而这种情节模式向读者允诺未来这样的情绪将会被连根拔除，因为女主人公将拥有一个完美的伴侣。

在余下的浪漫叙事中，两条开始时泾渭分明的故事线渐渐地交织在一起。事实上，女主人公对于自己身份的追寻很快就与她和男主人公渐进发展的恋情合二为一。要解释这两条故事线汇流的心理意味（psychological import），乔德罗的理论尤其有用。在理想叙事的结尾处，女主人公成功构建的是现在已为我们所熟悉的女性自我，即关系中的自我。由于她是与一个不只具有男子气概，甚至可以说是阳刚之气过盛的男人经营这段关系，因此这些浪漫小说也是在考量与一个一开始时无法让女性心满意足的男性建立联结的可能性和困难度。就此而言，浪漫小说不只是单纯地关注异性恋婚姻这一事实，同时也是在探究对女性而言可能更加重要的问题：如何才能拥有一个成熟的自我，以及如何才能获得情感上的满足，因为在她们所处的那个文化中，要想实现这样的目标，她们就必须与一个总是将主要精力投注于公共世界**某处**的人相偕而行。

通过第2个功能项以及对于女主人公反应的描述——一个令人捉摸不透的男性仅仅只是在场就足以让她产生恐惧和对抗情绪，这种浪漫叙事从一开始便强调了典型的男性行为给女性带来的困扰。男主人公不

仅拥有铁汉外表，而且行为举止专横、疏离，这自然会让女主人公认为他对她没有任何兴趣，有时甚至会以为他打算伤害她。然而，她又在相反的证据中觉察到了他那隐而不露的温柔本性，这让她感到困扰，并因此无法确定他的动机。虽然女主人公不喜欢男主人公，但她没法不与他接触，于是在余下的故事情节里，她的主要活动就是如下的心理过程：力图为他的外显行为赋以特殊的所指（signifieds）。事实上，她想要通过揭开他的动机来挖掘他的行为意义，而这一尝试又是为了要弄清楚，男性的在场和关注这一事实对于她——一个女人具有何种意味。

讨论至此，我们应该已经明白，作者之所以会讨论男性动机的重要性，完全是出于合情合理的现实和心理原因。在一个拒绝让女性完全进入公共领域，只把她们的工作局限于家庭范围的文化中，一旦女人未能依附于在这种文化中获允出外工作的成员，那么即便她不会遭遇灭顶之灾，她也可能得面对贫穷的困境。[1]与此同时，在这个文化中，由于男性都是在女性的独力教养下长大成人，因此他们常常是通过拒斥一切与女性相关的东西来实现个体化并界定自我。即便这种行为并不总会导致厌女症，或是对女性施加暴力，但它至少会导致他们压抑那些通常被认为属于女性的特质和情感倾向。于是，即便是那些并不冷酷无情的男性，通常也只与女性保持相对表面化的情感联系，一如他们只因 139
为女性的生理特征是其区别于男性的最明显标志而主要将其视为一种性生物一样。鉴于女性及其未来生育的所有孩子都将在经济上依赖于这样的男性，于是她就必须练就一双金睛火眼，才能看穿那些只是想要她身体的人，并最终找到那个愿意以承诺和照顾回报她的以身相许的真命天子。

男性的克制和漠不关心之所以也会成为浪漫小说的讨论主题，这是因为如果放任不管的话，它们将会阻碍女性满足其建立关系性和获

1　关于父权制与性别劳动分工（这种分工导致女性无法进入公共空间中的生产领域）的联系，请参看麦克多诺和哈里森在《父权制和生产关系》中的详细论述，第11—41页。也可参看库恩的《家庭中的父权制和资本结构》（*Structures of Patriarchy and Capital in the Family*），第42—67页。此外还可参看哈特曼的《作为性别、阶级和政治斗争所在地的家庭》，第366—394页。

得情感呵护的最基本需求。但由于女性在摆脱俄狄浦斯的冲突时，内心的三角结构仍原封未动，因此她们不只需要与异性中的一员产生联结，同时也一直渴望能与一个可回报以慈母般呵护和保护的人缔结强烈的情感联系。然而，当前文化的拒同性质意味着她们没有机会从类似于母亲的女性那儿获得记忆中的那种呵护和保护。由于女性无法经由与类似母亲者建立密切关系（但男性并不受此限制）来实现直接回归（direct regression），于是，她就必须学会完全压抑这种需求，通过与一个男人建立关系来满足它，或者从其他的活动中寻求慰藉。虽然理想的浪漫小说在开始时承认很难从男性那儿获得这种体贴和宠爱——这印证了读者自身可能有过的遭际，但它也安抚读者，称这种形式的满足还是有可能实现的，因为男性确实知道如何满足女性的需求。

这种关于男性行为的奇特双重视角（double perspective）是通过一种叙事结构来实现的——在这种叙事结构中，读者对于男主人公的了解要比女主人公本人更深入。全知叙事披露了可合理化男主人公当前行为的历史过往，让读者得以了解他的真实感受和意图，并可重新阐释功能项4、5和6中的情节。比如说，当女主人公认为男主人公的行为完全让人摸不着头脑时（功能项3），读者却知道，他那令人难以理解的行为是他对女主人公动了心、情感上起了波澜的产物。同理，当男主人公看似要惩罚女主人公时（功能项6），读者心里却很清楚地知道，这种惩罚是缘于女主人公疑似不忠或对他缺乏兴趣而使他受了伤，并感到了失望。也就是说，这是他爱她，而非厌恶她的表现。这种双重视角因此允许读者从两个角度来看待男主人公的行为。她可以从女主人公的视角来看，进而感同身受她的愤怒和恐惧。在那种情况下，阅读的行为向她提供了一个
140 想象空间，让她可表达其对于男性的隐忧和负面情绪。与此同时，她可以依赖上述叙事结构向她提供更多资讯，享受由此而来的安心之感，即男性事实上并不会对女性构成威胁，也不会阻碍她满足自己的需求。于是，在想象的安全国度里，浪漫小说的读者可以尽情体味极其真实但同时又在可控范围内的恐惧，因为她掌握着更多的资讯，由此便可以支配它们。

理想浪漫小说处理强奸行为的独特方式更清晰明了地突显出这种双重视角的重要性。在被选为研究样本的20部作品中，并不是每一部都有强奸戏码，但当它出现时，它在叙事结构中即表现为功能项6。在第三章中讨论史密斯顿的读者群体对于浪漫小说的品味时，我曾指出，虽然桃特和她的顾客都不喜欢那些在暴力强奸上着墨过多的故事，但如果强奸是发生在特定的情况下，则她们愿意忍受并合理化它的出现。她们最喜爱的浪漫小说对笼统意义上的暴力尤其是具体强奸事件的描写可佐证她们的这一主张。在描写强奸时，理想浪漫小说的作者总是会明确区别那些以强奸来侵害女性的男人和像男主人公一样的男性——后者之所以这么做，要么是因为他们误解了女性的行为，要么是觉得她令人难以抗拒。比如在《天之骄子》中，女主人公就遭到一个擅入者的暴力强奸，但这个事件的出现是出于两个更主要的叙事目的。一方面，作者可借此“教育”她的读者，告诉她们强奸的真正后果：泰莎压根儿就不享受这种体验，相反，她因此在身体和情感上都蒙受了创伤。她甚至认为这是“(一)种终极的威胁，他不只侵犯了她的地产，而且还侵犯了她本人，侵犯了她的身体、她的灵魂”(第373页)。德·布莱希斯利用这次强奸事件彰显了泰莎丈夫的非同寻常。加文并未把妻子所遭遇的不幸归咎于她本人，也没有因她被另一个男人“用过”(used)而觉得她不那么吸引人了。相反，他给予她以急需的温柔体贴，不仅安抚了她，并且在她未表示出意愿之前绝口不提任何性要求。

莫莉·哈斯凯尔在一篇最初刊发于1976年的《女士》(MS)杂志而今相当有名的文章中指出，女性对于暴力和强奸的幻想是一种源于焦虑和恐惧的探索性幻想(exploration fantasies)，而非肇始于性欲的愿望满足型幻想。[1]她论述道，强奸不是它们的“终点和目标”，而是它们的“开始和前提”。[2]哈斯凯尔坚称，女性之所以会幻想强奸场景，通常是因为她知道，在她所处的这个文化里，针对女性的暴力极为普遍，同时也因为

1 参看莫莉·哈斯凯尔(Molly Haskell)的《一个绵延了2000年的误解——强奸幻想》(*The 2000-Year-Old Misunderstanding—Rape Fantasy*)，第84—86、92、94、96、98页。

2 同上，第94页。

她对它怀有深深的恐惧。通过想象这种事情发生在自己身上，她思忖着自己会做何反应，或者她是否能挨过来。事实上，通过想象她掌控了一种在她所属的文化中随时都在发生而她既无力预测也无法防止的事故。虽然如哈斯凯尔自己所指出的那样，并不是所有的强奸幻想都会起到这
141 种功用，但是在德·布莱希斯的《天之骄子》中，她的描述很显然为她和她的读者都有足够理由感到害怕的事件设想了一个乌托邦式的结局。她的描绘或许会受到赞赏，因为它愿意承认强奸在本质上是可怕且应归咎于男人的事件，同时也因为它声称有些女性可以击退这种针对她们的暴力。然而，它的乐观结局有可能会削弱她的初衷，因为它会让人保持(即便是无心的)这样的幻想，即强奸并不会对女性的完整性(integrity)构成真正的严重威胁。

如果说德·布莱希斯相对写实的强奸描写存在着如下倾向，即出于深层次的需要而坚信它能受到控制，从而最小化这个问题的严重性，那么在《火与花》、《黑色里昂》和《风中的灰烬》一类作品中出现的典型强暴描写就更是如此了。在这些作品中的每一部，强奸的发生在很大程度上都是因为男主人公认为女主人公是一个风尘女子，或至少在性方面并不检点。在侵犯她的过程中，男主人公总是会发现，女主人公原来是个处女，于是他便会以一种“以前从未如此回应过一个女子”的方式来回应她。他紧接而来的悔恨以及承认女主人公确实是一个与众不同的人似乎让叙述者和史密斯顿的读者都为他的行为找到了一种开脱理由，证明了这种行为具有合理性。但我得补充一点，在此之前不久，他的“愚蠢”和“猪脑子”(pig-headedness)还在史密斯顿的读者中激起强烈的愤慨和愤怒。[1]就像女主人公本人一样，史密斯顿的读者也被男主人公的行为给激怒了。但叙事的双重视角给予她们以额外的优势，因为它告诉她们，如果男主人公知道女主人公是一个真正的好女人的话，他是绝对不会虐待她的。

在就她们对浪漫小说中强奸情节的愤怒反应询问桃特和她的顾客

1 这些都是桃特本人在讲述故事情节时使用到的词。

时，我们可清楚地看到，她们并不因为男主人公侵犯了一个女性而责备他。相反，她们认为这是因为他缺乏洞察力，未能看出女主人公并非风尘女子。她们似乎接受了男性至上和父权制文化中盛行的一条自明之理，即女性如果不想要被强奸的话，她们就必须控制住她们的情欲。史密斯顿的女性相信，如果一个女人未能恰当地隐藏她的肉欲，她就有可能会挑起无法控制且最终需要被宣泄出来的男性“性冲动”。虽然桃特和她的顾客都声称自己并没有持双重标准，但她们仍然认为，女性应当负起控制性欲阀门的责任。与此同时，她们则一直都能“理解”那些玩弄“放荡女人”的男人。她们的愤怒并不是针对男性不尊重女性的完整性，而是因为他们无力区分出无邪的女性和堕落的女人。

关于理想浪漫小说中的强奸情节，我们或许也可以说，由于是男主人公首先引发了性接触，而女主人公之后才懂得享受这一行为，因此究 142
其根本是他必须为激起她的性欲负起责任。于是，她也就可以自由地享受她的性爱愉悦，而不必承受常常由男性加诸女性的指责和罪感。因此之故，在理想的浪漫小说中，强奸情节除了有助于延续“谁做了和谁没做”的区别外，也继续合理化着压制女性性欲的观点，并使其成为可能。然而我们很快就将看到尤为讽刺的一点，即在理想的浪漫叙事中，之后的情节发展又力图证明，一旦被男性唤醒，女人就能热烈地对他予以回应，丝毫不会受到先前压抑的影响。事实上，理想的浪漫小说并未禁绝女性的情欲。但它总是被小说的种种假定给束缚住了手脚，比如父权制、异性恋和男性人格这类前提是绝对无可置疑的。这类叙事行动表明，女性要想获得她们自己所需求的呵护和安全感，就只能在婚姻之床上享受性爱，而且要避免太过主动或索求过多，以免让男性受到威胁。

理想女主人公在被男主人公强奸时所做出的典型回应尤为明显地表现了这一点。在那20部样本作品里，虽然女主人公会在最初的侵入震惊后体验到欢愉的刺痛，但没有一个人会对最初的强暴做出完整的回应。通常情况下，她既为自己的反应感到困惑，又被自己无法像控制思想一样控制住自己的身体而深感震惊。她会因为男主人公虐待了她而继续厌恶他，但是读者非常清楚，女主人公所谓的憎恶事实上只是出于失望，因为她爱上的那个男子竟然没有像她所希望的那样视她如珍宝。只有当男主人公在一个危急关头或在非同寻常的冲动之下证明了他可以温柔地对待她时，理想的女主人公才会心无旁骛地回应他，并最终也从中享受到欢愉。

伍德威斯在《火与花》中对这个问题的处理值得在此探讨一番，因为它显示了典型的理想浪漫小说是如何通过强调男主人公的悔恨之情以及表明他在未来有可能会做出适当的补偿而以此来忽视已然发生的强奸事实。关于真实发生的强奸，伍德威斯如是写道：

> 她喘着气尖叫了一声，感到一股灼人的疼痛传遍了耻感区。布兰登惊异地骤然停了下来，低头盯着她。她软弱无力地瘫在枕上，不停地在枕间摩挲着头部。他轻柔地碰了碰她的脸颊，低声呢喃着含糊不清的话，但她只是闭着眼睛不看他。他轻轻地贴近了她，吻了吻她的头发和眉毛，用手爱抚着她的身体。她一动也不动地躺
> 143 着，但他长久蓄积的激情又汹涌了起来，很快他就深深地进入她的体内，再也无法控制住他自己。她感觉自己就要在他的每一个动作中化为碎片，泪水也随之溢满了眼眶。
>
> 这场激情的风暴终于止歇了，当他趴在她身上休息，变得更加温柔时，她感受到了那渐渐逝去的悠长而宁静的瞬间。但当他终于离开她的身体时，她转身对着墙，拉过了被子的一角盖住了头，静静地抽泣了起来，而她那已经不复处女之身的胴体则暴露在他的注视之下。（第34页）

布兰登通过愈来愈温柔地对待女主人公，先是在读者的眼中，接着在女主人公的心中慢慢地改头换面。虽然他依旧坚信海瑟是一个机会主义者，而海瑟则因为强奸一事仍对他愤怒不已（功能项7），但这种情感上的嫌隙并未阻止他以特别贴心的礼物让她惊喜连连（功能项8）。比如，他成功地为她弄了一个浴缸到他们的船上，并送了长内衣给她，好让

她有一个暖和舒适的冬日航程。这两样礼物都让海瑟不禁思量，布兰登是否真如表面上看上去的那么冷酷。在她从一次绵延多日的谵妄和高烧中清醒过来，发现是他在亲力亲为地悉心照顾她时，她就更加怀疑他素日那拒人于千里之外的态度了。

伍德威斯继续增加这类柔情场景的出现频率，甚至有点过于强求地**向读者**证明，她的男主人公虽然骄傲得有点冥顽不灵了，但他的的确确很珍视女主人公，而且他也极其擅于以一种非同寻常的呵护方式来照顾她。虽然海瑟仍更在意他那本性难移的沉默寡言和拒绝在口头上承认他的爱情，但她的防线被他的温柔举止一点一点地侵蚀了，到了后来，她甚至想要热烈地回应他的求欢。然而，就在她打算承认她想要他之时，他的一个鲁钝行为激起了她的愤怒思绪，而这些思绪则明白无误地表明了她对于丈夫所怀有的期望："他到底在想些什么，怎么会一进到这个满是他朋友，其中还有那个金发碧眼婊子（他的前未婚妻）的屋子里，就命令我向他献媚求宠？难道他不认为有必要说些情话，做些温柔的爱抚表示，让我的身体放松下来？难道我对他而言真的就只是一个所属物，一个满足了他幻想的荡妇，而不是一个妻子？"（第349页）很显然，她希望能得到热烈而重复不断的宠爱和关心，就像一个孩子从他/她母亲那里得到的一样。她也希望能一直听到爱的誓言，如此，她便无须去阐释她丈夫那典型的疏离行为背后的隐含义。在如此表达了她的欲望后，她和这些理想浪漫小说中的其他女主人公一起，直截了当地驳斥了一些分析人士对浪漫小说女主人公以及认同她们的女性所做出的评论：她们受虐似的享受着被男人粗暴对待、胁迫和伤害。[1]这些女主人公所想要的就是 144
温柔体贴和呵护备至。因为她们的故事都是乌托邦式的幻想，她们的这两个愿望因此都得到了满足。在享受到这样的对待后，她们终于可以毫无顾忌地回应男性，并意识到自己乃是成熟的女性，拥有可通往极其私密之欢愉的情欲和性趣。

帕里斯·阿夫顿·邦德斯在《天生一对》中对茱莉与尼克第一次

1　安·道格拉斯和塔尼娅·莫德莱斯基都曾发表过这一观点。道格拉斯是在《软色情文化》中提及这一点，莫德莱斯基则是在《隐身术》中论证了这一看法。

“完美”结合的描述典型地反映了另外19本理想浪漫小说中的同样情节，即强调了男主人公的温柔以及女主人公随之在性行为上予以的配合和参与。值得注意的是，这一行为是在尼克送了一份别具新意的圣诞礼物给茱莉后发生的：

> 带着故作镇定的悠然从容，她解开了尼克的衬衫。尼克狐疑地挑了挑眉毛，似乎想要问她是否知道她的行为所蕴含的意味。
>
> 她的手伸向了他便裤的按扣，用手指轻轻巧巧地解开了扣子。尼克依旧一动不动。他的眼神让她的脸一阵地灼热。茱莉的手指在拉链处停住了，随后她踮起脚尖，双手撑在他的胸膛上以保持平衡，开始亲吻他那线条分明的双唇，之后俏皮地用她的舌头分开了它们……
>
> 茱莉慢慢地意识到，她不再是那个诱惑者了。尼克已经迅速地转守为攻，而她则战栗着躺着，等着他让她满足。他随即轻柔温和而又不急不躁地与她融为了一体。当一切都结束时，她将头埋在了他的腋下，这样他就不会看到那必定在她眼中闪闪发光的狂喜和爱意。（第159—160页）

虽然是茱莉挑起了这一次的性接触，但在过程中她转变为一个被动、期待、颤抖，如果没有男主人公予以的关注就会感到不完整的人。虽然有人可能会说，她只是采取了父权文化中要求女性持有的典型立场，但我们也应当了解，在她处于完全的被动、拥有并不完整的欲望并渴求一个体贴、温柔而又全能的个体给予她以赋予生命的呵护时，她实际上已经返童了。这样的描述很显然表达了她渴望拥有一位异性伴侣，但与此同时，它似乎也掩饰了一种隐秘而无意识的愿望，即回归婴儿的状态，从而再次体验婴儿在母亲怀里和手心中所感受到的最初的爱，但这次是完全放开地体验，没有丝毫源于恐惧的克制。理想浪漫小说描述重要性爱场景的特殊方式显示，女主人公时常表达的渴望是她们想要成为得到男主人公正式认可的妻子，这事实上也隐藏了一个同样迫切的愿望，即成为他的孩子。[1]

在这一语境下，伊丽莎白·巴尔的《海之宝》就是一部特别值得留意的作品，因为她将那些通常只进行隐晦暗示的东西变成了作品中直言不讳的主题。她的女主人公利奥诺拉不只是在身体上被切断了与她的家庭和早期身份的联系。作为一场船难的受害人，她患有严重的失忆症。当她被男主人公救起时，她的脑子里只残留着两个遥远的记忆片段——其中一个是关于一位可亲的妇人，另一个则与一个可怕的男人有关。她因此惧怕所有的男人，于是也就拒绝回应几乎是对她一见钟情的多米尼克的感情。巴尔随后描写了他为证明自己的爱情所做出的努力，而这些情节让这部浪漫小说核心的回归冲动变得尤为明显。且看如下章节中他是如何安抚刚刚做了一个噩梦的女主人公： 145

> 他走到她的面前，将她那颤抖的身体揽进怀里，轻轻地摩挲着她的头发……
>
> 他躺在被单上，用手臂环抱着她，让她的头靠在自己的肩膀上。利奥诺拉又深深地叹了一口气，她的眼皮在眼球上颤动着。不一会儿，她睡着了……
>
> 壁炉中，那快要烧尽的木炭掉下时发出了一声轻微的响动，让睡梦中的利奥诺拉不禁一阵颤抖。但他用手指轻抚着她的面颊，于是她重又安然入睡。（第86—87页）

巴尔在此处所描写的理想男主人公对于女主人公的爱，其画面仿若一个母亲在风雨交加之夜守着她的孩子，为他/她驱走恐惧。事实上，她在之后写道，利奥诺拉回忆起那个晚上时，“清晰地看到（一个）男人在那个长夜一直陪在她身边，小心翼翼地抱着她，仿佛她是个重病的孩子一

1　虽然乔德罗并未明确地论证说，现实生活中的女性在结婚时是在寻找机会回归儿提时代，但弗雷克斯在《养儿育女和独立自主间的冲突》中指出，“女性……对男性治疗师”所怀有的普遍“幻想就是希望能与他们生一个宝宝，而这种幻想在更深一层次上是希望能**成为**他们的宝宝”（第175页）。我认为，浪漫幻想及其对女主人公所进行的必不可少的婴儿化也表达了相同的愿望，即受到一个全能家长的保护和照顾。

样。**那个**记忆让她心生温暖，给她的双颊添上了一抹柔和的颜色。”（第89页）这位浪漫小说的女主人公并不是由于残暴而感到兴奋，而是因为势将享受到慈母般的呵护而被唤起了情感。巴尔的描述极其明确地指出，催生了浪漫小说的幻想根植于想要爱上一个异性个体和被其爱上的俄狄浦斯式欲望，**同时**，它也源于持续存在且作为女性内在客体结构（inner-object configuration）重要组成部分的前俄狄浦斯期望，即期望能重新赢得母亲的爱以及它所包含的一切东西——**情欲上的欢愉、共生的完整以及身份的确证**。

在《海之宝》的最后篇幅中，巴尔以最清晰的手法表现了这一点：利奥诺拉明确地将她对于母亲的爱与她才发觉的对于多米尼克的爱联系在了一起。当她陷入难逃一死的困境时，利奥诺拉想到了“她的母亲，那个那么无私地爱着她，而她也深深爱着的人”。然而，下面的句子紧接着就来了一个“但是”，表明一种新的爱已经取代了原先的那种爱。巴尔继续写道：“但是意识到自己对于多米尼克·彭加利恩怀着浓烈的爱，这既让她感到新鲜，又令她害怕。”她之后又补充道，现在利奥诺拉“认识到自己有多爱那个曾将她从死亡边缘拉回来的男人”（第191页）。

当多米尼克最终将利奥诺拉从危险中解救出来后，他再一次温柔地
146 将她搂进了怀中，说她是他的“海之宝”，并且坚持说，虽然她已经恢复了记忆，但她永远都是他的利奥诺拉（他给她起的名字）。尽管他要求她放弃她旧时的身份，但他也让她与她真正的母亲重逢，由此恢复了这种身份。直到利奥诺拉在现实和象征层面上重新赢回了她的母亲，她才终于宣布了她对多米尼克的爱。他是理想的男性伴侣，能够在这个女人的三角内在客体结构中同时扮演两个客体角色。他那惹人注目的男子气概凸显了他作为她异性恋人的地位，确证了她对孩子气自我的拒斥已圆满完成。与此同时，他那非同一般的体贴和温柔呵护的能力则意味着她不必非得放弃慈母关爱的实质性部分，因为他所给予的“温柔缠绵”的性关注让她可以回到婴孩的消极状态之中，在那儿，她所有的需求都会得到满足，她所有的恐惧也会在母亲的怀中消散。原初之爱（primary love）的象征性恢复及其所蕴含的安全感和身份的彻底确证，最终让她

能够接受自己作为一名成熟女性的新身份。

尽管浪漫小说是源自女性极力争取自我的个体化实现，但它的作者也是由强调女性独立“养儿育女”的父权制家庭造就出来的。因此，上述的驱动力便是通过父权制所创造和界定的语言及形式来加以表达。于是，在浪漫小说这种父权制文化的表现载体中，要获得**女性**的自我就得形成一个不只是与一个而是与两个重要的他者保持关系的身份。虽然浪漫小说确实否认了完全自主的价值，然而它并没有彻底抹杀女性的自我。相反，它构建了一种特殊的女性自我，即父权制中生养后代这一分工所需要的关系中的自我。

这显然也是浪漫小说必须述及男子气概的本质及其对于女性之意义的原因。由于深谙男性的独立自主和沉默寡言所制造的困扰，从这一视角创作的这些故事因此便是在想象的世界中改造这种男子气概，使之符合女性标准的活动。如下情节恰恰说明了这一点：在理想的浪漫小说中，男主人公以其体贴的行为部分化解了他和女主人公之间的情感僵局(功能项8)。但是，这一点之所以如此意味深长并不在于其发生了这一事实。毕竟这只是女性的幻想，并且就其本身而言，它满足了作为她心理结构之基础的渴望和期盼。理想浪漫小说中的功能项8之所以耐人寻味，恰是因为**在它发生时**，叙事文本**并未在结构上对其予以解释**。不论是男主人公方面，还是与此相关的其他角色方面，都没有任何的情节足以引发或解释如下的神奇转变：他从一个残酷而漠然的人蜕变为一个温柔而体贴的人。这种突然的转变就那样发生了。 147

虽然男主人公对女主人公的惩罚导致了两人的关系出现了嫌隙，但是**在故事的这个关节点上**，这种嫌隙从未与他之后的和善行为存在明确的关联。由于男主人公不论是在思想上或者言谈中都未明显表露出这种嫌隙让他意识到自己对于女主人公的依赖性，因此，功能项7并无法作为从功能项6向功能项8转变的有效动因(effective agent)。这种嫌隙就那么毫无来由地出现了，之后男主人公又出人意料地表明，他是能够很温柔体贴地对待女主人公的。当然，之前对于男主人公的描述已经暗暗地为这种转变事实做好了准备，即在他无动于衷的外表下暗藏着温柔的本性，这一线索于是让读者能够接受这样的转变。通过让读者掌握有更多的资讯，浪漫小说的作者便可避免让男主人公公开宣称其对女性的依赖。他依然被视为凛然未受挑战、独立自主的男子汉的无上典范。在之后的文本中，当男女主人公有情人终成眷属之时，他才坦言，正是因为害怕失去她，他才决定用温柔体贴虏获她的芳心。然而，借助于这种回溯性的解释，浪漫小说便不必去考虑如下二者间存在的问题：承认依赖性和关系性，这与将男子气概等同于绝对独立自主的常规定义相矛盾。男主人公只是将体贴的特质嫁接到了他那未曾改变过的男性个性之上。浪漫小说暗示道，添加前者并无须改变后者。因此，这个文类未能对这样的问题做出解释：假如男性身上典型的情感压抑和独立真的被颠覆了，那么男性之为男性的整个观念是否就必须发生改变。

于是，浪漫小说便在无意中告诉它的读者，只要她能找到一个**早就是**体贴而懂得呵护人的男性，她就能获得她所渴望的那种细心照料。浪漫小说解释逻辑中所存在的漏洞恰恰位于一个原本可能会引发变革讨论的关节点，但现在被转变为对现状加以呈现和给予改良建议。读者并未从中学到如何寻找一个会呵护她的男人，也不知道要如何让其他人担负起责任，以改变他那缺少情感表露的个性。她也未从中获得信心，确信男性的漠不关心和独立自主真的能够被改变。浪漫小说劝导她的是，应紧紧抓住他可能流露出来的所有关切表示——不论它们有多么微小，并且将它们视为他真实性格的证据，而不要拘执于他更加显见且更常出现的漠不关心。浪漫小说告诉它的读者，在学会**如何**恰当地**解读**男性后，她将可强化他更好的本性，化解他的克制，并引导他以她想要的方式回应她。一旦她开始热烈地回应他鲜少流露出的情感（功能项9），她就将看到，他先前的无动于衷是此前受到伤害的结果（功能项10）。假如她
148 能认识到这一点，她就会明白（浪漫小说的女主人公总能做到这一点）她的男性伴侣是真的爱她，而且也依赖她，只是他们都不愿意公开承认这一点。

浪漫小说的叙述表明，女性必须学会信赖她所爱的男人，并且即便面对大量截然相反的证据，也要相信他同样深深爱着她。这类幻想的结

尾暗示，当她能够怀有这样的信赖时，他就将予以回报，即宣布他对她的忠诚（功能项11）。浪漫小说进一步强调说，这种同时蕴含着他需要她之意的忠诚是她获得自由和纵情任性的先决条件（功能项12）。一旦她对他的激情做出了相应的回应，她将和女主人公拥有同样的感受，在情感上获得圆满，在性欲上得到满足。简言之，她将成功地与一个她而今知道如何正确解读其言行的男人建立起外部联系。浪漫小说的结尾向她允诺，只要她成功地掌握了解读男性行为的方法，她就能找到她所需要的东西：不论是父亲般的保护、母亲般的关爱，还是热烈的成年人之爱，全都将得到完美的满足。表格4.2呈现了这一论点的阐释结构。

克利福德·格尔茨注意到，在参加斗鸡活动时，年轻的巴厘人会从这种重要的文化艺术形式中接受到"一种情感教育"。[1]格尔茨写道："他将在那儿看到，他所属文化的特质和他的私人情感……在一个集体的氛围中被清楚地表达出来时会是什么样子。"[2]对于桃特和她的顾客来说，阅读浪漫小说的体验也差不多就是这样子。事实上，她们从中获悉了父权制的本质，并了解了它对于身为女人，也即是说，身为一个在男人占主导地位的社会中未掌握权力的个体的她们意味着什么。这些浪漫剧不只让她们意识到，拒绝按照这个文化所框定的女性形象来塑造自己所将引发的实质性后果，同时也展示了循规蹈矩的惊人好处。

但同样重要的是，浪漫小说也提供了一种女性情感的符号化肖像，这种情感是由父权制婚姻和它的性别劳动分工所创造并要求的。在展示女主人公寻找到一个极其且仅仅关注她以及她的需求的男性后，浪漫小说证明了读者渴求温柔呵护的合理性，并使她的前俄狄浦斯期望（重新获得最初照护者所给予的原初之爱）变得情有可原。与此同时，在见证了她与一个独立自主且具威望的男性结合，它也肯定了她渴望受到保护、获得滋养并具有性吸引力的心理。通过女主人公提供一个男子气概十足的伴侣和一段完美的婚姻，浪漫小说合理化了她自己的异性恋选择和嫁为人妇的决定。借助女主人公的恋爱经历象征性地重现女性人格

1　参看格尔茨的《深度游戏》，第449页。
2　同上。

发展中特有的三角客体结构后，浪漫小说强调并加固了这种将确保女性继续恪守婚姻和履行母职的特有心理结构。究其根本，它能做到这一点
149 是因为它也包含了一系列非常有用的指导建议。这些建议使得**她**不会抗拒现有的伴侣，或坚决要求体贴和力量的完美结合，一如女主人公在男主人公身上所发现的那样。由于这类浪漫小说为它的读者提供了重新解读其自身婚恋关系的策略和技巧，它因此便让父权制文化有能力应对如下可能性：她可能会要求由单独的一个个体来满足她既渴望得到呵护，同时又想要获得成年异性恋情这两方面的要求。

表格4.2　浪漫小说的叙述逻辑

1. 女主人公的社会身份出现了问题。
2. 女主人公充满敌意地对待一位很有贵族范的男性。
3. 这位很有贵族范的男性以模棱两可的态度回应女主人公。
4. 女主人公将男主人公的行为解读为只对她怀有性兴趣的证据。
5. 女主人公以愤怒或冷淡的态度回应男主人公。
6. 男主人公惩罚女主人公以作为报复。
7. 女主人公和男主人公在身体和/或情感上的联系都出现了断裂。
8. 男主人公温柔地对待女主人公。
9. 女主人公热烈地回应男主人公的温柔行为。
10. 女主人公将男主人公模棱两可的行为解读为此前受到伤害的产物。
11. 男主人公以极其温柔的方式向女主人公求婚/公开表达他的爱情/宣布他坚贞不渝的承诺。
12. 女主人公在身体上和情感上都予以回应。

150 13. 女主人公的身份得到了重建。

（这一关联稍后阐明）

因而，浪漫小说有充分的理由着重描写阐释和重新阐释的活动。在表明小说开头时男主人公残酷和冷漠对待女主人公的行为其实无关紧要，因为它们**的确**都是源于爱和倾慕时，浪漫小说实际上是在宣称：除了身体上的爱抚、口头上的山盟海誓和悉心的照料这些传统方式外，还有其他可表现这两种情感的形迹。当女主人公以回溯的方式重新阐释男主人公的无礼行为，将其等同于他对她怀有的基本情感(basic feeling)时，读者也受鼓励参与相同的阅读进程，从而恰当地理解她在自己的婚恋关系中每日所遭遇的东西。浪漫小说延续了这样的幻想：就像水融于酒一样，粗暴的漠然也能够转化为坚定不移的忠贞。它的价值来源于它提供了一整套可确保这种转变成为现实的步骤。在从浪漫小说中学会了如何解读男性的行为举止后，女性便会让自己不再抱有希求这种行为会发生改变的奢求。正如格尔茨谈及四重奏、静物写生和斗鸡时说的那样，浪漫小说不只是一种先在情感的类比表征(analogical representation)，而且是其产生和持存过程中的积极动因。[1]

我们在这一章中论证了，有些浪漫小说不只是指出了吸引男性的必要性，同时也论及重新获得慈母般的呵护和关爱。作为这一讨论的收尾，我想指出，浪漫小说表达了想要与一个十分殷勤体贴、温柔亲和的他者融为一体的愿望，但在承认和呈现这一持存欲望(persistent desire)上，不同的作品相差悬殊。比如，凯瑟琳·伍德威斯非常强调笔下男主人公的呵护能力，而对女主人公与母亲的关系则未表现出明显的兴趣。与之相反，伊丽莎白·巴尔则让她的爱情故事与另一条剧情线索平行发展，即女主人公努力找回丢失的身份和真正的母亲。虽然这个文类存在着这样的内部差异，但所有畅销的浪漫小说都源于父权制文化未能满足其女性成员的需求。因此，浪漫小说的功能便总是一种乌托邦式的遂愿幻想，女性通过它，想象自己是幸福而乐足的；而在日常生活中，实际情况却常常并非如此。在拒斥所处文化提供的描述欲望和满足的语言上，有

1　参看格尔茨的《深度游戏》，第449页。

些作者就是比其他人做得更好。少数人还能够保持一种看似更加独立的声音的假象，从而说明，女人需要的并不是冷酷、漠然和情感上的残忍，相反，她们渴望与一个温柔体贴、能给予人以活力的个体发展一段专一而热烈的情感关系。这种源于关系贫乏（relational poverty）的渴求在所有的浪漫小说中都有所体现，但只有一小部分作品能够形成自身的形
151 式语言（language of forms），从而可对这一点予以更加充分的表现。而在本章所甄选出的样本作品中，有一部小说做到了这一点。因此，接下来我将以对莉·埃莉斯的《绿衣女士》的讨论来结束这一章。通过这一讨论，我们将看到，当这种存在于所有浪漫小说中的欲望拒绝被完全局囿于父权制的形式中时，会出现怎样的结果。

《绿衣女士》（1981）是由安（Anne）和路易莎·卢迪恩（Louisa Rudeen）这对母女合力创作而成的。比起绝大多数典型的浪漫小说作者，这对分别在堪萨斯大学（安）和耶鲁大学（路易莎）受过教育的母女显然更了解文学史和文类惯例。她们能够将浪漫小说视为文类惯例的可变组合，而非一个天然而不可改变的结构形式，这在很大程度上是由于她们所具有的文学修养。虽然她们的作品在埃文书屋出版时使用了标准的浪漫小说封面和推荐广告，但它事实上对这个文类的传统做出了重要的改变。这部小说沿用了许多标准的人物角色和事件设定，但它的情节结构并未遵循常规模式。在改变浪漫小说的情节上，这部小说不落窠臼的重要意义即在于，卢迪恩母女以更加明确的方式呈现了浪漫小说中常常隐而不宣的题旨——母女之间的关系。我得补充一句，桃特给这本书打了5颗星，并满腔热情地评价其为一部“独一无二的”作品，而且还在她1981年5月的通讯上为这两位作者撰写了一篇小传。她也力荐她的读者去读这本书，并说很多人读后都赞同她的观点，认为这是一部非常不错的作品。

《绿衣女士》的开篇相当老套：女主人公进入了伦敦的一家迪斯科舞厅。但它随即就显出了与典型浪漫小说的不同，因为陪在多琳达·韦斯特身边的是她那当演员且显然深受其崇拜的母亲（第II页）。很快读者就会明白，这个故事的主角就是这两个女人。一走进夜店，多琳达和

爱玛便碰到了很久之前在纽波特认识的一名男子。读者很快就能从爱玛与这位朋友的交谈中了解到，在数年前，他们三人都曾目击过一场谋杀案。当爱玛和比尔约定次日再见面时，这个谜团显然也就成了这个故事的核心内容。

第二章又回到了浪漫小说的套路上：它描述了这两位女子与其追求者的初次相遇。在等待她母亲为一部剧作试镜的过程中，多琳达被另一个也在等候试镜的男演员，典型的英俊性感男子保罗·英诺威尔给迷住了。事实上，她当时在心里想着："长这么大她还没对哪个陌生男子产生过如此强烈的冲动，只想扑上去亲吻他。"（第24页）她并没有等太久，因为在下一页，在征得了她的同意后，他就热烈地狂吻了她。和绝大多数的浪漫小说一样，它明白无误地向读者表明，这两人即刻就坠入了情网。在她与保罗邂逅之时，她的母亲也被介绍给了特雷弗·约克。他那"大胆无畏"的外表即刻就与她的前夫形成了鲜明的对比，后者"更多的是 152
一个忠实的粉丝，而非一个热情洋溢的爱人"（第23页）。

虽然上述谜团使得情节更为复杂了，但在接下来的好几章里，恋爱情节依旧是小说的主线。多琳达的恋情发展速度更是迅猛无比。当她和保罗在第一次约会后即发生了性关系时，《绿衣女士》不同于其他典型浪漫小说的特质就愈加明显了。它与其他小说共有的一个特点是，它强调了男主人公在性爱上的温存以及女主人公与其结合时所达到的交融之感。虽然如此，在一本篇幅达400页的历史类小说中，一般只会在最后几页出现的如下高潮段落竟然在第43页就被详加描述时，读者不禁会产生疑问，他们到底会因为怎样的误解而分开。且看这部小说如何描写它的女主人公一开始就达到了其他浪漫小说的终极目标——与一个对人呵护备至的异性恋人进入了天地无垠的交融状态：

> 他俯下身，开始亲吻她，从她的喉咙处一直吻了下去。这再次在她的身体上激起了强烈的迷醉之感，让她情难自禁地用双手抓住了他的肩膀，体味着在她身体里迅速上冲的快感，直至她感到自己飘飘欲仙，超越一切界限，陷入了那无法遏制的澎湃激情之中，听凭

> 那一波波的欢爱之潮带着她抵达那个似乎无休无止、击碎沿途一切障碍的狂喜时刻。（第43页）

但比起他们过早就享受了云雨之欢，更令人讶异的是竟然没有发生任何会离间他们的事情。由于他们对彼此都直言不讳和坦诚相待，两人的相互爱慕之情反倒是与日俱增。因此，这部小说根本无须采用浪漫小说常用的技巧，即重新阐释。多琳达和保罗的关系径直发展成了一段理想的浪漫爱情。但接下来还有150页待读的篇幅说明（即便只是暗示），这段美好的恋情还有一段路要走。

与此同时，爱玛与特雷弗·约克的关系却陷入了停滞状态，因为她很快就得到确定的消息，黑手党人正在一个个地干掉所有目击纽波特谋杀案的人。她因此惊恐万分，因为案发时多琳达就在那个俱乐部的事早已为人所知。当她确定女儿正遭人跟踪时，她便筹谋了一个保护她的计划：爱玛提出伪造自己已死的场景，好在暗中保护女儿。

接下来发生的错综复杂的故事情节无须在此赘述，但其中一个事件非常关键。当爱玛之死的戏码成功地在伊比沙岛上演后，多琳达与保罗回到了英国，四处寻找母亲。因为母亲曾向她保证，绝对不会离她太远，
153 只是会以伪装的面目出现。有一次，多琳达去了一个夜店，认为这可能会让母亲现身。当她看到一个似曾相识的女人时，她确信自己已经找到了母亲。多琳达走近那名女子，提出请她喝一杯。那名女子虽然被吓了一跳，但还是同意了，并跟多琳达说，她看起来像是个“跟丢了妈妈的小女孩”（第116页）。多琳达自然而然地把这句话视为暗号，认定这个女子就是爱玛。她于是接受了那名女子请她去公寓小坐的邀请，以为那样就能母女相认了。之后，对母亲不愿透露真实身份感到恼怒的多琳达大叫着：“妈妈，这到底是怎么了？”当那名女子亲吻着她，并对她说，自己还没老到可以当她妈妈的地步，但“如果你喜欢这样，那也就随你的意了”（第120页）时，多琳达震惊万分。在意识到那名女子是一个女同性恋者后，多琳达夺门而出，并在心里想着：“这位伯爵夫人和我妈一丁点关系都没！”（第120页）

至此，我们便能清楚地看到，《绿衣女士》显然是以寻找失踪的母亲为叙事重点。虽然我认为妄加揣测作者在此的意图不太妥当，但是这个场景显然是一种意有所指的题外话。作者下意识地觉察到，如此渴望与母亲重逢可能会越界，触犯同性恋这一禁忌，因此她们便加入了这一场景，以声明那位母亲绝对不是女同性恋！在确定了这一点后，卢迪恩母女便可天马行空地描述其他出人意料的可能性。

这部作品的前半部分止于多琳达发誓要返回美国。下半部分则顺叙了她努力发掘黑手党凶案背后的真相，希望能掌握足够的资讯以提供给警方。在这个过程中，她和一个迷人但残酷的男子产生了纠葛，并且只能默默忍受他那粗蛮的性爱方式。她终于在偶然之中发现了真正的凶手，并自然而然地想要把他引出来，却因此受了重伤。当她在该小说的最后几页昏过去时，毫无疑心的读者完全糊涂了。然后，在剧情大反转的第三部分读者才惊觉，第二部分中的多琳达事实上是爱玛。为了保护女儿，她决定**变成**女儿。她做了整容手术，改变了面部特征，之后便开始引诱凶手，在他们找到真正的女儿之前，让他们暴露身份。

小说的最后一幕发生在爱玛的病房内。这对而今成为彼此之镜像(mirror image)的母女重逢了。在爱玛神志错乱的回忆中，一个护士不时地柔声低语，轻声叫她“宝贝”，并试图让她吃东西。突然，她听到有人叫了一声：“妈妈。”她之后的思绪尤其意味深长。虽然她回忆起自己已为人母，但她真正渴望的是**拥有**一个母亲：“这是一个小女孩的声音，几乎就是她自己的声音。她说过没？但她永远都不会叫‘妈妈’。有个妈妈这件事呢，虽然她曾是一个母亲，但她从来都没有真正地**有过**一个妈妈，自她在很久很久以前被勒令离家后就没有了。”(第206页）我依旧 154
不太愿意在此妄揣意图，但这一段是乔德罗论点的绝佳例证：女人想要生养孩子的欲望背后，潜藏着她自己渴望获得慈母般呵护的夙愿。爱玛渴求呵护的愿望得到了满足，不过是在她与女儿确认了她们已经安全之后。随着她的神志逐渐恢复，爱玛试图回忆她为保护女儿所做的一切。她想着：“那个让她提心吊胆了那么久的男人已经消失了，是不是？”(第207页）多琳达回答说他已经死了后，又补充说：“我们安全了。你做了你想要做的事——你救了我们俩。”

在一部被当作浪漫小说创作、营销和阅读的作品中，母亲和女儿**只有**在男性威胁被清除后才各归其位，这一点着实出奇。爱玛不只杀死了想要夺走她女儿的男人，而且就连保罗也未获允见证她们的重逢。在没有一个男人在场的情况下，这对母女交换了角色：多琳达将母亲的手轻轻地放到了自己的脸颊上，安抚着爱玛说，她会好起来的。当爱玛表示说，她必须得再动整容手术以恢复旧日的容颜时，多琳达回答说，虽然特雷弗可能希望如此，但**她**喜欢爱玛现在的样子。在这个乌托邦式的女性幻想中，男性的愿望被彻底地忽视了。这对实际上已合二为一的母女消失在彼此的凝视之中。《绿衣女士》的最后两行描述了真正的融合——它是理想浪漫小说女主人公最深层次的欲望，但她们通常都只能满足于和一个懂得怜爱疼惜的男主人公结合，才能让这种欲望获得象征性的实现。但在这部作品中，母亲和女儿在没有男人这种破坏性中介者在场的情况下，与彼此融为了一体：“爱玛瞪大了黑色的眼睛凝视着女儿的眼睛。随后两人一起大笑了起来。”（第207页）

虽然《绿衣女士》显然有别于其他的浪漫小说，但是，恰如研究这个文类的许多学生所认为的那样，只有当一个人假定浪漫小说是根植于女性的受虐倾向、渴望彻底抹杀掉自我，或期望被一个男人暴力对待时，它才会被视作偏离常规之作。在研究了受到读者高度评价的浪漫小说后，我们会发现，男女主人公童话般的结合事实上是女性欲望的象征性实现，这种欲望即是实现她最基本的女性自我——与另一个人**建立关系**。在这段想象的恋情中，她所渴望的是如下二者：经由与被视为“他者”的人建立关系而获得的独立自主和差异感，以及通过与一个和自我几难分辨的个体的结合来实现**界限的消解和个体意识**（singular consciousness）**的消失**。各部浪漫小说在侧重点上会有所不同，有的强调前者，通常是借助于极具男子气概的男主人公来实现；有的则重点书写后者，经由男主人公所提供的呵护，本质上是“女性化”的关注来达到这一目的。《绿
155 衣女士》只在如下一点上与其他的浪漫小说有所不同，即它发现，只是与会呵护人的男性结为完美的伴侣，那仍是不够的。在这部作品中，重新

找回最初照顾者那滋濡人心的照护，这样的欲望强烈到只能通过真的找回失去的母亲才能够得到满足。在理想的浪漫小说中通常以一个强壮而体贴的男性来隐秘传达的东西，在这儿却直接让多琳达在与母亲（事实上，两人已经难以区分了）形成的一种毫不受干预的结合中得到了。《绿衣女士》以重建了母亲和孩子之间那种原初且充满欢乐的共生结合收尾，这是所有浪漫小说的目标，虽然它们表面上是以异性恋和婚姻为重点。156

第五章　失败的浪漫小说：太过切近父权制的问题

在转入讨论被史密斯顿的女性认为诸多方面都有所欠缺的失败浪漫小说之前，我们有必要对前一章稍作回顾：虽然第四章强调了阅读“理想”浪漫小说所能带来的积极的愉悦之感，但它也指出，这些故事可能会在不经意中激起读者对于现存父权制分工安排的无意识恐惧和不满。我们在这一章中指出，在这种情况下，浪漫小说的美好结局或许能缓和或遏制那些在日常生活中可能会引起麻烦的情绪。换言之，鉴于理想浪漫小说的叙述机制，它或许先是让读者对虚构的男主人公以及更广泛意义上的男性产生同样强烈的愤怒和恐惧之感，之后再向她们提供替代性的呵护，并使其确信，标准的女性成长之路确实会带来情感上的报偿，由此而让她们产生愉悦感。这类故事许是通过在之后的剧情中对男主人公的行为给予令人满意的解释，才得以消除上述的负面情绪。[1]

我是基于如下发现才做出浪漫小说阅读活动或许是先引出读者对于父权制社会关系特点的不满，之后再偏转其矛头的假设：在男女主人公最终实现冰释前嫌的过程中，重新阐释是必不可少的一个活动环节。

1　关于哥特浪漫小说之功能的类似讨论，请参看本人拙作《通俗文学中的乌托邦驱力》(*The Utopian Impulse in Popular Literature*)，第140—162页。

这一活动在这个文类中的必不可少，或许是因为它的创作者和读者都需 157
要寻找到可应对男性在情感上克制、独立，甚至残忍的策略。不过，这个过程的最初阶段或许也有其价值，因为它为女性提供了一个可表达禁忌情绪的机会，让她们能够在想象的自由国度里承认素日抑而不扬的恐惧。在故事开始时看到男主人公漠不关心、无动于衷或粗暴而轻蔑地对待女主人公时，读者似乎会更心安理得地沉湎于愤慨和自以为在理的恼怒之中，而在她自己的生活中，这种情绪则常常会遭到“审查”。

在指出优秀的浪漫小说或许起到了一种文化上的释放阀（release valve）作用时，我也很清楚要证明这种观点的准确性并非易事。由于理想浪漫小说着力于重新阐释男主人公那仅仅只是略微有点惹人困扰的行为，因此很难看到他的轻微侵越行为会如何在读者心中引起强烈的情感反应。但是，当我们比较理想的浪漫小说与那些被桃特和她的女书友们判定为失望甚或“恶心”的作品，并对照她们评述阅读到糟糕浪漫小说的所思所感时，我们就会明白，理想浪漫小说的成功指标之一即是它能够令人信服地处理好女性的恐惧和隐忧：在阅读的过程中允许它们短暂地浮出水面，之后通过解释，毫不含糊地予以消除。这一点在对比之中就会更加鲜明，因为失败的浪漫小说也会让男主人公以类似的态度和行为对待女性，并且到了故事结束时，它们一般来说也同样会转变为忠贞。这些虽然也极其渴求理想幻想结局的小说却在以下方面不同于那些获得更高评价的作品：它们大肆夸大男主人公独立、沉默、残忍和暴力的程度。

于是，这类故事中的男性由敌对者到爱人的转变不似理想版本那么令人信服和愉悦便也在情理之中了。因为和后者相比，它们并未有效地消除男主人公早前行为在读者心中激起的怨怒和恐惧情绪。这种阅读体验非但没有消除读者的疑虑，让她们不再认为这是男性人格中无可避免的特质，相反，它甚至可能加剧了这种担忧。因此，或许可以说，只要在剧情上花点巧思，就可随意创造出她所偏爱的理想男主人公。

我与史密斯顿的女性曾就阅读“糟糕”浪漫小说的体验进行过几次至关重要的交流。在这些交流中，我首次意识到，可以使用如下的一整套方法论程序：使用失败浪漫小说来凸显出理想浪漫小说用以处理女性隐秘恐惧的复杂手段。这些讨论让我印象深刻的主要原因就在于，她们
158 的关注点既非糟糕故事的审美性，也非明显千篇一律的俗烂情节，而是阅读糟糕作品在这些女性身上所引发的强烈情感。比如，苏珊在解释说她喜欢浪漫小说具有“轻松愉快而逃避现实”的特性时，对这些词语做了进一步的阐述，声称这类消遣物不同于她自己的生活，并描述了她认为所有读者在读到一部**未能**保持这一必要距离的作品时所会产生的想法。她对自己最初的回答做了补充：“我们希望能读到些轻松愉快的东西，因为我们想要从自己的问题中脱身。而那正是我们阅读的原因。我们不想阅读那些存在相同问题的书，那样的话，我们就无法逃离了。我们会因此再次陷入那些问题中。那样就没有愉悦可言了。我个人就是不喜欢那样的书。我喜欢在下午时躺着读一些轻松愉快、简单惬意还有点小幽默的作品。反正别让我抓狂地离开长沙发就行。”

最后那句带着强烈威胁说出的话似乎是针对曾惹怒她的那些作者说的。当我追问是否有浪漫小说曾让她感到恼怒时，她做了肯定的回答，并提及“冤家孽缘型”(I-hate-you-type)的作品。在这类作品中，男主人公和女主人公几乎从头至尾都在“没完没了地争吵”。我们当然不能仅凭这个简单的陈述就认定苏珊在自己的感情生活中肯定得处理极端争吵的问题，这样的结论不免有失公允。但它至少清楚地表明了她的态度，一旦情节发展太过接近于日常生活中的部分境况、问题和情绪，浪漫小说的逃避作用就不复存在了。在她为宠爱和取悦自己而留出的这段时间里，她既不认可，也不想体验这类浪漫小说所描述的行为和事件。

和苏珊一样，莫琳也直言不讳地评论说，糟糕的浪漫小说会让她感到不快和愤怒。当讨论到代入过程，即她对女主人公的经历感同身受时，她评论道：“我经历着故事里所发生的一切。”她随即补充说，这“就是我讨厌书中人物天真得让人无法相信的原因，因此那样的话，我觉得读者被——我被作者贬低了”。“因此我会觉得被冒犯了，”她接着补充道，“就是因为这个，我才避而不看那些让人心绪抑郁的作品。因为所有发生在女主人公身上的可怕事情，我也如同亲身经历了一般，而且我很

难排遣掉这些情绪。”

就像所有的史密斯顿读者一样，莫琳之所以会看浪漫小说，只因为它们能让她产生愉悦和幸福之感。事实上，恰如她的姊妹书友，她的整个阅读过程所要追求的目标就是这种情感状态。因此，不管是她，还是其他的史密斯顿女性，都不想忍受在她们看来是无可容忍或令人压抑的境况和对待方式，即便只是假想也不行，因为它们所唤起的情绪与她们自己的问题所引发的情绪很类似。如此看来，研究被桃特及其顾客差评的那些作品，很有可能将引导我们深入那些通常会被男性的意识形态所合理化但在女性看来则令人反感甚至会引起恐惧的行为。因此，她们对 159
描述此类行为的浪漫小说给予负面评价的做法，或可视为是在安全地对父权制社会对待女性的一些方式表达抗议。这种负面评价的抗议性表现在拒绝让自我屈从于哪怕只是间接的此类对待方式，而它的安全性则在于，这种拒斥并不是在真实的社会关系空间中做出的，从而避免导致关联的断裂——这种关联或许并不理想，但它至少提供了父权制支持中的经济保障。

鉴于此种考虑，这一章将重点讨论在桃特和她的顾客看来不那么理想的20部作品。我并非只研究那些被认为完全无法接受的作品，相反，我探究了大量的浪漫小说，以便确定这种文学形式的理想版本到底是怎样一步步沦为良好、平庸和十分糟糕。我希望能从这条研究思路中描绘出一幅更加具体而微的图景，从而揭示读者眼中的男女互动关系：何者为理想的关系，何者为能接受但并不特别打动人的关系，何者为完全不可容忍的关系。

为了做出这些区别，我在这份研究样本中纳入了各种不同的作品，从那些被认为是讨厌且令人无法卒读的，到被桃特本人评为一星、二星和三星的作品。我也收录了一本史密斯顿的女性能够回想得起来在近期读过的虽被归入浪漫小说类别但事实上根本就不是浪漫小说的作品。这部作品就是莎伦·萨尔瓦托（Sharon Salvato）的《苦涩的伊甸园》（*Bitter Eden*，1979）。在这份包含了20部作品的书单中，有10部作品被史密斯顿的女性评为不值得一读。其中有6部之所以获收录是由于桃特认为，就价值而言，它们只应归入“垃圾场”。这些作品包括弗朗西斯卡·格里尔（Francesca Greer）的《第二次日出》（*The Second Sunrise*, 1981）、伊丽莎白·布赖特（Elizabeth Bright）的《欲望的遗产》（*Desire's Legacy*, 1981）、海伦·吉恩·伯恩（Helen Jean Burn）的《萨凡纳》（*Savannah*, 1981）、劳拉·伯福德的《爱丽克斯》、梅莉莎·赫伯恩（Melissa Hepburne）的《激情颂歌》（*Passion's Blazing Triumph*, 1980）以及珍妮特·西摩（Janette Seymour）的《纯粹的激情》（*Purity's Passion*, 1977）。另外4部作品则是因为它们的作者遭到16位与我进行过长谈的女性的一致反对而被收录的。这些女性均表示，罗斯玛丽·罗杰斯的作品无疑是糟糕浪漫小说的完美典范。虽然绝大多数人都承认喜欢她的第一部小说《狂野蜜爱》（1975），但所有人均表示，从《黑火》（*Dark Fires*, 1975）开始，她的作品就越来越令人反感和色情化了。为了检验她们的观点，我也收录了上述2部作品以及后期的《邪恶的爱之谎言》（*Wicked Loving Lies*, 1976）和《局内人》（*The Insiders*, 1979）。

除了这10部显然让读者无法接受的作品外，还有9部小说在桃特本人看来尚有可读之处，却从未出现在任何一份月度最佳作品榜单上。
160 在此须指出的是，桃特的每月排行榜并不是根据理想类型的绝对标准来评定的，而是努力对现有作品进行**连类比物**，从中择选出相对更好的作品。因此，那些被评为五星和四星的作品是她认为值得用当月的购书费去买的书。三星、二星和一星的评级则是为了帮助那些拥有更多购书资金的读者在那些虽不那么令人愉悦，但尚有可读性的故事中甄选作品。被认为勉强可容忍、仅获一星评级的作品包括玛格丽特·芮皮（Margaret Ripy）的《爱的第二春》（*A Second Chance at Love*, 1981）、芭芭拉·特仑特（Barbara Trent）的《冬日之梦》（*Winter Dreams*, 1981）。获收录的二星，或被桃特评为“一般般”的作品包括梅瑞欧·特雷弗（Meriol Trevor）的《炽猛欲火》（*The Wanton Fires*, 1979）、乔斯林·王尔德（Jocelyn Wilde，也即约翰·图姆斯［John Toombs］）的《下加利福尼亚的新娘》（*Bride of the Baja*, 1980）以及马戈·博德（Margo Bode）的《茉莉奇缘》（*Jasmine Splendor*, 1981）。三星作品指那些品质“良好”，但还未达到“优秀”或“最好”水平的小说，它们包括维多利亚·科尔里奇（Victoria Kelrich）的《高端时尚》（*High Fashion*，1981）、弗恩·迈克尔斯（Fern Michaels，即罗伯塔·安德森［Roberta Anderson］和玛丽·库兹尔［Mary Kuczir］）的《孽恋》（*Captive Splendors*，1980）、伯特赖斯·斯茂尔（Bertrice Small）的《阿朵拉》（*Adora*，1980）和珍妮特·赖特克利夫（Janette Radcliffe，即珍妮特·路易斯·罗伯特［Janet Louise Roberts］）的《桃夭宫》（*The Court of the Flowering Peach*，1981）。

开始时，我原打算沿用理想浪漫小说的研究方式，试图分解出这些较差作品的基本叙述结构。但事实证明，这是极其困难的事情，因为很难识别出作品中的主要人物。女主人公通常都不难辨识，但在《高端时尚》和《欲望的遗产》这两部作品中，女主人公的特定叙事角色分裂成了两个不同的女性，且二者都在小说中发展了各自的恋情。“男主人公”就更加难以识别了。虽然我发现很难让史密斯顿的女性对“男主人公”一词进行界定，但她们最常用的释义是“作者希望你会喜欢，并想要让女主人公拥有的那个男人”。这适用于理想的浪漫小说，因为这些作品显然是**关于**女主人公与一个男人逐渐发展出深厚情感的故事。但这一定义在这些失败的浪漫小说中根本没有任何价值，因为所有这些作品都让它们的女主人公与一个以上的男人产生恋情，并且绝大多数的作品还将女主人公生命中遇到的男人描绘得既知情体趣又称心合意。同样，我发现很难确定二号角色到底是竞争对手还是反派人物，因为在很多情况下，这些角色与主角之一的关系既不是一种威胁，也不会受到直接的反对。

角色识别的困难性既是情节结构存在问题的征兆，同时也是这种情节结构的必然产物。这种结构已远远偏离了张弛有度且严丝合缝的叙述核心，而这却正是催生理想浪漫小说的要素。事实上，史密斯顿女性眼中的失败和理想浪漫小说的最显著区别就在于，前者并未着重于描述一个女人和一个男人之间日渐发展的恋情——那个女人的视角支配着故事的走向，而那个男性则时而追求这名女子，时而抵抗住她对于他的吸引力。实际上，失败的浪漫小说一直未能满足史密斯顿读者的首要前提，即浪漫幻想只着力于叙述“一个女人和一个男人”的故事。在这些 161

故事中，虽然女主人公和男主人公对于彼此的情感依赖日久渐深，但它的叙述张力（narrative tension）并未因此日渐增强和不可阻挡，而且还拒绝完全认可男女主人公即将实现的结合。相反，这些故事的情节跌宕起伏，而与这一特征相对应的则是男女主人公的时合时分。当理想浪漫小说讲述着“真爱”的逐日深厚终将发展为深情热烈的婚姻承诺这一**必然结果**时，失败的浪漫小说却大书特书所须克服的种种问题和难关才能避免让单纯的性吸引力退化为暴力、冷漠或遗弃。

失败的浪漫小说在诸多方面都偏离了核心的浪漫幻想，却错误地聚焦于那些妨害理想关系发展的障碍之上。但在对此进行深入探究之前，我想要先谈谈《苦涩的伊甸园》，从而厘清如下二者的区别：糟糕的浪漫小说与桃特及其顾客认为**并非**浪漫小说的爱情故事。在这类故事中，对爱情的阻碍强大到破坏了这个文类的基本结构。

1979年，戴尔出版社出版了长达672页的小说《苦涩的伊甸园》。这部作品打着浪漫小说的名号上市，并以惯常的方式加以宣传：提及作者之前的该文类畅销作品，声称其讲述了皮特·比瑞恩和凯莉·道森的爱恨纠葛。封面上的推荐文案写道：“他告诉她活着的意义，而她则让他明白了爱的意义。”但这个故事事实上并未符合该广告文案在读者心中建立起来的期望，因为它细致入微地铺展开一个复杂得多的情节，其中包括长篇大论地描写了皮特的政治活动以及三角恋爱关系。虽然皮特确实爱着凯莉，但他也因为献身于农业改革这一事业，因此时常不在她的身边。当他被收押入监之后又遭放逐时，凯莉其实是从皮特的弟弟，温文尔雅的斯蒂芬那里得到了情感支持，并由此逐渐爱上了他。

在任何一部开篇时出现这类情节的典型浪漫小说中，读者的观点都会就此发生自然而然的改变，弟弟也会顺理成章地成为“真正的”男主人公。如果读者能从斯蒂芬的视角看待凯莉，而与此同时皮特则消失在背景之中，那么她们对于斯蒂芬的认同感就会得到确证。但《苦涩的伊甸园》并不这么处理。事实上，有时凯莉完全被抛在了一旁，因为作者长篇累牍地描写了皮特遭受“不公正”司法系统的种种折磨。在全书的最后四分之一里，萨尔瓦托揭露非正义黑幕的意愿强烈到不只反客为主地干扰了最初的爱情故事线，最终甚至完全偏离了这一轨道。当皮特因为他的罪行而被处决时，凯莉悲痛不已，但她得到了斯蒂芬的支持——这似乎暗示着他们未来或许会结为夫妻。严格来说，这个故事确实是以一对恋人自由、不受任何约束的结合来收尾，但小说的最后几句话给原本应算得上美满的大结局笼罩上了一层挥之不去的最后阴影。萨尔瓦托 162
写道："然后皮特就开始祈祷。他静默不语，双唇紧闭，但毫无惧色，最终平静地归于自身。痛苦之杯已经空了。"（第672页）

这个特殊的结局尤其令人印象深刻的一点是，凯莉对斯蒂芬的感觉被描述得不像她对皮特的那么强烈和富有激情。虽然读者被告知，她爱斯蒂芬，因为他是一个心地善良、宽宏大量和温柔体贴的人，但同样显而易见的是，相比于皮特和凯莉曾有过的那段如胶似漆的感情，这段恋情显得更加平淡和安稳。这个故事似乎要说明，在世俗顾虑的干扰下，要永远保持这样一种浓烈的关系不仅不切实际，甚至可能令人不快。《苦涩的伊甸园》甚至暗示说，真正可能出现的情况是，生活中虽然充斥着诸多悲戚和痛苦，但两个成熟个体之间相互扶持却并不轰轰烈烈的爱情多少能够抚慰人心。由此，我们或可合情合理地得出如下结论：史密斯顿的女性之所以认为这部作品不属于浪漫小说，主要是因为它并未在结尾处勾勒出一幅婚姻承诺的美好图景，而是用实例向读者证明，困扰、悲伤和瑕疵都是成年人生活中无可避免的构成部分，除了接受，别无他法。

只要比较一下《苦涩的伊甸园》和样本书单上的其他19部作品，你便会发现，假如一部小说提供了男女关系的必要结局，那么史密斯顿的女性便会授予它浪漫小说的头衔。这一点在海伦·吉恩·伯恩的《萨凡纳》，这部被桃特贬说只应扔进"垃圾场"的小说中表现得尤为明显。这部作品值得注意的地方在于它和《苦涩的伊甸园》一样，都着重描写让男主人公远离女主人公的政治理想。虽然伯恩在结尾处明确地让男女主人公结合了，但鉴于他们分分合合的过程和其间不断出现的问题，加之对身体暴力和野蛮行为的详细描写，《萨凡纳》遭差评也就是意料中的事了。不过它的结局本身确实是它能跻身浪漫小说之列的关键。纵然《萨凡纳》是以对幸福未来的展望这一必不可少的元素收笔，可这样的结局显然还未美满到足以清除早前一系列分离和暴力引起的恐惧和愤怒情绪。由此可见，圆满的大结局虽是必要的，却并不是区分优秀和糟糕浪漫小说的充分特性。一个爱情故事确实可以凭借圆满的结局跻身史密斯顿女性所称的浪漫小说之列，然而仅有这样的结局不足以为读者提供必要的优质或者良好阅读体验，从而使其得到进一步的认可，成为这个文类中的理想或良好的典范之作。

事实上，在这份清单中遭贬斥只应扔进垃圾场的9部小说全都拥有
163 圆满的大结局。但史密斯顿的读者认为，这样的结局未能令人信服，甚至有点荒唐可笑，因为它们对于男女主人公之间关系的描述与其偏爱的理想类型相差了十万八千里，因此她们无法想象女主人公要如何才能捐弃前嫌。只要细究这些小说本身就会发现，这些女性的怀疑态度正是由于情节的粗制滥造，因为它们只是将一个又一个的事件简单地拼凑在一起。虽然这些小说的情节设置是为了解释书中人物的行为缘由，并说明事件得以解决的原因，然而由于它们始终未能对那些在史密斯顿的女性看来必然会导向完全不同结果的行为和事件做出合理的解释，于是这类前因后果的阐述便显得离谱、荒谬和牵强。这些故事中的一部分，其叙述性糟糕得让人无法不得出如下结论：所谓的情节不过是种借口，好引出那既俗滥又露骨的性爱场景罢了。

虽然这些小说都只顾着写“性”，无暇考虑其他任何东西，但若论对于讲故事传统的蔑视，想必没有哪本书比得上劳拉·伯福德的《爱丽克斯》。事实上，这等奇葩作品得以出版的原因和过程完全超乎常人的理解能力。这部作品不仅故事本身荒诞不经、粗制滥造，而且语法错误不断，行文断句时常令人如坠迷雾。该书的第一段便是全文质量的绝佳例证，显示了这部作品几乎为零的故事性，以及只着迷于描写简单性行为过程的特点：

> 通往育种小屋的门关着，但他身边的那个男人推开了它，将他推了进去……他脱下了马裤（由于他已证明了自己的温驯顺从，才得到了自己脱裤子的优待）把它们扔到门边容易找到的地方。幽暗

> 裹住了他，黑沉沉静谧无声，但又温暖。他根本没想自己来这儿的目的，可他的身体期待着那短暂的欢愉，于是凭着习惯摸黑穿过了那间小小的房间，走到了床边——那是这个屋子里唯一能算得上是家具的东西。他俯下身子，拉开了床单，溜上了床，在一个无论是像他一样心甘情愿还是麻木漠然地等候了多时的女子身边躺下。他从来都不知道她的模样，只能感觉到那始终未变的柔软、温暖的胸部和腹部，他可自由进入的通道，以及那已不再让他感到不快、散发着酸甜味的未洗汗液。有那么一会儿，只有他的手碰到了肉体。接着，被单被拉开了，骤然的动作打破了静寂，一声急促的喘息声，窸窣滑到肮脏地板上的面料，让踩在上面的赤脚未制造出任何声响。之后，一切又复归沉寂。（第1—2页）

在评论这一段时，桃特的一位顾客一针见血地指出：“你根本不明白这是什么状况。”遗憾的是，读者心中的这股迷雾要到他们弄清楚这个故 164
事的内容时才能得以驱散：白人奴隶主强迫其所拥有的人类财产繁育后代。接下来的两段则详述了这个身份不明的男人未能完成与事实上还只是个小女孩的“女人”交配的任务。随后，这两人就被确证是男主人公和女主人公。与我进行过深谈的16位史密斯顿的女性中，有6人买过《爱丽克斯》，可没有一个人读完了这部小说，其中4人将其丢弃时还慎之又慎。这一点不难理解，因为这部小说无休无止地记录着一场又一场的性爱，而且每一场的细节描述都极其露骨，毫无浪漫情调。

虽然《爱丽克斯》在垃圾浪漫小说中还算不上最糟糕，但和其他所有作品一样，它也使用了通常出现在男性色情文学中的性俚语。可史密斯顿的女性反感的不只有“粗鄙”的语言。污言秽语确实令人不适，但这类作品最令她们不满的是女主人公必须忍受男主人公所施加的各种凌辱、暴力和暴虐行径，之后才能迎来他的改邪归正，成为其恋人。桃特在评价罗斯玛丽·罗杰斯的《局内人》时表示，它是一部充斥着“变态玩意”的作品。她补充说：“你知道，它其实就是一部色情作品。”在另一次关于糟糕的浪漫小说的谈话中，另一位读者也轻蔑地提到了《局内人》。

这位读者的浪漫小说阅读始于在医院疗养期间朋友送给她的《狂野的爱》，可她现在拒绝阅读罗杰斯的任何新作。她的解释是："它们都太现代化了，而且充斥着下流猥亵的东西。它们就只是色情作品而已。"

史密斯顿的读者无一例外地全都厌恶罗杰斯的小说。只要对比一下《局内人》和《狂男淑女》、《海之宝》或《亨格福德小姐的真命天子》，就会发现确实很难反驳她们的看法：罗杰斯的作品只是为了挑起性欲，而她描写性爱的方式则决定了她的作品"是给男人看的书"。《局内人》只在大团圆的结尾处蜻蜓点水般地表示，男主人公意识到自己真心爱着女主人公，并打算在未来对她好一点，其余部分则全着墨于性虐待和性折磨的描写。而且罗杰斯也并不满足于只描写异性间的性爱。她不仅描写了女同性恋人间的欢爱以及女主人公夏娃在一面镜子前用振动按摩器自慰的场景，而且还在好几个地方讨论了肛交，也描述了男主人公对一个15岁少女的凌虐，最后还长篇累牍详述了男主人公参与轮奸女主人公的过程。在所有的这些章节中，罗杰斯都仔细地遣词用句，从而让这些场景栩栩如生地浮现在读者面前。这样的语言似乎主要起到一种窥阴工具的作用，让读者能够目击对于女性的暴力侵犯和极尽凌辱。虽然罗杰斯笔下不乏可阐明其着迷于描写权力在握的男性施虐凌辱女性
165 的场景，但援引如下这个实例就足够了：

> 她听到了杰瑞·哈蒙的声音。
>
> "你从这儿消失后，我们从这面双向镜里看了你好一会儿。怎么了，亲爱的布兰特，你变自私啦？"
>
> "是啊，你通常很快就会叫我们进去的。作为主人，你怎么可以溜掉呢——你以前可是更乐于分享哦，你说是吧，梅尔？"……
>
> "真遗憾，夏娃。但你或许会更喜欢这种方式。"
>
> 他的声音很轻，轻得只有她能听见——但他的话残酷无比。他从她那瞬间失去知觉的指间扯走了被单，之后就退后，满不在乎地耸了耸肩，让其他人靠近了一点。他们斜睨着她，嘴里吐出的那一串串话语猛击着她的耳膜……

> “如果这是一场群交的话，那么，我也想参与其中——女性的解放，以及这之类的所有东西。”
>
> 一个女人濡湿的嘴碰了夏娃的双唇。夏娃别过了头，但还是不够快。那个女人大笑了起来……
>
> “混蛋，布兰特·纽科姆，你是个混蛋，混蛋！”她抽泣着。但有个男人压下了她的头，将他的阴茎狠狠地塞进她的嘴里，堵住了她的嘴，让她一阵作呕。
>
> 他们的手、嘴和硬挺、猛力狠戳的阳具充斥在她身体的所有地方——它们伤害着她，侵入她的身体，毁灭了她，而她则战栗而恐惧，不时地感到窒息，喉咙里发出动物般的声音……
>
> 突然，她感觉到他（布兰特）深深地插入她的身体——比此前任何一个人都要更深。她感觉到他猛烈地撞击着她的子宫，那疼痛如此之剧烈，她禁不住尖叫了起来，不停地尖叫，直到昏厥过去——而她的尖叫声仍回荡在她自己的耳畔。（第159—163页）[1]

在此须谨记的关键一点是，恰如安·道格拉斯所说的那样，桃特的浪漫小说读者并不享受以部分男性的眼光来看待自己，也不会因此产生愉悦之感。[2]事实上，史密斯顿的读者坚决拒绝忍受这样的凌辱，即使它只是一种随后就会得到清楚解释并前嫌尽释的间接体验。这种态度说明，我们绝不能随随便便就断言，这类作品既然出版了，就说明所有的浪漫小说读者都读过它们。首先，我们已在前文论证过，精确的销售数据事实上根本无法获得；此外，我们也必须认识到，销售数据本身几乎无法透露真正的阅读发生率。在这个文学系统内，像桃特这样的评介服务方屈指可数，这就迫使绝大多数的浪漫小说购买者只能依据封面、护封推介文案以及对于作者的熟悉度来选购书籍。当《纯粹的激情》一类的作品只在封面上呈现一幅极其浪漫的梦幻画像——一个男人庄重地亲吻一个女人的额头，并只在封底上写着“她的天真无邪很快就将消失无

---

1 欲查看其他的类似章节，请参看格里尔的《第二次日出》和西摩的《纯粹的激情》。

2 参看道格拉斯的《软色情文化》，第28页。

166 踪……她那狂野的欲望将永远燃烧……她那颗女人心只会爱一次”，潜在读者根本就无从得知本书的女主人公将不断遭人强奸，而且，她也享受这种霸王硬上弓的性刺激。在这种情况下，读者购买这部作品的行为只能说明，那个封面艺术家以图画的形式抓住了理想浪漫幻想动人心弦的精髓；而封面下的那个故事本身既不理解也未体现这种精髓。因此之故，我们必须认识到：购书的行为**或许**表明读者相信它有满足她们渴求的潜力，但这并不一定就意味着读者认可所购图书的内容。

虽然《局内人》对于虐待女性几近痴迷，可它令人玩味的一点，是它试图使用与理想浪漫小说相同的解释模式以说明男女主人公最终结合的原因。这种解释表面上看与理想小说中的内容相似，实质上却大相径庭，因为解释赖以成立的男主人公的行为转变太过突然，在之前的情节发展中毫无预兆，因而显得不自然和勉强，更别提让人心服口服了。事实上，**男主人公最后一次强迫女主人公**（那时两人已经结为夫妇）进行**肛交的4页后**，读者便突然被告知，他猛然意识到他深爱她。在倒数第二章结束时，他发狠赌咒说要离开她，可夏娃随后就发现他躺在育儿室的地上，怀里抱着他的儿子。当她问“你到底回来干什么？”时，他只回答说：“我发觉自己很想你们娘俩。所以我掉头回来了。”（第309页）

这部小说随后以高度浓缩的笔调，在两页内写完了典型理想浪漫小说后半部分的叙述内容。在布兰特承认他想念夏娃，并温柔对待她的儿子，还坦言“当你习惯于掌控一切时”要学会如何沟通实在太难了后，她感觉自己终于可以放心大胆地承认她爱他。当夏娃以“嘶哑而游移”的声音讲述她对他的爱时，她感觉到他的“双臂紧紧地抱住了她的身体，似乎他想要就这么永远地紧抱着她”（第310页）。然而，布兰特始终未公开表达他的感情。对于她的表白，他只是以如下的评论作为回复：“夏娃，我想这就是我刚才想要对你说的话。但是有些话我实在难以说出口。”（第310页）与要求更高、会坚持要男主人公昭告这份爱情的理想女主人公不同，夏娃免除了布兰特公开表白的必要性。她回答说：“那么就不用说了。你不必用嘴说，用行动来表现。”（第310页）这本书在接下来的收尾段落中坚称，虽然布兰特那男子气概十足的克制依然如故，但夏娃也终于找到了一个会在未来爱她和呵护她的男人。“他真的做到了——她疯狂地想着，他续签了与她的合约。他无时无刻不极尽温柔，让她沉浸于美妙的爱河之中。或许，这纸合约可以再持续一百年，而且是以她想要的那种方式。”（第310页） 167

与理想的男主人公一样，布兰特·纽科姆和其他垃圾浪漫小说的男主人公也都是刻板的男子汉形象。他们不只拥有拜伦式不羁的英俊外表，而且在情感上克制、自律、独立、强势，同时也轻蔑女子气的软弱。但与理想浪漫小说的男主人公相比，他们最大的不同点在于其男子气概始终一成未变。从一开始，理想的浪漫小说便以实例证明，男主人公的人格之中隐藏着真正温暖人心和温柔体贴的性情，而正是这种多少有些女性化的自然特征稍稍缓和了其体格上的强健以及情感上的冷酷。但诸如纽科姆这样的男主人公，他的外表就是他那冷酷而禀性难移的情感态度的外在体现。

虽然对男主人公男子气概的纯粹程度抱持不同看法，但无论是优秀的还是糟糕的浪漫小说，它们均在结尾处表明这样的行为并不会对女性构成威胁。具有男子气概的男性行为之所以是良性的，其原因就在于它并未阻碍男女主人公建立起一段可向女性提供其所需的性关系。优秀的浪漫小说将过度咄咄逼人的男性行为展示为一种不真实或防卫性的假象，一旦这一层假象最终得以消除，男性那善良且温柔的真正个性就会显露出来。而糟糕的浪漫小说却让男主人公的男性行为从始至终都未发生完全的改变。因此之故，它仍被当作一种自然而然且无可避免的社会关系事实展现在读者的面前。虽然如此，这些故事却仍旧表示，这类行为的出现并不一定就意味着缺乏爱情。它们指出，男性的咄咄逼人、独立自主和克制拘谨恰恰就是其具有性吸引力的原因，而在这些浪漫小说中，性吸引力又是实现女主人公所希求之爱情的第一步。

鉴于结构上存在的本质相似性，可以说，浪漫小说事实上是在进行推断、论证。它们在探索为现代社会所认可的典型男性行为所拥有的意义和会引发的后果——在这个意义上来说，这些小说就是一场又一场的实验。虽然不同作品笔下的男性行为在强烈程度上不尽相同，但所有的浪漫小说都“发现”，它**不必**被视为女性人生实现的大敌。于是，不管男主人公是否表现出极端厌恶女性的态度，所有的浪漫小说均在结尾处指出，只要阐释得当，男子气概对女性而言有百益无一害。它是性别差异的标志，因此也是爱情、婚姻和女性所希求的关爱的基本条件。

如果把浪漫小说视为测试男性行为和父权制控制之后果的实验性表达（experimental projection），则部分作者描写极端的暴力就有可能并非出自想要间接体验这类暴力的受虐待欲望。相反，她们对厌女行为的大书特书或许是她们急欲确定过度的男子气概并不会让女性有性命之
168 虞。她们或许也想要借此了解，没必要强烈谴责这种人格特质，因为这样的反应无疑只会激起更加邪恶的表现危及其积极的一面，即非常之重要的保护作用。因此，浪漫幻想之所以会包含诸如布兰特·纽科姆所做出的那类行径，或许并不是因为部分作者和读者享受着它们，而是因为她们无法想象它们不存在的样子。对于她们来说，这样的行为或许显得太过自然、永恒而且不容置疑，因此她们便愈加渴望一个可以驳斥其猜度并让她们相信也能带给女性以满足和幸福的幻想。

然而，对那些面对不那么极端的男性克制和权力，同时想要寻求类似承诺的读者而言，这种幻想就会引发强烈的适得其反效果。如果这些女性不必也确实不用在她们自己的生活中忍受这类极其恶劣的行为，那么间接的目击就会引发极其强烈的恐惧和愤怒的反应，并且这样的情绪无法仅仅通过一个美满的结局就得到排解。这样的故事会加剧读者的恐惧，因为它过于写实地揭示了性别定义中颂扬权力、自给自足的个体性和激进竞争性的逻辑隐含义。因此，读者在合上书时会感到满腔愤怒，而非充满希望和心满意足。

鉴于史密斯顿的女性已经表明了她们对于“糟糕”浪漫小说的反应，因此那很有可能就是她们阅读诸如《局内人》、《爱丽克斯》或《第二次日出》时的心情。她们未能沉浸于一个可使其压抑心中关于遭弃和强奸这一恐惧情绪的幻想之中，相反却让自己陷入一个过度强化这些恐惧并且放任其失控的故事之中。对于这类读者而言，幸福的结局不仅无力化解这些恐惧，而且它还令人反感地合理化了极端的行为。

所有的浪漫小说都在努力克服至少一种由当前的两性分工所引发的恐惧。在处理男子气概隐含之后果的恐惧时，浪漫小说是先唤起男性的权力和侵略性，之后再努力证明，即便这类后果并不只是庸人自扰，它们至少也是良性的。另一种在浪漫叙述中占据重要位置的恐惧同样也是由于失败的浪漫小说未能控制住它而被凸显了出来。理想的浪漫小说通常都将女性的欲望表达局囿于一段永久且恩爱的关系范围之中，从而消解人们对以下内容的恐惧：女性觉醒之性欲及其对男性的影响。[1]这类故事由此表明，男性能够接受女性的欲望，但它们同时也继续维护着性与爱的一贯联系。失败的浪漫小说则切断了这一联系，大肆描写女主人公享受与诸多性伴侣的鱼水之欢。虽然从表面上看，这些作品是在欢庆已获解放的女性性欲，但它们事实上通过男主人公过度的暴力，打击、羞辱和惩罚了这种行为。于是，罗斯玛丽·罗杰斯笔下享受着性爱欢愉的单身女主人公也会在整部小说中遭到毫不留情的羞辱。由此，她 169
在作品中对女性所施加的暴力或许既表明了她对持续存在的男性权力所怀有的绝望情绪，同时也透露了她的内疚之情——她竟试图通过假想女性在性方面拥有平等的权利，来推翻男性的权力。在羞辱笔下女主角之时，她或许也是在严惩自己；这个自己渴望着挑战现有性别分工中的权力平衡。

在此很有必要再次指出，桃特和她的顾客不喜欢罗杰斯的作品，也不喜欢与之类似的书。她们对男性既没有那么愤世嫉俗的看法，也不会因为女性的性欲感到惴惴不安，这或许是因为她们从一开始就并不渴求或赞同女性在性行为方面发生急剧的改变。她们对罗杰斯一类作者的作品感到厌恶，或许表明了她们所渴求的自由只是在一段合乎规范的关系之内可以做出女性性反应的自由，而这段关系既未挑战男性主动发起关联（connection）的权利，也没改变父权制婚姻的基本结构。虽然理想浪漫小说的作者认可女性的性欲，但她们并不像罗杰斯、弗兰西斯卡·格里尔、梅莉莎·赫伯恩那样暗示说随便的性行为或女性积极寻求

1　如欲更深入了解为何纵情随性的女性性欲可能会对男性构成的威胁，请参看迪纳斯坦的《美人鱼和弥诺陶洛斯》，第59—66页。

性满足并无不妥。**只有**当性欲望被视作一种此前就已经存在的爱情的标志或征兆时，她们才会支持公开表达这种情欲。

在垃圾浪漫小说以性吸引力开场，并表示一场情欲交合或许就会催生出爱情之花时，理想的浪漫小说却极力主张一个个体势必且确实是先倾慕于另一个个体的独特人格，之后才会将这种爱慕化为性爱的表达。诚然，理想的男主人公确实是从故事的一开始就已倾心于女主人公，但因为理想浪漫小说的叙述文本极力强调，男主人公只是为女主人公的美貌所吸引，由此掩盖了此种吸引力的性欲本质。于是，这类小说才会旗帜鲜明地主张两人互许爱的盟誓是获得性爱满足的合理条件。这种解释性原则（explanatory principle）在之后的重新阐释过程中得到了强化。在这个过程中，女主人公和读者都可以重新解读男主人公早先所做的任何性爱行为，即这无疑就是他爱她的结果。因此，史密斯顿群体所偏爱的浪漫小说依旧倡导着浪漫爱情的观念，并因此坚称男女之间的婚姻并不是出于经济或社会方面的需要，也不是纯粹的性关系，而是一种自由缔结而成的情感结合。

很显然，一部作品能否被认定为浪漫小说，最低标准即是有情人是否终能成为眷属。而要更深入地判断一本书是否值得阅读，关键就要看它是否拥有能让读者心悦诚服地将婚姻归结为伴侣双方相互欣赏的叙述逻辑。虽然垃圾浪漫小说似乎也在努力做出这种浪漫的爱情保证，但
170 它的保证令人无法信服，因为它的叙述不只突出了男主人公的过度残暴，而且也强调了女主人公纯粹只是在性方面吸引着男主人公。于是，结尾处女主人公正式委身于男主人公的情节看起来就更像是他出于无法控制的性欲而做出的一种妥协或屈服，而非她凭借自身能力实现的成功，即把他改造为一个会表达情感的个体。二星和三星的浪漫小说虽然在很多方面与理想的浪漫小说有所不同——这一点我们随后即会谈及，但这二者至少存在一个共通之处：在讨论吸引男性注意的关键原因或决定因素之时，它们认为首先是女性的才智和个性，其次才是性吸引力。

这些不尽如人意的浪漫小说在内部叙述结构上也与更加成功的作品存在着惊人的差异。二者虽以同样的方式开头和收尾，而且也运用类

似的推论方法解释最终结局的来龙去脉。可是，在这类评级更低的故事中，主要角色所采纳的折中道路却太过偏斜了，因此其中所包含的关于异性恋关系和婚姻的言外之意就不同于理想浪漫小说所假定的隐含义。

这种差异的出现源于这些故事不断地违背史密斯顿女性已明确表达的最基本偏好和规则，即浪漫小说只应着力于描写“一个女人和一个男人”的故事这一条件。虽然这些作品都以男女主人公的幸福结合收尾，但它们中没有一部记录了这段关系持续不断、不可阻挡的日渐加深之势。当理想的浪漫小说让男女主人公在故事之初就结成一对，从头至尾都厮守于彼此的身旁，且只因各自的个性弱点而使得通往最终结合目标的道路障碍重重之时，这些不那么让人满意的浪漫小说却反其道而行之。它们让主要的角色相遇相爱，却只是为了让他们再次分离。随后它们便开始描述其中一方在分离期间为另一段称心如意的感情而倍感困扰，并由此将无法获得理想的浪漫关系归咎于必须清除的外部障碍，而不是在当事人双方的身上寻找原因。于是这些浪漫小说就无法成功地传达如下讯息：即便一段关系并不那么理想，但只要双方愿意改变其行为，那么这段关系就有可能会蜕变为完美的结合。

由于这些浪漫小说并不着力于探讨一段已确立的情感关系中尚有改善余地的内在问题，而是极力要解决这段关系确立之前所必须处理的一些问题，因此，它们就未能有效触及已婚读者所处的特殊处境。对那些仍在担忧自己能否找到合适的终身伴侣或在与其他女性的竞争中胜出的单身女性而言，这些小说可能会获得更高的评价；但在已处于婚恋关系中的女性看来，它们并不那么扣人心弦。个中原因不难理解：后者相信自己可以改善这段关系。桃特曾评论说：“我不想看到她做她的事， 171
他忙他的，然后两人就在一起了。”这种说法自有其道理，因为这样的故事并不能让读者了解应当如何改变一段业已确立但抑制了情感强度、妨碍了提供悉心呵护和温柔照顾的关系。

此外，这些先天不足的浪漫小说不只让主角双方有交集，还让他们与其他人发生关联。在理想的浪漫小说中，配角真的就只是个次要角色，仅起到衬托彰显主角之用，而在这些评价更低的作品中，配角却着实在故事的发展中占据着一席之地。另外，这些故事在利用其叙述配角的方式上不尽相同，因此其叙述核心的展开方式便也多种多样。事实上，这份清单中的浪漫小说，其情节结构的变化远甚于明显大同小异的理想浪漫小说。然而，这些浪漫小说对二号人物的花式运用以及对他们无法成为终身伴侣的种种解释产生了另一种结果：它们唤起了读者对男女关系的其他诸多恐惧，并最终导致其质疑美满婚姻的本质以及确立这种关系的恰当途径。

我们根本没必要一一细究这份失败浪漫小说清单中的每一部作品再罗列出史密斯顿读者群对于男女关系所怀有的种种恐惧。这份清单本身就不全面，因此即便加以分析，我们也无法罗列出所有获父权制认可但给桃特及其顾客带来无限的行为和境况的一览表。不过我还是想从清单中选取两部具有代表性的作品进行简单的讨论，以便有的放矢地指出它们是如何引出那些不受其控制的种种恐惧而因此无法达到史密斯顿读者的标准。鉴于二星浪漫小说与三星作品存在着一贯且清晰的差距，因此我就选了一部三星的浪漫小说——珍妮特·赖特克利夫的《桃夭宫》，和一部二星的浪漫小说——梅瑞欧·特雷弗的《炽猛欲火》。

通常说来，一部浪漫小说只要在叙述上出现了**任何形式**的离题——偏离或推迟一对理想恋人感情日渐浓烈的发展剧情，那它在桃特及其顾客的眼里显然就会降一个档次。不过，如果这种延迟或离题并不妨碍作者花费相当笔墨描写一段即便未能持续至故事最终结局的“理想”关系，那么读者便更能容忍这种情况的出现。虽然三星浪漫小说运用配角和三角恋的方式千差万别，但所有的作品都会在故事的某一阶段描写这类理想恋情。而二星浪漫小说则没有，这一点就相当值得玩味。因此，二星和三星作品虽然都出现了同样的叙述进度暂停，但桃特及其顾客对于前者的评价更低。我想，二星作品之所以评级更低，主要就是因为它
172 们无法像三星作品那样，提供哪怕只是暂时的替代性呵护和愉悦的体验。二星和三星浪漫小说都未能向史密斯顿的女性提供其最渴望的那种阅读体验，可三星作品至少保留了以下可能性：这个世界上还是找得到能以女人所期望的方式去爱她的理想男性。

以《桃夭宫》为例，它在103页到368页便描写了这样一段关系的始末。虽然卡蒂·卢埃林的丈夫鲁伯特不像倜傥不群的中国亲王陈仪那么风度翩翩，也不像后者那样深爱着卡蒂本人，但这段先入为主的关系仍将取代她与亲王之间那段短暂如昙花的恋情。纵使鲁伯特是在初恋与自己的兄弟结婚之后才决定与卡蒂结婚，而且卡蒂自己也深知，鲁伯特和亲王不一样——“他不会写诗给她，而且，在婚床外的地方，于光天化日之下开口表达爱意肯定会让他尴尬得要命”（第423页），可她最终还是回到了鲁伯特身边。读者被告知，她回到他的身边是因为“他是个英国人，实在、可靠，而且有很强的责任感”（第423页）。这样的结局显然是在表明，像凯瑟琳·伍德威斯作品中的那种理想关系既不切实际又短暂易逝。我们必须更加仔细地探究赖特克利夫的叙述结构以及这部作品仅能部分缓解的那些恐惧，才能了解以这种暗示性建议收尾的故事仍能获得“良”级评价的原因。

这部作品的大部分问题在开篇部分以及鲁伯特对卡蒂的初始印象中就已挑明。他不只是在心灰意懒之际与她成了婚，而且在新婚之夜时觉得她不过是个“惊惶而苍白的小姑娘”（第52页）、“毫无吸引力的丫头片子”（第54页），并声称“对这个面色苍白的黄毛丫头提不起任何兴趣”（第52页）。在他于盛怒之下强奸了卡蒂后，赖特克利夫着重描写了这种行为给女主人公带来的疼痛和羞辱。这个事件只是强调了鲁伯特对妻子的冷淡态度（这一点在此前描述其机械性爱的一个段落中已经有所体现），他根本就不爱她，因而也从未考虑过她是否快乐。毫无疑问，这样的段落会在读者心中引起不适和担忧情绪，因为她们更希望被告知，一个女人**能够**成为男性的主要关注对象：

> 假如他能问心无愧地说他爱她就好了。但在广州那无数个溽热的夜晚里，他清醒地躺着，苦涩地回忆着他失去的爱人塞琳娜。他现在明白了，一个人没法那么快就移情别恋。他不应该听从父亲的建议，与一个他根本就不爱的女人结婚。当一个男人那么深沉地爱着一个女人时，另一个女人根本就无法满足他的需求。然而他已

> 173 经失去塞琳娜了，现在卡蒂才是他的妻子。他想要有个儿子，于是他再次转向卡蒂，更加狂热地强吻着她……
>
> 他喜欢这么做，喜欢在他妻子身上发泄他的需求，享受那释放的时刻以及他在她那柔软身体内所获得的快乐。最终，他从她身上翻了下来，喘着气感受着那渐渐平息的愉悦。她一动不动地躺着，然后把睡衣的下摆往下拉了拉。当她起身，轻轻打开一扇百叶窗时，他早已睡着了……而惹人怜爱的卡蒂却心乱如麻。（第143—144页）

鲁伯特如此漠然地对待妻子的身体，无怪乎卡蒂会为亲王的殷勤所俘获。亲王不只赞叹她的美丽，而且欣赏她的独特才情和艺术能力。“你很与众不同，”他信心十足地对她说，“你有一个一闻千悟的头脑，一颗善解人意的心，一双善摹巧绘的手。”（第187页）而通过卡蒂比较二者对自己的赞赏程度，赖特克利夫进一步强调了陈仪优于鲁伯特的特质：她的丈夫“并不会认真听她讲话……不会以那样热切的心情看她的画作……不会写诗给她”（第190页）。于是，当鲁伯特将卡蒂留在中国，让一个充满妒意的女人将她送到亲王那里去时，读者不禁以为，这是一个最终将通向一段永恒且完美之婚姻的良性发展。

事实上，从赖特克利夫所描述的亲王浓烈的爱情、卡蒂日渐明显的回应以及他们云雨时的激情来看，这样的结局似乎是必然的。以下引文节选自一段冗长而露骨的描写段落，其细节及主调将在接下来的数百页中不断出现：

> “它们柔软、甜蜜、芳香而又温润，”他对着她的胸部呢喃着，“仿若少女之身、雌狮之心、飞鸟之魂和鲜花之芬。”他轻轻柔柔地含住了她的唇，品尝、吸吮着它们，直到她的朱口开始回应着他的双唇，用她的舌头羞怯地触碰他那宽厚的舌头……他的……手轻抚着她的身侧，之后便将她的一只乳房轻柔地握在了掌间，用拇指抚弄着乳头，温存地揉搓、摩挲着它……
>
> 随后他爬到她的身上，轻轻地将性器推入她仍在颤抖的身体

中。她因为那汹涌而至、令人心醉神迷的快乐而发出了呻吟。在他强而有力的冲击下，她再一次陷入了迷狂之中。进、出，缓慢地，极其缓慢地进、出，如此反反复复——她又一次达到了顶点，并大声地叫了出来……

她从未想过一个男人竟有这样的力量，甚至连在鲁伯特那也没有这样的感觉。鲁伯特和她做爱后，就把她扔一边，兀自睡去了。但这个男人无法入睡，他的欲望一波接一波地来袭。（第265—266页）[1]

这段描写与理想浪漫小说作者笔下的描述相比，主要的区别就在于这个事件并非出现在讲述两人从此将过上幸福生活的叙述结尾处，而 174
是发生在一对未婚且以后也不会结婚的男女之间。虽然卡蒂怀了亲王的孩子，但文化上的差异性最终还是让两人劳燕分飞。她最终回到了英国，回到了而今已改头换面的鲁伯特身边，可她仍怀念着与亲王共度的那极乐的一年，并暗自思忖："在那一年里，我享受了万般的爱慕和宠爱。这样的感情是否足以持续一生？"（第370页）

赖特克利夫似乎想要暗示，既将女性视为一个值得尊重的成熟个体，**同时**又把她当作一个赖其悉心呵护的小孩，这样的理想关系只是一个短暂易逝的幻想，永远也不可能在现实世界中长久存在。这个故事的结局便是这一暗示的佐证：在与丈夫重新建立起关系后，卡蒂便放弃了受宠孩子这一角色，而接受了鲁伯特而今已然成熟的欣赏态度，即把她视作一个有才华的成年个体（第394页）。虽然卡蒂看起来似乎对他的关切感到满意，也很享受他们如今充满激情的房事，然而他们的关系仍不同于她与陈仪那令人痴醉的初始关联。更出人意料的是，小说竟在哀歌式的章末段落中强调了这种不同。赖特克利夫并未在这个关于卡蒂

1　这段性爱描写比绝大多数的理想浪漫小说都更生动一点。这种描述的视觉效果或许正是该书得分较低的原因，不过我并没追根究底地向桃特或史密斯顿的女性询问个中缘由。桃特在1981年9月评论这本书的通讯中也只是说："说实在的，鲁伯特是一个没什么存在感的角色。在被他独自一人扔在中国一年后，我不知道她为什么还要回到他身边。"

和鲁伯特的故事结尾处展望他们的未来，而是以无限依恋的心情回望了那失去的乐园。那显而易见的悲伤和怀念笔调已然向读者表明，卡蒂显然深知，那样的奇特经历绝无重现的可能：

> 身在伦敦，在她的新主妇王国内期待着第二个孩子出生时，她有时会觉得那仿佛就是一个梦。鲁伯特爱她，珍视她；她的爱也得到了最大限度的回应。他的父母视她如亲生女儿。社交界欢迎她和她丈夫，他们的生意也日渐兴隆。
>
> 然而，当卡蒂走进仓库，闻到那浓郁的香料和檀香味，或当她独自一人在她自己的房间里看着儿子的微型肖像画，或当她抚摸一小块翡翠之时……
>
> 一个如梦如幻的面容便会浮现在她的眼前，让她渐渐远离这幢富丽堂皇的伦敦住宅，在须臾之间——仅仅只是短短的几分钟，他［原文如此］又回到了桃夭宫，在那度过了令人心醉神迷的日日夜夜。（第460—461页）

鉴于这样的结局以及史密斯顿女性的偏好，这部作品未能得到她们的最高评价也就不难理解了。虽然卡蒂与亲王的完美罗曼史为感同身受的读者提供了她们所渴求的愉悦体验，可那哀歌式的结局又太过直率地声称，这样的浪漫爱情不过是黄粱一梦罢了。《桃夭宫》并未将这样的现实幻觉一直保持至小说结尾，从而掩饰读者的此种体验不过是虚构童
175 话故事转瞬即逝的产物这一事实，相反，它通过再一次揭示梦想与现实的不同，让读者注意到了卡蒂这段恋情的幻想特性，进而点出了这整个浪漫幻想的实质。赖特克利夫的故事结尾似乎是在暗示，即便理想的浪漫关系真有存在的可能，它也没牢固到足以承受住真实存在中的实际需求和变幻。她似乎在劝诫她的读者，与其一生都在渴求一段只能暂时且仅能经由想象获得的理想关系，倒不如安安分分地与一个风度略逊的恋人长相厮守，保持一段更加成熟的婚姻。

我认为，《桃夭宫》失去的那两颗星很可能就是因为它未能抚平所

有因其叙述情节而被激发出来的恐惧。这个故事让卡蒂拥有了一段“真实”、“平淡”而“成熟”的关系和另一段“如梦如幻”、“异乎寻常”且“完美和谐”的恋情，从而告诉它的读者：遗憾的是，她们想要在浪漫小说阅读中寻求的那些情感事实上可能只能以这样一种想象的体验存在。赖特克利夫暗示道，在真实的成人婚恋世界中无法找到这样的情感，但是这样的世界必然会提供其他的益处，比如安稳。因此，她的叙述只是证实了史密斯顿的读者不想要了解的知识和恐惧，即浪漫小说中的婚恋关系与日常生活里的大不相同。[1]这类恰似鲁伯特和卡蒂之间那种所谓更“真实”的婚恋关系，其可能的显著特征是时不时出现愤怒、冷漠，甚或残暴行为。赖特克利夫拒绝让读者继续幻想，以为理想的关系在现实世界确有存在和发展的可能性，而正是因为这一点，她的作品未能为史密斯顿的读者提供完美的浪漫小说阅读体验。

《桃夭宫》的败笔就在于它执意要给这段理想的浪漫关系添加必要的现实性，因此致其未能获得满星评价。但我们同时也可以证明，正是由于赖特克利夫在其中描写了这样一段聊胜于无的短暂理想爱情，这部小说才略胜二星作品《炽猛欲火》一筹，获得三星的评级。和《桃夭宫》一样，《炽猛欲火》也表明，并非所有男人都是风度翩翩的白马王子。事实上，最终与女主人公乔吉结婚的迈尔斯·代南爵士是一个心地善良但有点笨拙木讷的年轻人。虽然乔吉“喜欢”他，但他那“温柔深情”的亲吻“无论如何都没能扰乱她的芳心”（第32页）。她反倒是情陷迈尔斯的朋友，即以典型而迷人的反派男主角形象出现的艾德里安：“他比迈尔斯高，优雅而精力充沛，长着一头浓密、卷曲的棕色头发，拥有一双迷人的深灰色眼睛。聪慧而狡黠的眼波在那长得连女人都会羡慕妒忌的黑色睫毛下流动。他的相貌犹如男子铸像般棱角分明，饱经风霜的棕色脸庞上长着一个笔挺的鼻子，以及一张总是满溢笑意的大嘴巴。”（第46页） 176

1　史密斯顿的读者声称，她们知道浪漫小说不同于现实的生活。我愿意如其所是地接受这种声明，但我同时也相信，她们与这些文本的复杂关系（这一点在她们的评估过程和判断标准中显露无遗）显示了一种无意识但又相当强烈的渴望，即相信自己有一天也确有可能会过上浪漫小说女主人公那样的生活。相关的讨论请参看本书第六章。

乔吉自然即刻就爱上了艾德里安。但她随后就陷入尴尬处境，因为艾德里安拒绝了她的爱情，转而投入其他女人的怀抱。当迈尔斯坦言他知道乔吉并不爱自己时，乔吉突然以新的目光看他。事实上，她第一次被他的宽容、善良和成熟所感动。她甚至认为他是“不同凡响”而且“相当果敢坚定”（第77页）。

虽然小说的余下部分充斥着与核心浪漫爱情没有多大关联的细枝末节（这种叙述结构也是其他所有“失败”浪漫小说所共有的弊病），不过它还是循序记录了迈尔斯在乔吉眼中逐渐转变的过程。然而，这个过程并非由于迈尔斯本人发生了改变，而是因为日渐成熟的乔吉放弃了她那少女的幻想，开始懂得欣赏迈尔斯的品格，将他视为一个沉着且可信赖的朋友和保护者。于是，这部小说便和理想的浪漫小说一样，都采用了重新阐释这一修辞技巧，只不过动向发生了逆转。当理想的女主人公了解到，让她为之倾心的那个独立自主而又处处与之作对的男人确实爱恋她、珍视她时，乔吉却逐渐地明白，这个一开始就向她大献殷勤的男子虽无令人怦然心动的魅力，却着实有其可人怜爱之处。这个故事的逻辑旨在表明，一个平庸普通的追求者虽则缺少典型浪漫小说男主人公那种荷尔蒙爆棚的阳刚之气，却也能成为一个情意绵绵、称心合意的婚姻伴侣。这部小说在结尾处强调了他们喜结连理的幸福——特雷弗称他们间的爱情是“全心全意且根深蒂固”，“绝非……年少轻狂时处处留香……的那种稍纵即逝的吸引力”（第195页）。不过，它仍未能压抑如下所引段落在读者心中诱发的情绪。这些段落显示，迈尔斯与现实世界中的任何一个恋人一样不完美：

> 但在伦敦待了几个月后，他（迈尔斯）叔叔的时时盯视终于让他渐渐适应了这样的正装。当他那略显纤瘦的身体不再因此感到不适时，这样的着装也没有像乔吉担心的那样让他显得笨拙难看，似乎是在焦急地等待着进入会客厅。虽然走在埃德蒙德或艾德里安身边时他仍旧毫不起眼，可她也感觉到，他已形成了一种独有的文雅之气，他的眼镜则让他颇有学者风范，而非显得愚蠢。（第182页）

《炽猛欲火》并未为读者提供间接参与一段理想浪漫恋情的机会，也没有给予她们以希望，让她们期待着现实中的婚恋关系有一天也能成为这种理想关系的翻版。相反，它似乎是在劝告读者，要满足于她们当前可能已经拥有的东西。梅瑞欧·特雷弗也借助迈尔斯和乔吉的故事指出，情爱激情并不总是惊天动地，甚至并非一段牢固而稳定之关系的必需要素。她论证道，真正重要的是心意相投、宽容大度和安稳可靠，因为 177
这些特质都将保证女性能够获得男性的保护。这种关系所提供的情感满足（emotional gratification）或许不够热烈、神奇或令人沉醉，但它将始终给予人以温暖和安逸。她对婚礼当天的迈尔斯和乔吉的描述即恰如其分地展示了她所提供的任何一种缩略简化、极其务实且极富生活味的浪漫幻想："由于是在布伦特兰德举办婚礼，迈尔斯就没有那么紧张和局促，但看起来仍像是难以置信自己竟然真的娶到了那满面娇羞笑靥的娇小新娘。当乔吉满怀感激地宣誓会永远爱他、尊敬他和听从他时，身穿白色礼服、头戴绸缎软帽的她看起来比以往任何时候都更像一朵美丽的白玫瑰。"（第217页）因此，想要在幻想世界里寻找浓烈情感的史密斯顿女性会认为这部小说单调、无趣，不值得大力推荐也就不足为奇了。它太过于直言不讳地指出，浪漫的美梦不过是个幻觉，女性应当降低她们的期望值，安心地与一个不那么称心如意的男人厮守一生。

我在这一章节中仅仅研究了一小部分糟糕的浪漫小说，因此无法一一列举出此类作品未能达到史密斯顿读者标准的方方面面。但即便是从如此粗略的研究中，我们也可以清楚地看到，这种失败在某种程度上是由于它无力向读者提供适其所需的替代性情感。因此之故，这些浪漫小说未能向其女性读者提供一种可振奋人心和苏醒情绪的阅读体验。比如说，垃圾浪漫小说的失败在于，它要求读者与饱受伤害、羞辱和虐待的女主人公感同身受。与此同时，它们还激起了读者对于女性情欲的恐惧和担忧，并暗示说，女性的性欲或许真的会对男性构成威胁。二星的浪漫小说则要求读者认同一个务实的女主人公：她学会了适应平淡的欲望，并逐渐接受了普通男性并非浪漫小说的男主人公这一事实。这些作品略胜垃圾浪漫小说的地方在于，它们没有要求读者经历受惩罚的过程；然而它们让读者陷入了另一种难堪的境地：她们必须和女主人公一起承认，其所怀有的欲望既不切实际又遥不可及。

三星浪漫小说更讨桃特及其读者的欢心于是就在情理之中了。毕竟，它们确实为读者提供了短暂的间憩，让她们得以在此期间以女主人公的身份受到宠爱、照顾和爱慕。可是，这种体验本身非但没有一直持续下去，而且还被指出事实上是不切实际的。有鉴于此，这些故事的失败也在于它们未能说出这些女性想要听到的话。它们未能以实例论证有可能存在一段可长期为女性提供其所希求的种种呵护、照顾和爱慕的理想关系。于是，它们便无法让读者完全逃离真实的世界，进入一个她
178 能尽情享受成为他人关注焦点的幻想之境。

讨论至此，我们或许已无须再为如下结论寻找更多的佐证：渴望获得自我价值（self-worth）之感和他人的悉心呵护催生了史密斯顿的整套浪漫小说评估系统。然而，另外两部失败浪漫小说的失败方式极其耐人寻味，因此快速地浏览一下它们或许仍有助益。《下加利福尼亚的新娘》和《高端时尚》虽然大相径庭，但它们和其他许多浪漫小说一样，均是由于未能触发读者的基本情感而被判定为失败。

在就浪漫小说与桃特进行的一次早期谈话中，她曾提到说，她的顾客总能分辨出男女作家所创作之故事的不同之处。一开始我对此表示怀疑，于是就询问二者的区别何在。她回答说，男性作家的故事总是让男主人公的视角比女主人公的更为宽广。她的顾客也曾单独向我表示，她们甚至能找出男性使用女性假名创作出来的浪漫小说——劳里曾就此发表评论，称其为一个“总穿着女性短裙”的男人。纵然如此，我仍心存疑虑，无法确认这是否可能。但在阅读样本清单中的二星作品之一乔斯林·王尔德的《下加利福尼亚的新娘》时，我惊奇地发现这是有可能的：当我阅读到一半，尤其是看到它描述女主人公与不同男性角色的性关系时，我意识到，在这些关乎情感满足的关键章节中，其重心竟然根本就不是女主人公的体验，而只是表现了男性对于一个完全放荡不羁的女性的所有幻想。再回头查看我此前并未留心的版权页时，我才发现，乔斯林·王尔德事实上是约翰·图姆斯。

和其他所有失败的浪漫小说一样，《下加利福尼亚的新娘》并未遵循“一个男人和一个女人”的原则。相反，在这部小说中，性欲旺盛的女主人公与三名男性发生了性关系，而且在作者的笔下，这三名男性都很风流倜傥。由于作者对他们如此一视同仁，因此不到故事的最后几页根本就无法辨别出真正的“男主人公”。这部作品对于叙述难点（narrative problem）的界定实际上很不同于理想的浪漫小说，这即是说，它并不着力于回答如下问题：一个女人该如何找到一个能欣赏她本身的价值，而非只把她视为性存在（sexual being）的男人。这个故事反而侧重于描写一个女人是如何一步步摆脱根深蒂固的文化压抑，逐渐承认其与生俱来的生理和性别天性。

该故事的叙述结构及其对于性爱场景的处理尤其体现了这种笔法，它总是从男性的视角来讲述，且总是把女性刻画成慷慨献身的人。而且《下加利福尼亚的新娘》还一度出人意料地让女主人公退居二线。这本书竟然用了长达40页的篇幅详细描写约旦·奎恩的丰功伟绩，而此人直到最后才显出了他的男主人公真面目。然而，关于这部作品的这一部 179
分，更为吊诡的是，这个角色当时甚至连女主人公的面都没见过。读者因此不得不放弃她对艾丽瑟的认同感，转而从一个男性的视角来跟进情节的发展。这种笔法在约旦与其未婚妻玛格丽塔的一个性爱场景中显得尤为怪异。首先，读者对于这个女人一无所知，因此根本无法对她产生认同感；其次，这个片段本身也丝毫未提及她的想法和感受，于是读者就不得不与约旦产生认同感：

> “玛格丽塔，为了你，我在所不惜。你愿意等我吗？”
>
> 她没有回答。只是抬起手解开了裙子，让它滑至甲板上；解开衬裙跨了出去；脱掉衬衣扔到了一边。她一丝不挂地站在了他面前。
>
> 那船微微地倾斜着，而她也就此放任自己顺势滑到了他的双臂中。约旦一手环抱着她那赤裸的腰肢，另一只手笨拙地解着衬衫上的纽扣。

> “让我来，”她说道……
>
> 当他也一丝不挂时，她就躺到了床铺上，张开双臂搂住了他。他让她抱着自己，试图轻轻进入她的体内；但她仍因疼痛喘着气。于是他就缓了缓，之后在她身上轻轻地动了起来，跟随着大海的节奏与她欢爱。他感觉到她那紧紧的搂抱，感觉到她弓起身子送上的亲吻；他也感觉到她的疼痛逐渐减轻，取而代之的是一股汹涌而至的欢愉，直到最后她在他的臂弯中颤抖了起来。当他们最终相拥而睡时，她的双手双脚都紧紧缠住了他的身子。（第78—79页）

虽然这个情节强调了男主人公温柔地对待玛格丽塔，这表明图姆斯显然直觉地把握住了理想浪漫幻想的精髓，但对于读者而言，她们无法将这一节与理想浪漫小说中可能出现的类似情节相提并论，因为它根本没有提及这名女性当时的所思所想。即便她许可了这样的行为，急需情感滋养的读者也无法由此感受到替代性的满足感，除非她愿意彻底转换身份认同的对象，转而分享约旦的欢愉。可是桃特只给了这部作品两颗星，而其他读者也都不认为它有任何令人印象深刻之处，这样的事实就说明，更换认同对象的过程是不可能出现的。鉴于她们此前所提及的阅读浪漫小说的原因，这样的拒斥实属情理之中。如果一个欢爱场景中的性爱描写本身并未关注女主人公的情感满足之感，那么，无论它多么缠绵缱绻，它都无法为读者提供备受他人呵护和照顾的想象性体验。正相反，如上所引的那种情节只是在要求读者继续扮演她在现实生活中的角色（假设她已经结婚），继续向男性提供爱慕和柔情，只是打了性自由的
180 名义而已。

究其根本，《下加利福尼亚的新娘》的失败并非由于女主人公未能在故事结尾处赢得温柔、完美的男主人公（她得到了），而是由于它的叙述建构方式要求读者首先要与一个男性产生认同感，然后才对艾丽瑟感同身受，而且后者更是被刻画成总是在奉献，而非接受照护的一方。这部作品的结尾在某种意义上很恰当：它让女主人公获得了一个能真正欣赏其个体价值且会激发其性欲的男主人公。可是它并未给予读者间接享

受女主人公胜利果实的机会。事实上，艾丽瑟和约旦从未在小说中发生过欢爱之情，并且在最终结合之前只在一起待了几个小时（页数也仅区区几页）。这样的叙述结构让读者无法将自己想象为一个值得男性展开热烈的追求并给予温柔爱意，承诺保其一世安稳和周全的有价值个体。《下加利福尼亚的新娘》拥有理想浪漫小说的所有必要特征，但它的叙述结构未能让读者在阅读的过程中沉浸于其所渴望的感觉之中，因此就未能达到史密斯顿女性的标准。

维多利亚·科尔里奇的小说，获评三星半的《高端时尚》显然更接近于史密斯顿读者的理想标准。相比于绝大多数的理想浪漫小说，这部作品对于男女滥交和暴力的描写更加直接。然而只要细加研究《高端时尚》就会发现，桃特罔顾这些通常令人反感的特征正是由于科尔里奇为读者提供了一个机会，让她们可与一位虽然最终并未与热恋她的浪漫男主人公结婚，却叱咤商界的女强人产生了认同。因此，尽管这部作品与典型的浪漫小说并不相同，但它至少让女性间接地体验到了拥有力量、权力和成就的感觉。

《高端时尚》不同于绝大多数浪漫小说的地方在于它交替讲述了两位进军纽约服装设计界的女主人公的遭际。虽然苏格·道森和伊丽莎白·韦尔都是叙述的中心人物，但这部作品最终变成了讲述伊丽莎白的故事。苏格的故事线确实日渐式微，循着她受困于一段不幸婚姻的叙述线索，这个故事着重讲述了她在极端的竞争环境中慢慢道德败坏的过程。与之相反，伊丽莎白则随着剧情的发展，一步步成为一个日渐自信并功成名就的女人。

要证明这一点，只需描述《高端时尚》开始时发生的一个事件即可。伊丽莎白刚到纽约时虽然还缺乏自信，但她已有足够的勇气敢于反对设计学院的教授。她这种挑战权威的行为赢得了学院泰斗之一的注意，随后他们便建立了性关系。伊丽莎白爱卡洛，但跟他在一起时她也饱受折磨，因为他有时会“一整周不说一句贴心话，不看她一眼，也不会悄悄给 181
她一点爱抚”（第64—65页）。此外，他还要求她不能依赖他。随着她在学校开始崭露头角并变得越来越独立，他们的关系就变得更加平等，在性生活中也是相互付出和给予。令人惊奇的是，在长篇累牍描述了其中的一次性爱后，读者被告知，当伊丽莎白醒过来时，“她不必再抱着他不放，也不必乞求他再给她5分钟的温存——她的工作正等着她，而她也迫不及待地想要赶紧开始工作”(第73页)。这并不是典型的浪漫小说世界——在那儿，女性所需或所渴望的一切就是赢得一位非凡男性的爱慕和关注。对伊丽莎白而言，虽然爱和性都很重要，但它们已经不再是她存在的目标了。她享受她的工作，并且想要成就一番事业。

这正是她所做的。虽然在几个关键的时刻，伊丽莎白获得了更有权势的男性的帮助，但她确实有真才实学。摆脱了性方面的纠葛后，她全身心投入到工作当中，并大胆尝试了几次，让她的小设计公司取得了成功。而在遇到一位与她心心相印的男子之时，她也终于“做大了那间公司”。直到第321页才出现的皮特·布伦特是典型的浪漫小说男主人公。他深沉内敛、富有魅力且事业有成，此外还很自然直率、温文尔雅和心思缜密。可直到伊丽莎白挫败苏格的暗算，避免后者盗用她的设计并毁掉她的事业，也就是说，在重新确立了自己的顶尖地位后，她才选择回到皮特身边。虽然读者看到了他们暂时的重聚和充满激情的性爱，也听到了他们对彼此许下的爱之宣言，然而伊丽莎白**并未**由此放弃她那与工作相关的公众形象。事实上，结尾处伊丽莎白对自己未来的设想似乎是科尔里奇为了给浪漫小说增添点“女权主义”的色彩而刻意为之。这样的收尾迥异于典型的浪漫小说结局，既没有充满激情的拥抱，也未表明男女主人公从今往后将会永远幸福地生活在一起。这里值得全文摘引：

> 她往(皮特的住处)德仁打了一通电话，讨论她是否要在等候期间小憩一下，或者应该立马规划来年的安排。在纽约待几个月，然后就去洛杉矶尝试设计其他的服装样式，为一个又一个的明天寻找灵感和出人意料的点子。
>
> 之后再回德仁和皮特一起生活。她不知道这段关系会持续多久。皮特说是一生一世，是被切分为职责、工作和享乐三部分的一年又一年。**我爱他**，她想着。**即便生活让我们分道扬镳，我也会一**

直爱着他。不对，她改口道，强迫自己必须诚实，因为她知道只有保持真实，她才能尽其所能地过好每一刻。**它将会持续至消失的那一刻。如果那是一生一世，那非常棒。如果它只能持续一段时间，那也很不错。没有绝对的天长地久。只能尽人事，听天命。** 182

伊丽莎白抽出了一本速写本，在画页顶端写下了"要素"二字。她看着那字，暗自思忖，这是要勾勒出自己的人生，还是要画出一件新时装的线条。之后，她对自己点了点头，便踢掉了鞋子，开始埋头于工作之中。（第378页）

科尔里奇极其与众不同的结尾也引起了桃特的注意。她在1981年5月份的评论通讯中便直言不讳地评价了这部作品的结尾。但"结尾留下了太多的悬念"这一简短的评论显示，她并不理解科尔里奇的暗示：虽然伊丽莎白试图将工作与私人生活融合在一起，但工作仍将是她未来生活的重心。桃特的评论显示，她看重的依旧是浪漫小说作为寻获圆满、幸福和成功这类情感的适当途径。她之所以认为这部作品让人难置可否，就是因为这个故事并未完全解决上述问题。它也确实没有做到。然而，鉴于她和其他女性读者此前都表示，圆满结局是必不可少的要素，因此这部作品依旧能够获得三星半的评价着实令人吃惊。

桃特的点评虽然非常简短，但它们也点出了这个故事压倒其他败笔的特征，换言之，就是伊丽莎白·韦尔这个角色的塑造。以下即是她的评论全文："如果科尔里奇女士以伊丽莎白［原文如此］[1]·韦尔为主角，而让苏格·道森成为次要角色，那么这个故事就会更有看头。可惜的是，这个故事的线索被一分为二，而且很多时候处理得并不好。结尾留下了太多的悬念。"[2]如此看来，虽然这个故事并没有描述伊丽莎白·韦尔与理想男主人公在建立恋爱关系的过程中通常会出现的一波三折，但她依旧是个可读性很强的有趣角色。她确实找到了皮特，但这个事件只是她生

1 此处原文的"伊丽莎白"英文为Elizabeth，但事实上应为Elisabeth，故作者有此批注。——译注

2 引自埃文斯的《桃乐茜的日记》，1981年5月，第1页。

命中众多事件之一，一如她自己承认的那样。尽管如此，她在时尚界中步步高升的奋斗历程也经历了前进与后退。在此过程中，她吸引到越来越多人的关注，受到越来越多人的崇拜和赞誉，也因而变得越来越自信。如此看来，记录女性成功事迹的写法虽然不同于惯例，但似乎仍能在桃特和部分史密斯顿读者的心中唤起其所渴求且通常都是因理想男主人公对女主人公的欣赏而出现的情感。

我们显然可由此得出结论：通常在理想浪漫小说中占据重要位置的浪漫恋情，其重要性就**在于**它满足了女主人公以及与她产生认同感的读者的需求。这似乎进一步表明，在理想的阅读体验中，真正关键的或许是女主人公的成功，以及由此在她和间接分享了其生活的读者身上催
183 生出的价值、权力和满足之感。《高端时尚》似乎向读者提供了这一切体验。它所缺乏的是另一种同等重要的替代性体验：获得一名男性的呵护和照顾，且这名男性也减少了他对外在世界的承诺，从而承认他对一名女性的依赖并确认爱慕她所具有的价值。缺乏了这一体验，这个故事就无法成功地向情感匮乏的读者补给情感能量和力量。因此，它也未能在极其连贯一致的史密斯顿评估系统内获得最高评分。

我必须在此最后一次指出，这个系统源于史密斯顿女性的额外文学渴望和需要。然而，在区分浪漫小说的优劣时，关键的决定因素是读者与女主人公产生认同感时所萌发的情感。如果女主人公的遭遇激发了太过强烈的情感，比如对男性的愤怒、对强奸和暴力的恐惧、对女性性欲的担忧，或者对与一个平庸男人一起生活的担忧，那么，这样的浪漫小说就会被视为失败之作，或被认为写得很糟糕。相反，如果这类事件唤起了诸如兴奋、满意、乐足、自信、骄傲和权力等情感，那么事件的内容以及它们的排列方式就不那么重要了。最后也是最重要的是，读者感觉到，在那短暂的时间里，她成了一个身处异地的他者。在合上书本时，她必须重获信心，确信男人和婚姻确实有益于女性。她也必须带着已然完复且重又饱满的情感，满怀对自身价值的信心，坚信自己有能力和力量去应对那些她必须要直面的问题，重新投身日常生活，履行她的职责。如果一名作者的故事可让读者获得好几个小时的替代性体验，成

为因获得一位非凡男性的关注、钟爱和认可而成为人生赢家的女性，那么这位作者的作品就会成为桃乐茜·埃文斯和史密斯顿读者眼中的理想浪漫小说。

史密斯顿群体对于这个评估系统的依赖让这些女性确信，尽管媒介机制（media institution）确实让他人获得了经济上的益处，但她们也在情感上受惠于这一制度。因此可以说，她们至少部分地改造了浪漫小说这一父权制形式，使其能为己所用。她们只选择那些会强化其自我价值、提供其所需之补给的故事，由此得以对抗一个系统的力量。这个系统通常会对女性提出大量的要求，但拒绝予以回报。不过这并不是说，史密斯顿读者所阅读的浪漫小说对父权制度构成了一种根本的、实质性的挑战。要做出这样的论断，就须更加广泛地评估长期阅读浪漫小说对这些以及其他女性所产生的**影响**。然而，为了揭示这种文学形式和现实女性生活之间的复杂关联，我认为很有必要探究浪漫小说阅读活动的最后一 184
项要素。因此，我将在最后一章中讨论这种文类的叙述话语（narrative discourse）以及它可能会对那些日复一日、一本接一本阅读浪漫小说的女性产生的观念影响（ideological impact）。 185

第六章　语言和叙述话语：女性身份的意识形态

当史密斯顿的女性坚称浪漫小说只是幻想，她们的阅读活动只是逃避，她们似乎是在陈述显而易见之理。事实上，她们的主张似乎只是证实了通俗文化研究中的常见论断：鉴于它们程式化、重复性和不切实际的特性，通俗文学更接近于童话故事和神话，而与关乎人类问题的“严肃”思考就相去甚远。[1]史密斯顿的读者还声称，她们并未期望自己的生活会类似于浪漫小说女主人公的生活。这样的补充进一步说明，她们并未将幻想世界中的构成原则运用到她们自己的生活中，也未在浪漫小说的阅读活动中学到如何从自己的婚恋关系中获取更多东西的技巧。然而，这个群体也一再强调说，浪漫小说可让她们了解历史和地理知识，这说明她们也相信，浪漫小说的幻想世界与她们栖居的这个世界存在着某种程度上的一致性，甚至是连续性。这就会让人不禁想问，浪漫小说中关于女性气质的保守观念有多少会在阅读过程中被读者不经意地“习

1　可参看《通俗文学研究期刊》(*Journal of Popular Culture*)的早期期号。这些期号上的评论家基本上都表明，虽然通俗艺术形式鲜少就人的境况(human condition)提出独具一格的洞见，但它们也值得予以关注，因为作为幻想，它们能够让人了解是何种社会情境使得这种特殊的(即便只是暂时的)遁入想象之境的行为成为必需。

得”，并在真实世界中被推广为正常、自然的女性发展过程。

要想无视史密斯顿读者在浪漫幻想具有现实特性这一问题上的自相矛盾，只需将其归咎于缺乏文学雅趣（literary sophistication）即可。然 186
而，这种做法将再次否认读者理解自身经历这一行为所具有的价值，并且也会因此在努力重构其对浪漫小说的复杂运用时忽视掉一种非常有用的证据。因此，可取的做法或许是，至少可以将她们自相矛盾的观念视为一种证据，即她们对故事的现实性抱持着模棱两可的态度。在某个层面上，这些女性或许真的只把这些故事视作幻想之物，但与此同时她们也认为，故事中的另一些东西是千真万确的。于是，她们便会把虚构世界中的知识运用到现实的事件和经历上。假如她们真的运用了虚构作品中的部分主张，那么很有可能出现的情况是，读者也会在无意识之中将其他与女主人公命运相关的东西视为可普遍适用于现实的女性生活。在此种情况下，无论这些女人意图通过阅读行为对其为人妻为人母的角色做何种注脚，究其根本，阅读体验的意识形态动力仍可能是保守的。在阅读了一个女人历经波折，终于在护花使者和性爱伴侣的帮助下寻找到身份的故事后，史密斯顿的读者或许会告诫自己，应当相信这条人生实现途径的价值，甚至会因此心生希望，认为这样的途径或许只是还没展现在她们面前，一如女主人公曾有过的经历。

我打算进一步探究这些故事的语言和叙述话语，以及它们在读者身上诱发的活动和反应，从而评估浪漫小说世界和史密斯顿读者所栖居之世界间的关联性质。虽然阅读浪漫小说确实引发了一个认同过程——读者对女主人公经历过的事件做出了反应，但读者并非只会做出此种层面的反应。阅读浪漫小说的行为首先要求所有读者必须参与到建构世界的复杂过程中，也即积极地对每一页上的字词寓以深意。在这个过程中，读者会将文本的语言作为自己的语言，而且似乎是在向一个由她创造的世界下指令。由于这个过程或多或少都会利用到她用于指涉真实世界的语言，因此阅读过程中创造出来的虚拟世界便与读者日常栖居的那个世界存在着重要的关系。于是对读者而言，阅读和建构世界的活动便具有了纯粹形式层面上的意义，因为它们要么重复和强化，要么改变和批判读者所熟知的那个世界的性质。

特里·伊格尔顿曾在讨论阅读过程中这种文本—读者互动关系的特征时指出，文本对那些阅读它们的人"施加"了影响。[1]他补充道："它们所带来的影响并不是指完成阅读后所发生的那些事情（比如参加罢工游行，或更加善待儿童），而是因为阅读而产生，以及在阅读中所产生的
187 影响（如果确实产生了影响的话）。"[2]他坚称，这种情况的出现是由于文学符号并非简单地指称某个客观展现和即时呈现的世界中的事物，而是在再现语言。在这种情况下，它们便是在指涉一种讲述或描写一个同样为想象性世界的想象性**行为**，而这个世界本身则是在对其加以评论的过程中逐渐成形并且概念清晰的。[3]因此我们可以说，文学文本的语言并不是在摹写这个世界，而是在效仿一种将世界作为其客体的观念性言语行为。也就是说，文学文本是鉴于如下原因而作用于读者：她必须把它当成一套指南，并遵循其指引，采纳一个想象中的讲话者或作者的立场；而且后者的遣词用句让人感觉，"那里"（out there）仿佛确已存在一个可供其讲述这个故事的宇宙。

传统的通俗文学批评都假定，"那里"的那个世界是一个幻想的世界，与读者所处的世界几无相似之处，也不存在适用性。比如凯·玛索（Kay Mussell）就直截了当地宣称："通俗小说并非**现实主义的作品**，作者没有这样的意图，读者也不会有这样的期待。"[4]然而，浪漫小说的作者和读者似乎都不同意这一观点。菲利斯·惠特尼向潜在的作家提议道，如果他们无法负担去异国他乡进行实地考察旅行，那么不妨借鉴图书馆里的书籍或日常生活中熟悉的地方。[5]她指出，只要对真实的地方进行细致的描写，它就会自动转变为一个故事的背景。和史密斯顿的读者一样，

1 参看伊格尔顿的《意识形态、虚构作品和叙述》（*Ideology, Fiction, Narrative*），第66页。

2 同上。

3 关于文学作为日常话语或言语之模仿物的进一步讨论，请参看芭芭拉·赫恩斯坦·史密斯的《话语杂谈》（*On the Margins of Discourse*），第8—11、15—40页；普拉特（Pratt）的《文学话语的言语行为理论》（*Toward a Speech Act Theory of Literary Discourse*），各处；以及伊瑟尔（Iser）的《阅读行为》（*The Act of Reading*），第62—68页。

4 参看玛索的《浪漫小说》（*Romantic Fiction*），第317页。

5 参看惠特尼的《故事发生地》（*Where It Happens*），第29页。

惠特尼认为浪漫小说中的世界与现实女性所栖居的世界是一样的。因此，对那些创作和阅读浪漫小说的女性而言，这类作品的模仿问题远比习惯了亨利·詹姆斯（Henry James）和威廉·迪恩·豪威尔斯（William Dean Howells）的批评家乍看到的要复杂得多。

当然，在被追问时，史密斯顿的读者会很乐意承认浪漫故事本身不太现实，因为里面的角色都比现实中的人"更好"，而且所有事件也毫无歧义地冰消雪释。尽管如此，她们仍毫不怀疑地相信小说中物质世界的描述准确性。事实上，正是由于她们坚信这种言语转录绝对"真实"，她们才会将那些关于历史传统、地理场所的口头断言当作与这个世界及其历史有关的"事实"和"知识"牢记于脑中。她们之所以会相信当代浪漫小说具有现实主义特性，很大程度上是源于作者组织语言以及读者积极解读语言时的奇特方式。

由于浪漫小说作者所展现的定名行为无论在形式上还是实质上都类似于史密斯顿女性的日常运用，于是在读者眼里，这些文本似乎就是在描述她们自己所处的世界。在采纳了浪漫小说的表意意图（signifying intention）后，史密斯顿的女性随后就会将她们在想象中体验到的婚恋关系照搬到日常世界里。要想了解这种情况出现的原因，及其之后可能 188
会影响读者对于浪漫情节本身之行为命题（behavioral propositions）的态度，我们就须追踪文本属性和阅读策略之间的互动关系。

只要粗略地翻一翻通俗浪漫小说就会发现，这种小说形式鲜少使用那些会阻遏读者即刻"发现"故事字里行间意义的语言技巧。当代浪漫小说的行文充斥着陈词滥调、简单词汇、标准句法和19世纪现实主义小说中最常用的技巧。浪漫小说所采用的简明通俗语言使得读者能够快速理解作品。尽管读者确实从未在书页的字词"之中"或背后发现意义，而只是根据自己的语言技能，积极地为这些言语结构赋予意义，但很显然桃特及其女书友阅读浪漫小说文本的态度**好似**有可能进行这种简单的意义发掘。事实上，上述的语言技巧全都在维持这样一个错觉：鉴于读者会以特定的方式来对待这些语言特征，于是语言就成了一扇面向一个已存在世界的透明窗户。而她们所采取的关键释意策略，其本身就取决于为这些女性读者全盘接受的一系列语言和意义相关假定。

桃特在通讯中赞赏“好文笔”（well-written）的浪漫小说时就显露了这些假定。比如在谈到基姆·汉森（Kim Hansen）的《丽贝卡·麦格雷戈》（*Rebecca McGregor*）时，她曾评论道：“一部以澳大利亚为背景的好文笔小说。”[1]但桃特无意于像文学评论家那样，使用这个术语来指出作者在描述方面或谋篇布局上独出机杼的非凡才能。相反，她是用这个术语来评论汉森独具一格的情节设置。桃特对作者使用语言的技巧并不感兴趣，因为她首先关注的是语言所指涉之事件的变化。她在详述给《丽贝卡·麦格雷戈》打五星的原因时明确表示，她认为写作上的成功无关乎优美的行文或立意的好坏，而与使用最通俗明了的语言符号来描写的角色和事件的独特性密切相关。因此之故，当被要求说明这部作品获评好文笔作品的原因时，桃特并未提及汉森的文学风格，而是开始滔滔不绝地概述她的情节设置：“坦白说，封面不太吸引人。啊，简直可称得上是单调乏味。但它的故事线很不错——那是发生在澳大利亚的事。它起先是从男性视角来讲述的。他刚从英国过来，打算来这里发点财，因为……他被指控在工作中犯下盗窃罪。他以前在银行工作，当时也已经订婚。但当他被指控盗窃后，那纸婚约就随之解除了。于是他就离开了。”桃特似乎只根据一部作品完成分内事（即讲故事）的效率来评判它
189 的好坏。可以说，桃特是以功利主义的态度来对待语言，认为它不过是实现特定目的的一种工具。[2]简言之，它要“讲述”一些东西。

如果这种关于好文笔浪漫小说的代表性评论准确地标示了其阅读行为的话，那么可以说，桃特在阅读过程中鲜少有意识地关注作者的遣词用句。实际的情况确实如此。在我们讨论浪漫小说的整个过程中，她只有三次想起提醒我注意作者的用词贴切。对桃特而言，词语并非可经由巧妙的使用来传达出全新含义的实体，也不是需要读者有意予以关注或解读的东西。由于词语具有意义，或者说，它们包含或拥有这些意义，

1 引自埃文斯的《桃乐茜的日记》，1980年11月，第1页。

2 关于语言发挥此类实用、功利功能的能力的讨论，请参看穆卡洛夫斯基（Mukařovský）的《审美功能之用》（*The Place of the Aesthetic Function*），第31—48页。

因此她认为它们明确指涉着行动、地点和事件，虽然这些行动、地点和事件完全独立于仅仅用于描述它们的词语。桃特的读者则更加不可能会对浪漫小说的语言发表评论。她们认为，“优”与“劣”这样的评估术语只适用于评价特定小说所讲述之故事的质量。不管我多么频繁地要求读者详细说明文笔好与差的作品之间存在的区别，我得到的答案却总是差不多：不是关于情节设置的独特性，就是谈及男女主人公讨人喜欢的个性。

因此，桃特和她的读者在阅读浪漫小说文本时，都认定它的语言就是要在虚构的叙述者展开描述之前，以简单且毫无疑义的措辞来描述不管怎么说都“已经完成”的事件。她们认为，和现实世界一样，虚构中的事件也跟那些可用来标示它们的词语和口头表述截然不同。此外，这些女性也相信，作者本人已经将故事的意义用词语传达给她的读者。她们相信意义就**在**词语之中，只等着她们去发现。于她们而言，阅读并不是一个与作者相互协作、具有自我意识的生产过程，而是一个不断**在**书中从她所提供的有关于人、地方和事件的信息而非这些人、地方和事件本身中搜集意义的发现行为。这些女性认为，作者在选择特定词语而放弃另一些词语的过程中，已经将关于这些事件的信息全都包含进书里。她们相信，词语在被阅读之前，**其本身就已经饱含深意**，因此桃特和她的朋友都毫不怀疑地认定，所有关于角色人格或事件意义的陈述都准确无误。

但我们也必须在此指出，在阅读的过程中，这些女性其实只是将语言能指（linguistic signifiers）和她们所理解的或认为是其必要含义（necessary significations）的意义结合或联系起来而已。她们依赖于被其视为权威的标准文化代码来关联能指和所指。她们从来就没有意识到，这些代码或许具有历史上或文化上的相对性。于是，在**她们**眼里浪漫小说的女主人公就成了“独立”且“才智过人”的女性。不论是桃特还是 190
她的女书友，她们都坚信语言具有准确描述和标示外部真实世界的能力。当她们在书里看到熟悉的词语、修饰语和定名模式时，她们就会不假思索地给这些符号赋予此前就一直赋予它们的那些意义，并始终认为这一意义合情合理、不可改变且毫无疑义。鉴于桃特和她的朋友坚信词语总是在表达其包含的意义(如果它们真的包含了这些意义，那么除了表达这些意义外还能怎样?)，她们自然就不会对那些词语产生疑问，更不会意识到自己已经给它们附加了陈腐过时的言语能指。虽然她们积极地建构了女主人公及其故事含义，但她们根本就没有意识到这一点。相反，她们认为，她和她的世界“本来”就是这样。

因此，我们或许可以确切地说，在桃特和她的顾客相信是“真实”的那个世界里，她们的活动自有一套经验主义认识论的原则和规程指导着，而她们现在也将这同一套原则和规程带进了阅读活动之中。她们将客观现实视为一种与语言截然不同且有本质差别的东西，而语言本身不过是指称真实存在物的名称系统而已。当这些女性在小说中遇到相同的名称时，她们对待它们的方式就如同说话人是当着她们的面吐出这些词，用它们来指示和描述一个说者和听者都在场的世界。因此之故，语言在她们眼中似乎只是用来标示一个与其所处世界完全一致或者密切关联的世界。她们未意识到这个拟象本身就是由语言建构而成，一如她们未意识到，在某种程度上，其所栖居的这个世界也是那套用来阐述此世界的代码的创造物。于是，她们便毫无顾忌地将虚构世界与自身所处世界融为一体，而且还想当然地假定，所有的幻想世界都“自然而然地”类似于她们了如指掌的现实世界。

虽然就文本意义的最终解读而言，这些假定及其诱发出的阅读行为意义重大，但我必须在此再次指出，虚构世界与读者所栖居的世界如此相似，其原因并不能只归于这些阐释策略。因为浪漫小说的作者也持有相同的语言和意义假定，因此，他们创作的文本就是为了让人能以这种直观的方式阅读。当代浪漫小说那特有的言语结构则为这种诠释方式大开方便之门，因为它拒绝让读者陷于任何茫然不知所指的境地，或迫使她以不同的方式去钻研那些无法像简单的指涉性表示那样易于理解的符号内容和结构。

当代浪漫小说最引人注目的语言特征或许就是，它从始至终所使
191 用的句法规则都极其简单，但仍足以让它自我标榜为“文学”。这种句

法简单性实际上确保了每个符号都能即刻被理解，哪怕阅读它的是一个没有什么经验的读者。这种语言的指涉功能有效性因此从未受到质疑。然而，即便浪漫小说严重依赖简单的主谓结构，绝大多数的作品也表现了另一个显著的趋势，即大量使用被动式。他们这么做似乎多是为了竭力达到一种显而易见的“文学”效果，因为他们会把它与从句结构、繁复的明喻以及华丽的辞藻联合使用。[1]

比如，在打开一部以如下语句开篇的作品：“在这个世界的一些地方，时间无疑如展翅大鹏般倏忽而过，但在这儿，在这个英国乡村里，它艰难地蹒跚前行，仿佛正拖着长满水泡的双脚，跋涉在一条绵延于荒野之中，布满了车辙的道路上。”[2]读者立即就会明白，她已经脱离了日常生活的世界，进入到一个只存在于书页之间的想象之域。这种言语结构显然并没有重复日常对话的简单模式。但是，紧跟在这个开场后的句子关注的是当时当刻的空间和时间特殊性，由此与开场营造出来的氛围相矛盾或（更好的情况是）**相抵消**了。作者坚持使用指涉话语，刻意强调了这个场景——首次引入即标明“1799年6月23日”，其出现时间甚至早于上面所引的那个“文学”开场的历史特殊性：“灼热的空气纹丝未动。道路上依旧尘土飞扬，让人想起，几个小时前有一辆四轮大马车刚刚飞驰着驶经这儿。在那笼罩在沼泽上的潮湿阴霾中，一个小小的农场毫无生气地踞伏着。那茅草农舍坐落在细长的紫杉树之间，百叶窗洞开，门半闭，看起来仿佛是被一些下流的玩笑话吓得瞠目结舌。”[3]

有意为之的指涉语言与“文学”符号的奇特混合实现了双重目的：既昭示着“逃避”，同时又向读者指出，这个想象的世界一如她自己所处的世界，因而这里也充斥着那些可能在她生命中发生的事件。这种杂糅式的开篇是浪漫小说的典型做法。童话故事通常一开篇就以诸如“从

1 在我探究浪漫小说“现实主义”话语的双重性质时，我受到了罗兰·巴特（Roland Barthes）如下重要评论的影响：在小说中，写作的任务就是要“在恰当的地方戴上面具，与此同时却又要指出这一点”。关于他对文学现实主义的讨论，请参看《写作的零度》，第29—40页。也可参看钱尼（Chaney）的《小说和仪礼》（*Fictions and Ceremonies*），第69—102页。

2 引自伍德威斯的《火与花》，第9页。

3 同上。

前”之类的表达，构建出一个与真实世界存在可预料距离的神话空间，从而让人注意到它的幻想形式。而通俗浪漫小说却与童话故事不同，它瓦解了幻想世界和真实世界之间的距离，但与此同时，它又巧妙地承认了它们之间的分裂。由此证明，纵然这个故事是一部虚构的文学作品，但它也具有现实主义性。[1]每一部作品的话语都在巧妙地暗示读者，它的故事将可让她逃入她所渴望的幻想之境。与此同时，它还能让她了解一些与其所处世界相关的历史秘闻和鲜为人知的史实。开篇的段落便宣称了这本书有能力履行阅读浪漫小说的两大关键功能，同时它也让读者对即将娓娓道来的故事中那必不可少的现实性产生一种矛盾或模棱两可
192 的感觉。

虽然通俗浪漫小说在文体上乐于承认它的故事是一个幻想，但它也会对那个幻想所处世界的物质细节给予显而易见的关注。这么做的效果好得出人意料，因此这一技巧会让读者相信，根本不应将这样的故事视为一种幻想。浪漫小说由此对自己作为虚构或写实作品的模棱态度也许正表明了，它的作者和读者都打心眼里拒绝承认，那种完美结合的故事结尾在现实生活中绝无实现的可能。如果确是如此，那么，史密斯顿的读者在阅读浪漫小说的过程中可能不只是在汲取与物质世界有关的知识，或许同时也在积极地将从中获得的两性关系资讯进行举一反三的外推，并把这些信息运用到她们自己的生活当中。

虽然浪漫小说的模拟效果（mimetic effect）可归因于好几种语言手段，但其中最为关键的是该文类细致入微地关注着女性服装的风格、颜色和细节。这种小说形式的各种类别中都一再出现长篇累牍的服装描述，但最为突出的当属哥特类和长篇历史类。就连篇幅较短的禾林和西卢埃特系列也都会充分利用缩略版的服装描写，尽力营造出女性世界的氛围。下面所引段落虽然不算长，却是一则典型的时装短文：

单就外表来说，她看起来肯定和她们以前的样子差不多。身披

1 关于童话故事开篇之重要性的讨论，参看贝特尔海姆的《魔法的功用》，第62—63页。

> 一袭自制的简洁白色绸衣，搭配一条新近才做完、缀有钻石和蓝宝石的银掐丝链。小巧的耳朵上戴着一对蓝宝石耳钉，手指上戴着一枚巨大的蓝宝石戒指。那一身银白色的服装衬托出她的黑色卷发和明亮的灰眼睛。她的头发被随侍利亚梳成了一个高发髻，还有几缕长卷发垂到了脖子处。她焦躁不安地将几丝散落在耳边的卷发拂到了耳后。[1]

这类段落中描述的服饰几乎从未在剧情发展中发挥过重要作用。相反，正由于叙述者偶然注意到了看似对读者而言多余的细节，故事的情节发展常常会突兀地骤然停止。但这些细节其实一点也不多余。它们是必要的速写之一，这样才能勾勒出小说女主人公与普通读者一样“天生地”对时装着迷的形象。浪漫小说的作者下意识地使用了文化惯例和固定观念，认为女性的一大特色即是她们全都无一例外地感兴趣于服饰。然而，在依赖这些此前就已周知的编码描写虚构人物的性格之时，它们也通过简单的重复，悄然合法化了这些编码，并由此为读者自身对这类女性世界必有特征所可能怀有的痴迷提供了辩护理由。不断描写“粉红色条纹衫裙”、“浅黄色粗呢质夹克”、“长袖连衣裙”和“翡翠绿晨衣”[2]的最终效果或许就是称颂读者所处的主妇世界，而这个世界的 193
主要活动基本上就是购物、自制行头，并在预算紧张的情况下依赖《家庭圈》(*Family Circle*)和《好管家》(*Good Housekeeping*)一类的杂志，寻找仿制《时尚》杂志服饰的小窍门。

浪漫小说中的民宅建筑和家居陈设描写也同样注重描述性细节。如果小说的背景设定为特定的历史时期，则叙述者的眼光就会细察秋毫地流连于前电气化生活中的物件和穿着。如果这个故事的背景设定在当代，则品牌器具、流行的家具风格以及诸如“繁茂的”绿色植物、流苏花边壁挂、丝绢花一类的时兴装饰物就会成为女主人公寓所中的典型装设。这两种描述都不言而喻地宣称，小说中的想象世界和读者所处的世

1　引自丹东(Danton)的《蓝星石》(*Star Sapphire*)，第6页。

2　引自惠特尼的《惊雷高地》，各处。

界一样真实，因为它也充斥着一模一样、实实在在和丰富多样的商品。下文所引的典型段落包含了极其繁复的细节，但几乎未透露与小说角色或氛围相关的资讯。它的存在似乎就只是为了让人注意到它那冗长的描述性文字：

> 宽敞的书房镶饰着大量的胡桃木。阳光透过顶层公寓天窗上的纱帘洒进房间。四壁闪烁着自然的光芒。在房间的一角，一架落地书柜上只寥寥摆着几本图书。这些书的内容都与武器和狩猎有关，它们因为时常被人翻看而已破旧不堪。绝大多数的书架上都摆放着纪念品和在猎物旁摆出各种造型的猎人照片。一个狼獾标本隐伏在顶层的书架上，而那条通体喷漆的响尾蛇则盘成一团蜷在靠近地面的书架上，时常让毫无防备的人吓一大跳。[1]

这种看似随意却绝对必要的家居环境描述是一种文学实践的变化形式，即被安伯特·艾柯恰如其分地命名为“无目的瞥视的技巧”(the technique of the aimless glance)的实践。[2]在分析伊恩·弗莱明(Ian Fleming)所创作的詹姆斯·邦德小说的论文中，艾柯指出，弗莱明暂停了叙述，从而“细致而微并从容不迫地专心”“描述显然与整个故事发展无甚关联的物品、风景和事件”。[3]艾柯写道，这些描述不只“具有高超的技巧，让他笔下的东西栩栩如生地映现在我们面前”，“而且它们显然都是聚焦于显见且平常的事物上，而非那些奇异或陌生的东西”。为了解释这种极端着迷于描写“已知之物”的行为，艾柯指出，“弗莱明之所以花时间以摄影般精确的笔法描写日常事物，其缘由在于，正是通过习以为常的事物，他才能激发出我们的认同感”。他继续写道：“我们的轻信被逗引、哄骗和引导向那些存在着可能和心想之物的地方。此
194 处的叙述极富现实主义性，对细节的关注极其强烈。”艾柯最后总结

1 引自戴利的《势不可挡》，第1页。

2 引自艾柯的《弗莱明的叙述结构》(*Narrative Structures in Fleming*)，第166页。

3 同上，第165页。

道，弗莱明这种具体而微的描述，其作用就是一种“文学召唤”(literary evocation)——唤醒栖居于读者内心的那个熟悉的世界。[1]

浪漫小说也运用了这种无目的瞥视的技巧。这个文类对时装和住宅内部环境的次要特征所给予的独特关注，显然是为了复制“现实”世界中女性活动的舞台——家庭环境。然而，如果你认为这种从容不迫的关注从未投射到异域、遥远之地或未知之境，那你就错了，惊悚浪漫小说就是一例。同样，认为这样的描述未能为读者提供百科全书式的知识，那也不是事实。实际上，浪漫小说的作者常常花费大量笔墨描述外国环境和历史习俗，而这类内容在此之前即便不是鲜为读者所了解的知识，也只是简略至极的一鳞半爪。此外，正如前文所述，读者自己将这些描述性的章节“归整”或分类为有价值的“信息”和“指导”素材，是可储存为“知识”以备日后使用的东西。浪漫小说的读者很有可能会觉得，将这些关于她们从未身临其境的过去或场所的描述性断言视为“事实”并非难事，因为那些有关家庭居住环境的描写一下子就召唤出了她们所栖居的那个世界。浪漫小说对日常事物的模拟通常都很成功，而这似乎也就赋予了其他所有言语声明以真实可信的地位。于是，当浪漫小说的读者看到一个采用句法断言(syntactic assertion)这一形式的句子时，即便她从未亲临句子所指称的那个地方，也未体验过其所描述的客体和习俗，她却仍会直接把它所断言的内容视为真实之物，即把它当作事实来接受。

这可能会再度引人产生疑问，同样的“侵染”过程是否也适用于浪漫的故事？[2]如果浪漫小说的读者会相信那些关于她们一无所知的对象的断言，那么即便从未亲身体验过唯美的婚恋关系，她们却仍可能会相信其存在的可能性。但在探讨是否存在此种情况之前，我想要再花点时间探究浪漫小说的其他语言技巧。这些技巧也凸显了语言的指涉功能，

---

1 引自艾柯的《弗莱明的叙述结构》，第167页。也可参看钱尼的《小说和仪礼》，第72—77页。

2 我采用了皮特·拉比诺维茨在讨论虚构世界和读者所处世界这二者间关系时所使用的一个词语。拉比诺维茨论述道，当虚构的世界看起来与读者所处的世界大相径庭之时，两个世界间的侵染(infection)可能性就会变小。参看他在《小说中的真相》(*Truth in Fiction*)中的讨论，第130—134页，尤其是第132—133页。

并由此强调了**故事**在浪漫小说阅读体验中的中心地位。

通过反复使用相同且数量有限的词汇，浪漫小说的通俗易懂和直观化（visualization）得到了进一步的保证。不论是在单部小说中，还是在各种类别的作品里，浪漫小说的作者都在反复使用重复的描述性短语。比如，摄政类、哥特、历史类和当代类浪漫小说虽然存在重大差异，但它们全都使用“激情澎湃”、“坚韧不拔”、“好逗弄嘲笑”、“漠不关心”、“喜怒无常”、“有男性气质”、“富有吸引力”、“性格暴躁”、“冷酷无情”和“傲慢专横”一类的词语来描述男主人公的特点。显而易见的冗余和
195 文本间的重复是浪漫小说的典型特征。这类经常性出现的词汇势必会创造出因循落套的描述和公式化的刻画，却能一次又一次地重新确证读者的期望。[1]话语上的冗繁让读者在初次接触浪漫小说这一形式后，只需要进行最低限度的释意便能读懂它。之后的每一部只要出现了第一部作品中用过的形容词汇，就会让读者联想起一整套的特性描述，并触发她们的惯常情感反应——这是由于在早前的阅读活动中，这种阅读行为已与一整套描述和反应建立起了公式化联系。读者基本上不需要为了理解故事的旨意而去细察任何特定作品中的细微差别。因此，她无须过早地将精力浪费在仅作为手段的阐释事务上，而是可以保存能量，以进行更具吸引力的情感性反应活动。[2]

我必须在此指出，引用这些写作手法并非为了证明通俗浪漫小说的写作质量堪忧。事实上，只有当人们以亨利·詹姆斯的标准来评判作品的优劣，即所有小说都应当辞微旨远而不该直抒主题时，这种写作才会受到严厉的批评。[3]而浪漫小说的读者自然并不这么认为。对她们而言，冗余和过分热心的断言发挥着重要且特殊的功能。这些功能通力遏

1 近日，弗雷德里克·詹姆森指出，**所有**当代大众文化都具有“单纯的重复”（sheer repetition）这一无可辩驳的特征。参看他在《大众文学的物化和乌托邦》中的讨论，第137—138页。

2 大众文化作为商品化的美学体验，其价值并不是由它生产所需的劳动量决定，而是取决于其所承诺的体验的数量和质量。关于这一点的讨论，请参看麦肯奈尔（MacCannell）的《旅行者》（*The Tourist*）。

3 参看詹姆斯的《小说的艺术》（*The Art of Fiction*），第3—23页。要想了解詹姆斯的语言技巧和19世纪通俗小说所运用的技巧之间的不同之处，请参看维德（Veeder）的《亨利·詹姆斯》，第20—53页。

制模棱两可，暗示所有事件都绝对合情合理，并安抚读者，无论她可能得出的结论有多么微小，它们都必定恰当且准确。简言之，这些技巧消除了因阅读是一个短暂的开放式行为这一事实而引发的焦虑感和偶然性。与此同时，它们也保证，即便是最懒怠、最没有想象力的读者也能了解故事的发展，掌握它的含义。

通过压抑阅读活动的阐释特性，浪漫小说那冗余而简单的语言就最小化了读者在故事推演上所做出的贡献。这种特殊的语言手法因此也就确保了阅读不会被那些频繁沉浸于其中的女性视为“工作”，而 196
是被当成一种“享受”。她们对于这一点似乎也有所察觉，因为在讨论简·奥斯丁的小说时，好几位女性都承认，虽然她们喜欢她笔下的女主人公，而且也觉得她的故事很吸引人，但只有当她们不累、独自一人或愿意花时间琢磨她的语言结构时，她们才会去读她的作品。乔伊惋惜地说道：“她的句子太让人费解了，我真的得努力地细加思索，然后才能明白她的意思。我没法一边读她的书，一边做别的事。那可是很不容易的事。”

事实上，迄今讨论的所有语言手段都掩遏了读者在文本意义创造过程中所能起到的积极协作（collaboration）作用。简单的句法规则、初级的现实主义风格、重复的词汇以及作者的诠释——浪漫小说的这些特征共同创造了一种根据此前就已精通的文化编码和习俗惯例便可将其轻易且快速“解码”的语言结构。由于它的遣词用句如此日常化，每一个单词或符号似乎都会根据特定的流程和前提，即刻将意义展现在任何一位读者面前。读者由此成了一个被动的接受者，只会接收由这些特征所预先选定的意义。于是，她们也就永远不可能在被迫释意的过程中认识到，事实上正是她的积极参与才赋予了那些词语以意义。

此外，这种语言运用方式也使得读者继续保持她对于自己的错觉看法：由于故事所设的限制，因此她只是它的简单接受者，只需进行简单的记忆即可。[1]若要理解它的每一个符号、更加复杂的句子，甚至于它的

1　关于现实主义小说作为一种“记忆结构的范式”（paradigm of the structure of memory）的相关评论，请参看伊瑟尔的《阅读行为》，第124—125页。

整个虚构事件，读者只需要回忆这样的单位（unit）在日常话语中的常用义。由于语汇的使用鲜少迥异于常规，句法的规则也几乎从未为了“诗意”或惊人的效果而肆意更改，事件本身更是由一位可靠的叙述者以传统的方式絮絮叨叨地加以解读，因此读者从来就不需要去创造新的诠释惯例（interpretive conventions），或有意识地构建一套关于角色动机的理论。她也并未被鼓励以全新或不同寻常的眼光来看待真实人类活动的虚构对应物。阅读浪漫小说是一种受到如下因素控制的活动：典型读者那无意识但又时常会被勾起的已掌握文化惯例。然而，由于读者本身并未意识到这些惯例，她于是就继续将这一活动视为一种简单的行为：只是在接收已经充斥于文本**之内**的意义。

如果说史密斯顿女性的阅读习惯具有任何象征意义的话，那么浪漫小说的语言可以说就是意义转移的一种工具，并且作者和读者似乎都坚信，这种意义是先于沟通决定和接收活动而存在。词语、短语和
197 句子本身并不会成为关注的对象，而是作为一种管道或渠道，让读者能够经由它们接近真正重要的东西，即构成恋人相知相惜浪漫故事的那些意义。浪漫小说的作者和读者都深知，这个文本的旨意就是浪漫故事本身，就像她们将写作和阅读的活动视为**讲述故事**的一个周期。因此，从它的参与者角度来看，浪漫小说阅读或许可以说是读者对于提供给她们的完整故事的接收过程，而这些故事的作者不仅与她们“讲着”共同的语言，而且同样理解浪漫故事讲述的惯例以及浪漫小说作为女性生活中原型事件（archetypal event）的重要性。这两个看似对等的群体间的互动形式营造了一种假象：擅于讲述故事者和长于接收故事者之间能够进行自发且直接的沟通，并且这些有关于她们自己的故事，其意义不只明确无误，而且双方**早就了然于心**，因为她们之前就已经“听闻过”。

史密斯顿读者惯常阅读和理解的通俗浪漫小说似乎与口传文化中的神话颇有几分相似之处。它们的存在是为了向选择阅读它们的人讲述一个早已为其所熟悉的故事。虽然浪漫小说从技术层面上讲是小说，因为每一部作品都意图讲述一个关于陌生人物角色和尚未完成之事件

的“新”故事，但事实上它们全都在**重述**一个故事，而这个故事的结尾是读者早就知道的。一个奇特但至关重要的事实是，这些由同类读者重复消费的小说保证了，即便一本小说只读了开始，但只要出现了熟悉的措辞、落套的描述或者典型的事件，它们就会向读者透露，这些“新”恋人的命运已经不可改变、无法逆转，就如同所有天命已然确定和固化的神话神祇一样。恰如安伯托·艾柯对神话的评论：“深得古迹爱好者欢心的”记述“几乎全都[是]那些已经发生并且公众也都了然的故事。人们可以**不断**地重述罗兰和圣骑士的故事，而公众事实上早就熟知英雄的遭际”。[1]因此，重述同一个神话的行为发挥着仪式性重申基本的文化信念和集体愿望的功能。[2]

假如重复阅读的现象获得其应得的重视，那么很明显，浪漫小说对其读者而言，至少在某种程度上发挥着仪式性重复一个无法改变的文化神话的功能。但我们也必须认识到，史密斯顿的女性不只是在重复阅读一对男女主人公你情我爱的故事，因为浪漫神话本身伪装成了现实主义小说的形式。事实上，这些女性坚定地认为，她们所购买的作品**就是**小说。这即是说，它们是关于未知且迥异、同时命运如何仍然未知的角色的故事，然而他们的个人发展可在叙述铺展的过程中显露出来。因此，当被特别要求描述“典型的浪漫小说女主人公”时，桃特的所有读者都不出所料地坚称这个任务不可能完成，因为女主人公“全都各有千秋”。 198
虽然我们在第三章中已经指出，史密斯顿女性所阅读的作品情节都是换汤不换药，但她们拒绝承认这一点，甚至会将它们归类为“罗曼史”，因为所有的故事都是关于“一个男人和一个女人相遇，却在相爱的道路上遇到了障碍，但最终还是幸福快乐地生活在一起”。这些女性甚至还声

1 引自艾柯的《超人神话》(*The Myth of Superman*)，第109页。

2 艾柯在序言中对神话仪式和大众文化的比较很重要，因为在这个后现代的时代里，通俗叙述总是被贬斥为非艺术作品，仅仅因为它们未能像典型的现代主义散文和诗歌那样，在人类的经验中挖掘新的或出人意料的反应。但是，就像雷蒙·威廉斯在一篇观点与艾柯类似的文章中指出的那样：“(在)很多社会里，艺术的功能就是表现我们认为是社会共同意义(common meanings)的东西。”他坚称：“艺术家并不是在描述新的经验，而是要表现早已周知的经验。认定艺术只服务于前沿知识的假定是很危险的观念。”(《漫长的变革》，第30页)

称，她们最喜欢出人意料的情节，因为它们会制造接下来不知将会发生何事的兴奋和紧张之感。

在比较神话与现代文学时，艾柯进一步评论道："在［后者的］'文化'……所催生的故事里，读者的主要兴趣点被转移至不可预测的特性上——**未来将会发生什么**，并因此专注于而今吸引着我们注意力的情节创造上。事件并非在故事**之前**发生，而是在故事讲述的**过程中**发生，甚至连作者也常常不知道接下来会发生什么。"[1]就此而言，浪漫小说的功能似乎和小说一样，因为在打开一本新书时，读者就像是和刚刚遇到的熟人们踏上了一段未知目的的旅程。因此，阅读一部精心谋篇布局的浪漫小说充满了面对开放式可能性的兴奋，与此同时却也要承受未知所带来的威胁。小说话语惯例本身似乎就与令人安心的冗繁行文相冲突，一如它们明显地对抗着读者既有的浪漫小说观念（它是一种包含于其他几乎千篇一律的"小说"之中的恒定不变的神话）所带来的安全感，尽管它们并不能彻底破坏这种安全感。

简言之，阅读浪漫小说的体验似乎既提供了与口传神话相关的心理裨益，又具有与阅读一部小说相似的好处。安的一段话生动地阐释了这种双重功能性：在还没依赖桃特的浪漫小说评介建议之前，她总要先阅读一下每本书的开始和结束几页，之后再决定是否要购买。她解释说，阅读开头是为了确定"故事很快就会进入正题"，并确定自己能否预测到它可能的情节发展。如果她没猜中，那她就会认为这本书将会很扣人心弦。她补充说，她读结尾是为了确定作者没有"耍任何卑鄙的伎俩"，让这对恋人的故事以不幸收尾。安表示，如果故事没有按照预期发展，且注定只会让她感到难过的话，那她根本就不想"跟故事人物打交道"。她渴望情节设置出人意料，又希望在通读之前就能预知结局，并且不认为这二者存在任何矛盾之处。

她的行为和理论听起来或许很怪异，但事实并非如此。在史密斯
199 顿的42名女性中，虽然有17人声称她们"从未"在通读浪漫小说全书之

1　引自艾柯的《超人神话》，第109页。

前先看结局，但有12人回答说她们“有时”会有这种行为，5人表示她们“常常”这么做，还有8人则回复说，她们“总是”先读结尾。总的来说，这个读者群体中有25人（60%）认为，至少得时不时地消解一下小说以无法预测的突发事件威胁她们的力量。

这种想要预先了解结尾的普遍需求似乎可以用来佐证这类文本因循落套的描述和陈词滥调并不能证明单部作品是在复述基本的浪漫神话，然而究其根本，这并不是一个令人信服的解释。那些需要特定结局才能感到安心的女性，当她们根据封面和叙事开场将一部作品判定为浪漫小说，最后却发现它们属于其他类型时，她们也会非常愤怒。在这种情况下，惯例似乎是通过建立如前所述的特定预期来产生影响，即认定故事会按照既定的方式发展和结束。假如浪漫小说那墨守成规的公式化惯例至少向一部分读者传递了信号，显示所讨论的那部作品是又一部合格的浪漫神话重述作品，那我们就有必要提出疑问，为什么还有那么多人仍得确定每个特定结局的性质才能安心。但史密斯顿的女性并未为如下情况提供更加明确的资讯：为什么她们想要阅读那些假装是在目击当时尚未完成的独特事件的故事；与此同时却又渴望事先确定，上述事件确有结局，而且那些结果都恰到好处且令人安心地确凿不移。再次转向文本本身或许能让我们准确地推断特定的文本特征会对读者产生何种影响。在此需要特别提及的是通俗浪漫小说的人物刻画和它典型的叙述结构。

就像绝大多数小说评论巨擘指出的那样，它的主要特征之一即是假装顺序记录了一个独特个体的生活，而该个体的独特性类似于其他所有被认为构成社会世界的独立个体。[1]神话或寓言的角色具现了一套有限的法则，象征性地总结了他或她那早已完结的宿命；而小说的角色则不同，它旨在展现一个错综复杂、充满人情味的形象，其身上常常相互矛盾的特质和动机是为了满足现实的需要，即通达权变地应对一个完全偶

1　关于小说作为一种偶发的、个人的叙述，请参看沃特（Watt）的《小说的兴起》（*The Rise of the Novel*），第18—21页。也可参看詹姆士（Jameson）的《政治无意识》（*The Political Unconscious*），第151—280页，以及巴特的《写作的零度》，第29—40页。

然和独特的现实，且这个现实本身不仅不完整，而且不可预测。我想在此再次引用艾柯的话："小说的角色想要……成为一个与其他任何人一样的人［原文如此］[1]，他可能遭遇的事情和我们可能的际遇一样不可预见。"[2]因此，这种形式的每种类型都是"新奇的"(novel)，这恰是因为它避开了"传统"的情节和"典型"的角色而着力于描写一个看似"真实"
200 的独特个体在面对其独自遭遇到的事件和人物的奇特结合时所做出的反应。就像伊恩·沃特(Ian Watt)曾论证的那样，通过不惜篇幅、巨细靡遗地描写小说人物的个性和意识以及个人环境的特殊性，作者在文体上实现了这一点。[3]究其根本，小说中的角色是通过一个独特而一贯的身份以及其处境的罕见性而各不相同。

鉴于文学批评家曾感受过诸如乔治·艾略特、亨利·詹姆斯和威廉·福克纳对于笔下人物角色和偶发性事件的具体而微且入木三分的小说性描述，绝大多数人即便屈尊提及了通俗文学，也会不屑地认为这一形式中的人物角色程式化、模式化，只会让人联想起道德剧或神话。通俗作者总被指斥将复杂的道德问题简单化，因为他们总是通过极度简化的好人和纯粹的恶棍这两种角色的冲突来表现这些问题。对于那些习惯了伊莎贝尔·阿切尔和吉尔伯特·奥斯蒙德[4]的人来说，浪漫小说中屡见不鲜的童贞女主人公和神秘而英武的男主人公自然只是抽象类型，但只读浪漫小说的那些女性可并不这么认为。史密斯顿的读者不只是宣称所有浪漫小说的女主人公都迥然不同，她们还能有理有据地论证，由于所处环境的独特性和临事方式的特殊性，这些女主人公在思想上其实存在着泾渭分明的区别。

比如，在小组访谈过程中经常会出现这种情况：史密斯顿的某个读者突然想起了一部特别喜欢的作品，但其他人记不起曾读过这本书。于是，那些读过的人就会立即简要地概述剧情，试图唤醒姊妹书

1 此处"人"的原文为"man"，故作者有此说。——译注

2 引自艾柯的《超人神话》，第109页。

3 引自沃特的《小说的兴起》，第14—15页。

4 伊莎贝尔·阿切尔(Isabel Archer)和吉尔伯特·奥斯蒙德(Gilbert Osmond)是亨利·詹姆斯的名作《贵妇的肖像》(*The Portrait of a Lady*, 1881)中的男女主人公。——译注

友的记忆。事实证明，这类情节概要非常吸引人，因为她们最终都会开始讨论“就是在那时她……”而说话者总是以女主人公对男主人公一言或一行的回应收尾。虽然这些女性几乎从来都记不住主要角色的名字，但她们能以惊人的细致程度复述情节，包括主角的遭遇以及他们成功应对极其棘手处境的方式。因此，桃特以角色和事件的“可信度”来做出评价的习惯便完全契合于她顾客的需求，即角色的动机应当现实合理且有说服力。当她以“角色非常有人情味，拥有各种各样的情感、欲望和思想”[1]的理由推荐罗伯塔·格利斯（Roberta Gellis）的《塞壬之歌》（*Siren Song*，1981）时，她是在向她的读者表示，尽管这部作品是在幻想或神话的框架内，但它仍值得一读，因为它的角色将会让那个幻想显得“真实”，由此也就具有了可能性。因此之故，那些刻画了温驯或激进到离谱的女主人公的小说会遭到史密斯顿女性最 201
为猛烈的批评也就不足为奇了。正如莫琳所说：“我们知道男人会怎样回应那样的行为。现实中没有哪个女人会对此抱有侥幸逃脱惩罚的奢想。她会受伤的。”

桃特和其他女性因为浪漫小说叙述中所展现的角色个体特质让人信服，因此认为这些角色是“真实的”。但这样的主张似乎与前一章节中所引数据存在矛盾。那些数据显示，很多读者都不相信浪漫小说中的角色与她们现实生活中遭逢的人存在相似之处。事实上，多达22位史密斯顿的女性（52%）表示，浪漫小说的角色与“[她们]现实生活中遇到的人”“没有丝毫相似之处”；然而还有20人（48%）表示，这些虚构人物与她们真实生活里遇到的人“有点相似之处”（18人，43%），或“非常相似”（2人，5%）。对于这样明显的矛盾，我也非常好奇，于是询问那些女性，她们一直提及“可信的”角色，却为何会在回答调查问卷时持相反的态度。她们毫不迟疑地解释说，她们是从字面义上回答那个问题，认为应当将虚构角色与她们遇到或认识的真实人物进行比较。她们并不理解这个问题是一个关于小说人物和真实人类“类型”之间类别相似性

1　引自埃文斯的《桃乐茜的日记》，1981年1月，第1页。

(categorical similarities) 的抽象问题。因此，关于虚构角色真实性的问题就出现了高比例的看似否定的答案。但事实上，这些答案仅仅表明，浪漫小说的角色通常与这些女性早已认识或可能遇见的人不太一样。在此，我认为有必要引用一段相当长，但与此有关的对话，因为它清楚地表明，尽管这些女性承认浪漫小说中的男女主人公都是理想化人物，但她们仍非常希望能心服口服地确信，这类个体有其合理可信之处，甚至可能真的存在：

访谈者：从诸位那收回的调查问卷中，有个答案——如果大家还记得的话，它对应的是这样一个问题："女主人公与你像吗？男主人公和你生活中遇到的男人有相似点吗？"几乎所有人都回答"根本不像"或"只是稍微有点像"……今天我跟正在创作一部作品的莫琳谈了下。她说想让角色显得真实，就像普通人那样，有常人的七情六欲——但这似乎有点矛盾。

桃特：是的。这确实矛盾。但这就像去看一部电影，然后在男主角身上看到了所有你喜欢的特质。在那个时候，那就是一个真实的男人；是一个真实存在的人和化身。我想，演员要进入一个角色应该都会遇到很多困难——至少他们都是这么说的。在写作中，要塑造一个真正可信的角色，我想也一样
202 难。当我说这个人［男主人公］不是我丈夫，他就不是我丈夫！我没在开玩笑。这些男主人公无论如何都没法和我丈夫相提并论。我也不知道自己能否和男主人公那样的人一起生活。

苏珊：或许可以说，那是你的梦中人，你**希望**……

桃特：没错！

苏珊：……是真实的。要知道，每个人心中都有各自中意的类型。而且，没有人能够具备所有你期望丈夫应该拥有的优良品质。你或许可以在心里说，这是一个完美的角色。而这就是合我意的男主人公类型。

萨利：但没有这样的人。

桃特：说起来，我也常常告诉我的孩子："在生活中，有些是你想要的，有些是你能得到的。不，应该说，有些是你梦寐以求、真正想要得到的，有些则是在那儿等待着你去拿的！"

访谈者：嗯，我想我更能理解了。这就是说，出发点就是让他们显得像个正常、真实的人……

桃特：对的，就是这个意思。

访谈者：但他们又与你们认识的真实的人不一样。

桃特：没错。

所有人：是的。

这样看来，对这些女性而言，只要虚构的人物塑造能够让她们信服，那它就是成功的；即便她们自己也深知这些角色远比她们自己或自己的丈夫完美得多，但他们依旧非常令人信服且可信，是有可能存在的人类个体。鉴于这一点，这些女性便可以相信这些角色**以及**故事圆满大结局的真实性。

这种绝对相信浪漫小说世界的真实性或许就是她们从一开始就想要知道特定故事如何收尾的原因。史密斯顿的女性极其信赖这个模仿世界，看起来真心相信女主人公所遭遇的种种不幸。尽管绝大多数人都有成百上千本浪漫小说的阅读经历，但她们完全接受每部作品自称是小说的声明，因此根本不愿意相信那些明晰的话语标记。否则，根据这些标记，这类故事就是浪漫小说，就会由此建立"理应"以特定方式结束的预期。可以说，史密斯顿的女性确实想要参与到仪式性重申一个不变神话的过程中，但与此同时又希望能确信，这并非一个老掉牙的童话，而是又一位女性的个人问题幸运获得解决的故事。

通俗浪漫小说这种奇特的叙述结构似乎也满足了读者的如下渴望： 203
即便是神话或幻想，它也仍有存在的可能，因为它是在一个显然"真实"的世界里，以一种合理的方式发生在一个相当可信的人身上。那些事件的高度可信度很大程度上是源于通俗浪漫小说中那典型的小说式时间表现方式。[1]早前的文学传统依赖于用“永恒的故事反映恒常的道德真理”[2]。但小说背弃了这种传统，通过顺序描述事件的来龙去脉，坚称历史过往就是当前现状的先决条件。这种典型的“现代”观点势必造成它专注于描写人物角色随时间流逝而出现的发展。

鉴于浪漫小说的每一部作品都是以相同的方式解决同样的事件系列，可以说，它们所讲述的故事就是一个神话。然而，每一部浪漫小说都在开篇第一段就表明了即将讲述的故事所具有的时间特殊性。浪漫小说不会在开篇时就把角色置于童话那种永恒的虚构空间之中。相反，它们显然全都依赖两种特殊技巧中的一种来告诉读者，虚构世界里的时间和现实生活中的时间是以同样的方式流转的。其中的一种技巧坚持认为，小说里的时间只是读者时间的历史前身。诸如《火与花》、《天之骄子》和《海之宝》这类运用了此技巧的历史类小说一开始就会特别提及故事开始时的历史日期。这种策略可以不言自明地表明，通常情况下也在第一段出现的女主人公就是一个真实人物，她于早些时候栖居在读者世界那单一而持续的历史之中。然而，还应注意的是，虽然这种标明日期的方式将这些故事置于过去，并暗示其中的事件已经完结且已得到解决，但叙述的发展方式显得这些事件**似乎**是在记录的当时当刻发生的一样。这种手法保留了会伴随任何结局悬而未知的故事而出现的威胁和偶然性错觉。

那些不依赖特别标示日期这一技巧的历史类小说仍能通过营造叙述者和读者都将见证一个已然展开的故事的氛围，从而构筑出一个平行宇宙。开篇即直入本题（in medias res）就能达到这种效果：女主人公或男主人公在剧情发展之时，思忖至少是在此之前发生的另一个事件。通过在同一个段落中巧妙地涉及过去和当下时刻，文本即在暗示，和正在打开书本阅读的读者一样，女主人公是她自己过去的产物，正等待着未来在面前展开。因此，她被塑造为一个存在于当下时间和“真实”世界

1 关于小说中时间表现方式的变革的讨论，请参看科莫德（Kermode）的《结局的意义》（*The Sense of an Ending*），第35—64页。也可参看沃特的《小说的兴起》，第21—25页。

2 引自沃特的《小说的兴起》，第22页。

中的历史实存（historical being）。这种刻意运用现实主义小说传统的方式于是就否认了浪漫小说只是一个永恒的童话，仅存在于读者的想象之中或一部作品的字里行间。事实上，直接指涉时间和真实世界中的熟悉 204
事物有助于消解作品本身的物质性（materiality）：它可以为读者召唤出与她一样真实的人，以及那些现在可能还未发生在她身上，但鉴于它们看似合理的"平常性"，显然仍有可能发生的事件。

浪漫小说对人们习以为常的现世俗务所进行的描写，比如它那"现实主义的"人物刻画以及简单模仿一个充斥着家居产品的世界，这些都是为了削弱读者的意识，让她不会感觉到，自己确实是在阅读另一部浪漫小说，而她此前就已经听过**这个**故事了。鉴于她们关于语言的假设、她们的阐释策略，以及她们对于断言的确信，部分史密斯顿女性的如下行为也就不足为奇了：她们对这些话语实践深信不疑，以至于真切感受到有必要先行确定开篇时那令人担忧的不祥未来不会变成极其可怕的现实，从而让自己安心。预先阅读结尾之后，她们就能确定，这个故事仍旧循途守辙，它的神话地位因此也未改变。这种地位是通过浪漫神话那特有的陈词滥调标志而得以在其他读者心中确立。这些难以轻信的读者只需要在一开始时多花点精力，就能确信故事确实圆满完成。如此一来，她们就能在阅读作品的过程中，更加全身心地体味现实主义话语所预示的真实和开放性的结局。只有在认可了那种未来的真实性后，她们才能在圆满结局最终出现时，全心全意相信它的真实性。

浪漫小说运用的另一种叙述技巧显示，典型的阅读体验存在着奇特的冲突，因为读者对故事的现实性抱持模棱两可的态度。这种技巧显示，当故事慢慢在读者面前展开时，她们相信未知的威胁确实存在。与此同时，她们又希望能不断确证，她们所怀疑的事件事实上最终都会发生。就像绝大多数的叙述一样，浪漫小说首先设置了一个变化无常的初始情境（initial situation），从而为未来的解决方案提供了多种可能性。读者可根据叙述者或女主人公本人提供的种种暗示，设想这些可能的结局。在此之后，这些可能的结局便会一直摆在读者的面前，因为那些对女主人公的童贞或生命构成威胁的东西似乎无休无止地反复出现。在初始情境依旧是个未解的问题之时，次要的叙述谜题就被呈现出来，随后在非常短暂的阅读时间内就被解决了。文本会要求读者就此提供一项叙述预测，而这一预测几乎立马就会被故事中的实际发生事件所证实，或得到作品中一个角色的确证。[1]

比如，我们可以看看浪漫小说对于预兆的处理方法。通常来说，
205 不祥之事的最初征兆与最终坐实读者猜测的实际情节之间的间隔被最小化了。在大多数情况下，扣人心弦的可能性会在几个段落之后就大白于天下。在向读者发出最初的警告后不久，可怕的事情即会发生，但叙述者或目击者之一会即刻对此予以解释。在菲利斯·惠特尼的早期哥特小说《惊雷高地》中，读者被要求聚焦于女主人公母亲的神秘“意外”死亡。女主人公自然而然拒绝相信她母亲是在一条山路上被甩下了马。在叙述中间，她在一个断崖下的沟壑里偶然发现了一条短马鞭，而据称这个断崖就是她母亲坠亡的现场。起初，由于她无法猜到这条马鞭是属于谁的，读者就会忍不住道出那已经显而易见的答案。但惠特尼似乎唯恐读者会猜错，于是就将有无限可能的猜想收窄到仅有一种可能：“她突然意识到，此刻握在她手中的那破烂玩意儿是一条女用短马鞭。它是谁的，怎么会掉到这么奇怪的地方？无论如何，她都要把它带回家，将它洗净，再把上面的银饰擦亮。如果到时它还看得过去的话，或许她就会在骑马时让它派上用场。家里肯定有人知道它的来历。或许，是她妈妈的？”[2]

如果说这样的暗示还不够明确的话，惠特尼在8页之后就提供了进一步的证据：女主人公的阿姨莱蒂认出这条马鞭正是她姐姐的。她那冗长的解释发挥了三重作用。首先，它让读者确信，她确实为一个次要叙述问题提供了恰当的“答案”(solution)。与此同时，它也为女主人公母亲之死的真实情况增添了一丝悬念，从而让这个典型情节的核心，即必不可少的神秘色彩更添一层。最后，这种叙述话语也巧妙地向读者暗

1 参看艾柯在《修辞学和意识形态学》(*Rhetoric and Ideology*)中对于这种“线性”叙事结构的讨论。

2 引自惠特尼的《惊雷高地》，第217页。

示，正如她“早就知道”这个问题的答案一样，她一定也对那些至关重要但仍未解决的问题了然于心：男主人公对女主人公的爱慕，以及女主人公获得个体认同的能力。

这种内在叙述结构让读者能对她所读故事的状态保持一种双重意识（dual consciousness）。一方面，不断抛出全新但尚未解决的叙述问题可让文本维持一种假象，即它只是在事件**发生之时**如实地展现。这种策略由此成功控制了读者的活动，让她对未来将要发生之事一直有种一无所知的感觉，而这也就强调了这部作品的地位：它描写了身处新情境下的新角色，而它的最终走向则是无法预见的。与此同时，通过持续不断证实读者情不自禁做出的预测，这一叙述结构也让读者确信：她不仅准确理解了故事，而且在剧情发展的每一个阶段中她总是预先就知道答案。这种叙述结构因此默默暗示，即便它看起来像是一部小说，但它事实上只是那个结局早已为读者所知晓的神话故事的另一个版本。 206

浪漫小说独特的叙述策略似乎在鼓励读者保持这种顾此不失彼的要求。她可以将这个故事当作一部现实主义小说来读，了解一个女人在生活中可能的遭际，同时又不必面对惯常的未知威胁。这种情况是有可能出现的，因为这类叙述文本所有的偶然事件都被持续出现的保证给抹除了，因此不会出现任何出乎此前预期的情节。浪漫小说作者就是在这种实有可能（truly possible）的伪装下向读者兜售了一个神话。正是由于浪漫小说总是将氛围营造得那么真实可信，其读者因此就很容易被说服，相信浪漫小说的情节本身不仅可能出现，而且和已知的结尾一样，也是无可避免的。正如这些女性曾说过的那样，阅读在那种情况下就变成了一种期冀仪式了。读者在不断参与其中的过程中一遍又一遍地告诉自己，女主人公那样的爱情真的有可能出现在她所处的这个世界里。于是她教导自己相信，男性完全**能够**满足女性的需求。

然而还需要指出的是，由于这种信息自相矛盾的“混杂”话语一方面指示人类生活具有偶发性，另一方面又强调它的天定性质。于是，参与这种话语的史密斯顿女性便在无意之中延续了一种关于女性身份和自由的常见意识形态争论。由于浪漫小说总是以小说笔法叙述**不同**女主人公尚未确定的命运，因此它们是在告诉读者，和书中的女主人公一样，所有女性都是独特的个体，她们对自己的未来一无所知，但完全有能力活出独特的生命。但与此同时，这类叙述所包含的更加隐晦的暗示（女主人公不可预见的命运最终都与她的虚构姊妹们殊途同归）意味着，这样的自由只是一个幻觉，因为女性的生活实际上无一例外全都是同样的结局。虽然浪漫小说中的女性个性各异，也经历了一些前所未见的事件，但她们就像神话中的神祇一样，注定要完成一种早已确定的存在。而框限那种存在的叙述结构论证道，即便背景生平各不相同，但所有女性最终都不可避免地将其女性身份与恋人、妻子和母亲的社会角色联系在一起。即便浪漫小说构建的世界比它的母体——父权社会要好得多，但它仍然否认女性有拒斥纯粹关系性命运的可能性，并进而驳回了她们拥有独立、自足存在的权利。

最后，浪漫小说这种自相冲突的话语显示，至少就女性而言，表面上的千差万别掩盖了更深层次的千篇一律。在极其成功地着力于进行虽
207 然表面化但行之有效的模仿后，浪漫小说向读者暗示道，女主人公和她一样独特，而且就像她自己生活中出现的事件一样，女主人公的遭际也只是偶然发生的事情，仅因为她在特定的时间出现在了特定的地点。因此，女主人公与男主人公的有情人终成眷属就不是受制于社会和政治制度需求的功能性必然趋势（functional necessity），而是运气和个人选择的结晶。而读者也应以同样的眼光看待自己的命运，即它是一条由她自己做出自由选择的道路。

即便叙述文本传达的信息鲜明昭彰，即所有的女性都各不相同，她们的命运从根本上来说是拥有无限可能的，但浪漫小说同时也披露，这样的迥异只是一种幻觉，而且短暂易逝，因为它们最终都无可避免地被压抑或牺牲，以满足那必然但总是千篇一律的浪漫结尾的要求。荒谬的是，浪漫小说那残酷的**神话般**结尾却可以说是再现了“真实”（real），这并不是因为所有女性真的都在浪漫爱情中获得了完美实现，而是因为结尾一再谈及的女主人公放弃个体差异，投身到她满腔热情设想出的一个抽象而不变的角色里这一情况，与女性发现在现实生活中很难避免的一

个情况类似。尽管美国社会鼓吹捍卫人的个性和自由，但它相当成功地强制其女性成员提供必要的恭顺。这个文化通过采用严格的社会化程序、制度性习惯以及对逾规越矩的言行进行正式和非正式的惩戒，促使女性只从社会和制度角色这一维持当前生活机制的关键所在的角度来看待女性气质。故而，当女性把阅读浪漫小说的行为视为一种手段，从而在一定程度上反抗文化强加予她们的角色时，话语本身却通过把这种角色描刻为一种可随心所欲且受个人掌握的个体选择，而非外界强加的必行职责（necessity），进而极力强调它的可取之处、合乎常情和百般有益。当浪漫小说的神话式结尾侵蚀了其用小说笔法描写女性个体遭际的现实性时，这种文学形式事实上重申了其基底文化（founding culture）的信念，即女性的价值并不在于她们独一无二的个人品格，而在于她们的生物学同一性（biological sameness），以及她们所具备的能力——承担养护和复原他人这一重要的角色。 208

结　语

假如读者在看完这些章节后仍然不能确信应该把浪漫小说视为一方面在本质上就具有保守性，另一方面又具有初期的对抗性，那并不奇怪。迄今为止，我一直刻意避免形成一个确定的结论。相比于此前其他大众文学形式的研究，这项探讨浪漫小说阅读现象的工作所获得的图像尽管也相当完整，但并不那么明晰。这种模糊感（indistinctness）或许会令人倍感沮丧，因为这样一来，我们就没法对浪漫小说的意义和影响进行一个总揽一切的总结性陈述。但这种模糊感也是源于有意为之的多意象叠印（superimposition）或双重曝光而导致的模棱两可。这些意象本身就是由多种对阅读浪漫小说这种复杂而多义的活动产生了影响的视角而形成的。因此，这种模糊感并非简单地由于我们错误地聚焦在为一个固定而统一的对象（浪漫小说文本）构建单一且全面的形象上。

假如我只从那些女性本身所理解的层面去看待这种阅读行为，或者换个角度，只看浪漫小说叙述结构的隐蔽意义，那么我或许也可以提供
209 一个轮廓鲜明的意象。在第一种情况下，这种意象或许会表明，阅读浪漫小说的行为具有对抗性，因为它让女性暂时拒斥了自我牺牲的社会角色。在第二种情况下，这种意象就意味着，浪漫小说的叙述结构中包含

了对于父权制及其构成成分（社会实践和意识形态）的简要概述和建议。但是，在使用多镜头观察现实中女性阅读浪漫小说的行为时，每一个镜头都对准了意义和影响形成过程中的不同构成成分或时刻。每一个镜头的位置也有所不同，一个试图从内部察看女性的体验，另一个则努力从外部观望。通过这种观察方式，这项研究有意识地并置了有关于人与文本之间这项复杂社会互动即阅读的不同观点。我认为每一种观点都准确地捕捉到了阅读浪漫小说这一现象的一种形貌，但没有一种能够充分解释这一事件本身的实际发生原因或其重要性。在某种程度上，这与所有人类行动中固有的复杂性密切相关，但它也源于如下的事实，即文化既显又隐，既明又晦。桃特和史密斯顿的女性很清楚自己阅读浪漫小说的方式和原因。但与此同时，她们也在无意识之中按照文化的假定和推论行事。这恰是因为，这些既定事实构成了她们社会自我的根基，也是她们最有可能做出的社会行为。因此，在此采用多视角观察方式的用意在于，它们或许能帮助我们了解这些女性认为自己将从阅读浪漫小说中获得的东西，同时揭示这种实践和自我认知会产生怎样潜移默化、出乎意料的作用和影响。

正是由于无法找到跳脱语境且无标记的位置来从整体上观察阅读浪漫小说这一活动，我们便无法通过这个结论让人们清晰地看到一幅大型图卷。然而，我或许可以用它来提醒读者，请记住本书提供的每一幅快照，并将它们快速并置在一个紧凑的空间和时间之中查看。这样的回顾将有助于凸显浪漫小说阅读这一实际过程的语义丰富性和意识形态密集度，进而一劳永逸地强调浪漫小说与其文化母体之间的复杂关联。

一如我在引言中指出的那样，假如我们牢记文本是阅读的对象，而阅读本身是由一个身处既定社会环境（preconstituted social context）中的真实个人进行的活动，那么，我们就有可能**解析性地**区分出这个行为的意义与所阅读文本的意义。这种解析性的区分促使我们产生疑问：在某些情况下，阅读行为本身的重要性是否会否认、削弱或者限制特殊故事类型的创作重要性。虽然努力呈现真实读者对这项活动各个方面

210 的理解，以及竭力传达这二者的弦外之音和潜在后果会让这种方法论上的区别变得更为复杂，但它也让我们更有可能感知冲突和矛盾。从桃乐茜·埃文斯和史密斯顿女性的阅读偏好和行为的记录中，我得到的恰恰就是这样的结论。

比如说，人种志调查发现，在桃特和她的顾客看来，阅读行为具有抗争性和补偿性。它的抗争性表现在，它让她们有机会拒斥根据其在婚姻制度中的位置而要求她们承担的他人导向社会角色（other-directed social role）。她们曾声情并茂地告诉过我们，拿起一本书时，她们便暂时拒斥了家人在其他时候持续不断提出的要求：即便在她们出于自己的私人乐趣而有意做一些事情时，她们也要照顾到他人的需求。因此，这种活动的补偿性在于，它允许她们只专注于自己，并在如下活动场所中开辟出一片私密的空间。在这个场所中，她们的自身利益常常被认为等同于其他人的利益；她们也被界定为一种可为家人随意取用的公共资源。对她们而言，阅读浪漫小说解决了在她们身上被创造出来但是在父权制度内和生儿育女过程中未被满足的需求。

值得注意的是，这种只因女性使用浪漫小说来对抗普遍的文化期望并提供通常被她们所处文化结构排除在外的满足，便片面地强调浪漫小说阅读的对抗性或抗争性的做法，与路易吉·伦巴蒂—沙翠亚尼（Luigi Lombardi-Satriani）和何塞·利蒙近期对于民俗惯例所做的阐释相去不远。[1]虽然这两人都只关心民俗行为以及本土民间表演抗争资产阶级文化对诸如“工人……农民、少数族裔和文化少数群体以及女性”[2]等从属群体强加影响的方式，但他们对抗争的界定并未完全排除我在史密斯顿读者身上发现的那种与大众文化相关的行为活动。

比如说，伦巴蒂—沙翠亚尼就论证说，从属群体的民俗文化可能会以两种截然不同的方式抗争和反对主流文化。一方面，民俗也许会以直

1 见伦巴蒂-沙翠亚尼的《作为抗争文化的民俗》(*Folklore as Culture of Contestation*)，第99—121页，以及利蒙的《民俗和美国的墨西哥人》(*Folklore and the Mexican in the United States*)，第1—21页。

2 引自利蒙的《民俗和美国的墨西哥人》，第3页。

言不讳或隐晦曲折的方式表达出不同于或质疑主流阶层所持价值观的观念；另一方面，反抗也可能**就因为**一种民俗表现形式的存在而发生。但利蒙补充说，存在一项民俗惯例这个简单的事实并无法催生反抗。更确切地说，只有当那种表现形式“反评价”(counter-valuates)时，反抗才会发挥效用。他所说的反评价是一个逆转(inversion)过程，通过这个过程，一个从属群体原先的社会经济限制和贬值首先会通过民俗表现形式得以化解，随后要么在其内部，要么通过它发生改变，成为对这个 211
群体有价值的东西。利蒙坚称，如果这个过程成功的话，这种表现形式就会通过补充物(supplementation)来实现抗争。事实上，它同时承认并满足了从属群体因处于从属地位而遭到文化习俗和制度系统性忽视的那些需求。

于是，当把阅读浪漫小说作为发生在一个特殊社会语境中的行为来加以考察时，用利蒙的观点来看，这种行为模式很显然兼具补充和反评价的作用。阅读浪漫小说让女性在传统的方式之外又多了一条可获得情感满足的途径，间接地提供了她们在日常生活中无法充分获得的关注和呵护。它的反评价则表现在故事将关于爱和人际互动的女性价值观与关于竞争和公共成就的男性价值观对立了起来，而且至少在理想的浪漫小说中论证了前者对后者的战胜。阅读和创作浪漫小说于是就有可能被视为一种集体精心构筑的女性仪式。通过这个仪式，女性探究了她们作为男性附属物这一共同社会境况的结果，同时试图想象出一个更加完美的状态——她们如此强烈感受到并自然而然接受的所有需求都将得到充分的满足。

在此我必须得强调，一如我在此书中多次提及的那样，这并**不是**观察浪漫小说阅读的唯一视角。虽然女性将闲暇时间收归己用，且通过与浪漫小说的邂逅，在想象之域中对父权文化同时进行了讨论和反评价，但她在这个文化中的主内角色事实上毫无改变。即便阅读浪漫小说能让女性被耗竭的自我之感获得恢复，并且也可能默认了当前性别分工有损她的情感健康，但它并不能改变女性的社会处境，甚至其本身也很有可能具有这种令人失望的模式的特点。事实上，这种活动很可能会让人不再希求或渴望在现实世界中得到满足，因为它可在幻想的世界中得到完满的满足。

同样还应指出的是，虽然创作和阅读浪漫小说有助于创建一种女性社群，但这个社群成员之间隔着遥远的距离——这是讲故事这一行为量产化和资本主义组织化后的特性。由于这种对抗行为是通过一本书来实现，由此势必会涉及阅读本质上的私密和孤立体验，因此这些女性从未聚到一起分享想象中的反抗体验。或者更重要的一点是，她们没有一起探讨过最初让她们需要浪漫小说的那种不满。这些女性只在象征性的层面团结一致，而且这种团结还是以一种调解的方式出现于个体家中的私人空间里，并被归入在文化意义上不那么重要的消遣活动范围之内。她们从未采取任何行动来挑战父权文化如下主张所导致的女性彼
212 此之间的隔绝。这种主张声称，女性从未为养活自己而在公共世界中从事过工作，而是作为男性的财产和责任共生地生存着。

总之，当我们从读者本身的角度，也即从一个视异性恋和一夫一妻婚姻制度为理所当然的信仰系统中考量阅读浪漫小说这一行为时，它可被视为一种温和的反抗和渴望改革的活动，是由于制度无法满足女性情感需求这一缺陷而成为势之所趋。于是，阅读对她们而言就是一个认可和抗争的行为，通过这种行为，上述缺陷先是得到了承认，但随后又被部分推翻了。因此，史密斯顿读者才声称，阅读浪漫小说是一种“独立宣言”，以及一种向他人宣布“这是我的时间、我的空间。现在让我一个人待着”的方式。

但与此同时，当我们从乐见女性对立冲动（oppositional impulse）引发真正社会改革的女权主义者观点来看，则阅读浪漫小说这一行为也可视为一种可能会化解这种冲动的活动。它能够做到这一点，或许是因为它间接提供了那些非常重要的需要（needs）和需求（requirements），避免了它们在现实世界中演变为要求（demands）并促使两性关系发生潜在的重组。不过，阅读浪漫小说是否真的成功化解或遏制了这种反抗冲动，进而扭转了这种改变趋势，这个问题目前还没有答案。虽然从表面上看，闲暇时间阅读一个无疑是幻想的故事绝不会让这些女性认识到她们

正需要这样一根“拐杖”来改变自己的处境，但是这些女性本人表达了不同的看法。事实上，她们声称这种癖好改变了自己。近年来浪漫小说创作和阅读这一社会实践的发展以及浪漫小说情节结构的变化都表明，有些改变**是**因为这一现象的存在才发生的。鉴于这一点，在简单回顾传统叙述本身的意义之后，我将会回到浪漫小说阅读累积效应（cumulative effect）这个问题上，既因为它是史密斯顿女性的有意识解读，也因为我认为这是她们在无意识中所体验到的东西。

任何与我持相同观点，认为叙述的构建是一项随时间推移而发生的活动的人都会清楚地意识到，组合和理解浪漫故事本身这个全过程的意义就与阅读包含此故事的作品这一简单行为一样，既模棱两可又相互抵牾。如同阅读行为一样，这些女性以积极的方式构建和理解这个故事，既突出其作为读者的能力，同时也以最顺遂人心的方式阐释女主人公的行动。虽然如此，我们也须指出，这些有意为之的过程会产生心照不宣的有时是矛盾的结局。这种情况的出现源于不论是构建叙述世界，还是阐释身处其中的女主人公的角色，这些活动都原封不动地保留了根本的 213
文化范畴、前提和体制，而正是这些东西促使读者渴望反复论证她们的能力，并且希望能一次又一次地被告知，她们也和浪漫小说的女主人公一样有价值和力量。

例如，就像我在第六章中指出的那样，浪漫小说叙述话语的构成方式让它很容易就屈从于读者最熟悉的阅读策略。因此，构建叙述线的行为就令人安心，因为浪漫小说作者的典型话语会引导读者做出总是很快就会被证实的推断和结论。于是在组合故事情节之时，读者除了了解之后的剧情外，也会意识到**自己**清楚如何理解文本和人物行为。虽然这种对于情节发展的了然必须得考虑到并归因于想要宣明女性自我权力和能力的强烈愿望，但是我们也不能忽略如下事实：由此创造的虚构世界也强化了传统的女性局限论，因为它证实了家庭事务和人际互动确是女性生活的重心。读者因此参与到一项加强其自身能力感的活动之中，但与此同时，她也在一个更加迷人的小说世界中为自己狭窄的社交世界创造了一个拟象（simulacrum）。她因此在不经意中将她的阅读活动所响应的境况和由此而产生的情感结果视为一种自然而然的状态。

同样，在研究史密斯顿读者有意识地参与理想浪漫小说的“外显内容”[1]时，很显然这些女性相信自己即将参与的故事不仅是**关于**一个不称职的追求者转变为完美恋人—保护者的过程，同时也讲述了一位女性随之获得的胜利。她的胜利包括在性和情感方面都达到了成熟。与此同时，她也获得了那个男人的全部关注和忠诚，并且这个男人至少在表面上坦言她已优先占据其时间和精力。因此，构建浪漫故事这个行为首先向读者提供了一个机会，让她们能够间接地抗议男性最初未能理解女性，未敏锐感知她内心的行为。其次，这个过程让女性能够控制她对强奸的恐惧，因为这个幻想在唤起她的恐惧后，随即便向她证明，强奸要么是一个幻觉，要么是她能轻松掌控的事情。最后，在见证和认可理想浪漫小说的结尾时，这些读者也表达了对其所在社会中占主导地位的商品价值观（commodity values）的反对，因为她由衷地赞赏女主人公能将男主人公的注意力从充斥着金钱和地位的公共世界转移开，并让他信服了她的价值观和关注的重要性。

假如浪漫故事的创作过程确如这些女性所认为的那样，那么我们显
214 然可以说，反抗时刻（oppositional moment）也是这个过程的特征。我曾在其他地方将阅读过程的这个阶段或这一层面称为“乌托邦”时刻，[2]这是化用了弗雷德里克·詹姆森（Fredric Jameson）的重要论断：任何一种大众文化形式都有一种维度，“它隐而不现，而且不论社会秩序如何式微、消极和危急，它都将以产物和商品的形式从中诞生出来”。[3]事实上，在浪漫小说阅读的最后阶段，其所形成的愿景向读者勾勒了一个乌托邦的国度。在那儿，男性既不残忍也不冷漠，不会汲汲以求于外部的世界，

1 外显内容（manifest content），弗洛伊德将梦分为“显意”（manifest content）和“隐意”（latent content）。他把梦中所叙述的事物称作“梦的外显内容”，把那些他认为体现着愿望而只能通过意念的分析才能达到的隐藏着的东西，称为“梦的内隐思想”。——译注

2 参看拙作《通俗文学中乌托邦的推力》（*The Utopian Impulse in Popular Literature*），第140—162页。

3 引自詹姆森的《物化和乌托邦》（*Reification and Utopia*），第144页。

也不会警惕与女性亲密的情感联系。这种幻想同时指出，传统婚姻所提供的安全和保护也不会损害女性的自主或自信。总而言之，这个愿景改变了现实世界特有的那些环境，而正是这样的环境才让那么多女性（很有可能包括读者自己在内）渴望充满柔情的呵护、持续不断的体贴和强烈的自我价值感。这种对浪漫小说意义的阐释表明，那些为了反复建构此种愿景而寻求理想浪漫小说的女性，她们并不是因为生活心满意足才阅读，而是出于不满、渴望和反抗。

当然，如果我们不从这个角度构建浪漫小说的意义，而是再一次地评估其象征性否定和批评社会秩序的隐含义，那么我们或许会发现，尽管浪漫小说的设想具有乌托邦之力，但是那种设想其实根本没有挑战特定的社会关系体系。正是这一关系体系的缺陷和不完善催生了浪漫小说，并且是浪漫小说试图美化的对象。浪漫小说之所以能够美化这个体系，主要是因为它的叙述结构促使读者构建隐蔽的反信息，这些反信息要么削弱，要么否定了那些在浅显层面预示的改变。首先，这个叙述故事虽然向读者提供了一个机会，让她们可尽情地对男主人公最初的冒犯行径表示愤怒，但我们不能忘记，这种愤怒随后就会被证明是毫无根据的，因为男主人公的冷漠或残忍实际上是源于爱慕。因此，阅读这类故事的体验虽然有宣泄的作用（毕竟它让读者在想象中表达了她在其他时候可能会压抑或否认的对男性所怀有的愤怒），然而它也向她表明，像女主人公所产生的那种愤怒实际上是不合理的，因为触发愤怒的行为冒犯其实只是因为女主人公没能恰当地解读男人的行为。由于在阅读过程中读者总是得到肯定，表明她知道如何正确解读男性的行为，于是她也就从中得到暗示，称她的愤怒是没有必要的，因为她的伴侣就和男主人公一样，其实是深爱着她的，只是他可能不会用她希望的那种方式来表达罢了。最后，阅读浪漫小说的过程向读者提供了一种策略，从而让她无须对现状结构进行实质性的重新排序，就能过得更加舒心安逸，这样她就不必对自己的生活进行大刀阔斧的改造，以便让所有的需求都得到满足。 215

在这种语境下，我也应再次提醒大家注意浪漫小说阐释逻辑中存在的一个有关男主人公的漏洞：他从一个对女主人公冷淡疏离、麻木迟钝且冷酷无情的高高在上者，变成了一个又温柔又情话绵绵的亲密爱人。浪漫小说的这一关键转变显然是源于作者和读者都渴望相信存在这样的理想恋人，然而，它实现的方式再次暗示，这种转变很大程度上是通过转变女主人公的认知完形（perceptual gestalt）来完成的。当然，理想的男主人公在故事进程中确实变得更善于表达自己的感情。但鉴于早前对他的描述强调说，这种温柔面一直都是他真实性情的一部分，当时只不过是被压抑了。因而，这种叙述结构就把促发其真性情和成熟的最终责任都压在了女主人公身上。在让他相信自己动机纯粹后，他能否放下戒备，热烈地回应她，这就完全靠**她**自己了。这种结构因此暗示，男性沉默寡言和冷淡疏离的性情不可能完全转化为其他东西。真正有可能的是培养和促进早已存在于特定男性人格中的脾性。这类故事最终指出，如果一个女人想要得到温柔而体贴的对待，她必须得找到一个本身就具备这种表达能力而只是可能害怕自己会耽溺于其中的男性。这种两面俱到的写法让男主人公既拥有传统的男子气概，同时又具备善于表情达意的女性化特质。如此一来，浪漫小说便成功地避开了一个至关重要的问题：传统的男子气概社会建构是否并未排除男性会有呵护他人这一行为的可能性。

此外，无须多说的一点是，浪漫小说对于强奸的处理方式即便为其读者提供了一种力量感和对内心恐惧的控制感，但它仍很可能会伤害她们。这些女性厌恶“不加掩饰的”性侵，这表明她们并不像很多人认为的那样，愿意被惩罚或被伤害。然而，她们愿意被说服，相信一个女人被一个“真正”爱她的男人强迫“发生性关系”是其魅力和价值的体现，而非他权力的彰显。这样的现象再次说明，浪漫小说在论及父权制的部分结果时，事实上并没有对它的基础，即控制等级制（hierarchy of control）发起挑战。通过细察强奸及其对女主人公的影响这一事件始末，浪漫小说或许为读者提供了机会，让其探究现实生活中类似行为的可能后果。尽管如此，在表明强奸要么缘于一个误会，要么是一种无法控制的欲望表达后，它也向她展示了合理化暴力行为的方式，由此让她产生了一种错误的安全感，进而使她逆来顺受地适应各种各样的事件和关系，而不是为了更好的生活去改变它。

最后，我们必须在此指出，尽管浪漫小说沿用了惯常的分类法，将这个世界泾渭分明地分割为公共和私人两部分，以此强调与爱相关的价值观以及与竞逐地位和财富相关的价值观之间的对立；然而浪漫小说依旧 216
在合理化女性的社会定位（social placement），罔顾正是这种社会定位导致她们心生强烈不满，并因这种不满而产生了阅读浪漫小说的渴望。当然，浪漫小说接受这样的两分法确实是为了在之后宣称，这个常常遭贬低的个人空间以及在其中占据主导地位的女性享有更高的地位，且拥有可让公共领域的掌控人放下其世俗利益的感召力量。即便浪漫小说以这种方式宣告了女性的优越性，但它仍继续贬抑女性，将其局限在家庭和纯粹个人关系的活动场所之内，因此它也就未能提出其他更加尖锐的问题。简言之，它拒绝询问女性的价值是否可以用来提高公共领域的“女性化”，或者女性是否可以和男性共享那个领域的掌控权。浪漫小说最终未对男性在工作、政治和权力这一公共空间内的权利发起挑战，它还粉饰婚姻制度，暗示要如何才能让它保鲜，使其一直处于追求期。此外，它先是在故事中描述女性的真实需求，随后笔锋一转，声称她们在传统的异性恋关系中获得了满足。通过上述种种方式，原本作为抗议阵地，控诉父权制所引发的情感后果的浪漫小说却避而不再质疑父权制控制女性的制度化基础。

浪漫小说中保守反信息所具有的显见力量会让人忍不住就认为，浪漫小说在维持意识形态的现状方面势必起到了积极的促进作用，因为它最终让女性顺从于父权制社会，并使她们再次融入那个制度之中。从表面上看来，它似乎是通过转移和遏制真正的抗议情绪，以及间接地提供特定的需要来实现这一目的，从而避免这些需要变成在现实世界中可能就会导致异性恋关系重组的要求。如果真是这样的话，那么浪漫小说就是在早已界划好的休闲和虚构领域完成所有的抗议，从而保护更加重要的文化场所避免成为女性集体控诉父权制影响其生活的地方。

但我必须在此指出，不论是这项研究还是迄今为止已完成的其他任何研究，都未提供足够的证据来充分支持这种论点。我们根本不知道，当这些女性合上书本，回到她们日复一日的平常生活中时，这种持续的浪漫小说阅读到底会对她们的行为方式产生怎样的实际影响。要想获得这样的信息，我们只能进行长时间的多维定群研究，努力追踪只因休闲时阅读浪漫小说而非其他因素引发的女性行为变化，从而对在此得出的几种假设进行检验。而要做到这一点，丈夫和妻子都必须接受深度的
217 访谈。同时，关于他们的婚姻和性关系，我们也必须收集到远多于我在此项研究中汇编的资料，并细加研究。这类研究确实值得做，因为有部分证据显示，如果放任不管本研究中已认定为浪漫小说重要组成部分的乌托邦欲望或冲动的话，那么它的累积效应就会促使女性发生无法预见和意想不到的改变，虽然可能仍不会脱离特定的界限。

正如我此前所说，桃特·埃文斯和史密斯顿的读者非常坚定地相信，阅读浪漫小说至少改变了一些女性。她们似乎觉得，糟糕的浪漫小说尤其具有触发性，会让她们比较自己的行为与那些消极而“多愁善感”、任由伴侣虐待和摆布的女主人公之间的差别。她们坚信，这种比较常常会让读者下定更大的决心，发誓绝对不允许伴侣以类似的方式伤害她。桃特和她的顾客也表示，在阅读浪漫小说后，她们也学会了如何更加有效地维护自己的权益，因为她们时不时就得为自己的读物选择进行辩护，并向他人力证自己有追求快乐的权利。

虽然我无从获知，除了讨论如何度过休闲时光这个问题外，她们在与丈夫和家人商议其他事情时是否仍能有这份认知上的敢断，但是假如我们确实想要了解女性从阅读浪漫小说中获得了什么，那么就不应忽略掉这些女性的自我认知。当然，这些读者有可能只会在生活中非常有限的范围内发展出判断力，而不会使用她们新获得的自信和感知力去挑战婚姻中基本的控制等级制。然而，若想保持公允的态度，就**不要**从一开始便做这样的假设，以防止不自觉地过于关注文化将一种真正的变革渴望疏导成无威胁性形式的**方式**，却忽略了这种渴望本身。假如我们未能做到这一点，那么，我们就会忽略掉人们在抵抗其社会处境中有害影响

时所采取的虽然有限但毫无疑问具有创造性的方式。

美国浪漫小说界的其他发展显示，贯穿阅读体验的乌托邦之流或许会以不同的方式改变这些女性，而这些方式也许与受故事（重申婚姻可完全满足女性的所有需求）影响而形成的更保守力量存在明显的冲突。我想起了浪漫小说作者这个群体近期决定成立组织的事情。于1981年春天由数名得克萨斯州女性创办的美国浪漫小说作者协会（Romance Writers of America）已经迅速发展为一个全国性组织，吸引了众多浪漫小说作者和编辑，甚至还有一些读者。通过一份通讯月刊和地方性、全国性的会议，这些女性而今可以一起分享浪漫小说创作和阅读的窍门、技巧和资讯。事实上，这些如今知晓出版商从销售其作品的过程中获得 218
了巨大利润的作者也首次公开她们合同中的事实和数据，从而迫使出版商提供更好的协议。

这样的运动即便只是与浪漫小说受众的表面规模相比都只能算是小型的，更不用说与作为整体的女性群体相比了。但是它仍具有重要的意义，因为它打破了女性间彼此孤立的传统格局，让她们为一个只与她们有关的问题聚拢到一起。当然，这种组织的目的与女权主义团体的宗旨大相径庭，后者是有意识地要对父权制度中的权力平衡发起根本变革。可是，如果由此就认定这些创作和阅读浪漫小说的女性与公开自称女权主义者的姊妹之间没有任何共同之处，那也是不稳妥的做法。事实上，在美国浪漫小说作者协会1981年12月刊的通讯《浪漫小说报》（*Romance Report*）上，编辑也收录了一篇关于一项学术研究的短文，声称浪漫小说“让那些从未读过弗里丹、斯泰纳姆（Steinem）和格里尔关于女性角色的论文的女性也能够接触到‘女权主义’的资讯”。[1]这篇标题醒目的文章《浪漫小说调查——支持我们的调查终于来了！》（*Romance Survey—Finally! A Survey in Our Favor*）以赞同的口气描述了卡罗尔·瑟斯顿（Carol Thurston）的观念：平装版历史类浪漫小说描述了刚柔并济的男女主人公，而这挑战了大男子主义的价值观，并指出了

1 引自《浪漫小说调查》（*Romance Survey*），第19页。

女性所具有的新的可能性。虽然我并不认同瑟斯顿关于女权运动的隐含定义，因此也无法认同她浪漫小说所传达的要旨与女性运动的宗旨相**一致**，不过我确实认为这些浪漫小说作者会赞成她的研究，并引用它们以证明自己具有挑战传统性别偏见的进步思想和自主意愿，这一点很重要了。她们的赞同有力地表明，浪漫小说作者和读者对女性及其能力的看法**确实**发生了变化，而直到现在，这些人还一直都被斥为完全的守旧派，甚至于极端保守派。

我们现在仍无法确知，这些改变究竟是由于文化的外部环境发展引起的，并且仅仅反映在浪漫小说之内，还是一直隐蔽于她们心中的隐秘抗争（subterranean protest）的必然趋势。但不论怎样，我们都必须认识到很重要的一点：无论是出于何种原因，浪漫小说作者如今发现，她们可以探索男女主人公不同理想人格的可接受度了。因此之故，她们似乎开始在一种曾经被认为完全是在保守地重申或合法化父权制度的文学形式中加入了少量危险性最小的挑战。

我不打算在此展开一轮全新的论述以证明浪漫小说是如何开始发展出一种略有不同，但或许更加“女权主义”的方向。一言以蔽之，新观念的吸收过程在角色塑造方面表现得最为明显。近来，女主人公变得更
219 加独立和聪明，男主人公则更加温柔和善于表达，虽然最新出版的浪漫小说中，没有几部作品提出真正激进的建议，即女性不需要依靠男性来界定自己或让自己快乐，她们完全可以和男人一样，依赖自己的能力在公共世界中闯出一片天下。不过仍有几部小说看起来几乎就要做出这样的论断。比如我们在第五章中讨论过的维多利亚·科尔里奇的《高端时尚》。这部小说并不是以新婚男女主人公将会过上幸福生活收尾，而是给这段浪漫情感的持久性罩上了一层不确定性的阴影：女主人公充满激情地投身于她的工作之中！纵然这样的结局在桃特和她的顾客看来是模棱两可的，但无法改变的事实是《高端时尚》不仅写成和出版了，而且在史密斯顿的读者看来，它只是略逊于她们最喜爱的浪漫小说。

我们现在不可能确定这样的发展在未来是否会变得普遍和平常，因为我们无法知道有多少女性愿意放弃她们对父权制所进行的安全但效

果有限且几乎不自觉的抗争，转而选择充满不确定性因素的女权主义战略，有意识地攻击父权制对世界的分类及其制度结构。然而，我们须细加观察这种发展，因为它们或许暗示了，浪漫小说对传统婚姻能满足所有女性需求的观念将采取更具战斗性和质疑性的姿势，而不再是过去长期但隐蔽的挑战。如果浪漫小说的作者和读者能够通过集体的经验分享发现，只要团结一致，她们就有力量对当前的性别分工发表意见，表达出重要的反对态度，那么上述进展就有可能发生。然而，除非女性自己也逐渐认识到，她们对浪漫小说的需求正是由于她们**作为女性**所处的从属地位，以及她们将婚姻当成了女性自我实现的唯一途径，否则我很怀疑她们会产生希求权力关系发生真正改变的要求。而作为女权主义者的我们若想要促成这一改变，就得首先认识到阅读浪漫小说是源于非常切实的不满，表达了一种即便有限但确实有效的抗议。之后，我们应制定相应的策略，让浪漫小说的读者能够认识到那些不满及其成因，并学会如何鼓励她们在现实的社会关系场所中表达出那种抗议，而不是求诸想象。如此一来，我们或许就能与这些毕竟是我们姐妹的女性携手，共同畅想出一个世界——而这个世界的创造随后就会催生对全新幻想的需求。

在结束本书之前，我或许应就这项研究对未来大众文化形式调查的可能影响做最后的评论。我认为，以下的观点并无夸大之处：我们在此运用的方法论收获颇丰，这表明我们可能并不像我们以为的那样了解 220
大众文化对于社会生活的复杂影响。当然，我的研究丝毫未挑战浪漫小说这类量产艺术形式在意识形态上仍趋保守的观念，因为它们至少暂时地让那些间接参与这些形式的人恢复了对现存制度和惯例主张的忠诚。毕竟，浪漫小说从某种角度上来说的确断言完美的异性恋人并非绝无可能，而能够让女性同时获得独立、依赖、刺激和呵护的理想婚姻也并非遥不可及。然而，这项将阅读当作行为来调查的研究表明，现实中的女性可经验老到地利用浪漫小说来应对她们未得到满足的需求，这恰是因为在当代社会的制度结构和生育惯例中，理想的两性关系几乎不可能实现。此外，深入研究作为建构过程的阅读则显示，在读者对浪漫小说这一形式做出阐释和反应的初始阶段，其特点是发泄因对现状不满而产生的压抑情绪，以及希求生活更加美好的乌托邦渴望。因此，这种方法论凸显了浪漫小说以错综复杂甚至相互抵牾的方式承认并抗议父权制的缺陷以及传统婚姻的失败，虽然它在表面上似乎是要以一种无可反驳的方式维护这二者的完美性，并教会女性如何**重新**审视她们自己的不完美婚恋关系。

上述一切都表明，我们必须小心避免在我们的方法论和解释工作中重蹈晚期资本主义时的具体化倾向（reifying tendencies）以及与其配套的感知和分析策略。简言之，我们绝不能想当然地臆断，所有量产物品的全部意义似乎都一览无遗并且会自动呈现在我们面前。如果我们这么看的话，那我们要么会认为，只有那些可感知的有形事物值得分析；要么就会觉得，那些商品化的对象会对消费者施加如此之大的压力和影响，让作为个体的消费者毫无抗拒的力量，或者改变这些物品的意义或使用方式。

量产文学文本一类的商品是被那些先前就已拥有需求、渴望、意图和阐释策略的现实消费者所甄选、购买、建构和使用。我们须将这些活跃的个体及其创造性和建设性的活动置于阐释行为的核心，从而避免视而不见如下的事实：即便是在一个日渐受物质和消费支配的世界里，创造意义这一必不可少的人类实践活动仍在继续。在想到诸如阅读这类活动的交互性特点时，我们便在关于人类努力的记录之中恢复了时间、过程和行动，进而更有可能公允地对待其作为实践活动在本质上所具有
221 的复杂性和歧义性。此外，我们也更有可能理清或阐明意识形态的压迫性强加与对抗实践之间的区别。尽管后者的范围和效果有限，但它至少对意识形态的控制提出了异议或抗争。

因此，假如我们能够了解不同群体占有和利用我们文化中量产作品的方式，我想，我们很可能就会开始明白，虽然当代文化形式的意识形态力量巨大，有时甚至很骇人，但那种力量并非无孔不入、全面戒备或无懈可击。这个社会架构中仍存在着裂隙，而那些对自己的社会位置，或随之而来的有限物质和情感回报感到不满的人，就会在这样的裂隙中发出

抗议。他们于是会试图想象出一个更加完美的社会状态，以此来对抗绝望。我认为，我们这些矢志要推动社会变革的人必须牢记：绝不能忽视这些微小但又合情合理的抗议形式。我们寻找到这类抗议形式不只是要理解它的缘由和它的乌托邦渴望，而且还要了解如何才能最好地推动它发展，让它最终有所成果。如果我们做不到这一点，那么，我们就已经未战先败了；而且至少在浪漫小说这个问题上，我们就得承认，我们无法创造出一个不必依靠阅读来获得替代性愉悦的世界。 222

附　录

附录1：口头采访录

一、阅读史

1. 第一次消遣阅读的年龄。
2. 最喜欢的书籍（儿童时）。
3. 最喜欢的书籍（青少年时期）。
4. 第一次阅读浪漫小说的年龄。
5. 第一次阅读浪漫小说的原因。
6. 您能记得起第一本浪漫小说的书名、作者和故事内容吗？
7. 每个月阅读的书籍数量。
8. 每个月阅读的浪漫小说数量。
9. 除了浪漫小说外，阅读的其他书籍种类。
10. 您是每天都阅读吗？
11. 每周阅读的时长？
12. 最常在什么时间阅读？
13. 每周有固定的时间用于进行更多的阅读吗？
14. 您通常是在哪里阅读？

15. 是否与其他人讨论所阅读的作品？
    a. 和谁
    b. 讨论些什么
16. 经常从哪里获得书籍？
    a. 书店
    b. 图书馆
    c. 朋友
    d. 亲戚
17. 购买精装书籍和平装书籍的频率：
    a. 精装书籍
    b. 平装书籍

二、关于浪漫小说的知识和评价

1. 浪漫小说的定义。
2. 浪漫小说的种类。
    a. 对一种典型的___________(女主人公、男主人公等)进行描述
3. 更经常阅读特定种类的浪漫小说吗？
    a. 最常阅读
    b. 从未读过
4. 获得浪漫小说新作的途径。
5. 挑选浪漫小说的方式。
    a. 最喜爱的作者
    b. 最喜爱的作者排名
    c. 他们所共有的特性
    d. 更加喜欢他们的原因
6. 反复出现的角色类型。
    a. 他们在每一部作品中所具有的共性
    b. 这些角色的不同之处
7. 一再出现的事件。

a. 从未出现过的事件

8. 浪漫小说中的人物与现实生活中的人相像吗？
   a. 在哪些方面
   b. 主要的不同之处
9. 浪漫小说中的事件是否与现实生活中的相似？
   a. 哪些有相似之处
   b. 哪些有所不同
10. 故事中的角色是否会发生变化？
   a. 哪些角色
   b. 如何变化
11. 如果我们在一个派对上相遇，并谈起了浪漫小说，你会如何向我讲述您的阅读经历？
12. 浪漫小说与其他书籍有何不同之处？
13. 最近是否有浪漫小说让您无法读完？为什么？
14. 您会如何处理已经读完的浪漫小说？

三、个人资料

1. 性别。
2. 年龄。
3. 婚姻状态。
4. 孩子有__________个。
5. 孩子的年龄。
6. 您如何度过一天？
7. 您从事什么职业？
   a. 您出外工作了多长时间
   b. 您是否有过未出外工作的时期
   c. 什么时候
8. 您的配偶从事何种职业？
9. 您家的家庭收入约是多少？

10. 您是自有房产还是租房？
11. 您接受过多少年的正式教育？

四、休闲活动

1. a. 每天看多少个小时的电视
   b. 每天进行多长时间的阅读
   c. 每天听多久的收音机
   d. 每天进行多长时间的体育消遣
2. 其他经常进行的休闲活动？
3. 每周进行多少次以下的活动：
   a. 看电影
   b. 听音乐会
   c. 去剧院
   d. 观看体育赛事
   e. 参加教堂活动
4. 每周读多少本杂志？
   a. 杂志名
   b. 最喜爱的杂志
   c. 为什么
5. 是否有一档电视节目是您绝对不愿错过的？
   a. 节目名称
   b. 您最喜爱的电视节目内容
   c. 为什么

附录2：初步问卷

浪漫小说读者调查

写在前面的话

如果您能抽空完成这份表格中的问题，我将深表感谢。这份调查问卷是我正在进行的一个关于浪漫小说读者阅读习惯和偏好的研究课题的一部分。希望大家不要以任何形式透露自己的身份，诸位的参与也完全是自愿的。您完全可以跳过您不愿意的那些问题。几乎所有的问题都只需在适当的位置打钩即可。非常感谢您的配合。

珍妮斯·拉德威

宾夕法尼亚大学

1. 您几岁时开始为消遣而阅读？
   a. 5—10岁
   b. 11—20岁
   c. 21—30岁
   d. 31岁以上
2. 在您还是个青少年时，您最喜欢阅读哪类书籍**消遣**？
   a. 传记
   b. 历史小说
   c. 浪漫小说
   d. 西部小说
   e. 推理小说
   f. 漫画书
   g. 其他（请详细说明）
3. 您从什么时候开始经常阅读浪漫小说？
   a. 5—10岁
   b. 11—20岁
   c. 21—30岁
   d. 31岁以上
4. **每个**月您会阅读多少本不限种类的书籍（不包括杂志）？
   a. 1—4本
   b. 5—9本
   c. 10—14本

d. 15—20本

e. 21本以上

5. **每个**月您会阅读多少本浪漫小说？

a. 1—4本

b. 5—9本

c. 10—14本

d. 15—20本

e. 21本以上

6. 您是否每天都会阅读？

a. 是的

b. 不是

7. 除了浪漫小说，您在消遣时还会阅读何种书籍？您可以选择多个选项。

a. 无

b. 传记

c. 历史小说

d. 西部小说

e. 推理小说

f. 恐怖小说

g. 其他（请详细说明）

8. 您每周进行多少个小时的阅读？

a. 1—5个小时

b. 6—10个小时

c. 11—15个小时

d. 16个小时以上

9. 您**通常**是在什么时候进行阅读？

a. 早上，在去工作之前

b. 白天在家里做家务的间隙

c. 午餐时

d. 下午

e. 在上下班的通勤途中

f. 晚上

g. 在睡觉之前

h. 其他(请具体说明)

10. 您会和其他人讨论浪漫小说吗?

a. 从不

b. 很少

c. 有时

d. 经常

11. 您**通常**是从哪里获得所阅读的浪漫小说?

a. 书店

b. 图书馆

c. 从朋友那儿借

d. 从亲戚那儿借

e. 其他(请详细说明)

12. 如果您会购买浪漫小说,那么您多久购买一次精装版的浪漫小说?

a. 从未

b. 很少

c. 有时

d. 经常

e. 几乎一直

13. 下面几种浪漫小说中,哪种是您**经常**阅读的?您可以选择多个选项。

a. 哥特类

b. 历史类

c. 禾林

d. 西卢埃特

e. 摄政类

f. 其他(请详细说明)

14. 下面几种浪漫小说中，哪些是您**从未**阅读过的？您可以选择多个选项。
    a. 哥特类
    b. 历史类
    c. 禾林
    d. 西卢埃特
    e. 摄政类
    f. 其他（请详细说明）
15. 您**通常**如何发现新的浪漫小说？
    a. 我在书店里看到它们
    b. 我在超市或药店里看到它们
    c. 书店里的人告诉我
    d. 我从朋友那里得知
    e. 我从亲戚那里得知
    f. 其他（请具体说明）
16. 您是如何确定是否要读一部浪漫小说？
    a. 我喜欢它的封面
    b. 我曾读过其作者的其他作品，觉得很不错
    c. 我喜欢书名
    d. 出版商在封面和对开页中所做的描述让我觉得它很有意思
    e. 根据别人的推荐
    f. 其他（请具体说明）
17. 您认为浪漫小说中的角色和您在现实生活中遇到的人有几分相似之处？
    a. 他们没有任何相似之处
    b. 他们稍微有点相似
    c. 他们非常相似
    d. 他们几乎一模一样
18. 您认为浪漫小说中的事件和您在现实生活中遭遇的事件有几分相似

之处?

a. 它们没有任何相似之处

b. 它们稍微有点相似

c. 它们非常相似

d. 它们几乎一模一样

19. 您认为浪漫小说中女主人公对于他人的反应和感觉与您的是否相似?

a. 根本不像我的风格

b. 有点像我的风格

c. 非常像我的风格

d. 和我的风格几乎一模一样

20. 当您读完一本浪漫小说后,您通常会怎么处理它?

a. 将它放在书架上

b. 扔掉

c. 送给朋友

d. 捐给慈善机构或图书馆

e. 其他(请具体说明)

21. 您会隔多长时间重读以前看过的浪漫小说?

a. 从未

b. 很少

c. 有时

d. 经常

22. 您的性别是?

a. 女性

b. 男性

23. 您的年龄是?

___________(请填写您的年龄)

24. 您当前的婚姻状况是?

a. 单身

b. 已婚

c. 寡居

d. 分居

e. 离婚

25. 在过去的一周里，您是从事全职工作、兼职，还是在上学、操持家务，又或处于其他的状态？

a. 从事全职工作（包括自我雇用）

b. 从事兼职

c. 从事兼职，并操持家务和照顾子女

d. 有一份工作，但由于生病、罢工或休假而未上班

e. 未就业、失业、正在找工作

f. 上学

g. 在家操持家务

h. 退休

i. 其他（请详细说明）

26. 假如您有工作，您的职业或岗位是什么？

____

27. 您的家庭**总**收入是多少？（这即是说，如果还有其他的家庭成员，便须算上他们的收入）

a. 不到$3 000

b. $3 000—5 999

c. $6 000—7 999

d. $8 000—9 999

e. $10 000—14 999

f. $15 000—24 999

g. $25 000—49 999

h. $50 000 以上

28. 您是自有__________或是租赁__________当前的住宅？

29. 您接受了多少年的教育？

a. 不到8年
b. 8年级
c. 9—12年级
d. 接受了几年的高等教育
e. 完成了高等教育
f. 读了几年研究生
g. 获得了硕士学位
h. 获得了博士学位

30. 您是否有宗教信仰?
a. 无
b. 犹太教
c. 天主教
d. 浸礼会教
e. 路德教会
f. 卫理公会教
g. 长老会
h. 圣公会
i. 其他(请详细说明)

31. 您多久去教堂参加一次礼拜?
a. 每周一次以上
b. 每个月几次
c. 每年几次,甚至更少
d. 过去两年里都未参加过

32. 您每周大概会看多少个小时的电视?
a. 不到7个小时
b. 8—14个小时
c. 15—20个小时
d. 21—30个小时
e. 31个小时以上

33. 您每个月阅读多少本杂志？
34. 您能否简扼地叙述一下浪漫小说比当今市面上其他种类书籍更能令读者感到愉悦的特质？

附录3：最终版调查问卷

浪漫小说读者调查

写在前面的话

如果您能抽空完成这份表格中的问题，我将深表感谢。我正在进行一项调查，从而确定浪漫小说读者的阅读习惯。这份调查问卷旨在探究您个人对于您所读作品的态度和观点。希望大家不要以任何形式透露自己的身份，诸位的参与也完全是自愿的。几乎所有的问题都只需在适当的地方打钩即可。

除非有特别要求，否则每个问题请只选择一个答案。

非常感谢您的配合。

珍妮斯·拉德威

宾夕法尼亚大学

1. 您几岁时开始为消遣而阅读？
   a. 5—10岁
   b. 11—20岁
   c. 21—30岁
   d. 31岁以上
2. 在您还是个青少年时，您**最**喜欢阅读哪类书籍？
   a. 传记
   b. 非浪漫小说的历史小说
   c. 西部小说
   d. 历史类浪漫小说
   e. 现代浪漫小说

f. 推理小说

g. 科幻小说

h. 漫画书

i. 幻想小说

j. 无,我不会为了消遣而阅读

k. 其他(请详细说明)

3. 您是从什么时候开始经常阅读浪漫小说?

a. 5—9岁

b. 10—14岁

c. 15—19岁

d. 20—24岁

e. 25—29岁

f. 30—39岁

g. 40岁以上

4. 在您还是个孩童时,您的母亲或女性监护人是否会阅读浪漫小说?

a. 是的,非常频繁

b. 是的,但只是有时候

c. 不

d. 我不记得了

5. **每个**月您会阅读多少本浪漫小说?

a. 1—4本

b. 5—9本

c. 10—14本

d. 15—19本

e. 20—24本

f. 25本以上

6. 除了浪漫小说,您每周还会读多少本书?

a. 无(如果您选择了a选项,请直接跳至第8题)

b. 1—2本

c. 3—4本

d. 5—6本

e. 7本以上

7. 如果您除了浪漫小说外还会阅读其他书籍，那么下面哪种书籍是您**最**喜爱的？（注意，只能选择一个选项）

a. 传记

b. 非浪漫小说的历史小说

c. 西部小说

d. 推理小说

e. 恐怖小说或神秘小说

f. 幻想小说

g. 科幻小说

h. 非小说类

i. 无（请详细说明）

8. 您是否每天都阅读？

a. 是的

b. 不是

9. 您每周进行多少个小时的阅读？

a. 1—5个小时

b. 6—10个小时

c. 11—15个小时

d. 16—20个小时

e. 21个小时以上

10. 以下描述中，哪项最接近您的阅读模式？

a. 我通常是在早上阅读

b. 我通常是趁着白天在家里做家务的间隙阅读

c. 我通常是在午餐时间阅读

d. 我通常是在下午阅读

e. 我通常是在上下班的通勤途中阅读

f. 我通常是在晚上阅读
g. 我的阅读时间不一定，因为我是一有机会就阅读

11. 当您开始阅读浪漫小说时，下列选项中哪个最能描述您的状态？
   a. 我只在情绪对的时候继续阅读
   b. 我会每天看几页，直到看完
   c. 只要不被打扰或没有别的事要做，我就会一直读下去
   d. 如果没有非做不可的事，我就不会放下书本
12. 您会和其他人讨论浪漫小说吗？
   a. 从不
   b. 很少
   c. 有时
   d. 经常
13. 您**最**经常和谁探讨浪漫小说？
   a. 我的母亲
   b. 我的女儿
   c. 我的姊妹
   d. 女性邻居
   e. 其他人（请具体说明）
14. 您会隔多长时间重读以前看过的浪漫小说？
   a. 从未
   b. 很少
   c. 有时
   d. 经常
15. 您**通常**是从哪里获得所阅读的浪漫小说？
   a. 书店
   b. 图书馆
   c. 从朋友那儿借
   d. 从亲戚那儿借
   e. 其他（请详细说明）

16. 如果您会购买浪漫小说，那么您是否会购买精装版的浪漫小说？
    a. 从未
    b. 很少
    c. 有时
    d. 经常
17. 下面几种浪漫小说中，哪种是您**经常**阅读的？您可选择多个选项。
    a. 哥特类
    b. 现代推理浪漫小说
    c. 历史类
    d. 现代类浪漫小说
    e. 禾林
    f. 摄政类
    g. 家族传奇类
    h. 种植园系列
    i. 间谍惊悚类
    j. 超验类浪漫小说
    k. 其他
18. 下类浪漫小说中，哪一种是您最喜欢的？
    a. 哥特类
    b. 现代推理浪漫小说
    c. 历史类
    d. 现代类浪漫小说
    e. 禾林
    f. 摄政类
    g. 家族传奇类
    h. 种植园系列
    i. 间谍惊悚类
    j. 超验类浪漫小说
    k. 其他

19. 下面几种描述中，哪一种最接近于您阅读一本浪漫小说的原因？
    a. 我喜欢它的封面
    b. 我曾读过其作者的其他作品，觉得很不错
    c. 我喜欢书名
    d. 封面和封底的简介让我觉得它很有意思
    e. 其他人向我推荐过
    f. 其他（请具体说明）
20. 您是否会经常先读结尾，之后再通读全书？
    a. 从未
    b. 有时
    c. 经常
    d. 总是
21. 当您发觉自己并不喜欢已开始阅读的那部作品时，以下描述中哪个选项最接近于您的做法？
    a. 我会扔下它，并且再也不会去看它
    b. 我会先看结尾，以确定故事的结局
    c. 即便我不喜欢，我也会看完它
22. 您认为以下情节哪些**绝不**应当出现在浪漫小说中？请选择3个选项，并将其按次序排好：在最惹人厌恶的选项旁写上1，在第二惹人厌恶的选项旁写上2，接下来的同此操作。
    a. 强奸
    b. 露骨的性描写
    c. 悲伤的结局
    d. 对女主人公和男主人公进行身体上的折磨
    e. 平庸的女主人公
    f. 滥交
    g. 婚前性行为
    h. 残忍的男主人公
    i. 软弱的男主人公

j. 比女主人公更强势的男主人公

k. 比男主人公更强势的女主人公

23. 浪漫小说中最重要的三大元素是什么？请选择3个选项，并将其按次序排好：在最重要的选项旁写上1，在第二重要的选项旁写上2，接下来的同此操作。

 a. 圆满的结局

 b. 大量有露骨性爱描写的场景

 c. 大量关于远方和遥远历史的细节

 d. 男女主人公之间漫长的冲突

 e. 恶人受到惩罚

 f. 男女主人公之间缓慢但持续发展的爱情

 g. 特定历史时期的背景设置（如果您偏爱摄政时期、爱德华七世时代以及南北战争等题材的浪漫小说，请选择这个选项）

 h. 大量带有些许露骨性爱描写的情爱场景

 i. 大量情爱场景，但没有露骨的性爱描写

 j. 男女主人公在一起后的细节描写

 k. 特定类型的男女主人公（如果您一直偏爱具有特定性格特征的男女主人公，请选择此选项）

24. 你最希望在女主人公身上看到哪些品质或性格特征？请选择3个选项，并将其按次序排好：在最看重的选项旁写上1，在第二看重的选项旁写上2，接下来的同此操作。

 a. 才智

 b. 独立

 c. 美貌

 d. 幽默

 e. 敢断

 f. 女性化

 g. 强势

 h. 处女

i. 其他(请具体说明)

25. 你最希望在男主人公身上看到哪些品质或性格特征? 请选择3个选项,并将其按次序排好: 在最看重的选项旁写上1,在第二看重的选项旁写上2,接下来的同此操作。

    a. 才智

    b. 体贴

    c. 保护性

    d. 实力

    e. 勇敢

    f. 幽默

    g. 独立

    h. 魅力

    i. 健康

    j. 其他(请详细说明)

26. 对于故事的叙述方式,以下描述中哪项与您的偏好最契合?

    a. 我喜欢由女主人公以第一人称的方式娓娓道出的故事(比如:"我真不敢相信眼前的一切,这是我生平遇到的最傲慢无礼的男人。")

    b. 我不喜欢由女主人公以第一人称来讲述的故事,但我有时会读这样的作品。我最喜欢从男女主人公双方的视角来讲述的故事

    c. 我不会阅读由女主人公以第一人称来讲述的故事。我只阅读那些从男女主人公双方的视角来讲述的故事

    d. 对于故事是出自女主人公之口,或是由一个可提供男女主人公双方视角的叙述者来讲述,我并无特别的偏好

27. 您认为浪漫小说中的角色和您在现实生活中遇到的人有几分相似之处?

    a. 他们没有任何相似之处

    b. 他们稍微有点相似

    c. 他们非常相似

    d. 他们几乎一模一样

28. 您认为浪漫小说中的事件和您在现实生活中遭遇的事件有几分相似之处？
    a. 它们没有任何相似之处
    b. 它们稍微有点相似
    c. 它们非常相似
    d. 它们几乎一模一样
29. 您认为浪漫小说中女主人公对于他人的反应和感觉与您的是否相似？
    a. 根本不像我的风格
    b. 有点像我的风格
    c. 非常像我的风格
    d. 和我的风格几乎一模一样
30. 您认为浪漫小说中男主人公对于女主人公的情感回应与现实生活中男性对于您的回应有几分相似之处？
    a. 他们没有任何相似之处
    b. 他们稍微有点相似
    c. 他们非常相似
    d. 他们几乎一模一样
    e. 目前我的生活中并无固定的男性伴侣
31. 当您读完一本中意的浪漫小说后，您通常会怎么处理它？（请记住，只能选择一个选项）
    a. 我会把它放在书架上保存着，但我有时会把我的浪漫小说借给别人
    b. 我会扔掉它
    c. 我会送给朋友或亲戚（如果您只是把它们借出去，那么请不要勾选此项）
    d. 我会捐给图书馆或慈善机构
    e. 其他（请详细说明）
32. 下面几种描述中，哪些是您阅读浪漫小说缘由的最佳描述？请选出三个最接近于您的原因的选项，并按照最重要（第一）到第三重要的

顺序排序。

a. 逃离我的日常问题

b. 为了了解与远方和历史有关的知识

c. 只是单纯的放松

d. 因为我想要有和女主角一样的爱情

e. 因为阅读只是我个人的事,那是我的时间

f. 因为我想要阅读与强悍且刚健的男主人公有关的故事

g. 因为阅读比其他的逃避形式至少要好一点

h. 因为浪漫小说永远不会让人悲伤或压抑

33. 您最喜爱的三部浪漫小说分别是哪三部？请按次序写下书名。

(1) ____________________

(2) ____________________

(3) ____________________

34. 您最喜爱的三位作者是哪三位？请按次序写下他们的名字。

(1) ____________________

(2) ____________________

(3) ____________________

35. 您的性别是?

a. 女性

b. 男性

36. 您现在位于哪个年龄层?

a. 15岁以下

b. 15—18岁

c. 19—24岁

d. 25—34岁

e. 35—44岁

f. 45—54岁

g. 55—64岁

h. 65岁以上

37. 您当前的婚姻状况是?

 a. 单身

 b. 已婚

 c. 寡居

 d. 分居

 e. 离婚但还没再婚

38. 您的第一次婚姻是在几岁时?

 ____

39. 您有孩子吗?

 a. 有

 b. 无

40. 如果您有孩子,请分别写明他们的年龄和性别。(比如,女孩,6岁; 男孩,4岁)

 ____

41. 在过去的一周里,您是从事全职工作、兼职,还是在上学、操持家务,又或处于其他的状态?

 a. 从事全职工作(包括受雇于他人和自我雇用)

 b. 从事兼职

 c. 有一份工作,但由于生病、罢工或休假而未上班

 d. 未就业、失业、正在找工作

 e. 上学(或正处于暑期中)

 f. 在家操持家务和/或养儿育女

 g. 退休

42. 假如您在外有全职或兼职工作,您的职业或岗位是什么?

 ____

43. 假如您已经结婚,那您配偶的职业是什么?

 ____

44. 您的家庭**总**收入是多少? (这即是说,如果还有其他家庭成员,便须算上他们的收入)

a. 不到$5 999
b. $6 000—9 999
c. $10 000—14 999
d. $15 000—24 999
e. $25 000—49 999
f. $50 000以上

45. 您接受了多少年的教育？
a. 不到8年
b. 读完了8年级
c. 读了几年高中
d. 读完了12年级（高中毕业生）
e. 接受了几年的高等教育（不到3年）
f. 从高等教育机构毕业
g. 读了几年大学
h. 获得了硕士学位
i. 获得了博士学位

46. 如果您已经结婚，您配偶的受教育程度如何？
a. 不到8年
b. 读完了8年级
c. 读了几年高中
d. 读完了12年级（高中毕业生）
e. 接受了几年的高等教育（不到3年）
f. 从高等教育机构毕业
g. 读了几年大学
h. 获得了硕士学位
i. 获得了博士学位

47. 您是否有宗教信仰？
a. 无
b. 基督教，但并不限于任一宗教派别

c. 犹太教

d. 天主教

e. 浸礼会教

f. 路德教会

g. 卫理公会教

h. 长老会

i. 圣公会

j. 改革后的摩门教会

k. 其他

48. 您多久去教堂参加一次礼拜?

a. 每周一次以上

b. 每个月几次

c. 每年几次,甚至更少

d. 过去2年里都未参加过

49. 您每周大概会看多少个小时的电视?

a. 不到7个小时

b. 8—14个小时

c. 15—20个小时

d. 21—30个小时

e. 31个小时以上

50. 您每个月会阅读多少本杂志?

a. 无

b. 1—2本

c. 3—4本

d. 4本以上

51. 您看电视肥皂剧的频率?

a. 从未

b. 极少

c. 有时

d. 经常

e. 几乎每天

52. 如果您会看电视，那么，您**最**常看的频道是哪一个？

a. 经典剧场（PBS）

b. 电影（包括常规电影和电视电影）

c. 情景喜剧（比如《三人行》、《笑警巴麦》、《陆军野战医院》）

d. 戏剧

e. 综艺节目或特别节目

f. 纪录片

g. 比赛

h. 其他（请详细说明）

53. 您能否简要地叙述一下浪漫小说比当今市面上其他种类书籍更能让人感到愉悦的特质？

参考文献

Altick, Richard. *The English Common Reader: A Social History of the Mass Reading Public, 1800–1900*. Chicago: University of Chicago Press, 1957.

Barr, Elisabeth (Irene Edwards). *The Sea Treasure*. New York: Playboy Paperbacks, 1979.

Barthes, Roland. *S/Z*. Translated by Richard Miller. New York: Hill and Wang, 1974.

______. *Writing Degree Zero*. Translated by Annette Lavers and Colin Smith. New York: Hill and Wang, 1968.

Beauvoir, Simone de. *The Second Sex*. Translated by H. M. Parshley. New York: Bantam Books, 1952.

Berman, Phyllis. "They Call Us Illegitimate." *Forbes* 6 (March 1978): 37–38.

Bettelheim, Bruno. *The Uses of Enchantment: The Meaning and Importance of Fairy Tales*. New York: Alfred A. Knopf, 1976.

Bodden, William Michael. "An Economic Analysis of the Paper-Bound Book Industry in the United States." M.B.A. thesis, The Wharton School, University of Pennsylvania, 1953.

Bode, Margot. *Jasmine Splendor*. New York: Richard Gallen Books, 1981.

Bogart, Leo. "How the Mass Media Work in America." In *Mass Media and Violence: A Report to the National Commission on the Causes and Prevention of Violence*, edited by Robert K. Baker and Sandra J. Ball, 9:165–85. Washington, D.C.: Library of Congress, 1969.

Bonds, Parris Afton. *Made for Each Other*. New York: Silhouette Books, 1981.

Bright, Elizabeth. *Desire's Legacy*. New York: Richard Gallen Books, 1981.

Brotman, Barbara. "Ah, Romance! Harlequin Has an Affair for Its Readers." *Chicago Tribune*, 2 June 1980, p. B1.

Burford, Lolah. *Alyx*. New York: Signet Books, 1977.

Burn, Helen Jean. *Savannah*. New York: Playboy Paperbacks, 1981.
Carter, Noël Vreeland. *Miss Hungerford's Handsome Hero*. New York: Dell Publishing Co., 1981.
Cawelti, John G. *Adventure, Mystery, and Romance: Formula Stories as Art and Popular Culture*. Chicago: University of Chicago Press, 1976.
———. *The Six-Gun Mystique*. Bowling Green, Ohio: Bowling Green Popular Press, 1970.
Chaney, David. *Fictions and Ceremonies: Representations of Popular Experience*. London: Edward Arnold, 1979.
Charvat, William. *Literary Publishing in America, 1790–1850*. Philadelphia: University of Pennsylvania Press, 1959.
———. *The Profession of Authorship in America, 1800–1870: The Papers of William Charvat*. Edited by Matthew J. Bruccoli. Columbus, Ohio: Ohio State University Press, 1968.
Chodorow, Nancy. *The Reproduction of Mothering: Psychoanalysis and the Sociology of Gender*. Berkeley: University of California Press, 1978.
Compaine, Benjamin. *The Book Industry in Transition: An Economic Study of Book Distribution and Marketing*. White Plains, N.Y.: Knowledge Industry Publications, 1978.
Coser, Lewis A.; Kadushin, Charles; and Powell, Walter W. *Books: The Culture and Commerce of Publishing*. New York: Basic Books, 1982.
Culler, Jonathan. *The Pursuit of Signs: Semiotics, Literature, Deconstruction*. Ithaca, N.Y.: Cornell University Press, 1981.
Dailey, Janet. *Night Way*. New York: Pocket Books, 1981.
———. *Ride the Thunder*. New York: Pocket Books, 1980.
Danton, Rebecca. *Star Sapphire*. New York: Fawcett Coventry, 1979.
Davis, Kenneth C. "The Cinderella Story of Paperback Originals." *Publishers Weekly*, 11 January 1980, pp. 43–50.
Dayton, E. N. "B. Dalton, Bookseller, Foresees Growing Chain of Stores." *Publishers Weekly*, 15 July 1968, pp. 44–45.
De Blasis, Celeste. *The Proud Breed*. New York: Fawcett Crest, 1978.
Degler, Carl N. *At Odds: Women and the Family in America from the Revolution to the Present*. New York: Oxford University Press, 1980.
Deveraux, Jude (Jude Gilliam White). *The Black Lyon*. New York: Avon Books, 1980.
Dinnerstein, Dorothy. *The Mermaid and the Minotaur: Sexual Arrangements and Human Malaise*. New York: Harper and Row, 1976.
Doebler, Paul D. "The Statistics of Concentration." *Publishers Weekly*, 31 July 1978, pp. 26–30.
Douglas, Ann. "Soft-Porn Culture." *New Republic*, 30 August 1980, pp. 25–29.
Duffy, Martha. "On the Road to Manderley." *Time*, 12 April 1971, pp. 95–96.
Eagleton, Terry. "Ideology, Fiction, Narrative." *Social Text* 2 (Summer 1979): 62–80.
Eco, Umberto. "The Myth of Superman." In *The Role of the Reader: Explorations in the Semiotics of Texts*, pp. 107–24. Bloomington: Indiana University Press,

1979.
______. "Narrative Structures in Fleming." In *The Role of the Reader: Explorations in the Semiotics of Texts*, pp. 144–72. Bloomington: Indiana University Press, 1979.
______. "Rhetoric and Ideology in Sue's *Les Mystères de Paris*." In *The Role of the Reader: Explorations in the Semiotics of Texts*, pp. 125–43. Bloomington: Indiana University Press, 1979.
______. *The Role of the Reader: Explorations in the Semiotics of Texts*. Bloomington: Indiana University Press, 1979.
______. *A Theory of Semiotics*. Bloomington: Indiana University Press, 1976.
Ellis, Leigh (Anne and Louisa Rudeen). *Green Lady*. New York: Avon Books, 1981.
Escarpit, Robert. *The Book Revolution*. London: George G. Harrap and Co., 1966.
______. *The Sociology of Literature*. Translated by Ernest Pick. Painesville, Ohio: Lake Erie College Press, 1965.
Evans, Dorothy. "Dorothy's Diary of Romance Reading." April 1980–September 1981. Mimeographed newsletters.
Ewen, Stuart. *Captains of Consciousness: Advertising and the Social Roots of the Consumer Culture*. New York: McGraw-Hill Book Co., 1976.
Faust, Beatrice. *Women, Sex, and Pornography: A Controversial and Unique Study*. New York: Macmillan Publishing Co., 1980.
Fish, Stanley. *Is There a Text in This Class?: The Authority of Interpretive Communities*. Cambridge, Mass.: Harvard University Press, 1980.
Flax, Jane. "The Conflict between Nurturance and Autonomy in Mother-Daughter Relationships and within Feminism." *Feminist Studies* 4 (June 1978): 171–89.
Fox-Genovese, Elizabeth. "Property and Patriarchy in Classical Bourgeois Political Theory." *Radical History Review* 4 (Spring/Summer 1977): 36–59.
Friedan, Betty. *The Feminine Mystique*. New York: W. W. Norton and Co., 1963.
Geertz, Clifford. "Deep Play: Notes on the Balinese Cockfight." In *The Interpretation of Cultures*, pp. 412–53. New York: Basic Books, 1973.
______. "Thick Description: Toward an Interpretive Theory of Culture." In *The Interpretation of Cultures*, pp. 3–30. New York: Basic Books, 1973.
Glass, Jeanne. "Editor's Report." *Writer* 90 (April 1977): 33.
Goodenough, Ward H. *Description and Comparison in Cultural Anthropology*. Chicago: Aldine Publishing Co., 1970.
Graff, Gerald. *Poetic Statement and Critical Dogma*. Evanston: Northwestern University Press, 1970.
Greer, Francesca (Frankie-Lee Janas). *The Second Sunrise*. New York: Warner Books, 1981.
Griffin, Susan. *Pornography and Silence: Culture's Revenge against Nature*. New York: Harper and Row, 1981.
Gruber, Frank. *The Pulp Jungle*. Los Angeles: Sherbourne Press, 1967.
Harding, D. W. "The Notion of 'Escape' in Fiction and Entertainment." *Oxford Review* 4 (Hilary 1967): 23–32.

Harlequin Enterprises Ltd. *Annual Report, 1979*. Ontario, Canada, 1979.

Hartmann, Heidi I. "The Family as the Locus of Gender, Class, and Political Struggle: The Example of Housework." *Signs* 6 (Spring 1981): 366–94.

———. "The Unhappy Marriage of Marxism and Feminism: Towards a More Progressive Union." *Capital and Class* 8 (Summer 1979): 1–33.

Haskell, Molly. "The 2,000-Year-Old-Misunderstanding—'Rape Fantasy.'" *MS* 5 (November 1976): 84–86, 92, 94, 96, 98.

Hepburne, Melissa. *Passion's Blazing Triumph*. Los Angeles: Pinnacle Books, 1980.

Hoggart, Richard. *The Uses of Literacy: Changing Patterns in English Mass Culture*. Fair Lawn, N.J.: Essential Books, 1957.

Holland, Norman N. *The Dynamics of Literary Response*. New York: Oxford University Press, 1968.

———. *5 Readers Reading*. New Haven: Yale University Press, 1975.

"How to Identify, Display, and Sell the Gothic." Speedy Shop Paperback Book Service, Lansing, Mich. Marketing bulletin distributed to booksellers, undated.

Hymes, Dell. *Foundations in Sociolinguistics: An Ethnographic Approach*. Philadelphia: University of Pennsylvania Press, 1974.

Iser, Wolfgang. *The Act of Reading: A Theory of Aesthetic Response*. Baltimore: Johns Hopkins University Press, 1978.

James, Henry. *The Art of Fiction*. New York: Oxford University Press, 1948.

Jameson, Fredric. "Marxism and Historicism." *New Literary History* 11 (Autumn 1979): 41–73.

———. *The Political Unconscious: Narrative as a Socially Symbolic Act*. Ithaca, N.Y.: Cornell University Press, 1981.

———. "Reification and Utopia in Mass Culture." *Social Text* 1 (Winter 1979): 130–48.

Jensen, Margaret. "Women and Romantic Fiction: A Case Study of Harlequin Enterprises, Romances, and Readers." Ph.D. dissertation, McMaster University, 1980.

Kakutani, Michiko. "New Romance Novels Are Just What Their Readers Ordered." *New York Times*, 11 August 1980, p. C13.

Kelly, R. Gordon. "Literature and the Historian." *American Quarterly* 26 (May 1974): 141–59.

Kelrich, Victoria. *High Fashion*. New York: Richard Gallen Books, 1981.

Kent, Katherine (Joan Dial). *Dreamtide*. New York: Pocket Books, 1981.

Kermode, Frank. *The Sense of an Ending: Studies in the Theory of Fiction*. London: Oxford University Press, 1977.

Komarovsky, Mirra. *Blue-Collar Marriage*. 1962. Reprint. New York: Random House, 1964.

Krieger, Murray. *The New Apologists for Poetry*. Westport, Conn.: Greenwood Press, 1977.

Kuhn, Annette. "Structures of Patriarchy and Capitalism in the Family." In *Feminism and Materialism: Women and Modes of Production*, edited by Annette Kuhn and AnnMarie Wolpe, pp. 42–67. London: Routledge and Kegan

Paul, 1978.
Kuklick, Bruce. "Myth and Symbol in American Studies." *American Quarterly* 24 (October 1972): 435–50.
Lamphere, Louise. "Strategies, Cooperation, and Conflict among Women in Domestic Groups." In *Woman, Culture, and Society*, edited by Michelle Zimbalist Rosaldo and Louise Lamphere, pp. 97–112. Stanford: Stanford University Press, 1974.
Landrum, Larry. "Detective and Mystery Novels." In *Handbook of American Popular Culture*, edited by M. Thomas Inge, 1:103–20. Westport, Conn.: Greenwood Press, 1978.
Lazarsfeld, Paul F. *Radio and the Printed Page: An Introduction to the Study of Radio and Its Role in the Communication of Ideas*. New York: Duell, Sloan and Pearce, 1940.
Lee, Elsie. *The Diplomatic Lover*. New York: Dell Publishing Co., 1971.
Lehmann-Haupt, Hellmut; Wroth, Lawrence C.; and Silver, Rollo G. *The Book in America: A History of the Making and Selling of Books in the United States*. New York: R. R. Bowker Co., 1951.
Lentricchia, Frank. *After the New Criticism*. Chicago: University of Chicago Press, 1980.
Limon, José. "Folklore and the Mexican in the United States: A Marxist Cultural Perspective." Unpublished paper.
Lindsey, Johanna. *Fires of Winter*. New York: Avon Books, 1980.
Lombardi-Satriani, Luigi. "Folklore as Culture of Contestation." *Journal of the Folklore Institute* 11 (June–Aug. 1974): 99–122.
Lopata, Helena Znaniecki. *Occupation: Housewife*. New York: Oxford University Press, 1971.
McBain, Laurie. *Moonstruck Madness*. New York: Avon Books, 1977.
MacCannell, Dean. *The Tourist*. New York: Schocken Books, 1976.
McDonough, Roisin, and Harrison, Rachel. "Patriarchy and Relations of Production." In *Feminism and Materialism: Women and Modes of Production*, edited by Annette Kuhn and AnnMarie Wolpe, pp. 11–41. London: Routledge and Kegan Paul, 1978.
McManus, Yvonne. "Editor's Report." *Writer* 90 (April 1977): 33–35.
Madison, Charles A. *Book Publishing in America*. New York: McGraw-Hill Book Co., 1966.
Mann, Peter H. *A New Survey: The Facts about Romantic Fiction*. London: Mills and Boon, 1974.
______. *The Romantic Novel: A Survey of Reading Habits*. London: Mills and Boon, 1969.
Marten, Jacqueline. *Visions of the Damned*. New York: Playboy Paperbacks, 1979.
Maryles, Daisy. "B. Dalton, with 350 Outlets Due by 1979, Views Its Bookselling Future with Rosy Optimism." *Publishers Weekly*, 19 September 1977, pp. 126–29.
______. "Fawcett Launches Romance Imprint with Brand Marketing Techniques." *Publishers Weekly*, 3 September 1979, pp. 69–70.

———. "S & S to Debut Silhouette with $3-Million TV Ad Campaign." *Publishers Weekly*, 11 April 1980, pp. 51–52.
"Mass Merchandising Hits the Bookstores." *Business Week*, 9 February 1974, pp. 80–86.
Michaels, Fern (Roberta Anderson and Mary Kuczir). *Captive Splendors*. New York: Ballantine Books, 1980.
Millett, Kate. *Sexual Politics*. Garden City, N.Y.: Doubleday and Co., 1970.
"Millions of Women Avid for Avon's Erotic Historical Romances." *Publishers Weekly*, 6 October 1975, p. 44.
Mitchell, Juliet. *Woman's Estate*. New York: Pantheon Books, 1971.
Modleski, Tania. "The Disappearing Act: A Study of Harlequin Romances." *Signs* 5 (Spring 1980): 435–48.
Mukařovský, Jan. "The Place of the Aesthetic Function among the Other Functions." In *Structure, Sign, and Function*, translated and edited by John Burbank and Peter Steiner, pp. 31–48. New Haven: Yale University Press, 1978.
Murphey, Murray. *Our Knowledge of the Historical Past*. Indianapolis: Bobbs-Merrill, 1973.
Mussell, Kay J. "Beautiful and Damned: The Sexual Woman in Gothic Fiction." *Journal of Popular Culture* 9 (Summer 1975): 84–89.
———. "Romantic Fiction." In *The Handbook of American Popular Culture*, edited by M. Thomas Inge, pp. 317–44. Westport, Conn.: Greenwood Press, 1980.
Myrdal, Alva, and Klein, Viola. *Woman's Two Roles: Home and Work*. 2d ed. London: Routledge and Kegan Paul, 1968.
Neels, Betty. *Cruise to a Wedding*. Toronto: Harlequin Books, Harlequin Salutes Edition, 1980.
Oakley, Ann. *The Sociology of Housework*. New York: Pantheon Books, 1974.
———. *Woman's Work: The Housewife, Past and Present*. New York: Vintage Books, 1976.
Peters, Elizabeth. *Summer of the Dragon*. New York: Fawcett Crest, 1980.
Pike, Kenneth. *Language in Relation to a Unified Theory of the Structure of Human Behavior*. 2d ed. The Hague: Mouton, 1967.
Porter, B. "B. Dalton: The Leader of the Chain Gang." *Saturday Review*, 9 June 1979, pp. 53–57.
Posner, Michael. "Show Business: Give the People What They Want and They'll Turn Out for It." *MacCleans*, 20 February 1978, pp. 72, 74, 76.
Pratt, Mary Louise. *Toward a Speech Act Theory of Literary Discourse*. Bloomington: Indiana University Press, 1977.
Proctor, Pam. "Phyllis Whitney: She Writes Best Sellers the Old-Fashioned Way." *Parade*, 2 November 1975, p. 20.
Propp, Vladimir. *Morphology of the Folktale*. Translated by Laurence Scott. 2d ed. Austin: University of Texas Press, 1968.
Rabinowitz, Peter. "Truth in Fiction: A Reexamination of Audiences." *Critical Inquiry* 4 (Autumn 1977): 121–41.
Radcliffe, Janette (Janet Louise Roberts). *The Court of the Flowering Peach*. New York: Dell Publishing Co., 1981.

Radway, Janice. "The Utopian Impulse in Popular Literature: Gothic Romances and 'Feminist' Protest." *American Quarterly* 33 (Summer 1981): 140–62.
Ripy, Margaret. *A Second Chance at Love*. New York: Silhouette Books, 1981.
Rogers, Rosemary. *Dark Fires*. New York: Avon Books, 1975.
______. *The Insiders*. New York: Avon Books, 1979.
______. *Sweet Savage Love*. New York: Avon Books, 1974.
______. *Wicked Loving Lies*. New York: Avon Books, 1976.
Rohrbaugh, Joanna Bunker. *Women: Psychology's Puzzle*. New York: Basic Books, 1979.
"The Romance of Harlequin Enterprises." *Publishers Weekly*, 3 September 1973, p. 31.
"Romance Survey." *Romance Report* 1 (December 1981): 19.
Russ, Joanna. "'Somebody's Trying to Kill Me and I Think It's My Husband': The Modern Gothic." *Journal of Popular Culture* 6 (Spring 1973): 666–91.
Sacks, Karen. "Engels Revisited: Women, the Organization of Production, and Private Property." In *Women, Culture and Society*, edited by Michelle Zimbalist Rosaldo and Louise Lamphere, pp. 207–22. Stanford: Stanford University Press, 1974.
Salvato, Sharon. *Bitter Eden*. New York: Dell Publishing Co., 1979.
Schick, Frank L. *The Paperbound Book in America: The History of Paperbacks and Their European Background*. New York: R. R. Bowker Co., 1958.
Scholes, Robert. *Semiotics and Interpretation*. New Haven: Yale University Press, 1982.
Sebeok, Thomas A., ed. *A Perfusion of Signs*. Bloomington: Indiana University Press, 1977.
______. *Sight, Sound, and Sense*. Bloomington: Indiana University Press, 1978.
______. *The Tell-Tale Sign: A Survey of Semiotics*. Atlantic Highlands, N.J.: Humanities Press, 1975.
Seymour, Janette. *Purity's Passion*. New York: Pocket Books, 1977.
Small, Bertrice. *Adora*. New York: Ballantine Books, 1980.
Smith, Barbara Herrnstein. *On the Margins of Discourse: The Relation of Literature to Language*. Chicago: University of Chicago Press, 1978.
Smith, Datus Clifford, Jr. *A Guide to Book Publishing*. New York: R. R. Bowker Co., 1966.
Smith, Roger H. "Paperback National Distributors—Part III: How Distributors Are Augmenting Their Role with Publishers." *Publishers Weekly*, 19 June 1978, pp. 78–80.
______. *Paperback Parnassus: The Birth, the Development, the Pending Crisis . . . of the Modern American Paperbound Book*. Boulder, Colo.: Westview Press, 1976.
Snitow, Ann Barr. "Mass Market Romance: Pornography for Women Is Different." *Radical History Review* 20 (Spring/Summer 1979): 141–61.
Spradley, James P. *The Ethnographic Interview*. New York: Holt, Rinehart and Winston, 1979.
Stack, Carol. *All Our Kin: Strategies for Survival in a Black Community*. New York: Harper and Row, 1974.
Steinmann, Anne. "A Study of the Concept of the Feminine Role of 51 Middle-

Class American Families." *Genetic Psychology Monographs* 67 (1963): 275–352.
Stevenson, Florence. *Moonlight Variations*. New York: Jove Publications, 1981.
Suleiman, Susan B., and Crosman, Inge, eds. *The Reader in the Text: Essays on Audience and Interpretation*. Princeton: Princeton University Press, 1980.
Swezd, John. "The Ethnography of Literacy." In *Writing: The Nature, Development, and Teaching of Written Communication*. Vol 1. *Variation in Writing: Functional and Linguistic Cultural Differences*, edited by Marcia Farr Whiteman, pp. 13–23. Hillsdale, N.J.: Lawrence Erlbaum Associates, 1981.
Tebbel, John. *A History of Book Publishing in the United States*. 3 vols. Vol. 1, *The Creation of an Industry, 1630–1850*. Vol. 2, *The Expansion of an Industry, 1865–1919*. Vol. 3, *The Golden Age between Two Wars, 1920–1940*. New York: R. R. Bowker Co., 1972–78.
Tompkins, Jane P. "The Reader in History: The Changing Shape of Literary Response." In *Reader Response Criticism: From Formalism to Post-Structuralism*, edited by Jane P. Tompkins, pp. 201–32. Baltimore: Johns Hopkins University Press, 1980.
Trent, Brenda. *Winter Dreams*. New York: Silhouette Books, 1981.
Trevor, Meriol. *The Wanton Fires*. New York: Fawcett Coventry, 1979.
Turner, Alice K. "The Tempestuous, Tumultuous, Turbulent, Torrid, and Terribly Profitable World of Paperback Passion." *New York*, 13 February 1978, pp. 46–49.
U.S. Department of Commerce, Bureau of the Census. *Census of the Population, 1970*. Vol. 1. *Characteristics of the Population*, pt. 1, *United States Summary*, sec. 1. Washington, D.C.: Government Printing Office, 1973.
———. *A Statistical Portrait of Women in the United States*. Current Population Reports Special Studies, Series P-23, no. 58. Washington, D.C.: Government Printing Office, 1973.
Van Slyke, Helen. "'Old-Fashioned' and 'Up-to-the-Minute.'" *Writer* 88 (November 1975): 14–16.
Veeder, William. *Henry James—the Lessons of the Master: Popular Fiction and Personal Style in the Nineteenth Century*. Chicago: University of Chicago Press, 1975.
"Waldenbooks: Countering B. Dalton by Aping Its Computer Operations." *Business Week*, 8 October 1979, pp. 116–21.
Walters, Ray. "Paperback Talk." *New York Times Book Review*, 24 February 1980, p. 47.
Watt, Ian. *The Rise of the Novel: Studies in Defoe, Richardson, and Fielding*. Berkeley: University of California Press, 1957.
"What Women Want, or, Kitsch Rewarded: Harlequin Enterprises." *Time*, 6 November 1972, pp. 94–95.
Whiteside, Thomas. "Onward and Upward with the Arts—the Blockbuster Complex, I." *New Yorker*, 29 September 1980, pp. 48–101.
———. "Onward and Upward with the Arts—the Blockbuster Complex, II." *New Yorker*, 6 October 1980, pp. 63–146.
Whitney, Phyllis. *Domino*. Garden City, N.Y.: Doubleday and Co., 1979.
———. *Thunder Heights*. New York: Fawcett Crest, 1960.

______. "Where It Happens." *Writer* 85 (January 1972): 14–15, 28–30.
______. "Writing the Gothic Novel." *Writer* 80 (February 1967): 9–13, 42–43.
Wilde, Jocelyn (John Toombs). *Bride of the Baja*. New York: Pocket Books, 1980.
Williams, Raymond. *The Long Revolution*. New York: Columbia University Press, 1961.
Williamson, Judith. *Decoding Advertisements: Ideology and Meaning in Advertising*. London: Marion Boyars, 1978.
Woodiwiss, Kathleen E. *Ashes in the Wind*. New York: Avon Books, 1979.
______. *The Flame and the Flower*. New York: Avon Books, 1972.
______. *Shanna*. New York: Avon Books, 1977.
______. *The Wolf and the Dove*. New York: Avon Books, 1974.
Wright, Will. *Sixguns and Society: A Structural Study of the Western*. Berkeley: University of California Press, 1975.
Yankelovich, Skelly and White. *The 1978 Consumer Research Study on Reading and Book Purchasing*. Prepared for the Book Industry Study Group. Darien, Conn.: The Group, 1978.
Young, Michael, and Willmott, Peter. *Family and Kinship in East London*. London: Penguin Books, 1966.

索　引

（条目后的页码为原书页码，见本书边码）

艺术与社会译丛

第一批书目

1.《艺术界》,[美]霍华德·S.贝克尔著,卢文超译 48.00元

2.《寻找如画美》,[英]马尔科姆·安德鲁斯著,张箭飞、韦照周译 48.00元

3.《创造乡村音乐:本真性之制造》,[美]理查德·A.彼得森著,卢文超译 58.00元

4.《艺术品如何定价:价格在当代艺术市场中的象征意义》,[荷]奥拉夫·维尔苏斯著,何国卿译 58.00元

5.《爵士乐如何思考:无限的即兴演奏艺术》,[美]保罗·F.伯利纳著,任达敏译 188.00元

6.《文学法兰西:一种文化的诞生》,[美]普利西拉·帕克赫斯特·克拉克著,施清婧译 48.00元

7.《日常天才:自学艺术和本真性文化》,[美]盖瑞·阿兰·法恩著,卢文超、王夏歌译 68.00元

8.《建构艺术社会学》,[美]维拉·佐尔伯格著,原百玲译 48.00元

9.《外乡的高雅艺术:地方艺术市场的经济民族志》,[美]斯图尔特·普拉特纳著,郭欣然译 58.00元

10.《班吉的管号乐队:一位民族音乐学家的迷人之旅》,[以]西玛·阿罗姆著,秦思远译 45.00元

第二批书目

11.《先锋派的转型：1940—1985年的纽约艺术界》，
[美] 戴安娜・克兰著，常培杰、卢文超译 55.00元

12.《阅读浪漫小说：女性，父权制和通俗文学》，
[美] 珍妮斯・A. 拉德威著，胡淑陈译 69.00元

13.《高雅好莱坞：从娱乐到艺术》，
[加] 施恩・鲍曼著，车致新译 59.00元

14.《艺术与国家：比较视野中的视觉艺术》，
[英] 维多利亚・D. 亚历山大、[美] 玛里林・鲁施迈耶著，
赵卿译 59.00元

15.《时尚及其社会议题：服装中的阶级、性别与认同》，
[美] 戴安娜・克兰著，熊亦冉译 68.00元

16.《以文学为业：一种体制史》，
[美] 杰拉尔德・格拉夫著，童可依、蒋思婷译 78.00元

17.《绘画文化：原住民高雅艺术的创造》，
[美] 弗雷德・R. 迈尔斯著，卢文超、窦笑智译 78.00元

18.《齐美尔论艺术》，[德] 格奥尔格・齐美尔著，张丹编译 （即出）

19.《阿多诺之后：音乐社会学的再思考》，
[英] 提亚・德诺拉著，陆道夫译 （即出）

20.《贝多芬和天才的建构：1792年到1803年维也纳的音乐政治》，
[英] 提亚・德诺拉著，邹迪译 （即出）